ハヤカワ・ミステリ文庫

〈HM⑤⑭-1〉

内なる罪と光

ジョアン・トンプキンス

矢島真理訳

早川書房

9025

WHAT COMES AFTER

by

JoAnne Tompkins

Translated by
Mari Yajima
First published 2024 in Japan by
HAYAKAWA PUBLISHING, INC.
This book is published in Japan by
arrangement with
WRITERS HOUSE LLC
through JAPAN UNI AGENCY, INC., TOKYO.

アレクサに
そして、ハンクを偲んで

そこには遊んでいる子もおらず、鳩もおらず、青く塗られた屋根のタイルもなかった。でも、その町は生きているように感じられた。私に沈黙しか聞こえなかったとしたら、それはまだ沈黙に慣れていなかったからだろう……

ファン・ルルフォ著『ペドロ・パラモ』

私たちはすでにひとつである。ただ、そうではないと思いこんでいるだけだ。

トマス・マートン著『アジア日記』

内なる罪と光

登場人物

ダニエル・バルチ……………………失踪した高校生
ジョナ・ガイガー……………………ダニエルの幼なじみ
アイザック……………………………ダニエルの父、生物教師
キャサリン……………………………ダニエルの母
ロイ……………………………………ジョナの父。故人
ロリー…………………………………ジョナの母
ネルズ…………………………………ジョナの妹
ピーター・シボドー…………………校長
ジョージ・エリス……………………アイザックの信徒仲間
ゲイリー・バートン…………………保安官
エヴァンジェリン
　　　　・マッケンジー……町に現われた少女
ナタリア………………………………エヴァンジェリンの友人
サマンサ………………………………ダニエルの元ガールフレンド

第一部

1

まずは、ありのままの事実だけ。

高校四年生（シニア）になってまだ一週間も経たないころ、息子のダニエルはアメリカンフットボールの練習から帰ってこなかった。朝になっても帰宅しなかったため、ダニエルの母親で別居している元妻のキャサリンに電話をした。彼女は看護師の仕事を早退し、スポケーン市から六時間も車を飛ばしたあと、ここポート・ファーロングへのフェリーに乗った。彼女が私の自宅の私道にはいってきたとき、保安官のゲイリー・バートンがちょうど出ていくところだった。私が保安官に連絡したのは、息子の友人や関係先にひととおり電話をしてなんの情報も得られなかったあとだった。ぶっきらぼうだが保安官としては有能なゲイリーは、ほんの数時間のうちに二十人以上の人々を集めて捜索を開始した。

それから数日、キャサリンと私は必死になって息子を捜した。生徒も教師も、家族ぐるみで付き合いのある友人も、そしてまるで無関係な人たちでさえも捜索に加わり、路地や公園、この小さな町をとりかこんでいる森まで、くまなく捜してくれた。それでも、七日経ってもなんの手がかりも見つからなかった。

八日目の朝、ダニエルの幼なじみのジョナが死んでいるのが見つかった。ダニエルを殺害したことを告白する遺書が残されていた。遺書には、息子の遺体がある場所について詳しく書かれていたが、それ以外のことについての説明はなにもなかった。ジョナは、私たちにとってはもうひとりの息子のような存在だった。ダニエルが失踪してからも毎日うちにやってきては、ほかの人たちに混じって捜索するふりをしていた。きっと、私たちの苦しみを見るに見かね、これ以上は望みを持たせないようにと自死を選んだのだろう。

ダニエルの遺体は無残に切り刻まれた状態で、野イバラの茂みのなかから発見された。森に棲む腐食動物——検視報告書によれば、おそらくカラスやコヨーテ——によってところどころ荒らされていた。その残忍な犯行に使われたのは、刃渡り十センチほどの固定刃のハンティングナイフで、すぐそばに放置されていた雄鹿の内臓を取りだすのにも使われたものだった。

以上が、ありのままの事実だ。しかしそこから明らかになったのは、私たちがすでに知っていると信じて疑わない事実のなかにこそ、最大の謎が隠されているということだった。

2

十六歳になったばかりのエヴァンジェリン・マッケンジーは、さしあたっての財政状況を把握するため、所持金すべてを傷だらけの木のテーブルの上に並べた。二十ドル札が一枚、一ドル札が三枚、半合成麻薬のオキシコドンが六錠――一錠あたり五ドルとして計算できる。ろうそくの火が弱くなった。息を止め、火がまた明るくなるまでポケットナイフで芯を動かした。この火が消えてしまえば、うち捨てられたワンルームタイプのトレーラーハウスのなかは真っ暗闇になる。

彼女はナイフをおき、ゴミ箱をさっと取り上げてそのなかに吐いた。もじゃもじゃの赤毛が汚れないように、なるべくかき上げて。トイレに駆けこんでも意味はない。水道が止められてからもう何日も経っている。口を腕で拭う(ぬぐう)と、新しいデニムの上着に汚れがついた。先週、公園のベンチで拾った上着だった。できることなら吐きたくなかった。なかには、吐くのをがまんできる女の人もいるらしいが、エヴァンジェリンはできなかった。吐いたせいで、部屋じゅうがひどいにおいになった。

朝になったらゴミ箱の中身を外に捨てにいって、近所の馬牧場の水道を借りて洗おう。今はとても行けそうにない。吹きすさぶ秋の風のせいで周囲のモミの木が怒り狂うように揺れ、トレーラーハウスのアルミの壁全体がかん高い音をたてて細かく振動していた。

エヴァンジェリンは、ガムテープで補強したバックパックからチリビーンズの缶詰を取りだした。日中にお店の棚からくすねたものだったが、脂ぎった赤い豆と挽肉の写真が目にはいると吐き気がこみ上げてきて、思わず押しのけた。どうせなら、妊娠検査薬も一緒に万引きすればよかった。でも、なんで？　何週間も前から、やわらかな綿のブラジャーやTシャツが触れただけでも乳首が痛かった。もうわかりきっていた。自分の体が教えてくれていることを、なんでプラスチックの棒に現われるプラスかマイナスかで調べなくてはいけないのか。そんなことを必要とする人の気が知れなかった。ただ、いつ妊娠したのかを正確に教えてくれる道具を誰かが発明してくれたら、それはそれで意味があるかもしれない。そうすれば、ずっと気になっている質問の答が見つかる。

彼女は、ドアに貼られていた最新の立ち退き通知書を引きはがした。今回の通知には、保安官が訪ねてくると書いてあった。やっぱりね、と思った。わたしの人生のお決まりのパターン。もうだめだと思ったあとに少しだけ猶予がもらえて、ほんのちょっと希望の光が見えたかと思うと、バン！　もとの最悪な状況に逆戻り。

数カ月前は、まさかこんなことになるとは想像もしていなかった。空気が澄んでいて甘く、夜空が銀色に輝いていた暖かい七月の晩、町から歩いて帰宅した。秋の新学期になったら、高校に行くことをママは許してくれるかもしれない。今は少し調子が悪そうだけど。そんなことを考えながら借家の空き地にはいると、目に飛び込んできたのはひっそりと静まりかえったトレーラーハウスだった。息ができなかった。

エヴァンジェリンはドアを押し開けた。「ママ？」キャビネットが開きっぱなしで、ピーナッツバターの瓶とツナ缶がいくつか残されているだけだった。テーブルの上に、殴り書きされたメモ、「イエスさまがあんたを赦してくれるように、祈ってる」がおいてあった。メモの横にあった封筒を破いて開けた。二百ドルと、祖母が遺した宝石のブローチが出てきた。エヴァンジェリンは床に崩れ、つぶやいた。「ママ、うそでしょ？　本気じゃないでしょ？」でも、母親は本気だった。今朝、たしかにそんなことを言っていた。というか、しょっちゅう言っていた。そして今日、ついに実行したというわけだ。手を洗うように、娘からきれいさっぱりと逃げたのだ。

エヴァンジェリンは何日も泣きつづけ、イエスさまに祈った。母親が帰ってきたときのことを思い、一瞬たりとも家を離れられなかった。でもいつもどおり、お祈りはなんの効き目もなく、母親が戻ってくることも、棚に食べ物が現われることもなかった。ママはきっとまた使ったんだ、と彼女は思った。せっかく何年もがんばってきたのに。ヘロインのことを、母は〝しつこくつきまとってくるボーイフレンド〟と呼んでいた。〝最悪のクソ野郎〟とも。

それからの数週間、祈る回数はどんどん減っていき、ついには完全にやめた。たぶん、お酒を飲んだりものを盗んだり、母親のボーイフレンドといちゃついたりしたせいで、イエスさまとつながっていた橋が焼け落ちてしまったのだろう。それならそれでもいい。もともと、イエスさまは頼りになったためしがなかった。彼女からすれば、誰かを心のなかに招いたとしてもそれを拒まれたら、そのまま先に進むしかない。どんなことをしても、自分自身を守らないといけないのだから。

今はもう十月の初め。吹きすさぶ風のなかや、町の上に垂れこめる湿った灰色の空気のなかに、冬の気配がひそんでいた。三カ月のあいだ、たったひとりでなんとかこの陰気な場所で生き延びてきた。唯一の救いは、九月に知り合ったふたりの高校生だった。ひとりぼっちの寂しさのなかの、ほんのわずかなあいだの人との触れあい――やさしいひととき、と同時に、ひどいひととき。彼らは数日で姿を消した。もう一度ふたりの顔を見たのは、新聞の第一面だった。彼らの笑顔が、エヴァンジェリンを見つめていた。

死亡したふたりの高校生。ジョナとダニエルのことをそんなふうに考えるのはまちがっている。死亡したとか、高校生とか、名前もなく、一般的な呼び方。まるで自分とは無関係のように。彼女はお腹に手を当てた。この赤ちゃんまでひどい目にあわせてしまうのだろうか。そうなるのかもしれない。でも、この子を守れるのは自分だけ。

「運が悪かったね、赤ちゃん」と彼女はささやいた。「でも、なるようにしかならない」

立ち退き通知書を拾い上げた。強制的に追いだされるまであと一週間。通知書をくしゃくしゃに丸めて部屋の隅に放り投げ、バックパックの中身をテーブルの上に広げた。何十枚もの新聞の切り抜き、飴の包み紙、公共の流し場で洗おうと思っていた汚れた靴下、アウグスティヌスの『告白』――母親の本だが、おもしろくなくて読む気になれなかった――そしてドロシー・マーステンの〈ヒドロキシジン〉。急いでいたので、鎮痛薬の〈ヒドロコドン〉とまちがえて持ってきてしまった。まあ、しょうがない。このくらいのまちがいは大目に見よう。他人の家に忍びこんだときは、長居は禁物なのだから。

新聞の切り抜きをめくった。何週間も前の記事だった。でもその見出しは、彼女の心のなかに埋めこまれた地雷のように、今もまだ爆発しつづけている。行方不明、殺人、自殺。白髪交じりの男の人が写っている記事を手に取って見つめた。もう千回は見ているだろう。アイザック・バルチ、それがその人の名前だ。でも、たった一枚のすり切れた写真だけでは、どんな人なのかはわからない。彼女は記事を下においた。

これからの計画を練らないといけない。ひょっとしたら、このアイザック・バルチがその計画の一部を占めるかもしれない、と思いはじめていた。彼女は新聞記事をたたみ、バックパックのなかに入れた。ドロシー・マーステンの薬は、明日にでも返しにいこう。おばあさんが昼寝をしているあいだにもう一度忍びこんで、もとの場所にこっそり戻しておこう。みんな多少の痛みはがまんできるが、この薬はおばあさんの心をやすめるためのものみたいだし。

母親からは、出ていって以来なんの連絡もなかった。二百ドルはとうになくなり、ブローチは封筒から転がりでたその日の夜にヘドロだらけの池に投げ捨てた。母のことは、とにかくすぐに、なんのためらいもなく捨て去りたかった。母が自分をいともあっさりと捨てたように。これで、自分が誰かに愛されていたことを証明するものは、なにひとつ残っていなかった。

そのとき、はたと思い出した。まだなにかあったような気がする。母からもらったものではなく、彼からもらったもの。夜の森でなくしてしまったそのときのことを、目を閉じて思い浮かべようとした。驚くほどはっきりと、棘だらけの茂みと、風で折れたモミの木の枝が見えた。どこを探せばいいのかがわかったような気がした。それなりの道具さえあれば、見つけられるかもしれない。そうすれば、もう一度身につけられる。

3

息子の死は、行方不明になったときのニュースよりも早く広まった。町全体が喪失感に包まれた。そのむごい死因とジョナの自殺を、シアトルの新聞がセンセーショナルに書きたてたことで、悲しみはよりいっそう深まった。世間ではさまざまな憶測が飛び交った——女の子をめぐる嫉妬だの、麻薬がらみだの、精神的な問題だの。しかし、それらを少しでも裏づける事実はなにひとつ浮かびあがってこなかった。

みんなが悲しみを癒やせるような、そんな会の開催が広く呼びかけられはじめた。一週間もしないうちに、生徒たちを対象としたお別れの会が学校の体育館で開かれ、会場は参加者であふれかえった。そしてその数日後、今度はカトリックのミサがおこなわれ、礼拝堂にはいりきれない哀悼者で、教会の玄関ホールまでがいっぱいになった。

ミサをしようと言いだしたのはキャサリンだった。ダニエルはカトリック教徒ではなかったが、私は反対しなかった。一年前に離婚をして出ていったキャサリンも、私と同じくらい深く嘆き悲しんでいた。もしかしたら、ここを離れて暮らすことを選び、息子の人生の最後の十カ月を一緒に過ごせなかったことが、悲しみをより一層深くしていたのかもしれない。その気持ちは痛いほどわかった。だから、彼女が少しでも楽になれるならと、思うとおりにさせた。しかし、これらの追悼の会で私自身の心が癒えることはなかった。私はけっして冷たい人間ではないのに。少なくとも、むかしはそうではなかった。

ダニエルのための三つ目の、そして最後の会は、私のほうから開催を願いでたキリスト教クエーカー派――キリスト友会（ゆうかい）――の追悼集会だった。その日は、どうやって集会所までたどり着いたかの記憶がない。おそらくはいつもどおりに歩いていったのだろうが、気がついたときには、私が教師をしている高校の校長でもあり親しい友人でもあるピーター・シボドーとふたり、集会所の事務室のなかにいた。ピーター自身はクエーカーではないが、集会所の扉の前に立っている私を見つけ、集会室ではなくこの事務室に連れてきたのだった。

「それ、すぐ脱がないと」そう言いながら、彼は私が着ているウールのセーターを顎で示した。ずぶ濡れだった。家からここまで、ずっと雨のなかを歩いてきたらしい。

「いや、いい」私はあとずさりした。

ピーターは私を見つめた。短く刈りこんだ黒い髪と雄牛のようなたくましい肩、そして大きく突きでた下顎が、堂々とした印象を与えていた。ふいに私がふらついたからなのか、彼は私の腕をつかんだ。そして、これまで一度もしなかったことをした。私を引き寄せ、痛いくらいに抱きしめたのだ。ただ、それもほんの一瞬のことで、すぐに体を離した。

「大丈夫か？　ここにいる必要なんかないんだ。家まで送っていくよ」

「この追悼の会は、私から願いでたものなんだ」

「そんなことは関係ない」

彼の言うとおりだ。このまま帰るのも、ここに留まるのも、私の自由だ。なにをしたところで、失ったものを取り戻せるわけではない。

「いや、このままここに残るよ」

「わかった」と彼は言った。「ただ、かなりにおってるよ。わかっているとは思うけど」

彼はいつもどおりに率直で遠慮がなかった。それは生徒や保護者に対しても同じで、停学処分や、ときには退学処分でさえも、偏見のない公正さで言いわたす。

「コートも着ないで歩いてくるなんて、いったいなにを考えているんだ？」

私はただ黙って立っていた。セーターからは、濡れたウールと草のひどいにおいが漂ってきた。それ以上に、なにか強いにおいがした。繊維の奥深くに染みついていたのは、成長期の男子特有の、ジャコウのようなダニエルのにおいだった。三年前、十四歳だった息子は、まだ父親のまねをしたかったのか、よくこのセーターを借りていた。

「さあ、みんな待ってる」とピーターは言った。

クエーカーではない彼には理解できないだろうが、集会の参加者たちが沈黙しているのは、それ自体が死者に対して敬意を表する方法のひとつだからだ。クエーカーたちは待っているわけではない。着席した瞬間から、追悼は始まっている。

私が返答もせずに黙っていると、彼は黒いスーツの上着を脱いで差しだした。クエーカーの集会、特に追悼集会で着るにはフォーマルすぎる黒い服だった。でも私は、ピーターにされるがままにセーターの上からその上着をはおった。どんなふうに見えていたかは想像できる――白髪交じりのぼさぼさの髪は雨に濡れて頬や首に張りつき、上着の袖丈は腕の長さよりもはるかに短く、おまけに箱のように横幅のある短い着丈のおかげで、ただでさえ身長の高い私は余計に痩せこけて見えていたことだろう。

ピーターは私より十歳は年下だったが、父親のようなやさしい厳格さで私の背中をぽんと叩いた。上着を着せられるのを私がおとなしく受け入れたことで、彼は誇らしい気持ちになったのかもしれない。それとも、悲しい気持ちか。あるいは、その両方か。

集会室のなかにはいると、奥のほうにキャサリンが座って私を待っているのが見えた。そこは、私がいつも座る場所とは反対側の席だった。すべてのベンチは、なにもおかれていない部屋の中心を向くように配置されていた。椅子の配置は普段とはちがったが、いつもと同じような角度で光が当たる場所が、私のために空席になっていた。

しかしその日は、なにもかもがいつもとはちがっていた。いつもと同じようなものはひとつもなかった。唯一の心の慰めは、びしょ濡れのセーターだった。ピーターの上着に圧されて肌に密着しているウールから、ずしんとした温かさが伝わってきた。それはまるで、新生児が鼻を押しつけてきたときのような感覚だった。その瞬間、生まれたばかりの息子の姿が脳裏に浮かんだ。無限の可能性を持って、爆発するようにこの世界に生まれてきたダニエル。沈黙が破られ、信徒たちがかわるがわる立ち上がっては息子の話をしていった。それを聞いているうち、この会が終わるころには赤ん坊のダニエルが私の腕のなかに現われるんじゃないか、初めて小学校に登校したときの五歳の息子が駆けこんでくるんじゃないかとさえ思えてきた。まだ幼かったころ、体を動かすのと大きな音をたてるのを一緒にしようと夢中になっている時期があった。ダニエルは魚のように口をパクパクさせながら幾度となく私の膝の上にうしろ向きに飛びのってきて、そのたびに私は息子が振り上げた足で何度も顎を蹴られた。そんなことを思い出すと、ふと笑いそうになった。

追悼集会が始まってから四十分くらい経ったころだろうか、ダニエルがいちばん前のベンチに座っているのが見えた。十四歳の彼の表情は誇らしげで、今まさに私の体に張りついているこのセーターを着ていた。まるでなにかを探しているみたいに、息子は部屋のなかを見まわしていた。本当にそこにいるように生き生きとしていた。私は、思わずキャサリンに目を向けた。もちろん彼女にも息子の存在が感じられているはずだ。この気持ちは共有できている、そうだろ？　一緒にいるのを味わえるのは、これが最後だろう。私たちは今、ひとつになれている。

私に見つめられていることや、この部屋のなかにダニエルがいることにキャサリンが気づいていたとしても、彼女の表情にそれは表われていなかった。目を伏せたまま、じっと下を見つめていた。キャサリンの友人が隣に座っていた。首が太く、黒いスーツに身を包んだその男は、彼女の片方の手を握り、親指でその手をなでていた。キャサリンは視線を彼に向けた。そして、思い出したかのようにちらっと私を見た。私の視線に気づくと、急いで彼の手から自分の手を引きぬき、膝の上においた。やさしさから出た行動だろう。それとも、うしろめたさからだろうか。

おかしなことに、その日みんなからどんなことばをかけられたのか、息子に対してどんな追悼のことばが述べられたかの記憶は一切ない。でも、あの瞬間のことは一生忘れることはないだろう。絆と別れ、愛と喪失、やさしさと裏切り。ダニエルがそこにいるのに、キャサリンには見えていなかった。まるで、彼女のあの小さな仕草のなかに、私の知りたいことがすべて凝縮されているような気がした。

追悼集会が終わり、信徒たちがそれぞれに持ち寄った食べ物をテーブルに並べはじめた。私は逃げだしたいという気持ちに勝てず、裏口から抜けだした。そしてリサイクル・ボックスの陰に隠れ、駐車場が空になるまで待つことにした。そうすれば、そこを横切って家まで歩いて帰ることができる。するとそのとき、うしろで裏口が開く音が聞こえた。ジョナの母親のロリーも、私とまったく同じことを考えていたらしい。

ロリーが集会室のうしろのほうの席に座っていることには気がついていた。でも、私の心が彼女を認識するのを拒否した。教会のミサにも、高校での追悼の会にも彼女は出席していたが、お互いにことばは交わさなかった。家は隣同士ではあっても、息子たちの死の真相を知ってからは手を振りあうこともしなくなっていた。私はジョナを赦した。ロリーのことも赦した。これ以上、神は私になにをお望みなのだろう。なぜ、神は私の前に何度も何度も彼女を登場させるのだろう。

灰色の霧雨でかすむこの日、彼女はまるで子供のように見えた。いつもの険しい表情や小柄な体型も、黒いワンピースに覆い隠されていた。彼女は振り向き、私を見た。

「アイザック！」これが計画的な罠だと勘ちがいしたのか、彼女は言った。

「今日は来てくれてありがとう」自分でも、声の冷ややかさに気づいた。

彼女の表情のなかにちらっと恐怖の色が浮かび、つとめて平静さを装って視線を落とした。それは、彼女の夫のロイがまだ生きていたころに、ときたま目にしたことのある〝服従の姿勢〟だった。私に対しても同じようにしたことに、心が痛んだ。

そのときピーターがドアを開けて飛びだしてきて、あやうくロリーにぶつかりそうになった。「すまない」と彼は言った。「私はただ――」

「いいえ！」とロリーは言い、白い手を振りながらあわてて階段をおりた。「大丈夫よ。帰るところだったから」引き留めようとピーターが口を開いたのもかまわず、彼女は黒いワンピースのうしろをはためかせながら駐車場のほうに駆けていった。

ロリーが車のところまで行くのを待って、ピーターは私のほうを向いて言った。「悪いことをしてしまった」

「そうかもな」

私に忠告をしたそうな顔をしていた。おそらく、こんなことを言いたかったのだろう。

「彼女は敵じゃない、アイザック。彼女だって大きなものを失ったんだ」と。でも、彼はなにも言わず、そっとしておいてくれた。

私は大きく息を吸った。「きみの上着を台無しにしてしまったようだ」

「そうみたいだな」と彼は言った。「でも、大事なスーツの上着を誰かに汚されないといけないとしたら、それはきみしかいないよ、アイザック」

そんなピーターのことが私は大好きだった。そして、たぶん今でも好きだ。

4

エヴァンジェリンは、道路の脇の土手に見覚えのある木々の配置がないか探した。そこは、彼からもらった小さな贈り物をなくした場所だった。くだらないちっぽけなものだったが、彼との思い出がただの想像ではないことを証明するものだった。彼——ジョナ——と一緒にいられたのはたったふた晩だった。でも、彼は愛してくれた。あれが本当の愛だったのかはわからないが、少なくとも愛と区別がつかないような気持ちで接してくれた。それは、彼女の温かい生身の体だけでなく、彼女の……なんと言えばいいのだろう、〝本質〟への愛なのかな、とエヴァンジェリンは思った。もし〝魂〟というものを信じていたら、そう表現していたかもしれない。

トレーラーハウスから少し離れたところに、その場所を見つけた。バックパックをおろし、ぶら下げてあった錆びたナタを取った。近所の小屋から勝手に借りてきたものだった。急な斜面をなんとかのぼりきり、分厚い茂みに向かって数分間ナタを振るったあと、少しうしろに下がって成果を眺めた。少しも切り開けていなかった。急に怒りがこみ上げ、腕を振りかざしてそのまま力任せにナタを振りおろした。木製の柄がふたつに砕けて刃の部分が抜けて飛び、カミソリのような鋭い刃が彼女のすねのすぐそばの若い木に突き刺さった。エヴァンジェリンは何事もなかったかのように――起きなかったことを心配してもしかたない――肩をすくめると、素手で野イバラの茂みを引きちぎりはじめた。棘が皮膚を切り裂いた。

ほんの少しだけ野イバラの茂みに隙間があき、根っこの近くに白っぽいなにかが見えた。無我夢中で沼地特有の湿った土を掘りはじめた。一瞬、細長い糸状のものが指に引っかかったような気がしたが、すぐに見失った。最後の力を振りしぼって手探りし、しっかりと握りしめて引きだした。泥で固まったジョナのブレスレットだった。縄を結んだだけにしか見えないようなものだったが、ジョナにとっては大切なもので、彼女に持っていてほしいと彼は言った。エヴァンジェリンは土手をおり、バックパックのファスナー付きポケットにブレスレットをしまい、その場から離れた。

道路の角を曲がると、丘の下のほうに町の明かりが見えてきた。岸に沿って光っていた。今年の春、母と一緒にこの土地にやってきたころは、古い建物が五、六ブロックあるだけのちっぽけな町だとしか思っていなかった。でもそれほど高くはない丘の上からでも、思っていた以上に大きな町だということがわかる。ポート・ファーロングは、入り江に突きでている先端から数キロにわたって扇状に広がり、いくつもの低い丘が小さな湖のまわりを囲んでいた。ヴィクトリア時代の入植者たちは深いモミの森の木を倒し、公共の建物や民家や農場を造るための土地を切り開いた。今でも公園や田舎道に沿って立派な木々が残っているが、人々は町のなかに自分たちの場所をつくった。「人口一万人。夏のあいだはもっと増えるけど」とあのとき母は言った。

眼下で、町全体がきらめいていた。お化けに祟(たた)られていそうなこの古い町が夜な夜な目覚め、ヴィクトリア様式の家々の切妻や小塔や見晴台を幽霊がさまよう様子をエヴァンジェリンは想像した。煉瓦(れんが)造りの大きな裁判所や郵便局は屋根飾りや欄干(らんかん)で装飾され、背の高いアーチ型の窓が並んでいるのが見えた。そんな華やかな中心街を、一世紀もむかしの商人の残像がせわしなく行き交い、正装をした男女が結婚届や海外からの手紙を求めて煉瓦の壁を素通りしていくのが見える気がした。そんな町の向こうに入り江が広がっている。まるで自分の体のなかで、ヨットやタグボートやフェリーが黒々とした潮の流れに身を任せて揺れているように感じられた。

町を見おろす丘の上に、明るく光っている家々が見えた。明かりのともった部屋のなかで、家族が夕食の食卓を囲んで談笑したり、子供が宿題をしたりしている姿を想像した。

いつか、自分もその一部になれるだろうか。毎日同じ家に帰り、そこがわが家だと実感でき、自分が必要とされている存在だと思えるような、そんな家に住めるだろうか。ううん、それは無理、と彼女は思った。ぜったいにそんなことは無理。それでも彼女はお腹をさすりながら言った。「でも、あなたは大丈夫よ、赤ちゃん。大丈夫」

きらめいている光のなかに、黒い一帯があった。昼間の明るいときに二回しか見たことはなかったが、木で囲まれたとても広い敷地だった。そこに、あの人——アイザック・バルチ——がひとりで住んでいる。少なくとも、エヴァンジェリンはそう思っていた。新聞によればダニエルはひとりっ子で、母親も今はスポケーンに住んでいると書かれていた。あの家は大きい。中年男性がひとりきりで住むには大きすぎる。きっと、使われていない部屋がいっぱいあるだろう。予備のベッドもひとつくらいあるだろう。それもそんじょそこらの壊れたソファベッドなんかじゃなく、ちゃんとシーツが掛かっていて、ふかふかの枕がひとつかふたつあるような本物のベッドが。

最後に本物のベッドで寝たのは、もう九カ月も前のことだった。しかも、母のヴィヴと一緒のベッド。そのころはシアトル南部のアパートメントに住んでいた。寝室がひとつだけのアパートメントで、動物保護施設の隣にある小さなナイトクラブの二階にあった。夜通し聞こえてくる犬の遠吠えや壁を伝ってくる低音の振動で、エヴァンジェリンの神経はかき乱された。

そんな部屋に、母のボーイフレンドのマットが転がりこんできた。挙げ句、エヴァンジェリンは居間のソファで寝る羽目になった。日中に母がスーパーマーケットの〈セイフウェイ〉で働いているあいだ、エヴァンジェリンの実質上の寝室は、マットがオーディション結果の連絡を待つための専用ラウンジにされた。その結果、エヴァンジェリンにとって唯一プライバシーが保てる場所は、バスルームだけになってしまった。それでも、ドア越しに文句を言われることがしょっちゅうだった。

そもそも、マットのことは最初から怪しいと思っていた。彼は背が高くてブロンドでハンサムで、母とは不釣り合いだった。映画俳優ばりにハンサムなだけでなく、演技もうまかった。少なくとも、若い女にはまるで関心がないように演じきっていた。本当は、そのことで頭がいっぱいだったくせに。

彼女が毎晩寝ている同じそのソファに彼が寝ころんでいるのを見ると、吐き気がした——腋の下やお尻を掻きながら、評論家にでもなったつもりで午後のメロドラマの演技に文句を言っていた。ときどき、まるで爬虫類に変身したみたいに動かなくなることもあった。岩の上でひなたぼっこをしているトカゲのように、片方の目だけでハエが飛んでくるのを待っているかのようだった。

ある日、その目がエヴァンジェリンをとらえた。彼の舌が伸び、彼女のまわりにくるくると巻きついて吸い寄せた。まさか自分の体があんなに狂おしく反応するとは思わなかった。エヴァンジェリンのくちびるのあいだに指先をねじこみ、愛しているとささやいた。彼が胸や太ももを押しつけてくると、ヘマをしたばかりの試験のことや、ついこの前の母との喧嘩も忘れることができた。自分が、ただの皮膚と熱と狂ったように鼓動する心臓だけになるのを感じた。

三月初旬のある日の午後、いつものように現実逃避していた——エヴァンジェリンはマットの上にまたがり、マットはエヴァンジェリンの腰を抱えて胸を吸っていた。そこに、母が帰ってきた。偏頭痛のために早退したらしいが、今から思うと、あのあとの出来事はすべてその偏頭痛のせいだったのかもしれない。母はエヴァンジェリンの髪の毛をわしづかみにすると、マットの上から引きずり落として床に投げ飛ばした。「この、汚らわしいあばずれが！」

そのあとなにがあったのか、エヴァンジェリンにはよくわからない。わかりたくもなかった。あとになって思い返すと——できれば思い返したくなかったけど——覚えているのは断片的な音とイメージだった。ヒステリックな悲鳴、出ていけという怒鳴り声、お尻や太ももへの激しいキック、隣人たちがドアを叩く音、駆けつけてきた警察官たち。

気づくと、ドリトスの食べかすだらけのカーペットの上に、胎児のような格好でうずくまっていた。何時間もそのままでいたような気がした。やがて、誰かが体にタオルを掛けてくれた。なんとか立ち上がって寝室までよろめきながら行き、ドアを勢いよく閉めた。マットはその晩のうちに家から叩きだされ、エヴァンジェリンは何時間も泣きつづけた。でも彼を諦めないかぎり、自分が家を出ていくしかない。シアトルの安っぽい夜の街に流れ着く以外に選択肢はなかった。だから、眠りにつくころには、マットのことはもう忘れはじめていた。

次の朝、母は持ち物をすべてゴミ袋に入れ、スバルの古いステーションワゴンに詰めこんだ。会話もないまま州間高速道路5号線を北上し、エドモンズ・フェリーに乗りこんだ。雲が低く垂れこめ、白く砕ける波頭が船を打ちつけていた。母はハンドブレーキを引きながらつぶやいた。「あんなことするなんて。とんでもないクズ野郎だ」

こんなに打ち負かされた様子の母を見るのはとてもつらかった。「ママ、わたし――」

母が急に振り向いた。「ねえ、なにか言いたいことがあるんだったら、イエスさまに言って。わたしには、あんたに言うことはなんにもないから」そう言うと、ものすごい速さと怒りのこもった声で祈りはじめた。なにを言っているのかまるで聞きとれず、〝異言〟

（聖霊を受けてトランス状態になった人が語る不明確な言葉）を語りはじめたのかとエヴァンジェリンは思った。

フェリーが向こう岸に着いてから一時間ほど車で走り、ポート・ファーロングに到着した。そこは、むかし懐かしい感じの古びた港町だった。満タンのガソリンでたどり着けるもっともさびれた町、とエヴァンジェリンは結論づけた。母は、見事な入り江の風景や大きく立派な建物や歴史を感じさせる家々を指差しながら興奮気味に誉めたたえていたが、エヴァンジェリンのほうはその様子を見て余計に落ちこんだ。

みすぼらしいモーテルに二、三日泊まったあと、母は町外れにワンルームタイプの錆びついたトレーラーハウスを借りた。エヴァンジェリンは、高校に行かせてほしいと頼んだ。シアトルでは通わせてくれていたのだから。でも母は許してくれず、自宅学習をさせると言った。それは、〝社会に蔓延（まんえん）してしまった不純異性交遊〟から娘を守るためなのだそうだ。この引用は、明らかに母が教会からもらってきた大量のパンフレットからの受け売りだった。また、テレビを見ることも許してくれなかった。〝性にふしだらなティーンエージャー像〟が、若者をまちがった方向に導いてしまうからだそうだ。まるで、自分の娘が傷つけられやすい無垢な少女だと思いこんでいるみたいだった。実際には、自分の四十歳のボーイフレンドとセックスしているところを目撃したというのに。この矛盾点を指摘しようと思ったが、どうせ意味がないからやめておいた。

自宅学習は最初から問題が山積みだった。なにしろ母の想定した学習内容は、聖書について母が学んだことと、小学校レベルの算数に基づいたものだったからだ。しかも二週間しないうちに母は地元食料品店のデリで働きはじめ、娘の教育についてはついに手つかずになった。そういうわけで、キッチンの蛇口からはいつも水が漏れていて、宗教画を思わせるカビの染みが天井や壁に現われる、そんなトレーラーハウスのなかで、エヴァンジェリンは雨の多い灰色の春を過ごした。背の高いモミの木に囲まれているせいで、よく晴れた日中でも部屋のなかは夕暮れのようにどんよりと暗かった。ときどき着替える気にもなれず、パジャマのままソファに寝ころんで午後のメロドラマを見た。さいわいなことに、〝テレビが青少年に与える悪影響〟の問題も、母に収入ができたことで解決してしまった。

　十月になったばかりのこの夜、周囲にそびえる真っ黒なモミの木々が、ささやき声のような音をたてていた。エヴァンジェリンは、ひとりぼっちで過ごしたあのじめじめとした春が懐かしかった。明かりはあったし、水道は流れていたし、戸棚のなかには食べ物もあった。今から思うと、十代の女の子が母親に対して抱くちょっとした不満を毎日ぶつけることのできる、そんな贅沢(ぜいたく)な日々だった。

　丘の中腹に広がっている黒い場所をもう一度見つめてから、彼女はきびすを返した。トレーラーハウスに戻る途中、いつか自分の家になるところについて思いをめぐらせた。そこは、アイザック・バルチの家かもしれないし、そうじゃないかもしれない。これまでの人生でなにか学んだことがあるとすれば、それは、誰かを失っても平気でいられる、ということだ。人生は、親や友だちがいなくてもやっていけることをエヴァンジェリンは発見した。どんな形であれ、愛なんていうものは必要ない。

だとしても、自分の心の冷淡さに、ときどきぞっとした。

5

追悼集会のあと、うちに寄っていかないか、とピーターが誘ってくれた。でも私は断わった。彼も無理強いはしなかった。自宅で待っている彼の幸せ——妻と三人のかわいい娘たち——を見るのが、今の私にとってはどんなに苦しいことなのかをわかっていたのだろう。依頼したとおり、彼は私の敷地の入り口で降ろしてくれた。

雑草だらけの植え込みや朽ちかけている落ち葉の山のそばを歩いていると、この数時間のうちにすべての季節が一気に来ては去っていったように感じられた。家は、まるで空き家のようにひっそりと静まりかえっていた。もう二度と生き返らないように見えた。いつもならほんのささいなことにも吠えたてる飼い犬のルーファスも、今は家のどこかでおとなしく寝そべっているようだった。

私をここに連れてきたのはキャサリンだった。西海岸のこの小さな町の、目の前にそびえ立つがらんとしたこの家に。初めてキャサリンを見かけたとき、彼女はまだ二十五歳にもなっていなかった。ペンシルベニア州フォックスヒル市の丘に建つ大きな石造りの納屋の奥のほうに、彼女は座っていた。そのとき私は、フォックスヒルにあるクエーカーの修養と教育の施設に滞在していた（ペンシルベニアはクエーカー教徒W・ペンにちなんで名づけられた、信仰の中心地のひとつ）。殺風景な個室と六人で共用するバスルーム、そして作業分担を与えられた。当時三十歳直前だった私は、近くの高校で科学を教えていた。その夏は施設に滞在して集会に毎日参加し、黙々と歩き、山のように積まれた鍋や食器を洗って過ごした。

三週間目のある日、キャサリンが朝の集会に初めて参加した。私は、彼女から目をそらすことができなかった。なめらかなオリーブ色の肌と豊かな黒髪のキャサリンは美しかった。でも、目がくぎづけになったのは美人だったからではない。化粧のせいでも、黒いスラックスにハイヒールのパンプスを履いていたからでもない。たしかに、化粧っ気のない顔とジーンズとワークブーツばかりの人たちのなかでは、彼女は目立っていた。クエーカーの集会に出るのは初めてなのだろうと思った。だが私の目を惹いたのは、彼女が部屋のなかを生き生きと興味深げに眺めるその様子だった。初めて見るこの新しい場所と人々と、神を礼拝するこの様式を、すべて吸収したいと思っているかのようだった。だが、ふと思い出したように——今、自分がどこにいて、どのように振る舞うべきなのか——頭を垂れた。そして、沈黙に包まれたこの空間に身をゆだねてみようとしたのか、じっと動かなくなった。

彼女は私が見つめていることに気づいていたようで、私が自分の部屋に戻ろうと歩いていると、うしろから駆け寄ってきた。そして、信仰について少し話ができるだろうかと訊いてきた。彼女自身はカトリックで、一週間滞在する予定だと言った。私たちはその日の午後に会う約束をし、近くの森や小さな村を何時間も歩いた。キャサリンはいろんなことを話した。看護の仕事が好きなこと、喧嘩好きな大家族のこと、失恋をしたばかりだということ、夕暮れどきの白樺の木々が美しいこと。いつの日か、子供を産み、犬を飼いたいとも語った。「なるべくたくさん」と彼女は言った。

施設の敷地に戻ると、私たちは歩きはじめた最初の地点で立ち止まった。「ごめんなさい」急に恥ずかしくなったのか、彼女は言った。「わたし、おしゃべりだから」

「ぼくは好きだけど」と私は言った。本当に、好きだった。彼女のことばは私のなかの空洞を探しだし、それを埋めて満たしてくれた。「こちらこそ、話し下手でごめん」

「そんなことないわ」と彼女は言った。「でも、口数が少ないからこそ、ひとつひとつのことばに重みがある。わたしが言いたいこと、わかる?」

私はうなずいた。

「それに」と言って、彼女は私の目を見つめた。私の体じゅうの細胞が、ひとつ残らず目覚めるまで見つめつづけた。「沈黙のなかにあなたが見える。それが大事なの」彼女は手を伸ばして私の手首に触れた。腕の毛が一瞬にして逆立った。

その一年後に私たちは結婚した。ある七月の朝、ベッドのなかで彼女が私のほうを向いた。頬とくちびると濃い睫毛(まつげ)に覆われた目の上で、太陽の光が踊っていた。「ねえ、わたしと一緒に北西部に行かない?」と彼女は口早に言った。まるで、もう切符は買ってあるかのような口ぶりだった。「子供のころ、長い休みのときに行った場所があるの。ポート・ファーロング。あなたもきっと気に入るわ。船がいっぱい浮かんでいて、音楽があふれていて、むかしのヒッピーたちが泉で釣りとかしていて。それに、迷子になれるような島もたくさんあるの」

私は彼女にそっとキスをして言った。「いつか行かないとな」

彼女は顔を少し離した。「ううん。いつか、じゃないの。それに、ただ遊びにいくんでもない。そこに引っ越すの。そこで暮らすの。今。今すぐ行きましょうよ」

「でも、きみの家族は? ぼくの家族は?」

キャサリンは笑いながら大きくのけぞった。「それよ」と彼女は言った。「まさにそれよ」

妻は逃げたがっていた。東海岸から、壊れてしまった過去の恋愛から、苦しかったティーンエージャーのころの記憶から。それまで歩んできた人生のすべてから。彼女は、新しいものが与えてくれる刺激を切望していた。冒険を目の前にしたキャサリンほど、美しくて心を惹きつける女はこの世にいない。

「わたしたちはそこで、新しい家族をつくるの。新しい伝統をつくるの」ふたたび私のほうを向き、温かい太ももを私の両脚のあいだにすべりこませた。「今は、あなたがわたしの家族なの。わたしの心のよりどころなの。わかる？　あなたのその静かさと安らぎが、わたしにとって、まさに〝禅の隠れ家〟なの」

一週間後、私が書斎の机の前に座っていると、ポート・ファーロングについて調べたと言って彼女がはいってきた。「町でもっとも大きな雇用主は製紙工場と病院みたい。看護師の求人がいっぱい出てる。それに、聞いてよ。高校の生物の教員に空きがあるの。今、この瞬間！　ねえ、これほど明確な運命ってあると思う？」

私は体をまわして彼女のほうを向いた。「期待できそうだね。クエーカーはいそうか？」

「小さな集会があるみたい。あなたが参加してるような」

「〝プログラムなしの礼拝〟が？　ほんとに？」

「ほんとよ、ベイビー」彼女は笑いながら私の膝の上に座り、両腕を私の首にまわした。「わたしはあなたに、格式ばった礼拝とか聖歌隊を無理強いしたりはしないわ。ぜったいに」

「カトリックは？」

彼女は私の頬をつついた。「カトリックなんて、どこにでもいるわよ」

この家は、キャサリンが公売で見つけた。長く空き家になっていたヴィクトリア様式の屋敷で、町はずれの八千平方メートルほどの敷地のなかに建っていた。家の周囲から伸びるブラックベリーのつるが壁をのぼり、割れた窓ガラスにからまっていた。ここから二、三キロ離れたポート・ファーロングの中心部には似たようなヴィクトリア様式の家が結構あったが、この近辺ではこの家だけだった。

町の中心部にあるほかの屋敷は、区画整理のもとで隣接して建てられたものだった。しかし一八九〇年に地元経済が破綻し、住宅建設計画が頓挫した。この家はそのときまさに建築中で、破産した元オーナーは二階部分の建設を未完成のまま終わらせた。そのかわり一階部分については、当時としては贅を尽くした仕上がりだった――高さ三五〇センチの天井、廻り縁、装飾的なステンドグラス、連双窓の下の壁に貼られた手仕上げの革製装飾。

それから何十年ものあいだ、この家は豪奢な一階と殺風景な二階という姿のまま、ぽつんと一軒だけ町を見おろす高台に堂々とそびえつづけた。七十年後、ふたたび町に戻ってきた開発業者の手によって、この家のまわりは小さな区画に分けられ、数十軒の小さな平屋建て（ランチハウス）が建設された。

質素と簡素を美徳とするクエーカーにとって、このような豪華な家を購入することは矛盾していると思われるかもしれないが、価格がそれほど高くなかったことに加え、この家を修復するのは価値のある使命だと私は信じた。初めの数年間、私とキャサリンは空いた時間をすべて家の修繕に注ぎこんだ。壁紙を剝がし、雨水による被害を修復し、紙やすりで研磨し、穴をふさぎ、ペンキを塗った。毎晩、お互いの腕のなかで将来のことを夢見た——子供たちがうれしそうに家のなかや庭を駆けずりまわる様子を。二階部分のがらんとした空間については、考えることもしなかった。その必要性も感じなかった。生活するうえで必要なものはすべて一階にあった——キッチン、ダイニングルーム、居間、書斎、主寝室、客間、バスルーム。だから、二階に上がる階段も隠していた。家の大部分を占める上階の空間は誰の目にも触れることなく、なんの変哲もない閉じられた扉の向こうに使用されないまま存在しつづけた。

引っ越してから三年後にダニエルが生まれると、未使用の二階についてはますます考えなくなった。息子は社交的で活発な子で、近所に遊び相手を探すのに苦労した。ガイガー一家が隣の家に引っ越してきて、ダニエルと同い年のジョナがいることを知ったときには歓喜した。ただ、ロリーのお腹のなかにふたり目の子がいなければ、完璧に近かったのだが。ロリーの妊娠は、キャサリンがもう子供を産めないというつらい現実を思い出させた。三十歳のときにキャサリンは重症の子宮筋腫を患(わずら)い、手術を受けた。〝骨盤内の掃除〟と医師は呼んでいた。あたかも、軽く片付けるだけだとでも言うように。

ジョナとダニエルはほぼ毎日のように一緒に遊び、午後はまるまる一緒に過ごした。息子たちがあまりにも仲良くしているので、私とキャサリンはジョナのことをもうひとりの息子だと考えるようになった。ダニエルは中学生、高校生へと成長するにしたがってどんどんハンサムになって運動も得意になり、人気者になっていった。それに伴い、わが家には多くの少年たち——のちには少女たちも——が自由に出入りするようになり、居間でゲームをしたりベランダでコーラを飲んだりするようになっていった。たまに飼い犬を連れてくる子たちもいて、裏庭でフリスビーをして遊んだ。かわいそうにルーファスは、まちがったタイミングでまちがった場所にその大きな体で跳びあがり、空中で体をねじっては計算がはずれたことにショックを受けていた。それを見て、子供たちは笑い転げた。

キャサリンは、おやつや飲みものを持っていって子供たちの輪に加わることが多く、彼らがふざけあうのを見て楽しそうに笑っていた。私はと言えば、仲の良さそうなその叫び声や笑い声を、少し離れた自分の書斎から聞いているのが好きだった。

そういうものも、今はすべてなくなってしまった。家のなかの空気はどんよりとよどみ、どうしてもなかにはいる気になれなかった。しかたなく家の裏手のほうにまわり、ロリーの家の明かりが見えるところまで行って立ち止まった。そして彼女が今どうしているのか想像した。たぶん寝室にいるだろう。小柄で筋肉質の体の彼女はあの黒いワンピースを脱いで脇に放り、解放されてほっとしているだろう。

私は向きを変え、自分の家の二階に目をやった。高校三年になる前の夏に、ダニエルと私は二階部分の工事を始めた。しかし息子は半分も終わらないうちに作業を中断し、私もひとりで続けることはしなかった。その年の秋、キャサリンが家を出ていったのを機にダニエルは二階の部屋に移った。ドアもなく、壁が石膏ボードのままの部屋に。バスルームには壁さえもなかった。ただの枠のなかにトイレや流し台やシャワーがあり、ワイヤやパイプがむきだしになっていた。

まるで拒絶されたような気分になった私は、ダニエルの以前の部屋から荷物をひとつ残らず二階に移し、ペンキを塗って書斎に造りなおした。おまえが生まれる前の状態に戻しただけだ、と主張して。少しは申し訳ないと思ってもらいたくてしたことだったが、息子にはまったく通じなかった。ダニエルは、最後の一年間を二階の部屋で過ごした。寒さや暗さや隙間風について一切文句を言うこともなかった。自分だけの未完成の空間のなかで、心の安らぎを感じていたのだろうか。

かなり暗くなってきてから、ようやく私は裏口からキッチンにはいった。いつもルーファスが座っている椅子は空っぽだった。「ルーファス、どこにいるんだ？」と呼びながら居間に向かった。玄関ホールまで行って、私の心臓は止まりそうになった。二階への階段のドアが開いていた。家を出るとき、たしかに閉めたはずだ。断言できる。ドアを閉め忘れるのは、ダニエルだけだった。

こんなことで動揺しているのに自分でも驚いた。この家に独自の空気の流れがあるのを、私はよく理解している。ある一部の場所で圧力が生まれ、そのほかの場所でそれが外に漏れる。壁やドアが勝手に動くこともある。パンという大きな音をたてることもあれば、音をたてないときもある。この家には、どんなにしっかり閉めても開いてしまうドアもある。ただ、このドアがひとりでに開いたことは今までなかった。

私は、開け放たれたドアを見つめながら立ちつくしていた。これは単なる構造上の問題や、場所による温度のちがいや、この古い家の骨格に蓄積された湿気が引き起こしている事象にすぎない、と自分に言い聞かせた。こんなことは、今までもしょっちゅうあったんじゃないか？　この家は古びた梁（はり）や誰も知らない空洞ばかりだから、嵐のたびに泣いたり唸ったりしていたじゃないか。ある風の強い夜、五歳だったダニエルが私たちのベッドにもぐりこんできたことがあった。この家の歌声がうるさすぎる、と文句を言って。その口調は、もうやってられない、というように疲れきっていた。まるでこの家が自分のきょうだいで、悪い子は叱ってあげないとだめだと思っているかのようだった。

そう。だからこのドアが勝手に開いたとしても、それは幽霊とは無関係だ。

私は階段のすぐそばまで行き、上を覗こうとした。そのとき、私の太もものうしろをルーファスが大きな頭で押した。「こんなところにいたのか。また私のベッドで寝てたんじゃないだろうな？」ルーファスは私の手を舐（な）めた。餌を欲しがっているのがわかった。私はドアをしっかりと閉め、念のためにもう一度たしかめてから、餌を準備しにいった。

その晩、遅くなってからもう一度ドアを確認しにいった。引いてもびくともしなかったが、念には念を入れて、ダイニングルームから椅子を持ってきて把手（とって）の下に押しこんだ。二階にいるネズミに居住スペースを荒らされたくないだけだ、と自分に言い訳をした。

ここに引っ越してきた当初、屋根裏でネズミが大騒ぎしたのは本当のことだ。私たちは毒を仕掛け、何十匹もの灰色の死骸を処分した。そのときの大虐殺を思うと今でも気分が悪くなる。でもそれは二十年近く前の話だ。今さらそんなことを心配するのはおかしい。ダニエルがネズミの文句を言ったこともなければ、私自身もう何年もネズミの音を聞いたことがなかったのだから。

これはただの感覚でしかなかった。頭の上の暗闇のなかに、なにか生き物がひそんでいるような気がしただけだった。

6

トレーラーハウスのドアに、新しい通知書が貼られていた。朝になったら保安官が来ると書かれていたが、会うつもりはなかった。じめっとした十月のこの夜、エヴァンジェリンは七カ月のあいだ自分の家だったトレーラーハウスを外から眺めた。最後に母を見たのも、ここだった。ドアは全開になっていた。動物がはいりこめばいい、と彼女は思った。ソファベッドに巣を作って、ママがおいていった古い服を漁(あさ)ればいい。彼女は一回まばたきをし、一回大きく呼吸をし、最後に一分間だけトレーラーハウスを見つめてから、背を向けた。

詰めこみすぎてぱんぱんになったバックパックを肩に掛け、敷地の外に出た。道路に足を踏みだしたとたん、車が猛スピードで通りすぎた。車に向かって悪態をついた。暗い道路で撥(は)ねられるおそれがあるのは彼女だけではない。今にも折れそうなくらい細い肢の無邪気な子鹿たちは、この狭い路肩に生えた草を食べにくる。ほかの動物たちも。つい先週も、お昼ごろに十台ちょっとの車が渋滞していたのでどうしたのかと思ったら、三匹の子供を連れたカワウソの母親がゆっくりと道路を渡っていた。自然は、奪われたものを必ず取り返そうとする。

　エヴァンジェリンは町のほうに歩いていった。彼らの遺体が見つかってから、何週間も経っていた。今ごろ、ふたりとも埋葬されているはずだけど、どうだろう。町もだいぶ落ち着きを取り戻したのではないだろうか。人々はほかのことに注意を向けはじめているといいけど、と思った。もちろん、アイザック・バルチはそうではないだろう。そんなことはわかりきっている。彼にとって、人生は二度ともとどおりにはならない。でも、わたしにはほかにどんな選択肢がある？　朝になったら、雨漏りのするトレーラーハウスに帰ることすらできなくなるのだから。

　森はしだいに牧草地に変わっていった。彼女が通ると、羊たちが鳴きながら散るように逃げていった。狼だと思われたのかもしれない。やがて民家が一軒現われ、もう一軒、そしてもう一軒と、数が増えていった。そのうち、フェンスで囲まれた庭と家の前に車を駐めてある家が、並んで建っている一帯が現われた。あと数キロこの道路をこのまま歩いていけば、あの子たちと初めて会った公園に着く。

　彼らに出会ったのは、ひとりぼっちでの生活が始まってから二カ月くらい経ったころだった。母親のいないトレーラーハウスから逃げだしたくて、よく公園に行っていた。あの夜も、ピクニック用のテーブルの上であぐらをかいて入り江を眺めていた。午後六時を過ぎていた。そのテーブルは入り江が見おろせる崖のそばにあり、高いモミの木々に囲まれていた。公園のほかの場所からは死角になっているので、誰にも邪魔されずにすむと思った。その日は気温が三十度近い、ポート・ファーロングの基準から言えばうだるような暑さの日で、切りっぱなしのデニムのショートパンツとタンクトップから、そばかすだらけの細い腕と脚を出していた。うしろのほうからは、夏休みがまだ終わっていないのかと勘ちがいさせるような小さな子供たちのかん高い声が聞こえ、目の前には入り江の波がローズ色と金色に輝いていた。

　海の上に視線をすべらせていくと、遠くの島々のぼんやりとした影や、太平洋から眼下のビーチへと続く海峡も見えた。一瞬、自分が誰なのかを忘れた。もう一度高校に戻り、大学に行き、仕事に就く。真っ当な、意味のある職業。病気の人を助けたり、貧しい人々の弁護をしたりする仕事。家族ができる。愛情に恵まれる。どうすればそんな人生が手にはいるのかはさっぱりわからなかったが、入り江やきらめいている光や遠くの景色を見ていると、どんなことでも実現できそうな気持ちになった。

しばらくそんな空想にひたっていた。そして少しだけ体を動かした。ほんのちょっと重心を移しただけだったが、テーブルの木の棘が太ももに刺さった。気持ちよかったそよ風がいきなり強風になり、崖を駆けのぼって襲ってきた。それまで見ていた空想が、厳しい現実になって空っぽのお腹、空っぽのポケット、空っぽの心を打ちつけてきた。母はエヴァンジェリンより、麻薬やセックスやイエスさまを選んだ。この現実以上のものを期待できる世界なんて、いったいどこにある？

彼女は必死に記憶をたどった。いざというときのためにしまってある〝非常食〟のような思い出だった。あれはまだ八歳のころ、たったひとりソファの上で毛布にくるまり、深夜のショッピング・チャンネルを見ながら母の帰宅を待っていたときのことだ。夜中の十二時になる直前、玄関の鍵がまわる音がして、やっと母が帰宅した。長時間のウェイトレスの仕事を終え、疲れきった顔をしていた。エヴァンジェリンは母に駆け寄った。そしてバッグに触れ、なかを見てもいいかと目で訴えた。なにがはいっているか、いつも楽しみだった――サンドイッチ、フルーツ、血がしたたる大きなプライム・リブ。その日はケーキだった。持ち歩いているあいだにつぶれてしまい、フロスティングが溶けてラップと一緒にはがれてしまいそうなチョコレートケーキ。エヴァンジェリンの待ち望んでいたものだった。でも、バッグからケーキを取りだす前に、ソファまで連れていかれて抱きしめられた。首もとに鼻をこすりつけられると、汗と煙草と焼いたお肉とが混じったような土くさいにおいに包まれた。「食べちゃいたいくらいかわいい」と母は小声で言った。母のくちびるとそこから漏れる息の感触は、ケーキよりも何千倍も好きだった。

今でも、抱きしめられたときの母の腕の感触を思い出すことができる。それは安心できるオアシスであり、暗い世界を光り輝かせる愛だった。ただ、そのときの古い記憶を引っぱりだしたことをすぐに後悔した。がらんとして誰もいないトレーラーハウスと、娘のことをもう愛していない母親に置き去りにされたことを、思い出させただけだった。

「一本、どう？」という声がするまで、近くに誰かがいることに気づかなかった。振り返ると、ふたりの男の子が立っていた。そのうちの背が高くてハンサムなほうの子が、ビールの缶を差しだしていた。エヴァンジェリンはつとめて普通な顔で微笑み、ビールを受け取った。公園のなかでも、ここは少し離れた場所にある。だんだんと暗さが増している今は、隔離された場所だということを余計に意識しないではいられなかった。たとえ「テラスのテーブルからブルーベリーが盗まれる」というような見出しが地元紙の一面に載るような町でも、犯罪は起きる。

「おれ、ダニエル」とビールをくれた子が言った。身長はたぶん一八〇センチ以上はあるだろう。黒い髪と黒い目、左右対称の端正な顔立ち。エヴァンジェリンにはまったく興味がないようなふりをしている。母のボーイフレンドのマットとの一件があって以来、ハンサムすぎる男は信用できなくなっていた。

背の低いほうの子は、痩せていて色が白く、茶色い髪は家で切ったみたいにふぞろいだった。ぶかぶかのショートパンツのポケットに両手を突っこんだまま顔を上げ、小さくうなずいてから言った。「ジョナ」

「どうも」と彼女は言った。

「きみ、名前ある?」とダニエルが言った。このひとことで、ますます嫌いになった。本名を名乗る気はさらさらなかった。周囲からの見通しが悪く、下のほうから波が砕ける音のするこんな崖っぷちの場所では。「レッドって呼んで」

エヴァンジェリンはピクニックテーブルからおりて地面の上に立った。別になんの問題もなかった。でも、なぜか地面が波打っているように思え、崖の縁まで六メートルはあるのに転げ落ちそうで怖かった。「なんか寒くなってきた」と彼女は言った。「風が当たらないところあるかな」

彼らがあとについてきた。木々のおかげで風がさえぎられ、崖の縁からも離れ、遠い島影も広い夜空も見えなくなると、ただ普通の高校生の男子が女の子とおしゃべりをしているだけのようになった。ようやく、エヴァンジェリンは緊張を解くことができた。駐車場から見えない場所にベンチを見つけた。ここなら、保安官が通っても見つからない。彼らがベンチに座って話すのを、エヴァンジェリンは小さな松の木に寄りかかって聞いていた。と言っても、しゃべっているのはほとんどダニエルばかりだった。

ふたりは高校四年生(シニア)になったばかりらしい。ダニエルはこれからの計画について話した――大学に行ってフットボール選手になり、ロー・スクールに進んで政治の世界を目指すかもしれない。上院議員になるのもおもしろいかも、と彼は一方的に話した。エヴァンジェリン自身のことは一度も訊かずに。それでもかまわなかった。黙って、ただ観察していたかった。人がどんなことに動かされるのか、その人の弱点や怒りだすポイントがなんなのか、探りあてるまでそんなに時間はかからない。

人間は、ホームレスになったり、記憶からすぐに消したくなるようなことをせざるをえない状況に陥ったりすると、他人のことを読みとれるようになる。他人に操られそうになるのをうまくかわし、自分のほうが操れるようになる。誰にでも、その人がとりがちな行動のパターンがある。ダニエルの場合、それは彼自身がかわいく控えめに見えるような話し方だった。「おれってさ、ほんとに馬鹿だから、おやじが初めて運転させてくれたとき、サイドブレーキが焼けちゃってさ。ものすごい煙とキーキー音がしてたんだけど、そのまま運転して……

で、校長に言われたんだ。『バルチくん、それにはたぶん理由があるんじゃないか――真っ当な理由が。それはね、きみのズボンが裏返しなんだよ』ってね」

エヴァンジェリンは、目立ちたがりの男子に興味はなかった。でも、ダニエルが人気者でスポーツ万能なのは、彼自身にはどうすることもできないのだろう。誰からも好かれるという自信に満ちあふれ、信じられないほどハンサムな彼には。だからエヴァンジェリンのことをわかろうとしなくてもしかたがない。もしも彼女のような女の子が欲しかったら、よりどりみどりなのだろう。ダニエル・バルチはいつだって、女の子にも友だちにも、チャンスにも不自由しない。彼はそういう人生を生きている。

でも、ダニエルの陰にひそんでいるジョナはちがう。彼のことはすぐに理解できた――履き古されたワークブーツ、下手くそな切り方の髪型、極度に警戒しているような様子、用心深い笑顔、緊張気味な足踏み、そして彼女と目が合ったときにすぐにそらす目線。彼が唯一口を開いたのは、鹿やウサギの足跡を見ていると飽きることがないとエヴァンジェリンが言ったときだった。

妹のネルズも動物に夢中なんだ、と彼は言った。

ダニエルが大事にされて甘やかされているペットだとすると、彼女とジョナは野良犬だった。彼女が十歳のときに里親に預けられたように、ジョナも預けられたことがあるのではないかと思った。そのときの孤独感や屈辱感を、彼ならわかってくれるような気がした。里親に預けられた経験はなかったとしても、同じような苦しみを味わったことがあるのではないだろうか。まともな暮らしをするためには、彼女もジョナも戦わなければならない。それでも、せっかく勝ち取ったものも簡単に奪われてしまう。エヴァンジェリンは、彼らと一緒にベンチに座ることにしたときも、迷わずジョナの隣に座った。まるで自分自身の隣にもぐりこんでいるような感じがした。

一時間後、ジョナのトラックに乗りこみ、彼らのあいだに座った。そして、製紙工場で降ろしてほしいと頼んだ。工場に着いたとき、ダニエルが先にトラックから降りた。エヴァンジェリンは、降りる前に身を乗りだしてジョナの頰にキスをした。そのとき、彼らはふたりとも啞然とした顔をしていた。それが見たくてジョナにキスをしたわけではなかったが、そうじゃないとも言いきれない。

エヴァンジェリンはバックパックをもう片方の肩に掛けなおした。九月のあの夜、野生の動物のように森のなかにはいる前に、最後に振り返ってもう一度うしろを見たときのことを思い出していた。衝撃をくらったようなジョナの表情が、変化していた。内なる太陽に照らされているみたいに、顔がぱあっと明るくなっていた。圧倒されたような、純粋な驚きの表情だった。

その瞬間、彼女は自分の人生が大きな転換点を迎えたような気がした。ただ、そのときはまさかあんなことになるとは想像もしていなかった。今、彼女は町の上にある丘を見上げ、その中心部にある真っ暗な場所を目指して歩いていた。道に迷わなければ、一時間もしないうちにたどりつけるだろう。

あんなに悲惨な死を遂げたふたりの高校生のどちらとも知り合いだったなんて、なんて不思議なことなのだろう。彼女の行く手に、彼らはまださまよっているのだろうか。彼らの幽霊から遠ざかるのではなく、むしろ自分から近づこうとしているのはおかしなことなのだろうか。

7

ぼくが死ぬ日

今、夜中の十二時十五分。あと数時間でぼくは死ぬ。少なくとも四時までには。哀れんでほしいわけじゃない。これが現実、ってだけ。

ぼくは今、靴底がでこぼこのブーツとキャンバス地のワークパンツをはいて、ベッドの上に寝ている。固いスプリングのシングルベッドは、壁ぎわに押しつけておかれている。外でなにかがこすれたりぶつかったりする音がしてる。たぶんなんでもない。風で熊手が倒れただけだろう。母さんと妹は、それぞれの部屋で寝ている。もしかしたらさっきの物音で母さんは起きたかもしれないけど、仕事で疲れているからそれはないかな。ネルズが起きたらすぐにわかる。壁をはさんで、ぼくと妹のベッドは隣同士に並んでいるのだから。そのときになれば、ぼくが何時間か前にさよならを言ったことはわかってくれるだろう。

レッドに会ってから今日で十日目。初めて彼女に見つめられたとき、ぼくは思った。この子の目は男の心をまるはだかにできる、って。そんなふうに見られて、ものすごくほっとした。レッドは、ぼくのことをわかっているような気がした。あのあと、まさかダニエルの目の前でキスされるとは思ってなかったけど、彼女のくちびるがぼくの頬に触れたとき、焼けるように熱くて、キスされたところは聖なるタトゥーみたいに光ってるんじゃないかと思った。

あの子に触れたとき、自分の皮膚が消えてなくなったような感覚になった。まるで自分が水になって、温かい海に流れこんでいるみたいに。もう一度レッドに触れることができるなら、ぼくはなんだってする。彼女の首もとで脈打っている血管に指先を当てて、彼女の命がそこにあるのを感じたい。熱くて、ドクドクと波打ってて、とても静かな彼女の命が。レッドは生き生きしてる。いろんな可能性があることをまだ信じてる。

だからぼくは最後の時間を使って、いろんなことを整理しようとしてる。彼女のために。彼女のせいじゃないってことを、ちゃんとわかってもらわないといけない。ぼくの考えは、今のところ自分のなかにしかないけど、どうにかして彼女に届かないかなと思ってる。どんな世界になればそれが可能になるのかはわからない。でも、誰も知らない世界に行こうとしている今、そういう世界があると、どうしても信じてしまう。

　ひとつかふたつ、まとめることのできた考えはある。ぼく自身について、どうしてこんなふうになってしまったのか。どうして、ある種の邪悪なことを受け入れてしまえるのか。混じりっけのない悪。世界じゅうのジョーカーやドクター・ドゥーム（いずれもアメリカンコミックの名悪役）。そういう〝悪〟が好きになったのは、ぼくが十歳のときだった。ダニエルの部屋に入りびたって、悪役（ヴィラン）たちに憧れながらコミック本を読み漁っていたとき。世の中に〝悪〟が必要だとわかったのは、そのころだった。正義の味方は、いつだって悪者をやっつけようと探しまわる。そうでしょ？　正義の味方がそうやって自分の存在意義を証明するなら、悪者にだって少しくらい存在意義があってもいいはずだ。

　べつに自分が人殺しになったからそんなことを言ってるんじゃない。でも、今は新しい見方ができるようになってきた気がする。誰もが、正当な憎しみと敬虔（けいけん）な怒りを、世の中にぶちまけたくてしかたがない。そのターゲットが〝悪〟なら、これ以上適したものはない。もともと自分のなかにあった敵意や悪意を向ける先として、〝悪〟ほど適したものはない。

　ただ、憎むべき悪は、最上級で混じりけのない純粋な悪じゃなければ、本当のありがたみは生まれない。そこにわずかでも〝愛〟が混じると——判断する側にも、判断される側にも——残されるのはただの悲惨さだけ。

簡単な例をあげるとすれば、こんなのはどうだろう。十一歳のきみは、こんな光景を目撃したとしよう。青白い顔をした酔っ払い（もちろん、きみの父親じゃない）が、スーパーの駐車場で女の人（もちろん、きみの母親じゃない）の顔を殴る。きみの目の前で。その男は女の人の顔を思いっきり殴って、その女の人は口から血を噴きだしながら膝から崩れる。そして、きみが持ってるただ一足のスニーカーに血が飛び散って血だらけになる。もちろん、きみはその女の人がかわいそうだと思うだろう。それに、スニーカーを汚されたことに腹を立てるだろう。でも、きっと満足感も得られるはずだ。ぞくっとするような。だってきみが目撃した男の行為は、まぎれもない〝悪〟だから。

だけど、もしもその男がきみの父親だったとしたら？　その父親を、きみが少しでも愛しているとしたら？　ものすごく愛している必要はないけど。まわりで見ている人たち——この町に住んでいるかぎり、どこに行っても知り合いはいるから、当然そのなかにはきみのむかしの担任とか、友だちのお姉さんなんかも含まれている——にとっては、目撃したことは純粋な悪だ。コミック本のなかに出てくるような悪役だ。だけど、きみにとってはちがう。きみのなかのほんの小さな愛情のせいで、自分が見ているものがなんなのかわからなくなる。

めちゃくちゃになるのはそのせいだ――愛。心のなかに愛があると、物事が正しく見られなくなる。あるいは逆に、物事をちゃんと見ることができているのは、きみだけなのかもしれない。

どっちにしろ、なにもかも最悪だ。どっちにしろ、もう二度とコミック本を楽しめなくなる。

ちょっと理屈っぽくなったかな。たぶん、なにも感じないようにしているからだ。でも、レッドのことを考えるときは、なにも感じないようにするには本気で集中しないといけない。だって、公園で出会った彼女――本名も、どこに住んでいるかも教えてくれなかった――は、ぼくのなかに光り輝く地獄を吹きこんだから。あの女の子は、とてつもなくすてきな痛みでぼくを満たした。

頭のなかでいろんな音が鳴っていると、真実を見つけることができない。いつからぼくの心は病んでしまったのか、いつ心に穴が開いてそこから邪悪なものがはいりこんでしまったのか、探りだすことはできない。結局、なにが起きているのかを神さまはいちいち教えてはくれない――〝イエス〟か〝ノー〟か、〝善〟か〝悪〟かも。

バルチさんはこんなふうに言っていた。自分の魂に耳を傾けるのが唯一の希望だ、と。

でもぼくに言えるのは、魂というのはものすごい臆病者で、あまりにも小さな声でささやくから、沈黙のなかでしか聞こえない、ということ。たしかに、沈黙には効き目がある。バルチさんと一緒に参加したクエーカーの集会でそう学んだ。この数カ月のあいだ、集会に参加しなかったことを今は後悔している。参加していたら、こんなことにはならなかっただろう。沈黙はぼくを落ち着かせてくれた。ぼくのなかのいろんなものを開いてくれた。自分がちっぽけな存在でしかないとは思わなくなった。それなのに……あの最後の集会のとき、ぼくが怖じ気づいてさえいなければ。ぼくが震えていたこと、天に手を伸ばしていたことを、ほかの人たちに見られたんじゃないか、って心配になってさえいなければ。

でも、ぼくの人生の最後の朝を迎えた今は、あの日、誰になんと思われたかなんて、もうどうでもいい。最後にもう一度、沈黙のなかで耳を傾けてみようと思う。ぼくが知らなくてはいけないこと――レッドが知らなくてはいけないこと――が見えてくるように。

8

ダニエルの最後の追悼集会の数日後、ジョナの追悼集会がおこなわれた。ワインレッドのカーペットが敷きつめられた葬儀場のチャペルに、数十人が散らばっているような寂しい会だった。キャサリンは出席しなかった。「あの母親には、息子を静かに埋葬させてあげましょう」と言い残し、スポケーンまで車で帰っていった。

私も、その夜はロリーとことばを交わすことはなかった。わざわざ少し遅れて行き、終わる数分前に退席した。そもそもなんで行ったのかは自分でもわからなかった。行ったところで、双方に安らぎがもたらされるわけでもない。もしかしたら、悟りに達した人間だと他人から見られたかっただけなのかもしれない。いかにも私らしいことだ。

玄関の鍵を開けて家のなかにはいったのは、夜の八時だった。すぐにでもベッドにもぐりこみたかったが、私は新聞を広げて居間のソファに座った。アラスカのボートレースの記事でも読めば、少しは気がまぎれると期待していた。でも、私の脳裏には最前列に座っているロリーの姿しか浮かんでこなかった。まるで骨の一本一本が彼女の嘆きと一体化したかのように、その顔は険しく、悲しみに満ちていた。おそらく本当に一体化してしまったのだろう。これほどまでに苦悩する人を、私は今まで見たことがなかった。たった一年前、夫のロイが自殺した。彼は十年ものあいだ激越型うつ病を患っていた。ロリーが、彼の病からくる焦燥感や苛立ちのはけ口になっていたことは、まずまちがいないだろう。

ルーファスが居間にはいってきた。私が広げていた新聞を前肢ではたいて床に落とすと、膝の上にのってきた。そして頭を私の胸にもたせかけ、低い唸り声をあげた。普通、四十キロ近い筋肉のかたまりは、小型犬のようには膝にのらないものだ。でも、ルーファスはちがった。体をスポンジのように使って、私を苦しめているすべてのものを吸いとろうとしているかのようだった。

やがて、ルーファスはいびきをかきはじめた。葬儀用のシャツによだれが垂れるのを見ながら、私はジョナのことを思った。六歳から十五歳くらいまで、土曜日の晩は毎週のようにこの家に泊まりにきた。日曜日の朝に私がダニエルを連れてクエーカーの集会に行こうとすると、ジョナもついてきた。ダニエルは十四歳になると集会は時間の無駄だと言いだし、息子たちふたりは朝寝坊をするようになった。ところがある日曜の朝、私が出かけようとしているジョナを見つけた。一緒に行くか、と私が言うと、彼は急いで上着を手に取った。

その日以来、毎週日曜日にジョナは準備をして私を待つようになった。うちに泊まりにきていないときも。そんな日は、土砂降りだろうが強風のなかだろうが、外で待っていた。薄っぺらな上着の下で、痩せた背中を丸めて。父親のような存在から目をかけてもらいたがる彼のその様子には、痛々しいものがあった。それは、ジョナの父親がまだ生きているときから同じだった。

「あなたの〝びしょ濡れの子猫〟はどうしてる？」とキャサリンからよく訊かれた。これは、動物でも人間でも、私がよく拾ってくる迷子に対する彼女の呼び名だった。自分のもとに迷子が送られてくることには、なにかしら神の意図があるのではないかと私は信じていた。ピットブルの雑種で、病気で痩せこけていたルーファスを保護施設から引き取ってきたときも、キャサリンにとってルーファスは〝びしょ濡れの子猫〟だった。

私は最初から、集会でのジョナに感銘を受けた。まだ十二、三歳の少年が、一時間ものあいだ身じろぎひとつせずに固いベンチにじっと座っているのだ。彼は、神との一体感のようなものを持っていた。私たち多くの者には開かれることのない戸口が、彼には開かれていた。殺人者のことをこんなふうに言うのは馬鹿げていると思われるかもしれないが、これはまぎれもない事実だ。私が夢で見るしかできないようなことを、彼はその目で目撃していた。

ダニエルがまだ生きていた今年の四月、ジョナは集会に参加するのをやめた。その理由を彼は話さなかったが、おそらく最後の集会で衝撃を受けたことが原因だったのではないかと思っている。内なる神の光に、それを経験した人は圧倒される。少なくとも、私はそう聞かされている。

あれ以来、息子とジョナは一緒にいることが少なくなった。ジョナは内向的でスポーツも得意ではなかったので、ダニエルを中心としたグループに馴染(なじ)めない理由は理解できる気がしていた。でも七月下旬に地元の金物店でアルバイトをしているジョナに偶然出くわしたとき、ふたりのあいだに距離ができてしまったことを初めて知った。少し立ち話をしたあと、帰りかけた私に彼が言った。「ダニエルによろしく言っておいて」と。もう長いこと会話していないのだとわかった。

その日の晩、私はダニエルに説教をした。「人間というのは、その生き方がすべてを物語っているものだ。おまえがどんなに人気者だろうが、そんなことは関係ない。大事なのは、他人にどう接するかだ。特に、恵まれない人に対して。ジョナみたいな。彼のお父さんが亡くなってから、どんなに苦労しているかはよく知っているだろ?」

できるかぎりジョナの力になるとロリーに約束したことを、私はダニエルに思い出させた。自分がしたわけでもない約束を守る必要なんてない、と息子は文句を言っていたが、最後の数カ月間は私に言われたとおりにしていた。ほかの子たちがうちに遊びにくるとき、ダニエルはジョナも誘った。仲間の一員としてジョナが笑っているのを見て、私は安心した。ほかの子たちをからかってふざけあうように、ジョナのこともからかっていた。彼が暗い部屋の隅にひとりで座っているのをたまに見かけることがあった。そんなときは、疲れているとか体調が悪いとか言い訳をしていた。ダニエルとほかの子たちが外に遊びにいくときは、ジョナはひとりで自分の家に帰ることが多かった。あの子は孤独だった。それなのに、どうして友だちから差しのべられた手を拒むのか。私には理解できなかった。

夜の九時をまわったころ、脚がつりそうになり、ルーファスに膝の上からどいてもらった。夕食もまだだったし、昼も食べたか思い出せなかった。食欲はまったくなかったが、それでもキッチンに向かうと、ルーファスがあとについてきた。そのとき、ふと思い出した。そういえば、ルーファスは家じゅうをジョナのあとについてまわっていた。ダニエルが殺される一週間前、ジョナが居間のソファに座っているのを見かけたことがあった。そのときもルーファスはジョナの膝の上にのり、全体重をジョナに預けていた。

ひょっとして、ルーファスはジョナの心のなかの乱れを感じとっていたのだろうか。さっき、私のなかの苦しみを感じとったように。

9

エヴァンジェリンは、敷地を取り囲む木々のあいだに隠れて立っていた。その人の家の場所はすぐにわかった。何千回も通っている場所みたいに。まるで、自分の家に帰ってきたみたいに。

夜の風が彼女の体に突き刺さった。バックパックからデニムの上着を引っぱりだし、カーディガンの上からそれをはおっていると、町の鐘塔の鐘がゆっくりと鳴りだした。最後の九回目の鐘が鳴ったとき、くちびるをなにかがやさしくなでたような感覚がした。内気な少年にキスされたかのようだった。彼女はとっさに汚れた手でくちびるを拭った。腐敗の味が舌の上に広がった。エヴァンジェリンは、眼下にきらめいている町の光に目をやった。こんな幽霊に取り憑かれたところより、もっとましな場所があるはずだと思った。でも、ほかにどこに行けばいいの？　ここ以外に、少しでもつながりのある場所なんてどこにある？　そう思いながら彼女はお腹に手をやった。いいえ。ここ以外の場所なんてない。

わたしたちには、ここしかない。

ブラックベリーのつるが髪の毛にからまるのも気にせず、前に進んだ。敷地のなかの私道は思ったよりも長く、ゆるやかな上り坂になっていた。密集しているモミの木のあいだを抜けると、目の前にヴィクトリア様式の大きな家が現われた。派手な造りではないその家は全体が暗く、どこにも明かりはともっていなかった。もしかして、あの人はなかで死んでいるのだろうか。ネズミに食われてしまっているのだろうか。なぜそう思ったかといえば……最近はそんなことしか考えていないから。

あの子たちはまだ元気で、ただ姿を見せていないだけ。そんな想像をしていたわたしは、なんて馬鹿だったのだろう。実際には、この家の敷地に足を踏み入れた瞬間からわかっていた。草も木も、家もテラスも、家のなかのすべての部屋も、彼らが今どこにいて、どんな姿で見つかったのかを熟知している、ということを。

石造りのテラスを守るように、古い木がねじれた枝を伸ばしていた。エヴァンジェリンはその木の下に座りこんだ。彼女は心に決めていることがあった——家のなかにもぐりこまないこと、ノックもしないこと。どんなに寒くなっても、どんなに雨が降っても、どんなにひどい夜になっても、ずっと外で待つこと。見つけてもらえるまで、永遠に。なかに招き入れてもらえるまで。ここに来たのは、偶然のことだと思われなければならない。ここが肝心な点だった。胸に計画を秘めた汚らしい少女に、人は警戒心を抱く。

暗さにだんだん目が慣れてくると、奥のほうの庭がほかよりも少し明るく光っているのが見えた。そこに面した部屋の明かりがついているのかもしれない。ほかのことにもいろいろと気づいた――家を取り囲むポーチがあったり、テラスにバーベキュー用の大型コンロがおかれていたり。それまで腐敗している死体しか思い浮かばなかった彼女の想像力は、一気に飛躍した。やさしいそよ風に吹かれてゆっくりと味わうアフタヌーンティー、グリルで焼かれるハンバーガーの香ばしいにおいに満ちた夏の夜……

ヴィクトリア様式の家はあまり好きではなかった。ポート・ファーロングには、歩道の横にそびえたつ、高くて幅の狭いヴィクトリア様式の家がたくさんある。機嫌の悪そうな独身（ひとりみ）のおばあさんが、フリルのいっぱいついたドレスを着ている姿を思い起こさせた。でも、この家はちがった。ゆったりと横に広がっていて、渦を巻くような独特の装飾もまったくない。巨大なわりには居心地のよさそうな家だった。

しばらく家を眺めていると、誰かの視線を感じた。一階の窓のひとつから、誰かが外を見ているような気がした。窓台のすぐ上に目線があるように思えた。小さな子供だろうか。でも新聞によればダニエルはひとりっ子で、弟も妹もいない。たとえいたとしても、こんなに暗いなかでは彼女が見えるわけがない。でも、まっすぐに目のなかを覗きこまれているような感覚だった。そんなことができるはずもないのに。彼女がまばたきをすると、見つめられている気配が消えた。そこにあったのは、古くて大きな家のただの窓だった。

復讐心に燃えるダニエルの幽霊のことを心配したほうがいいだろうか、とエヴァンジェリンは思った。多少なりとも彼女のせいだと思われているんじゃないか。でも、そんな考えは頭から追いだした。ダニエルは自分がしたことを自覚している。もう二度と顔をあわせたくないはずだ。それに、生きている人に悲しい思いをさせられたことは、これまで数えきれないほどあったが、死んだ人に迷惑をかけられたことは一度もなかった。

キッチンの明かりがつき、ダニエルの父親が足を引きずるようにしてはいってきた。新聞に載っていた写真から、すぐにその人だとわかった。前に突きだした白髪交じりの頭で、首から下の体を無理やり引っぱって歩いているように見えた。コウノトリみたいに細いその脚に、ボーリングの玉が鎖でつながれているように重そうな足取りだった。彼は冷蔵庫まで行ってプラスチックの容器を取りだした――知り合いの誰かがおいていってくれたキャセロールかなにかだろう。このあたりの人は、そうする風習があるらしい。流し台からスプーンを取りだすと、冷たく固まったままの料理を食べはじめた。単なる義務のように。

木々のあいだを激しい風が吹き抜け、落ち葉がエヴァンジェリンの上に降りそそいだ。バックパックに結びつけてあった毛布を広げて体に巻いた。人間の体は、どれほどの寒さに耐えられるのだろう。あの家のなかには、彼女が外にいるのを知っている人がいる。でも、その人はこのまま放っておこうと判断したのだ。

彼女はふしくれだった木の幹にもたれかかりながら、年老いたその人がキッチンの流し台の前に立って食べているのを眺めていた。そのとき、また視線を感じた。キッチンの隣の部屋から、誰かが彼女を見ていた。彼女の目をまっすぐに見つめていた。

10

汚れた食器が積まれたままになっているキッチンの流し台から、悪臭がただよいはじめていた。その汚さには辟易（へきえき）したが、同時に不思議な安堵も感じていた。まるで家そのものも喪に服しているような気がした。清潔であれ、健康であれ、という息がつまりそうな習慣を、私と一緒になって拒否しているような、そんな気持ちがした。

　まずくなってしまった豆のサラダの残りを無理に口に押しこみ、容器を流しに投げ入れた。カビが生えはじめていたが、それを拭こうともしなかった。油まみれの海と化した流しのなかに、カビも一緒にうずめてしまいたかった。少なくともカビは生きているのだから、と自分に言い聞かせた。ただの言い訳にすぎなかった。流しの前に立ったまま、自分の顔が歪んで反射する水面を見つめた。プラスチック容器に残っていた豆は、下に沈んだり上に浮かびあがったりしていた。

　寝室に行くと、どっと疲れが出てすぐに眠りについた。しかし夜中の一時、ベッドを引っかいているルーファスの鳴き声で目が覚めた。私の腕の下に頭を突っこもうとしていた。外に出してやるのを忘れていたことに気づいた。裏のドアを開けると、ルーファスはすぐに飛びだしていき、暗闇のなかに消えた。ところが、二十分しても戻ってこなかった。何度呼びかけても。しかたなく、裸足のまま冷たいワークブーツを履き、コートをはおり、懐中電灯を持って外に出た。

裏庭を半分くらい進んだところで、家の反対側からルーファスが走ってきた。目を見開いて息を切らせ、首輪が引っかかりそうな場所を避けながら駆け寄ってくると、あとについてこいとでも言うように吠え、もと来た方向にまた走っていった。

家の反対側まで行くと、スモモの古い木の下になにかの動物が横たわっていた。近寄るとその生き物は形を変え、人間の姿になった。何往復か懐中電灯の光を暗闇に向けて行き来させ、浮かびあがったイメージを組み立ててみた――少女、おそらくティーンエージャー、松葉や木の皮だらけのぼさぼさの髪の毛、まぶしそうに目を細めている驚いたような顔。

ルーファスが少女の膝に頭をのせた。彼女は両腕でその頭を抱きかかえ、痛みをこらえているように顔の片方を歪めた。私が懐中電灯を消すと、彼女は「ありがとう」と言った。どこか聞き覚えのある声だった。高校の生徒か近所の子だろうか。私は彼女の横にしゃがみこんだ。少女は寒さに震えていた。「大丈夫か？」

「うん」と彼女は言い、頬に貼りついていた落ち葉を払い落とした。

それ以上はなにも言わなかったので、家まで送っていこうか、と私は言った。

「家はない」と彼女は答えた。

「じゃあ、友だちは？」

「友だちもいない。わたしたち、ここには来たばかりだから」

「〝わたしたち〟？」

「じゃなくて、わたし。ただの言いまちがい」

「じゃあ、知り合いはひとりもいないのか？」

少しためらってから、彼女は答えた。「そう。誰もいない」

この町に来てからまだ何日も経っていない、と彼女は言った。公園なら休めるところが見つかるかもしれないと思い、公園と勘ちがいしてうちの敷地にまぎれこんでしまったのだと言う。ルーファスは、この〝見捨てられた子〟のもとに私を導いた。彼女が困っているなら、暖かい場所と食べ物と清潔なベッドを提供する以外、私にどんな選択肢がある？

少女を家のなかに招き入れ、キッチンのテーブルまで連れていった。しかしキッチンの悪臭と乱雑さが恥ずかしくなり、片付けようと私は流し台に向かった。

「大丈夫。気にしないで」と少女が言った。彼女は笑みを浮かべ、私の目をまっすぐに見つめた。その眼差しになにか違和感のようなものを感じ、私は思わず目をそらした。でももう一度視線を戻したときには、彼女は本来の姿――見捨てられた子、小さくて弱々しく、でも激しさを内に秘めた子――に戻っていた。彼女は無意識のうちに左手首を触り、ドアの近くにおいたぼろぼろのバックパックを見ていた。

ジーンズは固まった泥に覆われていた。背中の半分くらいまで垂れている濃い赤色の髪も、絡まっていて汚かった。きっと何週間も洗っていないのだろう。秘密めいたその絡まりのなかに、なにが巣くっているかは想像すらできなかった。彼女の顔も汚れていた。でも、そばかすだらけの肌はなめらかで、苔の新芽を思わせるきれいな黄緑色の目をしていた。ルーファスをなでているその手は、おそろしいほど汚かった――泥が詰まって真っ黒になった爪、べとべとの汚れのついた指と指のあいだ、血のついた手と腕。私に見つかった場所まで、土のなかを素手で掘りすすんできたように見えるほどだった。

彼女は何度も冷蔵庫に目をやっていた。お腹がすいているのだろう。当然のことだ。私は冷蔵庫まで行き、なかにはいっていたプラスチック容器のひとつを取りだしてなかを覗いた。

「ラザニアか」と私は言った。「まだ食べられると思う。今、温めてあげよう」

「冷たいままで大丈夫」と少女は言って流し台まで行き、あのおぞましい水のなかに手を入れた。やがて大きなスプーンとフォーク二本を取りだすと、洗いはじめた。まるで自宅にでもいるかのようなその様子に、私は少し不安を感じた。あのスモモの木の下にはいったいいつからいたのだろう、と気になった。

「そんなことをさせて悪いね」と私は言った。「ひょっとして前に会ったことがある？　私が忘れてしまっているだけか？」

彼女は急に振り向いた。「ううん」少し声が動揺していた。でもすぐに落ち着きを取り戻した。「さっきも言ったとおり、ここには来たばかりだから」

少女は流しのなかから手を引きぬいた。「あ、ごめんなさい。余計なことだった？　役に立てればって思っただけ。親切にしてもらったから。なにかできることがあればって」

「いや、そんなことはない。助かるよ。でも、いいから座って」

なにか食べさせてあげるのはいいとして、そのあとは？　警察を呼ぶまでのことではないし、かといって、こんな夜中に誰かに電話をして迷惑をかけるわけにもいかない。「まずは食べて。そのあとは、必要なら客間を用意しよう」

チーズたっぷりのラザニアを多めに皿に盛ってあげた。このラザニアは、思いやりのあるクエーカーの仲間が、追悼集会のあとで玄関先においていってくれた数多くの料理のひとつだった。黄色い脂が表面で固まりかけていて、食欲をそそりそうには思えなかったが、少女は夢中で食べはじめた。大きく五、六口頰ばったあと、彼女は目を上げて私を見た。

「一緒に食べない？　お願い」白い顔を赤らめて、小さな子供のような声で言った。

「もちろんだよ。きみがそうしてほしいなら」もう一枚の皿にそれなりの量のラザニアを盛るあいだ、彼女は頭を下げたまま待っていた。微笑んでいるのが見えた。私は、もう何週間もまともに食事をしていなかった。だからズボンをベルトで締めると、スカートのようにひだになった。でも、少女の気持ちは理解できた。知らない人間の家で、ひとりだけがつがつ食べるのは気が引けたのだろう。私は椅子に腰をおろし、付き合い程度にひとくち食べた。ところが驚いたことに、おいしかった。味の濃い、こってりとした脂っぽいパスタは、冬眠状態にあった私の胃を目覚めさせた。最初に皿に取った分を食べきると、私はおかわりをした。

少女は、今度は私をまっすぐに見て笑顔になった。「やっぱり、おいしいよね？　わたしのお腹が空きすぎていたからおいしかった、っていうわけじゃないよね？」

おいしいね、と私は同意した。たしかにおいしかった。ラザニアもおいしかったし、胸のなかにともった小さな光も心地よかった。

11

ダニエルの父親は、エヴァンジェリンを案内して、装飾彫りの施されたドアが四つ並んでいる廊下を歩いた。把手の下に椅子が押しこんであるひとつ目のドアの前を通りすぎ、彼はその隣にあるドアを開けた。ものすごいきしみ音をたててドアが開き、電気のスイッチを押すと金ぴかのシャンデリアが光り輝いた。部屋のなかは凍えそうなくらい寒かった。スモモの木の下と大して変わらなかった。

アイザック——そう呼んでくれ、と彼は言った——は、持ってきた二枚のタオルをベッドにおいた。色あせた青色のキルトが掛かっているダブルベッドは、ヘッドボードにドアと同じような装飾が彫りこまれていた。彼は部屋の隅にある通気口のところまで行くと、片膝をつき、そしてもう一方の膝もついてかがみこんだ。両手を使い、レバーを動かそうと力いっぱい格闘した。しばらくすると、鈍い金属音とともに突然レバーが動いた。次の瞬間、カビ臭い暖風が部屋に流れこんできた。何カ月ものあいだに——それとも何年も？

――通気口のなかに積もった埃（ほこり）やカビ、干からびた虫の死骸やはがれおちた死んだ皮膚片など、過去の生命の残骸がふたたび部屋のなかに戻ってきたようだった。

アイザックは苦労しながらよろよろと立ち上がった。膝だけでなく、全身の関節が言うことをきかなくなっているように見えた。彼はクローゼットから毛布を取りだしてベッドの上におき、「この部屋はめったに暖房を入れないから」と言った。

エヴァンジェリンはバックパックを抱きかかえながら立っていた。ここはダニエルの部屋じゃない。それがわかると少しほっとした。ただ、あんなにおしゃれなドアのなかに、こんなにがらんとした部屋があるとは思わなかった。壁を飾っているものはなにもなく、薄汚れた白いペンキの下に花柄の模様がうっすらと透けて見えているだけだった。ベッドのほかには、ナイトテーブルとランプ、そしてはしご状の背の椅子（ラダーバックチェア）しかなかった――ぼろぼろの床には小さなラグさえ敷かれていなかった。エヴァンジェリンは、怖くて動けなかった。なにかに触れれば、染みができてしまいそうで心配だった。

「バックパックは椅子の上におくといい」と彼は言った。「クローゼットのなかにいくつか引き出しがあるから、使ってもらってもかまわないよ」そこでことばを止め、少し部屋を見まわしてから、すぐに戻ってくると言って出ていった。

アイザックが廊下に出たあと、ドアの開く音がして――突っかえ棒がわりに椅子が使われているあのドアではなく——階段をおりていく足音が聞こえた。地下室があるらしい。実際に見なくても、泥と石と切りっぱなしの古い木材でできた地下室だとわかる気がした。一分後、彼は大きな段ボール箱を持ってはいってきた。箱の横に「K」と書かれてあった。「服だ」と彼は言った。「古いけど、きれいに洗ってある。〈グッドウィル〉に寄付しようと思っていたものだ」

箱をベッドの上におくと彼はまた出ていき、今度は新しい歯ブラシを持って戻ってきた。「廊下の途中に、客用のバスルームがあるのを見ただろ？　シャンプーもあるはずだ。お湯が出るまで少し時間はかかるけど」

彼女はお礼を言ったあとに訊いた。「今、シャワーを浴びても大丈夫？　誰かを起こしたりしない？」

彼は一瞬ぽかんと口を開け、思いなおしたように言った。「いや。誰も起こしたりしないから大丈夫だ」

部屋を出たあと、アイザックは躊躇するように廊下で少し立ち止まった。「このドアは閉めておくよ。シャワーを浴びたあとも、ちゃんと閉めたほうがいい。引っ掻くような音がしたら、それはルーファスだ。ちょっと鳴くかもしれない。でも、なかには入れないようにに。訓練しようとしているんだが……息子が……」聞こえないくらい声が小さくなり、彼は背筋を伸ばした。

「じゃあ、これで大丈夫だね」すべてを説明しおえたように言った。

アイザックの写真を新聞で初めて見たとき、エヴァンジェリンは正直驚いた。ダニエルの父親なら、筋肉質の体に力強い顎の、中年なりにハンサムな人なのだろうと想像していた。ところが新聞に載っていた人は、予想していたよりも歳をとっていた。背が高くて痩せていて、骨張った顔をしていた。その目は新聞の写真に写らないくらいに淡い色で、想像していたような黒髪のきちんと整えられた髪型ではなく、見るからにぼさぼさの白髪交じりの頭だった。

それでも、なぜかその写真に惹きつけられた。その人には、どこか複雑で妙なところがあった。救いようのないほど打ちひしがれているように見える反面、絶対に壊れない強さのようなものを感じた。〝ストイック〟ということばが思い浮かんだ。正確な意味はわからなかったが、心にずしりとくる空虚さのようなものではないかと思った。

そういったものは彼の外見に現われていた。体に比べて長すぎる脚のせいで、強い風が吹けば倒れてしまいそうなほど体が歪んで不安定に見えた。彼の持っているある種のやさしさを、エヴァンジェリンは弱さだと最初は勘ちがいした。でも今は、体のなかを貫いている鉄の杭のような揺るぎない芯があると感じていた。ただ、そのかたくなさが、彼の支えであり、苦しみでもあった。彼女には、このような考えをことばで表わすことはできなかった——いちばん大事な知識は、いつもことばにはならない形で自分のなかに溜めこんでいるから。でも、感じることはできた。彼の無慈悲で苦々しいやさしさを。アイザックが好きになった。なにより、彼の恨みを秘めているような苦々しさが好きだった。

キッチンへと戻っていくアイザックの足音が聞こえた。もうしばらく起きているのではないかとエヴァンジェリンは思った。どうしてもシャワーは浴びたかったが、バスローブがなかった。箱のなかには色あせたTシャツや毛玉のできたセーター、膝のところに穴の開いたカーキ色のズボン、そして薄手の綿のナイトガウンがはいっていた。全部少し大きめだったが、袖をまくったりトップスの下を結んだり、ズボンの裾を短く切ったりすれば、なんとかなるかもしれない。彼女はナイトガウンを広げて明かりにかざしてみた。薄いけど透けてはいなかった。これなら、たとえアイザックと廊下で出くわしたとしても大丈夫。みだらな格好だったと、誰からも文句は言われないですむ。

シャワーから出るまで三十分以上かかった。髪の毛を何度も何度も洗い、洗い流したお湯がきれいになるまで繰り返した。錆びついたカミソリで脚と腋の下を剃り、野生化する前の少女らしい姿を取り戻した。そのあと体を拭いたタオルは、実際にはごわごわしていたが、彼女にとっては贅沢の極みのような肌触りに思えた。粗い目のくしで髪の毛を梳かしながら鏡に映った自分を見ると、覚えていたよりかわいい女の子がそこにいた。身をかがめて鏡に近づき、そばかすだらけの頬に触れた。絹のようになめらかだった。少なくとも自分にはこの美しさがある、と思った。

ここではそれが利用できる、この美しさが。ただ、直接これで誘惑しようとは思っていない。もちろんそんなことはしない。でも、ちょっと愛想よくすると、男の人が気前よくなることを経験から知っていた。ところが、アイザックは普通とはちがう。初めてキッチンに入れてもらったとき、意味ありげな視線を送って彼を試してみた。それに対して、彼は毅然と目をそらした。当惑したからでも、彼女のことを決めつけたからでもなかった。そこには明確なメッセージがこめられていた――私はけっして誘惑されない、という意思表示が。そのうえ、彼女が考え方を改めるチャンスもくれた。エヴァンジェリンはその瞬間から、見せかけの好意を装うことはやめた。そのおかげで、それ以来すべてうまくいくようになった気がしている。だったら、彼のためにできることはなんだろう。警察に届けないでいてもらうためには、なにをすればいいのだろう。

もちろん赤ちゃんのことがある。ここに来たのはそのためだ。でも、それを彼には言えない。今はまだ。アイザックの心の傷口はまだふさがっていない。それに、ふたりの高校生が死んだのは、女の子を取りあったせいだと町の人たちは思っている。だとしたら、なんとか今の状況を訴えるしかない。ひとりぼっちで困っていることを知ってもらうしかない。

エヴァンジェリンがベッドにもぐりこんだころには、空気のカビ臭さは消えていた。清潔な肌と清潔なシーツという奇跡的な組み合わせのおかげで、これまで自分の身に起きたことすべてを忘れられた。まったく別の人生を生きている、と思うことができた。この家は自分の家で、朝起きれば母親がキッチンで朝食を作っている。死んでしまった高校生もいないし、妊娠もしていない。ひとりぼっちでもないし、無数の小さな罪も犯していない。運も悪くないし、まちがった選択もしない。そんな人生を生きている、と思うことができた。

でも、そんなふうに考えることに意味はない。ないものねだりをして気が滅入るだけだ。ふかふかの枕に頭を沈めたとき、ここに来てから一度も嘔吐していないことに気がついた。挽肉とチーズと濃厚なソースたっぷりのラザニアをあんなにいっぱい食べたのに。これにはなにか意味があるにちがいない。自分の決断が正しかったという証拠かもしれない。人の運命を決めるのが誰であれ、その誰かにようやく許してもらえたのかもしれない。

ウールの毛布を首まで引っぱり、ランプを消した。アイザックに言われたとおり、ドアはしっかりと閉めた。でも一分もしないうちに、なにか重いものが鈍い音をたててドアにぶつかり、ドアの反対側でもぞもぞ動く音がした。毛が——あの犬だとしか考えられない——装飾彫りの施されたドアをこすっているのだと思った。

「ルーファス？」と彼女は小声で言った。

動きが止まり、驚くほど静かになった。風さえもやんだ。そのまま少し待ってから、彼女は寝返りをうった。そのとたんにこすれるような音がまた始まり、そしてすぐに止まった。完璧な沈黙が流れるのを待っていたかのように、廊下のほうから長くて悲しげな吐息が聞こえてきた。

疲れきっていたのに、エヴァンジェリンは眠れなかった。家のなかにダニエルの気配を感じ、彼女の視線は天井をさまよった。ダニエルの部屋は、きっとこの上にあるはず。彼らと初めて会ったあの日のあと、もう一度だけダニエルに会った。それは翌日のことだった。あのふたりはまた来るかなと思いながら、彼女は公園のテーブルの上に座っていた。気持ちは複雑で、来てほしかったし、来てほしくなかった。遠くのほうに見えるやさしい青色の島に無理やり視線を向け、彼らとの再会を期待している無意味な感情を押し殺そうとした。でも、彼らのことを思っただけで体のなかを駆け抜ける、くらくらするような熱に比べれば、輝いている入り江も薄い絵の具で描かれたただの壁画にしか見えなかった。

エヴァンジェリンは空を見上げた。まだ明るかったが、あと一時間のうちにすべてが変わる。明るい空のてっぺんのあたりに紫がかった色が滲みだして、それがどんどん下に広がり、やがては黒い水平線まで到達する。安全な昼間に別れを告げて閉じるまぶたのように。彼女は、誰もいないトレーラーハウスに戻ることにした。人の心を犯す闇が夜の隅々まで埋めつくす前に、家のなかに逃げこもうと思った。

海に背を向けてテーブルの上からおりようとしたとき、ダニエルが黒い木陰から出てきた。彼の引き立て役のジョナがいなくても、ダニエルの美しさは光を放っていた。彼の服は、筋肉で盛りあがった肩の部分が少し窮屈そうで、細い腰のあたりはゆったりとしていた。使い古した革のベルトが、彼の動きにあわせて揺れていた。この人は、気にさわるほど自信満々のうぬぼれ屋だけど、必要なら女の子を守ることもできる。問題なく、わたしのことを守ってくれる、とエヴァンジェリンは思った。

彼は今日も、持ってきた紙袋をテーブルにおいた。「やあ」と言いながら缶ビールを取りだし、彼女のために栓を開けた。

エヴァンジェリンはひとくち飲んでから、うしろにもたれた。「どうも」

ダニエルも自分の缶を開け、彼女の隣に座った。太ももが触れあうほどの近さだった。彼は、子供のころからの友だちのように話しはじめた。まるで、幼なじみのふたりが毎晩のように公園に集まり、くだらないおしゃべりでもしているように。

今日はフットボールの強化キャンプに参加していたのだそうだ。新しく来たコーチは〝半端(はんぱ)ねえ男〟で、チームにようやく規律の重要性を理解する人間がはいってきたと喜んでいた。チームのほかの選手は、ダニエルほど試合を真剣に受けとめていないらしい。あの〝根性なしども〟には頭にくる、と彼は文句を言った。練習のあと、ジムでトレーニングをしているのは自分だけで——エヴァンジェリンには信じられないが——それはチームにとって損失だ、と彼は言う。注ぎこんだものしか成果として得られないのだから、と。話をしながらダニエルは何本かビールを飲み干し、力強い手で缶をつぶしては袋のなかに投げ入れていた。

エヴァンジェリンは水平線を見つめたまま、ところどころでうなずいたり同意のことばをつぶやいたりしていた。スポーツに興味はなかった。フットボールは特に。でも、ダニエルの情熱には驚かされた。彼は彼女の興味を惹こうと必死で、そのせいでなおさら情熱的に語っているように思えた。たしかに、彼にはいろいろいやなところがある。まず、とんでもなく傲慢で、そこがいやだった。でもそんなことは最初からわかりきっていたこと、そうでしょ？　もし彼になにか純粋なところがあるとしても、最後まで見つけることができなかった。

しばらく沈黙が流れたあと、彼はエヴァンジェリンのほうを向いて言った。「ピザでも食べようか」

朝、近所のスーパーでドーム型のプラスチック容器のなかからリンゴのフリッターを万引きして食べたきり、彼女はなにも食べていなかった。だから、お肉が死ぬほど食べたかった。

「いいね」と彼女は言った。お金を出すふりをしてポケットのなかを探した。「あ、ごめん。お金は家においてきちゃったみたい」

ダニエルはにやっと笑い、奢る（おごる）よと言った。

彼の車――父親のものと思われるフォードのセダン――に向かうあいだ、レストランに行くんだと思うとエヴァンジェリンはわくわくした。たとえそれがさえない小さなピザ屋だったとしても、正面の入り口から堂々とはいって普通の人みたいにテーブル席に座れるなんて。いつものように、捕まることを恐れてこそこそしなくていいだなんて。あまりにもうれしくて、彼女はダニエルに寄り添って歩き、手まで握らせてあげた。たしかに、彼があまりにもハンサムだという点や、自分をよく見せようとする自慢話や、おまえは当然おれと一緒にいたいだろうと決めつけているところは、気に入らなかった。でも、この小さな町のセレブ――これは疑いようのないことだ――と一緒にいることで、彼女自身にも光が当たるような気がして楽しみだった。

ダニエルは数キロ車を走らせ、ふたりは〈ウォーターータウン・ピザ〉に着いた。店の前には駐車できる場所がいっぱいあったのに、彼は細い横道の角を曲がったところに車を停めた。ドアを開けて降りようとしているエヴァンジェリンに彼は言った。「ちょっとここで待ってて。すぐに戻ってくるから。ペパロニ・ピザでいいよね？」

車に戻ってくると、ピザを食べるのに最高の場所があると言って町から出た。車のなかに充満するピザの魅惑的なにおいに、エヴァンジェリンは早く食べたくておかしくなりそうだった。彼はまっすぐ、トレーラーハウスの方向に車を走らせた。まさか、前の晩にあとをつけられたんじゃないでしょうね、と心配になった。でも、車は数ブロック手前の道で曲がった。「この先行きどまり」という標識があった。木がうっそうと茂る道の突き当たりで、ダニエルは車を停めた。毛布とランタンをエヴァンジェリンに渡し、彼自身はピザと残っているビールを持って車を降りた。

ポート・ファーロングに来てから、散策路はあちこち歩きまわったつもりだったが、この小道は初めてだった。森にはいっていくに従い、小道はどんどん狭くなっていった。高さ三、四メートルしかないような若い木が小道の上を覆い、夕暮れの最後の日の光をさえぎっていた。木の枝が道をふさぐたびにダニエルは身をかがめ、エヴァンジェリンのために枝をつかんで持っていてくれた。葉っぱの密度がだんだんと濃くなり、前が見づらくなった。エヴァンジェリンはランタンをつけた。電池式のランタンの明かりが、からみあった枝の下側を照らした。数分間、ふたりはそのまま進んだ。

小道の先に、開けた場所が現われた。そこが、彼らが曲がった最後の場所になった。

エヴァンジェリンは今、ダニエルの家のベッドに横たわりながら、体にのしかかる彼の重さを感じていた。自分の真っ黒な中心部分から、押しつぶされた大きな息がこみ上げてくるのを感じていた。あの暖かい九月の夜のときのように。

12

ぼくが死ぬ日

今もまだ、風は熊手を転がしている。でも、その音はほとんどぼくには聞こえない。レッドのことを考えないように、自分のなかのすべてを使っているから。ほかのことを考えるために、頭のなかに場所をつくらないといけない。今夜という結果を導くことになった感情——ダニエルとのあいだのこんがらがった感情すべて——はレッドと出会う何年も前から始まっていた。愛情、羞恥心、嫉妬、哀れみ。どんな感情の名前をあげても、その感情はまちがいなくダニエルとぼくのあいだの空間のなかに存在する。

またレッドのことが頭のなかに浮かぶ——白い肌と生き生きとした目の女の子。今回は、彼女を筏の上に乗せて闇のなかに流す。見えなくするというこの方法は効き目がある。輝くような彼女の髪の毛が見えなくなったとたん、ぼくは十四歳の自分を見ている。

外は涼しくて気持ちがいい。でもぼくの部屋のなかは、町の南にある製紙工場から流れてくる硫黄のにおいが充満して、蒸し暑くてじめっとしている。普段は、あまりにおいは感じない。でも、メキシコとか南極とかそこらへんからの貿易風が吹くと、においが漂ってきて製紙工場のことを思い出す。においをまき散らしているのはいつものことだけど、ほとんどの場合は別の方向に流れるから、ぼくたちにはあまり関係ない。今、ぼくはうちの裏庭にいる。ひどいにおいから逃げるように、ダニエルが彼の家の敷地を横切ってこっちに向かって歩いてくるのが見える。八月の午後。ダニエルの横をルーファスが大股で走っている。犬は急に仰向けになって、体を左右にねじりながら激しくうしろ肢を蹴っている。枯れた芝生からこの悪臭が立ちのぼっていると勘違いしているのかもしれない。天国にでも行ったかのように、卵が腐ったようなにおいのなかでうれしそうに転げまわっている。ぼくも、飼い犬のブロディを呼ぼうかとも思ったけど、あいつは涼しい家のなかにいる。それでいい。最近ブロディは動きが鈍くなっているし、ルーファスの遊びは少し激しすぎる。

ダニエルはぼくより頭ひとつ分だけ背が高い。それに、なんだかんだ理由をつけてはシャツを脱ぎたがる。そうやって新しく鍛えた筋肉を見せびらかす。汗で光っているときは特に。彼は今、BB銃と木のベンチを持って歩いている。ぼくたちはこれまでずっと、よだれでべとべとのボールを投げてルーファスと遊んでいたけど、ボールが古くなってしまった。だから、ぼくが提案した。空き缶でも撃つのはどうか、って。

そう提案したとき、ルーファスは唸ってぼくに恨めしそうな目を向けた。ルーファスは、ぼくらの言ってることがすべて理解できる。あいつは不思議な犬だ。本当に犬なんだとしたら。もちろん、犬だ。それはまちがいない。でも、それだけじゃないような気がする。いつだって、隠し事はすべてお見通しだというような目で見つめてくる。たとえば、ぼくが悲しんでいるのを嗅ぎつけると、あいつは膝の上にのってきて、大きな頭をぼくの肩に押しつける。そして、のどの奥でクンクン鳴く。まるでぼくのかわりに泣いているかのように。

でも、今は怒ってる。と言っても、すぐに逃げだすほど銃を憎んでるわけでもないらしい。べつに、ここにいろと強制してもいないし。ただ、賛成はしていないということをぼくたちに知らせたいのだ。ダニエルの持っている銃を鼻でつついて、気をつけたほうがいいぞ、と銃に忠告でもするように低い唸り声をあげている。しまいには、もういいかげんにしろ、とダニエルに怒鳴られる。すると、ふてくされて地面に突っ伏し、金床みたいな頭を前肢の上にのせて、ため息をつく。

ぼくも自分のBB銃と空き缶が詰まった紙袋を持って、うちの裏庭を走っていく。ルーファスは急に飛び起きて、ぼくのほうに駆け寄り、紙袋のなかに頭を突っこむ。なかを漁って、紙袋が少し破れる。たぶんツナのにおいがしたんだと思うけど、缶は全部空っぽで、いやな顔をしてぼくをにらみつける。今日はとことんルーファスに嫌われているらしい。ダニエルは銃をおき、ぼくんちの裏庭の奥のほうに行く。ぼくも銃をダニエルの銃の横におき、彼が準備を始めているところまで缶を運ぶ。缶をベンチの上に並べていると、ダニエルがやってきて、ぼくが並べるよりも早く缶をなぎ倒していく。

「なにしてんだよ、ボケ！」とぼくは言う。

彼が答える。「したいことをしてるんだよ、ボケ！　文句あんのか？」

いつもなら、ぼくはここでダニエルに殴りかかって、彼はぼくの腕をつかんで地面に押し倒す展開のところだ。そして、夏の暑さで汗だらけになったべとべとの体で転げまわる。だから、ぼくはぼくの、彼は彼の役柄を演じる。ところが、ぼくが起き上がろうとすると、ダニエルは全体重をかけてぼくを地面に押しつけてくる。顔と顔が近い。

「どけよ、クソ！」とぼくは言う。

ダニエルは二十キロ分の筋肉を使って、ぼくを地面に押さえこんでいる。彼がその気なら、ぼくにはどうすることもできない。なにも言わずに腰を押しつけてくるその顔には、悪意と満足感と優越感がごちゃ混ぜになったような表情を浮かべている。でも、それ以外にもなにかあるように見える――暴力的なやさしさ？　一瞬、ぼくにキスをするつもりなんじゃないかと思う。舌をぼくののどに入れてくるんじゃないかと。ぼくは必死にダニエルを押しのけようとするけど、身動きがとれない。そこにルーファスが飛びのってくる。なにか新しい遊びを始めたんじゃないかと。そのとたんダニエルは笑いだし、ぼくも笑いだす。ふたりとも立ち上がって、缶を並べはじめる。今のも遊びの一部だったみたいに、またＢＢ銃の遊びに戻る。

ダニエルもぼくも射撃が得意だから、空き缶は次々に飛びあがる。ルーファスは頭を振りながら家のほうまで少し歩いていって、体を伏せてそこからぼくたちを見ている。そのうち、ぼくたちは調子にのって、大笑いしながら木とか遠くの鳥とかにＢＢ弾を撃ちはじめる。この地球上の動物も植物も、好きなように標的にしていいんだ、っていうみたいに。だんだん原っぱに長い影ができはじめて、風も強くなって、枯れた芝生が揺れはじめる。ダニエルは銃を下において、壊れかけのツリーハウスがある古いナラの木に寄りかかる。ぼくも同じようにしようとした瞬間、遠くにあるベンチの近くの陰でなにかの動物が動くのが見える。

「ウサギだ！」ぼくはＢＢ銃を構えて撃つ。陰のなかの影の動きが止まる。

ルーファスは飛び起きて原っぱを走っていく。「ルーファス、逃がすな！」とぼくは叫ぶ。「捕まえるんだ！　そのウサギをこっちに持ってこい！」

ルーファスは簡単に動物を見つけるが、こっちに持ってこない。いきなり嚙みついて、激しく振りまわす。骨をばらばらにしようとしているかのようだ。なんかウサギの様子がおかしい。尻尾が長い。ぼくが動けないでいると、ダニエルは半分くらい進んでからいきなりルーファスを怒鳴る。「離れろ！　嚙みつくのをやめろ！」それでもやめようとしないと、ダニエルは思いっきりルーファスの胴を蹴って叫ぶ。「悪い子だ！　悪い子だ！」ルーファスはキャンキャン鳴いて獲物を口から落とし、あとずさりする。細い尻尾が垂れ下がっている。

ぼくがそこに行くと、ダニエルはのどを搔き切られた獲物の横にひざまずいている。彼は手を伸ばして、首輪についているタグが読めるように裏返す。「ジングルス」と彼は言う。ワイリーさんのところの灰色の猫。

今、裏庭の原っぱにいるぼくが見える。頭がおかしくなったように、両手を振りながら飛び跳ねている。まるで、悪いことをしたところを見つかってしまったみたいに。「クソ！　クソ、クソ、クソ、クソ、クソ！」体全体が震えている。その様子を遠くから見ている今は、なにをそんなに慌ててパニックになっていたのか思い出せない。たぶん父さんのことだ。父さんはいつだって、なんの拍子にぶち切れるかわからないほど切羽詰まってる。息子が近所の飼い猫を殺したなんて知ったら、どんなことになるかわからない。

おまえが猫を殺したわけじゃないんだから」とダニエルは言う。「おまえが撃って、ウサギは動けなくなっただけだ。でも、殺したのはおまえじゃない。ルーファスが殺したんだ」

そんなことを言ってくれて、キスしたいくらいだ。ぼくたちはルーファスを探す。家のそばの茂みに隠れているのをダニエルは見つける。ダニエルは怒って立ち上がる。またルーファスのお尻を蹴りにいくつもりなのがぼくにはわかる。お尻が見えている。

「だめだよ！」とぼくは言う。犬をかばったことで、なぜか心が少し落ち着く。もう震えてはいない。「撃ったのはぼくだ。ぼくが、捕まえてこい、って言ったんだ。ルーファスは言われたことをしただけだよ」

「でも、殺せとは言ってない」とダニエルは言うが、怒りは収まったように見える。

「そう言ったようなもんだよ」

ぼくたちはしゃがみ込んで、死んでしまった猫を見つめる。掻き切られたのどが奇跡的に回復して、そのまま飛び起きて走っていくのを待っているかのように。やがてダニエルが言う。「ショベルを持ってくる」

ぼくは死骸と一緒にその場に残って、物置小屋に向かっていくダニエルの背中の筋肉を見つめる。風も出てきて夕方の影が伸びているのに、まだ裸のままだ。ルーファスはもうどこにも見えない。お尻さえも。

ダニエルは戻ってくるとショベルをぼくに渡し、地面に仰向けに寝ころんでまばたきもしないで空を見つめている。ぼくは固い地面にショベルを叩きつけ、猫のお墓を掘る。腕が疲れて筋肉が言うことをきかなくなる。でもやめない。ショベルの先端を何度も何度も地面に突き刺しながら、掘りつづける。

13

少女がシャワーを浴びているあいだに、私はキッチンを浄化した。頭に浮かんだのが〝浄化〟ということばだった。たった数時間前まで私を安心させてくれていた汚れと腐敗が、急に〝神聖冒瀆〟のように思えてきた。汚れた皿のようなありふれたものに対して、〝神聖冒瀆〟というのは強すぎることばだとは思ったが、部屋のなかを照らすような光を少女は内に持っていた。彼女自身、全身が汚れて髪も服も乱れているにもかかわらず、私のキッチンのべとべとのカウンターやおぞましい流し台の本当の姿を明らかにした——それは〝拒絶〟だった。具体的になにを拒絶していたのかはっきりとは言えないが、私に対して差しのべられたもの、そして今なお差しのべられているものを私は拒んだ。それはまちがいだった。

悪臭を放つ布巾やあふれだしたゴミ、新聞や無用な郵便物、ヨーグルトの空容器やアルミ缶を集め、暗い外に何度も出ていった。分別ゴミの置き場まで往復するあいだ、雨は容赦なく降りつづいた。キッチンに戻ると、どろどろとしたぬめりだらけの食器をカウンターに積み上げ、流しに水を入れなおして作業に取りかかった。洗った食器をすべて乾かして片付けたあとは、古いカウンターをきれいに拭き、べたべたする床にモップをかけた。

少女のことが頭から離れなかった。彼女も、きれいになりたがっていた。流しに行って汚い手を水に浸け、一刻も早くシャワーを浴びたがった。客間に案内してあげたとき、落ち着かない様子で立っていたのは、自分がこの家には汚すぎると思いこんでいたからだろう。これまでの何週間か、あるいは何カ月間か、自分が経験してきたことに、少女はきれいさっぱり別れを告げようとしているのだろう。

少女の着ていた服をかき集めて洗濯し、きれいにしてあげたいという衝動と私は必死に闘った。相手が少年なら、なんのためらいもなかっただろう。でも、彼女は十六歳より年上には見えない。高校ではそのくらいの年齢の生徒たちに教えているが、彼女たちがいかに傷つきやすいか、彼女たちを蹂躙（じゅうりん）するのがいかにたやすいかを私はよく理解している——特定の視線、一センチでも近すぎる距離。男の教師のなかには、日常的にその一線を越える者がいる。萎縮してしまう生徒がいる一方で、術中にはまってしまう子たちもいる。いずれにしろ、違反行為だ。

この少女の場合は、楽しんでいるふりをするタイプだ。初めてキッチンにはいったときに、彼女が見せた笑顔でわかった。私の年老いた顔を見つめるその目は、こう物語っていた——この笑顔はわたしの通貨。もっとこの通貨が欲しいなら、あなたはなにをくれるの？

しかしそのとき私は、説教を始めていた。浄化や神聖冒瀆、精神の乱れや違反行為について、聖書に書かれている教えに従って。ただし、声には出さずに。キャサリンがここにいたら、顔をしかめてこう言うだろう。「ちゃんとことばで話して、アイザック。普通の人みたいに。お願いだから」

私はこう言う。「それでも、汝は私を愛している、そうだろ？　私がどんな話し方をしたとしても」そして彼女は私を抱きしめる。なぜなら私の世界では、〝汝〟というのが愛情を表わす最上級の呼び名だということを彼女は知っているから。

でも、もちろんこれは本当ではない。もしもキャサリンがここにいたら、私を抱きしめたりはしない。たとえ抱きしめたとしても、それは単なる哀れみからだ。私が彼女に対して今も抱きつづけている愛情への慰めにすぎない。彼女のほうは、もうそれに応えることはできないから。キャサリンは長年、私の沈黙や独白に苦しめられてきた。沈黙に関しては、クエーカーだった私の父親から来ているものと考えてまちがいないだろうが、独白がどこから受け継がれたものなのかははっきりしない。ただ、私の母親の祖父は福音派の牧師だったので、そういった精神的な葛藤のスタイルが、私の血のなかに深く浸透しているのかもしれない。

少女の汚れた服については、なにもしないことにした。今のところは、キャサリンの残していった服でなんとかなるだろう。朝になったら、洗濯してあげようかと申しでるか、あるいは洗濯室の場所を教えて、彼女の好きなようにさせたほうがいいかもしれない。

翌朝は六時に目が覚めた。まったくと言っていいほど疲れは残っていなかった。一方ルーファスは、ひと晩じゅう少女の部屋のドアに体を押しつけていたらしく、私を見るなりゆっくりと起き上がり、突っ張った肢で歩いてきた。寒い廊下で夜を過ごしたせいかもしれない。小粒のドッグフードを食べ、外で用を足して戻ってくると、薪ストーブ近くのソファに上がって丸くなった。お気に入りのふかふかのソファで、年老いた骨を温めたかったのだろう。

校長のピーターからは、次の週に授業に復帰することを期待されていた。だから私はキッチンで教科書や授業計画の準備をしていた。だが実のところ、少女がこっそり抜けださないように玄関ドアを見張るのが目的だった。おそらく彼女は家出をしてきたのだろう。もしも空腹も寒さも夜中に野生動物に嗅ぎまわられるのも気にせず、しなびたニンジン目当てに素手で地面を掘るほうが家に帰るよりましだと思っているなら、この家を出ていってもなんの不思議もない。

海洋生態系に関する新しい授業の要点をまとめようとしたが、気がつくとルーファスを見つめていた。いびきをかいて寝ている。もうすぐ十一歳だ。犬種としてはそれほど高齢というわけでもないが、ほかの犬に比べて老いるのが早かった。肢が空中でひくつき、吠え声がのどの奥で止まった。いつものように鼻水を垂らし、黒い斑点のある舌を口から出して、夢を見ているときも大きな音をたててよだれをすすっていた。

私はルーファスを愛し、ルーファスも息子を愛した。でも、ダニエルにつきまとっていた得体の知れない不安は、愛をもってしても拭い去ることはできなかった。この犬には、いろいろなことが見えている。そのときどきの人の苦しみといった一時的なものだけでなく、生と死に関わるような深刻な問題さえも。ルーファスは、十年以上も前から息子がどんな死に方をするのかを知っていた。この犬は、それを私に予言していた。

ダニエルが七歳になったとき、小犬が欲しいと言いはじめた。ある七月の朝、私たちは近くの動物保護施設まで車で出かけた。キャサリンは犬を飼うことに反対だったが、それほど強く反対したわけでもなかった。いざ施設に行ってみると、ダニエルはどんな犬でも欲しがった。吠えながら犬小屋の壁にぶつかってくる巨大なアラスカン・マラミュートでさえも。私としては、飼いたいと思うような犬は見当たらなかった。ダニエルは大騒ぎで抵抗していたが、そろそろ帰ろうとしていたところに、ボランティアの若い女性がやってきて別の一角を指差した。指の示す先には、生後六カ月くらいの黒い小犬がいた。午後に出す予定になっているのだと言う。「いい犬ですよ」と彼女は言った。「見た目に比べて」

毛が禿げて傷口にかさぶたができ、鼻づらに自分の糞をつけたその犬は、金網の犬小屋のコンクリート床に静かに座って、私のことを待っていた。ひょっとしたらダニエルのことも待っていたのかもしれない。と言うのも、犬が私たちの目をまっすぐに見つめていたからだ。そのことにまちがいがないのは、息子も私も同意見だった。ただ、犬が見つめていたのは私の目だったと私自身は確信しているが、ダニエルはダニエルで、見つめられていたのは自分の目だと言って譲らなかった。息子が犬の目のなかになにを見たのかはわからないが、私が見たのは、私のことを知っているなにか、私がこの世に存在する前から私のことを知っているなにかだった——不思議な、形のない〝知〟が、犬の姿を装って私を惹きつけたのだ。

これらのことば——まだまだ不充分だが——は、たった今思いついたものだ。あのときは、犬を選んだのは自分の直感と犬の性格や気質が合ったおかげだ、と思いこんでいた。躊躇があったのは認める。犬は、ピットブルの雑種だった。四角い頭と胸の厚みからも明らかで、隣人たちが心配するのはわかっていた。健康状態の悪さよりも、この血統のせいで引き取り手がなかったのだろう。普通のピットブルに比べると肢が長く胸も細い——おそらく黒いラブラドール・レトリーバーの血も混ざっている——ことが、隣人たちを少しでも安心させてくれることを願った。

ただ、とことんピットブルだったとしても、私はこの犬を選んでいた。私は子供のころからピットブルと一緒に育ってきた。だから、この犬種に対する世間の敵意は犬の本質的な性質から来ているのではなく、一部の評判が伝染して広まったからだと思っている。私がまだ小さかったころ、ピットブルは〝子守犬〟と呼ばれていた。元気いっぱいでありながらも必要なときには動きまわらずに静かにしていられることや、子供たちから乱暴に扱われてもがまん強いことはよく知られていた。ところが人間というのは、そのときどきで誰かを悪役と決めつけ、自分たちの判断が正しかったことを示すように悪役に見合った扱いをする。それはピットブルに限らず、あらゆる人々や国家に対しても同じだ。

またしても、キャサリンが毛嫌いしていた説教じみた話になってしまった。彼女には最後まで理解してもらえなかったが、たいていの場合、私の説教の相手は私自身だ。いずれにしろ、その犬を連れて保護施設のドッグランに出ていったとき、ロットワイラー犬が突進してきたのだが、小犬は信じられない行動にでた。じっと動かずに座ったまま妙に落ち着いた様子で、唸りながら噛みついてこようとしている犬を冷ややかな目で興味深げに見つめていたのだ。襲ってきた犬は、小犬が関心を示さないので余計に怒り狂ったが、最終的にはスタッフに引き離されて連れていかれた。

帰りの車のなかで、私とダニエルは犬が待っていたのは自分のほうだと、ふざけながら言いあった。でも結論が出るまで、そう時間はかからなかった。餌をもらって満足すると、犬はダニエルのあとばかりついていった。しばらくして、彼らが一緒に寝そべっているのを見かけた。居間の床に丸まって寝ころんでいるダニエルのお腹に、犬は背中をぴったりとつけるように寄り添い、頭をダニエルの顎の下に押しこんでいた。少年の脚と小犬の肢がばたばたと動くその様子は、暖かな七月の朝の日だまりのなかに生まれた神話の半人半獣のように見えた。

ダニエルは、その犬をルーファスと名付けた。クエーカーの重鎮であるルーファス・ジョーンズにちなんだ名前をつけたかったんだろう、と私はキャサリンに話した。彼女はおもしろがって言った。「ただの犬の名前よ、アイザック。それに、わたしたちの七歳の息子は、クエーカーの歴史なんか知らないわ」

ルーファスは最初から病気に悩まされた。この犬種によく見られる呼吸障害だけでなく、副鼻腔の炎症が肺に達し、息をするたびに喘息（ぜんそく）のような音をだしていた。ただ、二歳になるころには毛づやもよくなり、成長して胸の幅も広くなった。首も力強くなり、警戒するときには額の筋肉が盛りあがるようになったが、誰に対してもやさしく従順で、ダニエルには特にそうだった。友人たちからはさまざまな善意の忠告を受けていたので、私としてはほっとしていた。

ある晩、私は遅い時間に帰宅した。近所で発生した強盗事件のせいで、キャサリンは裏のドアに鍵をかけていた。鍵を持っていなかった私は開いているドアがないかあちこち試し、ようやく側面のドアのひとつが開いているのを見つけた。真っ暗な部屋にはいると、なかは静まりかえっていた。そのとき突然、巨大な獣（けだもの）が空中に飛びあがったような風を感じた。まるで悪魔が飛んでいるような感覚だった。その生き物の目が光った。その瞬間、私たちはお互いを認識した。ルーファスは閉じたドアに真っ正面からぶつかり、体をねじった。すでに遅すぎた。私は、ルーファスの正体を見てしまった。

その一週間後、キャサリンは早朝シフトのため早く家を出ていった。私は六時に起きてきて、ルーファスを外に出してやった。三十分後、鼻づらから血を垂らしながら戻ってきた。怪我をしていないか確認したが、傷はなかった。それで私は心配になった。ルーファスをキッチンのなかに閉じこめ、地面を念入りに調べた。裏の門が開いていた。フェンスの外側に、ぞっとするような血と糞にまみれた内臓が落ちていた。そして、肉を剝ぎ取られた、子供のもののような肋骨も。私は無我夢中で、密集している野イバラの茂みを、蹴ったり引きちぎったりしながら探しはじめた。蹄のついた肢と、茶色のなかにやわらかな白い斑点のある毛皮を見つけたとき、探していたのが子鹿の死骸だったことに私は初めて気がついた。

次に記憶にあるのは、私がキッチンに戻っていて、パジャマ姿のダニエルが泣きじゃくっている場面だ。「殺さないで、パパ！　殺さないで！」

最初は、なんのことなのか理解できなかった。次の瞬間、私の手がルーファスの首輪をねじりあげ、窒息させようとしていたことに気がついた。ダニエルは、コヨーテの群れがいたことや、夜中にルーファスがベッドから飛びおりて、窓に飛びかかってコヨーテを追いかけようとしていたことなどを叫んでいた。

「ルーファスが鹿の赤ちゃんを殺したんじゃないよ、パパ！　赤ちゃんを助けようとしてたんだ！　助けようとしてたんだよ！」ダニエルは確信を持って、半狂乱で訴えていた。

そのとき、夜明け前の夢から起こされたことを思い出した。コヨーテの唸り声やかん高い吠え声がどんどん大きくなって、空が真っ赤になったことを。それでもなお、私の手はルーファスの首輪をねじりあげていた。もはや動かなくなっていたにもかかわらず、握った指をほどくことができなかった。

「パパ……パパ……パパ」息子の口から、そのことばがこぼれつづけていた。もはや手遅れだと言っているような、短く抑揚のないリズムで。

ルーファスの目は飛びでていた。私は首輪から手を離し、椅子に倒れこんだ。ルーファスは私の足元に崩れ落ちた。ダニエルはルーファスに駆け寄り、しがみついてキスを浴びせた。ダニエルを犬から引きはがしたとき、息子の顔は血に染まっていた。そのとき、またあの光景が脳裏に浮かんだ。それは、目の前にあるのが子鹿の死骸だと気づく前、物置小屋の裏で見た光景だった。その光景があまりにも直感的で、映像的にも感覚的にも本物と区別がつかないほどのものだったため、長いあいだ私はそれをなにかの予感だと思っていた。その予感にずっと取り憑かれていたが、ダニエルが青年になったとき、ようやくそのことを忘れることにした。ベッドの下に怪物がひそんでいるという子供のころの恐怖を、大人になって忘れることにしたように。

私が物置小屋の裏で最初に見たのは、食いちぎられた子鹿の死骸ではなく、少年だった。森のなかに横たわる、引き裂かれたダニエルだった。

十年後、十月も終わろうとしているこの朝、息子のために魔法を使って新しい夢を呼びだすには、ルーファスは歳をとりすぎていた。壊れた世界をもう一度思い描くには、疲れ果てていた。ルーファスも、私と同じように嘆き悲しんでいる。もう何日間も、なにも食べていなかった。

関節炎の脚をなんとか動かし、私はルーファスのそばまで行って膝をついた。両手でルーファスの頭を包むと、目が開いた。その目に輝きはなかった。ルーファスは、自分の奥深くにある場所に引きこもってしまったのだと思った。私はルーファスの目を見つめた。その黒い目のなかにしか、もう息子を見つけることはできない。

14

正午になって、エヴァンジェリンはキッチンにはいった。彼女を見るなり、体を丸めてテーブルについていたアイザックはびくっとして身を起こした。前の日の真夜中、木の下にうずくまっている少女を発見したのを忘れてしまったのだろうか。

「どうも」急に恥ずかしくなって、彼女は言った。大きすぎるTシャツと、裾を切ったカーキ色のズボンをはいていた。どちらも、箱のなかにはいっていたものだ。「これ、借りちゃったけどよかったかな。わたしのはあまりにも汚れてたから」

彼は椅子をぐいと引き、すっくと儀礼的に立ち上がった。あたかも彼女は淑女で、彼は騎士でもあるかのように。あるいは、身だしなみができていない給仕長（メートル・ドテル）のように。

「もちろんだ。着られそうなものはなんでも使ってくれ。サイズは大丈夫だったか？」

「ちょっと大きいけど、そのほうがいい」彼女は笑った。彼には冗談は伝わらないだろうな、と思った。

ふたりは立ったまま、しばらくお互いを見つめた。彼のほうからなにか言うのではないかと思ったが、見知らぬ少女がキッチンにいたとしても、特に会話がなくても、問題ないと思っているようだった。もしかしたら、そんな気力も残っていないのかもしれない。彼のなかには、望むこと自体を放棄してしまったような大きなむなしさがあり、エヴァンジェリンはこの場から逃げだしたくなった。そのかわり、彼女は部屋の隅までふらふらと歩いていって、額にはいったダニエルの写真を手に取った。なにも感じないことに自分でも驚いた。

「これ、あなたの息子?」と訊いた。なんでそんなことを口にしたのかわからなかった。いちばん触れてはいけないところに直球を投げるだなんて。もしかしたら、彼に打撃を与えたかったのかもしれないし、自分のしたことを隠したかったのかもしれない。あるいは、これがもっとも当たってそうだが、ただ単にしくじっただけなのかもしれない。

彼は少しのあいだ口をあんぐりと開けていた。そして口を閉じると言った。「そうだ」

エヴァンジェリンは写真をもとの場所におき、アイザックのほうを向いた。彼の顔色は蒼白で、着ている服は内側にはなにもないかのようにひだ状に垂れ下がっていた。心がはるか遠くに行ってしまった人と、死んだ息子の写真が棚の上に放置されている部屋で向き合うとどうなってしまうのか、彼女は予想もしていなかった。彼女は、自分の計画に自信があった。でも、こうやって日の光のなかでこの人と向き合い、彼の苦しみが空気のなかに満ちているのを感じると、自分にそんな気力があるのかわからなくなった。

「ごめんなさい」と彼女は言った。「もう行ったほうがいいよね。ここに来ちゃいけなかった」

「いや、大丈夫だ。本当に」彼は必死に隠そうとしていたが、切羽詰まっているのが彼女にはわかった。自分を取り戻すまで時間をかけ、彼は言った。「少なくとも、朝食だけでも作らせてくれ」

「わかった」ここを去る前に、もう一食ありつけるのはありがたかった。「ありがとう」

アイザックはテーブルの上の本を横にどけて、座るように促した。少女はためらった。

「その前に洗濯してもいい？　それが終われば出ていくから。約束する」

出ていくことは気にしなくてもいいとアイザックは言い、洗濯に必要なものがどこにあるかを教えた。エヴァンジェリンがキッチンに戻るころには、チーズたっぷりの熱々の卵料理と、厚切りのバタートーストが用意されていた。彼女が食べているあいだ、彼は正面に座った。仕事をするふりをしていたが、ちらちらと彼女に目を向けていた。エヴァンジェリンが手首に垂れたラズベリージャムを舐めると、彼は頭を下げて笑みを隠した。

彼女は卵料理の最後のひとくちをオレンジジュースで流しこんだ。少女の使った食器をさげてテーブルの上を拭くと、彼はまた正面に座った。

「エヴァンジェリン」と彼は言った。昨夜、その名前は教えてあったが、実際に呼ばれたのは初めてだった。重い扉を押すように、彼にとっては簡単なことではなかったのかもしれない。

それ以上なにも言わないところをみると、確認を求めているのかもしれない。「そう」と彼女は言った。「それがわたしの名前」

言いたいことをまとめるのに時間がかかっているようだった。ことばのひとつずつを、引っぱりだそうとしているのが見てとれた。やがて彼は言った。「もしきみさえよければ、エヴァンジェリン」――がんばってまた名前を呼んだ――「ご家族に連絡して、無事だということを伝えたい」

この件は、昨夜のうちに解決したんじゃなかった？　エヴァンジェリンはもう一度、誰もいないことを説明した。それでも彼は諦めずにもっと質問をしてきた。こうなったら、新バージョンの身の上話を作りあげるしかない。徹底的で完璧な、本当の身の上話を。細かいところは多少変えるとしても。

彼女から見ると、人はささいなこと――誰がいつなにをした――にとらわれすぎて、核心にある感情的な真実を見逃してしまう。人にちゃんと理解してもらう――言い方を変えれば、これまでポート・ファーロングでなにをしていたかを詮索されないようにする――ためなら、いわゆる事実とやらに微調整をかけることはいくらでもする。

今回のバージョンでは、彼女はひとりっ子だ。まずは事実から始めるのが好きだ。父親のことは知らない――これも事実。そして愛する母は、一年半前に甲状腺がんのせいでオハイオで亡くなった。これは事実ではないが、感情的にはそれほどまちがってはいない。ただ、オハイオという微調整は失敗だった。地理が苦手ということもあってコロンバスやシンシナティとの位置関係がわからず、オハイオにいとこがいるアイザックに不思議な顔をされてしまった。

彼女は続けた。何カ月ものあいだ、遠い親戚のあいだをたらいまわしされたが、どこに行っても厄介者扱いをされた。自分たちの部屋や居間を、ほとんど知らない女の子に占領されるのは迷惑だったのだろう。四月になると、会ったこともないおばさんと住むことになった。でも七月のある晩に帰ると、おばさんのアパートメントはもぬけの殻だった。このおばさんについては、これでもかというほど話を盛った――数えきれないほどのボーイフレンドがいて、麻薬の常習者で、口が悪い。これならアイザックも行方を調べようとはしないだろう。新しく見つけた孤児の女の子は、できれば良い子のほうがよくない？　おばがいなくなったあとは、ユニバーシティ・ディストリクトの路上で生活した。ほかにも同じくらいの子がいたし、夏だから暖かくてそれほど悪くはなかった。

「ここにはどうやって来た？」

八月に、ベインブリッジアイランドで一日一緒に過ごすために、フェリーに乗せてくれた男の子がいた。でも彼は麻薬でハイになって、最低なやつだったから一緒には帰りたくなかった。それに、もともとシアトルみたいな大きな街は好きじゃなかった。田舎のほうが安全だから。ポールズボでファストフードの仕事があると聞いて、ヒッチハイクでそこに行った。ずっと公園で寝ていたけど、同僚が自分の家のソファで寝てもいいと言ってくれた。エヴァンジェリンはそこで話を止めた。身の上話としてはまずまずだと満足だった。

「ポールズボはここから四十五分の距離だ」とアイザックはやさしい声で言った。「どうしてポート・ファーロングに来たんだ？」

「きれいなところだって聞いたから。だから、二日前にバスに乗った」

「どうして？」

彼女は少しためらってから首を振った。「まあ、男子がらみと言うか」

残念ながらこの話の流れは、わかりやすくなるどころか余計に混乱を招いた。ますます質問が増え、ますます返事は怪しげになった。「おばさんがどこに行ったのか、わたしにはさっぱりわからなかった。どこにいても不思議はない。メキシコかもしれない。よくメキシコの話をしてたから……おばさんの名前？　バブス・ファットバット……そう、ファットバットはめずらしい苗字だよね。たしか、ドイツの名前だと思う」

エヴァンジェリンは、いつもプレッシャーには弱かった。ファットバット（英語で″太った尻″とも聞こえる）のところはどうも信じてもらえなかったみたいだが、むかしそういう名前の女の子を知っていた――ただ、よく考えてみるとあだ名だったかもしれない。「わたしの苗字？　マッケンジーだよ」これは信じてもらえたようだった。少なくとも、この名前に付き合ってくれるらしい。

彼女は心配になった。わかりやすくするためになるべく細かい説明を付け加えたつもりだったが、アイザックのほうは、事実としておかしいと感じた点ばかりに気を取られているようだった。もっと想像力の乏しい表現のほうが、この人にとってはより核心的な真実に近くてわかりやすかったのだろうか。

「これでおしまい」さわやかさを演出するように、自信ありげに彼女は言った。「これがわたしの人生」彼がなにを信じようがかまわない、そう自分に言い聞かせた。自分の服が洗濯機のなかにはいってなければ、アイザックの質問には答えるつもりもなかった。

彼は頭を前に曲げて首をさすった。彼女の話を聞いて、首の筋を痛めてしまったかのようだった。手は首から少し離れていて、指の先もそろっていなかった。一分ほどして、ゆっくりと深い息をつき、顔を上げて彼女を見つめた。その目は、彼女が何者なのかを見極めている動物の目のようで、エヴァンジェリンはどきっとした。あんな目に見つめられたら、いったいどうすればいいのだろう。

「洗濯物を乾燥機に入れてくる。もう邪魔はしないから」と彼女は言った。

でも、彼に見つめられたまま、動けなかった。

アイザックはもう一度、ゆっくりと息をついた。「ほかに行くところはないようだけど」

どう返事をすればいい？　近くの町に友だちの友だちがいる、と作り話をしようと思ったが、すぐに見破られてしまうだろう。

「あの客間は、今は誰も使っていない」と彼は言った。「ここにいたらどうだ？　今のところは」

エヴァンジェリンは、ぎりぎり避けることができた寒い夜の雨を思い出した。トレーラーハウスのことや、心細かったことを思い出した。赤ちゃんのこと、そして自分がひとりぼっちだということも思い出した。この三カ月間、自分がどんなに悲惨な状況にあったのかは、今まで考えないようにしていた。でも、ひと晩でも清潔で暖かいベッドに寝て、翌日は食べるものがあるか心配しなくていいことを経験してしまった今は……自分がどれほどのことに耐えていたのか、痛いほど思い知った。

「わかった」と彼女は言った。「ちょっとのあいだだけ」赤ちゃんのために、ここに留まろう。赤ちゃんのために、暖かくして、栄養のあるものを食べないといけない。ただ、この人の寛大さがいつまでも続くと思ってはいけない。どんなことだってそうだ。実際、彼自身がそう言っていた。どんなことを提供してくれるにしても、それは今のところの話なのだから。

15

少女は次の日もいるだろうかと思いながら、私は毎日を過ごした。彼女は、出かけるときは必ず荷物を詰めこんだバックパックを持ち歩き、約束の時間に帰ってくることはめったになかった。日中のほとんどを寝て過ごし、食品庫を急襲し――シリアルを箱から直接口に振り入れたり、ピーナッツバターとジャムは瓶に直接指を突っこんで舐めたり――夕方ごろになると家を抜けだした。

彼女を見ていると、二十代のころに引き取ってきたヘンリーのことを思い出した。ヘンリーはみすぼらしいテリア犬で、かなり長いあいだ野良犬だったせいか警戒心が強かった。部屋にはいるたびに、窓やドアがどこにあるのかを確認していた。急いで逃げなければいけないときのために、登れそうな家具をいつも探していた。定期的に逃げだすことがあったが、私は必ず見つけだして家に連れて帰った。最後の一回を除いて。そのとき以来、二度と見かけることはなかった。

この少女が出ていって二度と戻らなかったとしても、だからどうだと言うのだ。でもそれなら、彼女が出かけるたびに喪失感を味わうのはなぜだろう。それでいてピーターの訪問を断わるのはなぜだろう。少女のことをピーターに知られるのはまだ早いと思っているのかもしれない。ひょっとしたら、少女にはもっとふさわしい居場所があるとピーターに思われるのが心配なのかもしれない。なぜなら、私も同じ考えだから。でも、それ以上のなにかがある気がする。少女と私のあいだには、ピーターと私にはない、なにか共通なものがあるような気がする。彼女も私も、お互いのことを知らない。だから、少女が出かけると寂しいのかもしれない。私のことを知っていると誤解していない人間が、そこにいてくれるから安心なのかもしれない。

彼女が家に来てからの最初の数日間は、基本的なことに集中した——学校に行くこと、服や必要なものを買うこと。私は、この家のルールをふたつ決めた。ひとつは夕食の時間には家にいること、もうひとつは居場所を私に知らせること。こんなに簡単な礼儀にも、彼女は戸惑っていた。「わたしが十六歳だってこと、知ってるよね？　チェックインしなくちゃいけないのは十歳までだよ」それでも、それがこの家のルールだと私が言うと、彼女は肩をすくめて「ああ、もう。理解できない」と小声でささやいた。でもそのすぐあと、なにもなかったみたいに私に言った。「いいよ、わかった」

まともな服の調達は、なかなか大変だった。私が簡素で機能的な服が望ましいと思うのは、なにも好き嫌いの問題ではなく、信条からくるものだった。私たちはみな平等であり、服装に格差が生まれてはいけない。ダニエルは簡単な服が好きだった。ジーンズとTシャツのほかには、フランネルのシャツが一、二枚ある程度だった。息子は簡素な服が似合った。

女の子についても同じだと思うほど、私は愚かではない。とはいえ、なるべくキャサリンの服を利用して、必要であれば針と糸を使って補正すればいいという私の提案は、美徳そのものだと思っていた。しかし、少女は家のなかではキャサリンの服を着ることはあっても、一度も裁縫道具を手にすることはなかった。そして出かけるときにはいつも、自分で持ってきた服しか着なかった。

四日目、染みだらけのジーンズに毛玉のできた赤いカーディガンを着て出かける少女を見て、私はようやく気がついた。中年女性が残していった服を着て学校に行くのは、さぞかし恥ずかしいことだろう。今までどうしてそんなことにも気づかなかったのかと我ながらショックを受けた。悲しみというものは、ほかのことを考える余裕を奪う。

今さらながら、ほかの生徒の目に彼女がどう映るのかを考えることができた。生徒たちは、貧困を簡単に嗅ぎ分けることができる。自分たちの生活水準よりも低いことを察知すれば、敬遠するようになる。彼らはジョナに対しても同じことをして、離れていった。仲間はずれにしてはいけないと私に注意されなければ、ダニエルも彼を避けていたかもしれない。エヴァンジェリンには、味方になってくれるダニエルのような存在がいない。彼女はひとりで学校に乗りこむことになる。しかもみんなよりも一カ月遅れて。それだけでも大変なのに、服装についても引け目を感じさせることはできない。

私には、〝識別〟という作業をおこなう習慣があり、そのときもそうした。言ってみれば、ただ単に沈黙のなかで座る、というだけのもので、それ以上のものではない。それを瞑想と呼ぶ者もいるが、私はそのようにはとらえていない。私の場合、姿勢がちゃんとしているかとか、通りすぎていく考えがどうだとかで、頭はいっぱいになる。体の位置をずらしてもいいかとか、痒(かゆ)いところを掻いていいかとか、そんな質問ばかりしている。だから、私がおこなっている作業は、瞑想と呼べるほど複雑なものではない。私はただ自分の心の闇が落ち着き、最初からそこにある答が見えてくるのを待っているだけだ。

結局、地元の店で使えるクレジットカードを作り、少女をひとりで行かせることにした。地味な服を選んで不満だっただろうが、彼女は数枚のゆったりとした長めのトップスやレギンス、やわらかいアンクルブーツを買って帰ってきた。そのほかにも飾り気のないニットのワンピースも買ってきたが、それを着たらまるで別人のように見えるのではないかと私は思った。

最初のその数日間について、実はまだ触れていない、もっとも重要なことがある。私は、少女が妊娠していることに気づいていた。毎朝七時ごろ、彼女はバスルームに駆けこんでドアを勢いよく閉める。シャワーを出して音を消しているつもりかもしれないが、吐いているのが聞こえた。三十分くらいするとベッドに戻り、それから何時間か経ってからキッチンに現われる。元気そうにしていることもあれば、顔色が悪いときもある。できることはなんでもしてあげたかったが、私は五十歳の他人で、彼女は十六歳の少女だ。健康のことや体のことを訊いて、プライバシーの侵害だと思われないわけがない。

彼女がこの家に来てから五日目の水曜日、少女は十時頃にキッチンにやってきた。顔色が真っ青だった。朝食の卵料理は断わられたので、せめてオートミールをと言って勧めた。私は彼女の向かいに座って新聞を読んでいた。少女は、オートミールの皿の上に覆いかぶさるようにしながら、まるで死にかけのヘビかなにかのようにオートミールをつついていた。テーブルマナーの悪さも、めったに礼を言われないことも気になったが、私にはもっと心配なことがあった。私は心を決めて新聞を下においた。「医者に予約を入れようと思う」

彼女は急に顔を上げた。「なんで？　わたしは大丈夫だけど」

「大丈夫かもしれないが、医者に診てもらう必要がある」

「え？」と少女は言った。彼女にはめずらしく、ことばが見つからないようだった。しばらくして、彼女はまたオートミールをつつきはじめ、私も新聞を取りあげた。

「じゃあ」何回か朝食をつついてから、少女は言った。「産婦人科に予約を入れるってのは、どう？」

それからは目まぐるしいほど多くのことが起きたので、最初の数日間については細かいところまで思い出せない。でも、あの瞬間のことはよく覚えている。彼女は顔を上げて、私の表情を読もうとした。彼女がなにを読み取ったのかはわからないが、私のほうは、彼女の顔を見てぎくっとした。そわそわと落ち着きのない目がそこにあると思っていた。ばつが悪そうに、あるいは少し恥じ入っているようなものだとばかり思っていた。ところが、少女は挑戦的に顎を上げ、あざけるように目を細めていた。あたかも、こう言っているかのようだった。「あんたがいるのはこのためなんだよ、おじさん。覚悟はできてる？」と。

16

六日前にこの家に来たとき、その人がどのような人間なのかを知るために観察した。彼は、ベッドや食べ物やお湯にたどり着くための鍵だった。でも、なんの見返りも求めずにそういうものすべてを与えてくれることを知って、彼のことを考えるのはやめ、体を休めることにした。

最初の三日間はほとんど寝て過ごした。いくらでも寝られた。とんでもないほどの贅沢に思えた。何カ月ものあいだ、壊れたソファベッドで寝て、いつ誰が押し入ってくるかといつも耳をそばだてていた。けたたましい音でドアが壊されてガラスが飛び散り、お酒か麻薬で頭がおかしくなっている男か、ただ単にレイプする資格があると勘違いしている男が押し入ってくるのを恐れていた。まるでその侵入者が運命の人かなにかのように待っていた。もっと恐ろしいことも想像した。クーガー（ネコ科の猛獣）が襲ってきて彼女を屋根の上まで引きずり上げ、周囲に内臓をまき散らすとか、熊がはいりこんできて部屋のなかをめちゃめちゃに荒らすとか。それよりなにより、無駄だとわかっていながら、期待が裏切られて毎日のように苦しみながら、母が戻ってくるのを待っていた。

だから、最初の数日はダニエルの父親の家で眠りをむさぼった。そして、夕方になってから起きると、何時間か外に逃げだした。日が陰ると、家は不吉な場所に変わった。あの人は、黙ったまま背筋を伸ばして書斎の椅子に座っていた——何時間も、何時間も。自分はクエーカーだと彼は言っていた。そのためだろうとは思ったが、微動だにしないその様子は恐ろしかった。まるで毎日夜になると彼は死んで、死後硬直しているかのようだった。それから、階段に通じているドアが開かないように、椅子を突っかえ棒がわりにしているのも不気味だった。暗黒の世界がはいりこんでこないように、押さえているのだろうか。暗い廊下を手探りで歩いたり、暗くて見えない角を曲がるたびに、アイザックが消してしまう電気のスイッチを探したりすることに、嫌気が差さない人がいるだろうか。もしもルーファスがいなかったら、二日ももたなかっただろう。

そんなルーファスも、本当は恐ろしい犬になれる。それは疑いようがなかった。庭のなかに鹿が迷いこもうものなら、ドアや窓に突進して吠えまくる。でも、彼女と一緒にいるときはやさしくて人懐っこかった。生まれてからずっと彼女のことを知っていて、愛してきたかのように。お昼寝をしようとベッドで横になると、ルーファスもベッドの上に飛びのってまわりをぐるぐる歩き、鼻づらで彼女をつついた。彼女のことを枕か毛布だと思っているのか、巣を作ろうとしているみたいに腕や脚や背中をもんだりつついたりする。もうやめて、もう充分だから、と彼女がお礼を言うと、ルーファスはしばらく彼女を見つめてから、自分の背中が彼女のお腹にぴったりと当たるように横になる。寝ているあいだに、エヴァンジェリンを蹴ってしまわないように。

夜になると、ルーファスはドアが見える位置でベッドの足元側の床に寝る。部屋のなかにはいることを、結局アイザックは許したらしい。そんなふうに足元に犬がいると思うと、安心できた。瞬時にして空飛ぶ筋肉と正義の怒りに変身できる存在、必要ならば彼女のために死をもいとわない存在。ルーファスが自分にとってはそんな存在であることを、エヴァンジェリンはすでに確信していた。

ある朝目が覚めると、ルーファスはいつものようにすぐ横に寝ながら彼女のことを見つめていた。お互いの鼻と鼻は数センチしか離れておらず、鹿の糞のようにくさい犬の息が彼女にかかっていた。鳴いているような声がのどの奥から聞こえ、こんなに近くにいるにもかかわらず、もっと近づきたいと言っているようだった。エヴァンジェリンの心のなかにはいりこもうとしているかのように、ルーファスは彼女の目をずっと見つめていた。気がすんだのか、そのうちベッドから飛びおり、ドアを押し開けて出ていった。エヴァンジェリンも起き上がり、アイザックを探しにいった。

家のなかの主な場所の電気は夜になってもつけたままにしてもいいか、と彼に訊いた。少なくともまだ起きているあいだは。それから、ドアを押さえている椅子を、あのまま廊下においておく必要はあるのか、とも訊いた。そんなことを言われて彼は驚いたようだったが、少し考えさせてくれと言った。数時間後、アイザックはエヴァンジェリンのところまで来て、夜電気をつけておくことと、廊下の椅子をどかすことを了承してくれた。そもそもあの椅子は、ドアが勝手に開かないようにするためにおいたものだが、今まで開いたこともないので大丈夫だろうと言った。ただ、あのドアには触らないこと、二階には行かないことをエヴァンジェリンに約束させた。その理由は言わなかった。彼はまだ、息子が死んだことを彼女に話していない。

そうやって彼女はこの家で一日を過ごし、またもう一日を過ごし、そうしているうちにアイザックは毎朝のように彼女が嘔吐していることに気づき、それが朝食の沈黙を破った〝医者に診てもらいなさい〟発言につながった。

今、その診察が終わった。エヴァンジェリンはまた服を着て、医者が戻ってくるのを待っていた。主治医のテイラー先生のことをあれこれ考えることで、彼女は気を紛らした。

おそらく先生は、良家の出身だ。そうでなければ、あのような高い頬骨や陶器のようなきれいな肌、背が高くほっそりとした体、どこか高貴な威厳を感じさせるオーラが生まれるはずもない。きっと子供のころにはポロ用のポニーを飼い、世界じゅうには別荘があって、舞踏会で社交界デビューを果たしたのだろう。そんなすごい女性がなんでポート・ファーロングなんかで医者をしているのかは、別の問題だ。それを考えるだけで、予定日やそこから導きだされるさまざまなことから、エヴァンジェリンは気を紛らすことができた。

医者がはいってきて、スツールに座って近くまで寄ってきた。「いい？　よく聞いて」やさしい顔というわけではなかったが、感情には流されないいかにもプロフェッショナルという印象だった。エヴァンジェリンが好きなタイプだ。「妊娠してるわね。六週間、ってところかな」

妊娠六週間。なかなかいい。というか、完璧だ。想像していたとおりだった。そうだろうと思っていた。それでも、うれしくて笑いだしそうになった。九週間ではないと思っていた。ブレマートン市まで行ったあの日のあと、いつもとはちがったけどちゃんと生理はあった。だからそうじゃないことはわかっていた。でも、今それがはっきりして安心した。六週間前。それならなんとかなる。

医者が話しているあいだ、エヴァンジェリンはそんなことを考えていたので、話の半分も聞いていなかった。今、医者がなにか質問をしていた。「で、あなたの予定は？」

「予定？」

「そう。赤ちゃんをどうしたいの？」

「つまり、中絶ってこと？」

「ええ。あるいは、養子に出すか」

「まさか！　どっちもいや」今まで、そういう選択については考えたこともなかった。でも、彼女がおかれている今の状況や、この子の父親かもしれない人たちのことを考えれば、その選択について考えてこなかったこと自体が不思議だった。それでも、母は十四歳のときに自分を産んだんだし、父親もいなかった。エヴァンジェリンは今、生きていてよかったと思っている。どんなにひどいことばかり起こったとしても。

これまで、あまりにも多く同じような場面に遭遇してきたかのように、医者はため息をついた。「いいでしょう。まだ時間はあるから。でも、中絶するならそんなに時間は余ってないわ。とにかく、ちゃんと考えて。もしわからないことがあれば、いつでも電話して。いいわね？」

エヴァンジェリンが答えずにいると、医者は身を乗りだして目と目を合わせ、言った。

「これは、あなたの人生のことなのよ」

エヴァンジェリンはうなずいた。「うん。わかった」

受付まで戻ると、アイザックが待っていたので驚いた。診察の予約をしたとき、歩くからいいと言ったのに、どうしても車で送っていくと言って譲らなかった。そろそろ大人に頼ることを覚えてもいいころだ、と言われたときには笑ってしまった。診察に四十分以上かかったので、まさか待っているとは思わなかった。

彼は、なにかを期待しているような顔をしていたが、それ以上のことは読みとれなかった。このアイザックという人は変わっている。話しはじめるまで時間がかかるし、すべてを自分のなかに押しこめていて、恐ろしいほどの悲しみが皮膚を透(す)かして青白く見えるほどだ。昨夜、息子さんが亡くなったことは知っている、と彼女は打ち明けた。そうしないと自分が爆発してしまいそうだった。どうやって話そうかと悩んでいる彼を見るのは、これ以上耐えられなかった。

「息子さんのこと、聞いた。お気の毒に」と彼女が言うと、ショックを受けたのか、少し痙攣(けいれん)したように見えたが、彼はフォークで刺したポークチョップを見つめつづけた。やがて、ポークチョップに向かって言った。「知ったんだったら、よかった」それ以上はなにも言わなかった。いつものように無言の食事が終わり、無言の片付けも終わった。人が思うほど悪いものじゃない。だんだん慣れてきた。彼が無言でいるのは、彼女のことを責めているからでもないし。

産婦人科の駐車場から車を出すあいだ、アイザックはなにも言わなかった。でも、知りたくてしかたがないのだろう、と彼女にはわかっていた。彼の妙に寡黙な性格だと、自分からは訊けないのだろう。

「お医者さんの話では、わたし妊娠してるんだって。そんなの最初からわかってたけどね」

一ブロックほど走ったところで彼は言った。「どのくらいかわかったのか?」

「妊娠六週間だろうって」紙に書かれたものをエヴァンジェリンは確認した。「ここには、予定日が六月九日って書いてある。ドプラなんとかっていう検査で赤ちゃんの心臓の音を聞いたけど、なにも聞こえなかったんだって。まだこんなに早い段階だと、それが普通みたい。超音波検査だともっと詳しい日付とかがわかるらしいけど、お金がかかるし、先生は必要ないと思ったみたい」

妊娠したのが、自分の息子が殺される直前だということにこの人は気づいているのだろうか。もしかしたら気づいているのかもしれない。だからうつろな顔をしたのかもしれない。彼が心の奥深くまでもぐりこんでしまったので、目の前の道路が見えていないのではないかと心配になり、エヴァンジェリンはもう少しで車のハンドルをつかむところだった。

この夜も、いつものようにほとんど無言で食事を終え、無言で片付けをすませたが、いつもより落ち着かない沈黙だった。彼女自身も自分のなかに動揺を抱えていたが、アイザックのなかにも新しい動揺が生まれたようだった。

自分の寝室に行くとき、階段のドアの前で立ち止まった。妙な考えが浮かんだ。もしかしたらアイザックの動揺の原因は、彼女の妊娠よりも、このドアを押さえていた椅子を取り除いたせいのほうが大きいのではないか。この家に棲みついている謎を解こうと、ドアの把手に手を伸ばした。でも、途中でやめて手をおろした。

ドアは開けないとアイザックに約束した。なぜなのかはわからないが、この約束はどうしても守らなければいけないと思った。

17

もっと休んでもいいとピーターには言われたが、一日ごとに休んだ日がどんどんと積み上がっていき、一ヵ月以上になった今では、まるで果てしない壁のように高くなっていた。もしも月曜日に学校に戻らなければ、一生戻れないだろう。

エヴァンジェリンも同じ日から学校に行くことになっていた。彼女は、書類にまちがいなく〝三年生(ジュニア)〟と書かれているかを確認したがった。でも私は、学習面での大幅な遅れが心配で、そのことを忠告した。日曜日の夜になって、ようやく彼女は心配しだした。先生たちはやさしいのかとか、大目に見てくれるだろうかとか訊いてきた。次の日の朝、学校まで送っていこうかと私が言うと、歩いていくから大丈夫と彼女はその申し出を断わった。新しく買った服があるにもかかわらず、古いジーンズと赤いカーディガンを着ていた。新しいバックパックも荷物でぱんぱんだった。私道を歩いていくエヴァンジェリンのうしろ姿を見送りながら、彼女を見るのはこれが最後かもしれないと私は思った。

彼女が見えなくなったあと、どうにかトーストを何口か食べ、キーをつかんで車に急いだ。あの子を見つけなければいけないと思った。二十分後、私は高校の駐車場に車を入れた。家から学校までもっとも理にかなった道も、その周辺の道も走ってみた。しかし、彼女の姿はどこにもなかった。もうあの少女はいない、それでよかったんだ、と私は自分に言い聞かせた。でも、腕が麻痺して車のドアを開けることができなかった。

フットボールチームの選手、ジャクソン・マシューズとワイアット・バーグが、高校の正面玄関の前で立ち話をしながら、少女たちに笑顔を見せていた。いつもと変わらない光景だった。私は、生きている人々に対して怒りを感じるのではないかと覚悟していた。どうして、この世界は人が死んでも、以前と同じように動きつづけるのか。でも、この生徒たちに罪はない。私が怒りを感じたのは、校舎そのものに対してだった。空調設備が機能していないためにカビだらけで、煉瓦が崩れているところもあれば窓台が湿気で膨らんでいるところもあった。それらが大声で叫んでいるような気がした。「なぜ学校税を認めないのだ！　なぜ子供たちの幸せに無関心でいられるのだ！」と。どうして私たちはこんなに自分勝手になってしまったのだろう。いつから思いやる心をなくしてしまったのだろう。これでは、子供たちが失われても不思議はない。

私はなんとか車から降り、目の前に今日も明日も明後日も続いている生徒たちのほうに歩いていった。ジャクソンとワイアットの横を通ると、まるでいじめを目撃されたかのように彼らはことばの途中でおしゃべりを中断した。校舎に一歩足を踏み入れると、ティーンエージャーたちが巻き起こす騒音――廊下にこだまする大声、爆笑、ロッカーをけたたましく開け閉めする音――が大きなうねりとなって私に押し寄せた。その凝縮された生命力に溺れそうになった。何人かの生徒は私に気づいて話すのをやめた。ささやき声がさざ波のように広がり、生徒たちは自然と左右に分かれて道を開けた。

入り口をはいった正面にある事務所のカウンターのなかで、ピーターと新しく副校長になったキャロル・マーステンが話をしていた。空気の変化を感じとったのか、ピーターは顔を私のほうに向け、カウンターをまわりこんでやってきた。

「アイザック！」彼が大声をださなくてはならなかったのは、私が急いで廊下を歩いていってしまったからだった。

私が立ち止まると、彼は青いドレスシャツに紫色のネクタイをなびかせながら駆け寄ってきた。誰も使っていない教室に私を引っぱりこむと、不思議そうな目を向けて言った。

「私から逃げようとしたのか？」

私はただ肩をすくめた。説明できなかった。

「もし私がなにか――」

「いや。きみはなにもしてない。ただ……ただあまりにも……受けとめきれなくて」

「ああ、そうだな」ため息交じりに彼は言った。「受けとめきれなくて当然だ。心配してたよ」

「わかってる。すまない」

「まったく、アイザック、すまないなんて思うな。そんな必要はない。ただ、話をしてくれ、いいな？ なにがあった？ 先週は会ってもくれなかった。それが突然、キャロルから今朝聞いたんだが、新しい女の子を通わせる手続きをしたんだって？」

「登校したか？」

ピーターは首をかしげた。「私が知るかぎりは来ていないと思う。車で一緒に来なかったのか？」

「どうしても歩くと言い張ったんだ」

「姪っ子かなにかか？ なにか力になれることはあるか？」

私が答える前に、始業のベルが鳴った。「もう行かないといけないのはわかっている」と彼は言った。「時間ができたら、帰る前にオフィスに寄ってくれ」

できればそうすると言って私は廊下を歩きはじめた。陽気な社会科教師、ディック・ネルソンが、すれちがいざまに私の肩を叩いていった。誰かが腕に触れるのを感じて振り向くと、コニー・スワンソンがいつになく紅潮した険しい顔で立っていた。彼女の化学の教室は私の生物学の教室と隣りあっている。でも、なぜかコニーはダニエルの捜索には加わらなかった。今、彼女は涙がこぼれ落ちそうになるのをまばたきしながらこらえ、悲しげなため息をついてから、ばつが悪そうに向きを変えた。

コニーが逃げていくうしろ姿を眺めながら、彼女の年齢と体重でなぜあのような短いタイトスカートを選ぶのだろうと思った。大事なものがすべてこそげ落とされたあと、なにが残るのかは不思議だ。

私の教室は、未知の場所のように思えた。私が留守のあいだ生物学を教えていたマイク・フエンテスは、机を部屋の周囲に並べ、中央を空けていた。学校ではまたブレイクダンスが流行しはじめている。生徒たちが大音量の音楽をかけて頭で回転しているのを、フエンテスがいらいらして怒鳴っている光景が目に浮かんだ。しかし自分の机についてみると、部屋の中央の空白が、洞察が湧きでる場所に変わったように感じられた。礼拝のための集会所のようだった。

ダニエルが死んでから、息子の追悼集会以外には、クエーカーの集会に参加していなかった。私自身がもたらす重荷を理解していた。殺された子供の親に、なにを言えばいい？

どのように接すればいい？　私を傷つけてしまうのではないかと人々は苦しみ混乱し、それが私の苦しみに積み重なった。私は、クエーカーの信徒たちに重荷を背負わせたくなかった。それに、集会に参加してもなんの意味がある？　神とのつながりを求めることは、もちろんできない。神は、私を粉々に壊し、キャサリンと息子を奪った。おまけに、あの少女と、生まれてくるはずだった赤ん坊まで奪われたようだ。

　いいや。私は神を見いだそうとは思わない。今もなお、教室にぱらぱらとはいってくる生徒たちを通して私を愚弄し、輝く雨のように教室に降りそそぐ朝の光で――机の上においた私の手の甲の血管には、その光に照らされて脈々と血液が流れている――私を欺こうとする神を。神はおもしろがっているかのように、どこまでもしつこくささやきつづけ、私をひどく苦しめる。「おまえにはなにも残っていない。でも、おまえは生きている。生きている。生きている」と。

　おまえは生きている。生きているということに、真正面から向き合いなさい。

18

初めてポート・ファーロング高校に行くことになっていた日、まだ行くとは決心していなかった。でも、行かないとも決めていなかった。高校の方向に歩きだしたが、半分くらい行ったところで、小道にずれた。湖のまわりをめぐるその道を行くと、いつの間にか高校が見おろせる場所にたどり着いていた。

バックパックをおろし、岩の上に座った。今年の春、母から逃げだしたいときに何十回も来た場所だった。そのころは、母のほとんどすべてのことにむかついていた——皮膚を貫通するような視線、気持ち悪くねじれるくちびる、きつすぎるTシャツのなかでだぶついている贅肉(ぜいにく)。あのころ、エヴァンジェリンはまさにこの場所に座り、母親に対して感じている軽蔑のすべてを鋭利な石のように削(けず)りあげ、心のなかに貯めこんでいた。心臓の鼓動とともにその石がもたらすひりひりとした痛みと怒りが心地よかった。もしも今もその石のぎざぎざの縁を感じることができれば、わざと身をかがめて傷つくことで、母親のいない今の喜びを再確認できるかもしれない。そうすることで、勇気を持って新しい人生を歩んでいけるかもしれない。でも、もうその石は残っていなかった。残っているのは、ぶよぶよでやわらかい、永遠に消えることのない深い傷あとだった。

　下のほうから学校の始業ベルが聞こえてきた。遅刻しそうな子たちが校舎に駆けこんでいくのが見えた。自分の足が動こうともしないのを、彼女は不思議な気持ちで見ていた。あんなに学校に行きたいとお願いしたのに。母と喧嘩してまで、自分で手続きをすると言い張ったのに。母は、お昼休みに学校の駐車場でなにが起きるか知っている、と言った。娘を娼婦にしたくないと言った。エヴァンジェリンは、そのことばに従った。でも、それでどうなった？　どっちにしろ母は出ていった。娘を娼婦にするという点については、母の予言通りになったのかもしれない。

　冷たく晴れわたった空に太陽は昇っていった。どうして学校に行くことがこんなにむずかしいのだろう。母は数年ごとに住む場所を変え、エヴァンジェリンはいつも新しい学校に馴染んでいけた。ひょっとすると、ここ何カ月かのあいだはずっと隠れていたことが関係しているのかもしれない。まるで自分はみだらで不愉快な存在だと思いこんで、人の目に触れないように逃げまわっていたからなのかもしれない。でも実際には、それよりもっと根深い。どんなにうんざりするような存在であろうが、母親という〝錨（いかり）〟がいてこそ、娘というのは沖に流される心配をせずに新しい領域に泳いでいける。それを失った今、彼女はもがき苦しんでいた。

わたしにはアイザックがいるじゃない、と自分に言い聞かせた。実の母よりも彼は本物の母親のように振る舞う。最初の二日間、夜こっそり家を抜けだすとものすごく怒られた。三度目に怒られたときは、〝簡単な礼儀〟——どういう意味なのかもわからなかった——が必要だとかお説教された。でも、彼はマッシュポテトとローストチキンの夕食を出してくれた。怒っていることを表わすようにお皿を押しつけてきたが、飢えている子のように食べはじめると、うれしそうにしていた。

毎朝、彼はキッチンにいて、果物とオートミールとか、卵料理とトーストを用意してくれた。そして、寒くならないようにもう一枚余計に着たほうがいいとうるさかった。彼女のことを、面倒を見なければならない繊細な女の子だと思っているようだ。繊細だと思われるのはうれしかった。でも、実際には繊細ではないし、そうなりたいとも思っていない。そんなことはけっしてない。でも、誰かに心配されるということ、今まで傷ついてきただろうしこれからも傷つきやすいだろうといたわってもらうことはうれしかった。自分では寒いと気づいていないのに、肩にコートを掛けてもらっているのと同じような気がした。

とはいえ、アイザックのやさしさの代償として、なにを求められるのかわからなかった。

ただで得られるものはない、というのがこれまで生きてきたなかで学んだことだった。ダニエルとジョナのことや、自分が心の奥底にしまいこんでしまったうしろめたさや、そのすべてをアイザックが知ったときにどうなってしまうのかについては、考えないようにしていた。でも、それらすべては彼女のなかに巣くっていて、骨の奥深くにもぐりこんでいた。歯がガタガタ鳴りそうなほど寒かった。

最近は、なにもかもが怖かった。誰かに見られてしまっているかもしれない。どんな子が学校にいるのかもわからない。授業や試験や課題についていけるのかもわからない。過去も未来も危険に思えた。これまでの秘密も、これからの脅威も。でも、いちばん怖いのはアイザックのことだった。これまで彼は多くのものを与えてくれた。それを今、すべて失ってしまったかもしれない。

恐怖に震える水たまり。そんなふうに自分のことを見ることで、決心できた。勇気を出して学校に行きなさい、これからは自分の頭で考えて行動しなさい、と自分に命令した。ようやく、彼女の体は言うことをきいた。坂をくだって湖のまわりを歩き、駐車場を横切って古い校舎の正面玄関を通った。

怖いものなんてなにもない。今日から、これがエヴァンジェリンのモットーだ。

19

エヴァンジェリンを見かけたのは、ちょうど正午になったときだった。真っ赤な髪をなびかせて、彼女はランチルームのなかにはいっていった。突然、明るい光に照らされたような衝撃だった。なかを覗きこむと、彼女は隅のテーブルにひとりきりで座っていた。私は、周囲に紹介してまわりたい衝動を必死でこらえた。さいわいなことに、ダンスにはめったに誘われないようなやさしげな何人かの少女たちが彼女のテーブルに加わった。

「きみの少女をチェックしているのか？」

振り向くとピーターがすぐ横に立っていた。「まあそんなところだ」ひと息ついて私は言った。「正直、来るかどうか半信半疑だった」

「来ないおそれもあった。キャロルの話では、十時ごろにやっと来たらしい」

「十時？」

「新しい学校に来るのは大変なことだ。遅くなればなるほどむずかしかったはずだ」ピーターはランチルームを見わたした。「どこに座ってる？　彼女が登校したとき、留守にしていて会えなかった」

私はエヴァンジェリンのほうを指差したが、子供たちの集団が邪魔になってピーターからは見えなかった。彼は少しだけ部屋のなかにはいり、探していることを彼女に気取られないように、まずは反対方向を見た。ピーターという人間は、その行動のひとつひとつからやさしい知性が伝わってくる。彼は学校にいる生徒全員と彼らがつくっている小グループすべてを知っていた。そのうえで、誰がそのグループの中心にいて、誰がその取り巻きなのかも把握している。複数のグループに属しているまれなケースの子や、なかなかひとつのグループに定着できない子も把握できていた。

ドアからの角度では、エヴァンジェリンの横顔しか見えなかった。彼女を見たとき、虫に刺されたかのようにピーターの顔が引きつった。ほとんど気づかない程度のことだった。ランチルームから出てきた彼の表情が曇っていなければ、気にも留めないところだった。

「大丈夫か？」と私は訊いた。

「ああ、もちろんだ」彼は咳払いをした。「あの子に関して、どのくらい知っているのか聞かせてくれ。親戚なのか？」

「いいや。でも、どうして？　きみこそ知っているのか？　なんだか……驚いていたように見えたから」

「ああ、以前見かけたことがある」

「いつ？」

彼は髪に手を走らせた。「あ、すまない。どんな関係だと言ったんだっけ？」

「実は、なんの関係もないんだ。真夜中にルーファスが見つけた。一週間くらい前のことだ。あの古いスモモの木の下にいた。凍えるくらい寒い日だった」

「彼女のほうからやってきたのか？」警戒しているような声だった。

「ホームレスだと言っていた。今は客間で寝かせている」

彼の目が無意識に彼女に向けられたのが見えた。「それ以上、彼女について知っていることは？」とピーターは訊いた。「どこから来たとか、そういうこととは?」

「いったいどうしたっていうんだ？　なんでそんなことを訊くんだ？」

「今、説明する。でもまずは、きみの知っていることを教えてくれ」

「わかった。かいつまんで話すと、彼女の母親が亡くなって、ひとりでポールズボにたどり着いた。そこからバスに乗って、うちに来る二、三日前にポート・ファーロングに着いたそうだ」

ピーターは頭を左右に振った。「これはよくない。非常にまずい」

「なにがよくないんだ？」

「彼女がきみに嘘をついているという点だ」

「なにが言いたいのか、さっぱりわからない」苛つきを隠すこともできずに私は言った。

彼は腕時計に目をやった。「本当にすまない。ちょっと話は複雑なんだ。でも今は、ハリソンさんたちをオフィスで待たせている。飛び級クラス向けの世界史の教科書について文句があるそうだ。明らかに反米思想的なんだそうだ」同情してほしいかのように眉を上げた。私が応じないのを見て、彼は言った。「いつなら時間が空く？」

「二時半」

「じゃあ、私の予定をなんとかしよう。その時間にオフィスに来てくれ」


ピーターの言うとおりだった。少女が自分について語った話の一部は作り話だ。彼女が育ったのはオハイオ州ではない。それはたしかだ。でも、ティーンエージャーというのはちがう身の上話を作りたがる。逃げだそうとしている場合は特に。ピーターがなにをそんなに心配しているのか、私にはわからなかった。

二時半に彼のオフィスに行った。そんなに長くかからないことを祈っていた。学校での初日を終えたエヴァンジェリンが帰宅するとき、家にいて出迎えたかった。母親を亡くす前から、少女がひとりぼっちだったのはまちがいないだろう。どこにいるのか居場所を知らせてほしいと私が言うと、彼女は困惑していた。「なんで？」と彼女は言った。「あなたは親でもなんでもないじゃない。わたしになにがあろうと、誰もあなたのせいにはしないから」法的な責任以外の事柄についても心配する大人がいるということを、彼女は理解できなかった。

私がドアをノックすると、パソコンに向かっていたピーターは向きを変え、いつも打ち合わせに使っている小さなテーブルを身ぶりで示した。

「ハリソンさんの件はどうなった？」と私は尋ねた。

彼は一瞬うつろな表情を浮かべたが、すぐに笑顔になって首を振った。「懸念事項として、教育委員会に報告することを約束させられたよ」

「報告するのか？」

「もちろんしないよ」

「その意気だ」と私は言った。

彼は笑わなかった。それどころか、聞いてさえいなかったのではないかと思う。ドアがしっかりと閉まっているかを確認するので精一杯のようだった。水をグラスに注いで私の前におき、彼はテーブルの向かい側に座った。「で、どうだった？」と彼は言った。「久しぶりの学校は？」

おそらく本心から知りたかったのだと思うが、早く少女の話に移りたくて気が散漫になっているのがわかった。もしかしたら私自身の気の焦りが、静電気を帯びるように部屋の空気をひりつかせていたのかもしれない。「よかったよ。いや、実はちょっと大変だったけど、生徒たちはよくやってくれた。まだ少し時間がかかりそうだ」

「そうだな」とピーターは言いながら、テーブルの表面を両手でこすって小さな円を描いていた。自分でもそれを見て気がつき、彼は手の動きを止めた。

私はひとくち水を飲んで待った。

「あの少女のことなんだが」と言った彼の指先がひくついていた。「きみの家に行き着いたことが心配なんだ」

「見ればわかる」からかうつもりで私は言ったが、彼は笑わなかった。

「どうも隠し事は苦手だ」

「それがきみのいいところだ」

ピーターは身を乗りだした。「じゃあ、聞いてくれ。彼女は、きみに見つかる数日前にこの町に来たと言ったんだね？」

私はうなずいた。

「その前にここに来た可能性は？」

「もしかしたらその可能性もあるかもしれないが、ここには初めて来たような口ぶりだった」

ピーターは眉をひそめた。「辻褄が合わないのはそこなんだ。彼女のことは、九月に見かけたことがあるんだ」

「九月？　どこで？」

「コールマン通りを出たところだ。製紙工場の近く」

「なにをしてた？」

「トラックから降りているところだった」

「べつに大騒ぎをするようなことには思えないが」

「時間も遅かった。たぶん九時半はまわっていたと思うし、町はずれだった」

なにか犯罪に関与していると思っているのだろうか。「私が鈍感なら申し訳ないが、だからといって――」

「きみのことが心配なんだ。わからないのか？　少女はきみの家にやってきた。簡単に見つかるような場所じゃない。門から相当なかにはいらないと見えない家だ。なんできみの家に行った？」

「雨風をよけられる場所を探していて、公園だと勘違いしたと言っていた」

彼は背もたれに寄りかかった。「信じるのか？」

言い返そうとしたが思いとどまり、大きく息を吐いてから言った。「わからない。彼女のこととなると、なにを信じたらいいのかわからなくなる」

ピーターは、力を集めるようにくちびるをきつく結び、言った。「実は、ほかにもあるんだ……彼女が降りてきたのはジョナのトラックからだ。それに、ダニエルも降りてきた」

「なんだって？　いつ？」

「ダニエルが殺される数日前」

「それを目撃したのか？　どうやって？」この男が言っていることはたわごとだ。

彼は私の疑念と怒りを聞きとった。「きみの気持ちはわかる」

子供を失うことのなにがわかるというのだ、と叫びたかった。

まるで心の叫びも聞こえていたかのようだった。「すまない」と彼は言った。「きみがどんなに苦しい思いをしてきたのか、わたしにわかるはずがないことは知っている。それは理解している。でも、現に私は彼女を見た。ポールズボから帰ってくる途中だった。数カ月に一度、地元の校長たちが集まって食事をするんだ。そのときも、製紙工場の近くの長いカーブを走っているところだった。近づいてみて、初めてダニエルだと気がついた。私の車が通り過ぎようとしたとき、彼女がトラックから飛びおりた」

「本当にエヴァンジェリンだったのか?」

「かなりたしかだ。ダニエルが先に降りて彼女を降ろしていたんじゃないかと思う。少なくとも、私にはそう見えた。そのあとでダニエルはトラックにまた乗ったと思うが、そこまでは見ていない。すでにカーブを曲がっていたから」

「殺される数日前?」

「これで、なんで私が心配しているかわかるだろ?」

「彼女だったのはたしかなのか? つまり、殺人の背景に女の子がいる可能性をみんな言っていた。警察からはなんて言われたんだ? もちろん警察もその少女のことを捜査したんだろ?」

「実は……警察には話してない」

そんなことがありうるのか? 私の息子は一週間も行方が知れなかった。どんなにささいな情報でもほしかったはずだ。

「今から思うと、信じられないことかもしれないが」と彼は言った。「あのときは暗かったし、ほんの一瞬のことだった。正直言って、ほとんど髪の毛しか見えなかったんだ。ほら、チマカムから来ている痩せた子がいるだろ？　デレクなんとかっていう。試合のときによく見かける子だ。彼の髪の毛は長くて赤い。誰のことを言っているかわかるだろ？だからあの日見たのは彼だと思ったんだよ。それまで、このあたりでそういう少女は見かけたことがなかったし、私はほとんどの子供たちを知っている。でも今日、彼女を見て、あの髪の毛を見て、確信した。あの日、私が見たのは彼女だ」

「だったらなぜデレクのことを警察に話さなかったんだ？」

「話したよ。でも、その時間にダニエルたちと一緒にいたことを彼は否定したんだ。ただ、捜査には協力的で、DNAサンプルも採取した。なにも一致しなかった」

私は首をこすった。「だめだ、頭が混乱してきた。さっきは警察には話さなかったと言わなかったか？」

自分の言ったことばを必死に思い出しているのか、彼の表情が一瞬凍りついた。「そうじゃない。少女のことは警察に話さなかった、と言ったんだ。そう、そうなんだよ。自分が見たのが誰だったのか、今日まで知らなかった」彼は私の顔をまじまじと見た。なにかを読み取ろうとしているかのようだった。信じた証(あかし)、謝罪、それともただの認識？　私の表情は、そのいずれも表に出さなかった。「きみには話しておくべきだった。でもダニエルが社交的だったのは誰でも知っている。学校が始まったばかりのあの一週間、何十人もの生徒たちがダニエルと一緒にいた。私が見かけたのがデレクじゃないとわかったら、それ以上深く考えもしなかった」

私はテーブルから少し離れ、頭のなかで渦巻いていることばから逃げようとした。「最初にきみが思ったとおりなのかもしれない。もしかしたら、デレクだったのかもしれない」

苦悶の表情を浮かべていた彼の顔は、一瞬強く緊張してからふっと力が抜けたように穏やかになった。この部屋にはいってきてから、初めて彼は私のことを正視したような気がした。「ああ、そうだな」と彼は言った。そして深くため息をついた。「そうかもしれない」

そのひとことを聞いて、なにもかも打ち明けたくなった。この友人と、すべてを共有したくなった。エヴァンジェリンが汚れて傷だらけの手をして家にやってきたときのこと、でっちあげられた身の上話のこと、こそこそと出かけては夜遅く帰ってくること、食品庫を漁ること。それから、彼女の存在をリアルに物語るような、夜はもっと明かりをつけてほしいと訴えたこと、手首に垂れたジャムを舐めたこと、昨日の夜、閉じられたドアの向こうから子守歌を犬に歌っているのが聞こえたこと。そしてなにより、妊娠していることを彼に話したかった。話せば、ひとりで背負っている重荷から逃れることができる。

私は思いとどまった。話しすぎてしまうかもしれない、私には話す権利のない秘密まで漏らしてしまうかもしれない、という心配でいっぱいになった。

「これからどうするつもりなんだ、アイザック?」

「わからない」

「私ならいつでも力になる。州も支援してくれる。社会保健サービス局に提出する書類を書かなくちゃならない。きみもわかっているだろ? 彼女のために、いい里親を探してくれるよ」

「だめだ!」声の激しさに自分でも驚いた。「あの子には私の家がある」

私のために少しだけ間をおいて、彼は静かに言った。「きみはいい人間だ、アイザック。あの少女には居場所が必要で、きみはいつだって身寄りのない子には親切だ。でも、落ち着いて考えてくれ。書類に関しては、私はきみの味方だ。あんなもの出さなくてもかまわないと思っている。でも、前回同じようなことをしたときには、こてんぱんにやられたじゃないか。覚えているだろ? サルコーニの子供のときに。いろんな人間のことを考慮に入れないとだめなんだ。もちろんきみ自身のことも。彼女の目的がなんなのかは誰にもわからない」

「あの子の目的は、住む家だ。私にはその家がある」と私は言った。「あの家は、私ひとりには大きすぎる」

ピーターは立ち上がり、私の肩に手をおいた。「わかった。何日かしたらまた話そう。だから今のところは……なんて言ったらいいか、とにかく気をつけてくれ。いいな。今われわれが直面しているのがどんな問題なのか、まだわかっていないんだから」

20

学校からの帰り道、今日は思った以上にいい日になったとエヴァンジェリンは思った。もちろん、ものすごく気まずかったのはたしかだが、昼食のときに何人かの少女たちと知り合いになった。特にそのうちのひとりが、彼女を笑わせてくれた。そのおかげで、この学校に馴染めるかもしれないと思うことができた。

エヴァンジェリンがサラダをひとくち食べたところに、ウェーブのかかった黒髪の女の子が豊満な体を揺らしながらやってきて、気取らない堂々とした様子で椅子に座った。

「わたし、ナタリア」と挨拶すると、持ってきたトレーからお皿をテーブルにおろし、トレーは脇に押しやった。

「わたしはエヴァンジェリン」

ナタリアは動くのをやめて彼女をじっと見た。「いい名前だね。エヴァンジェリン。わたし、好きだよ」

そう言われて、エヴァンジェリンは信じられないくらいうれしかった。ナタリアにくだらない質問——何年生なの、とか——をしようとしていると、彼女は急に振り向いて別のテーブルにいたふたりの少女に呼びかけた。「MJ！　MJ！　こっちよ、こっち！」もう一度こちらを向くと言った。「メイシーとジリアン。小っちゃいほうがメイシー。みんな、ふたりあわせてMJって呼んでる」

MJのふたりが持ち物をまとめているあいだ、ナタリアは昼食のプルドポークにはいっている脂身について文句を言いだした。すると、ことばの途中で話すのをやめ、急に身を乗りだして小声で言った。「ねえ、あそこにいる先生、見える？　ランチルームの監視役。今もまだパンティストッキングをはいてるんだよ。だからあんなにいやな女なんだ」エヴァンジェリンが不思議そうな顔をしたためか、ナタリアは肩をすくめて言った。「ほら、血行が悪くなるから」

そんな感じで、まずまずの日だった。エヴァンジェリンは、アイザックにナタリアのことを話そうかと思った。キッチンに行って、夕食の支度を手伝うと言おうかと思った。今朝、冷蔵庫のなかに解凍中のとりむね肉があったのを思い出して立ち止まった。そして雑誌に載っていた一ページを思い浮かべ、頭のなかで読もうとした。満足すると、くるりと向きを変え、家とはちがう方向に歩きだした。

四十分後、彼女の上着のポケットのなかには、ケッパーの小瓶とレモンとくさび型のパルメザンチーズが詰めこまれていた。こういう小物の万引きは簡単だった。もうとっくに家に着いている時間だったが、最初の店にケッパーがなかったので、遠くにあるほうの店に行かなければならなかった。

今年の春、料理を覚えた。でもそんなにおしゃれな料理はできない。スパイスを入れすぎたパスタとスープが多い。いちばんうまくできたのはチキンピカタで、どこかの待合室にあった雑誌から切り取ってきたレシピだった。母はひとくち食べると顔を上げ、驚いた様子で言った。「ワオ、すごくおいしい」

もしかしたら罪悪感からだったのかもしれないが、ポート・ファーロングに来て間もないころの母は、ここ何年もなかったくらいにやさしかった。エヴァンジェリンが作った食事はどんなに簡単なものでも感謝してくれたし、仕事で疲れているはずなのにあと片付けをしてくれた。だからエヴァンジェリンも、母に対してやさしい気持ちになることがあった。母がプラスチックの洗いおけに足を浸けていたり、大好きなホームコメディを見はじめて五分もしないうちに居眠りを始めたりすると、こわばった首筋をマッサージしてあげようかと思うことがあった。実際には一度もしたことはなかったが、少しでもそんな気持ちがあったと思うだけで心が喜びで満たされた。

ただ、そんな日々もすぐに終わってしまった。五月になると、母はガスという男に出会った。その男は更正したはずの建設作業員で、ローストビーフ・サンドイッチを買いに毎日午後に母の働くデリにやってきては、ふたりでいやらしい話をして盛りあがっていたらしい。少なくとも、それが母から聞かされた話だ。まるで中学生みたいに笑いながら、サンドイッチをひとくち食べるたびにガスがくちびるを舌で舐めくりまわす様子を聞かされた。エヴァンジェリンはその場から逃げだしたかった。でもそうしなかったのは、母が本当にあんなことを言ったと認めたくなかったからだった。本当は言っていない、と自分に思いこませようとしていた。

六月になると、エヴァンジェリンはまた居間のソファベッドに逆戻りした。なにもかもがうまくいかなかった。ひとつ言えるのは、ガスの唯一の長所が、そのむかつくほどの不快さだということだ。寄り目や、鼻の穴と耳から生えている黒い毛や、ぐにゃぐにゃに茹でたホットドッグのような息のおかげで、エヴァンジェリンに奪われる心配はないと母は安心できた。

ただ、ガスがエヴァンジェリンのことを目で追うのは防げなかった。その異常なほどの性欲は、母がポート・ファーロングまで逃げだした原因に匹敵するほどひどいものだった。

エヴァンジェリンは、ガスの目から逃れるためにだぼだぼのズボンをはき、シャワーを浴びないようにしていた。でも母はそんな娘を、ならず者を誘惑しようとして寝間着を着て生臭いにおいをわざとさせている、と言って非難した。

ある晩の夕食のとき、母が職場から持ちかえってきたロールパンを取ろうと、エヴァンジェリンはテーブルの上に手を伸ばした。そのときTシャツがめくれてお腹の少し上が見えてしまった。肌に当たる涼しい風を感じた瞬間、もう手遅れだと知った。ガスは彼女のむきだしの肌を見ていた。彼が見ていることに気づき、それが母に火をつけた。エヴァンジェリンは手を叩かれ、ロールパンは油っぽいサラダのなかに落ちた。太りすぎだと言われた。それだけではなく、怠け者で不衛生で教養もない、とさんざんなことを言われた。そろそろ自分でも仕事を見つけて家計を助けろ、と言われた。

「いつまでも親のすねをかじってられないんだ」と母は言った。「わたしなんてね、十四歳のときに――」

「――家を追いだされた」耳にたこができるほど聞かされた話を、エヴァンジェリンは途中から引き継いだ。

「そうだよ、そのとおりだ、この小娘。それがどんな――」

「――ことなのかわかるか？　教えてあげるよ」エヴァンジェリンはまた話の続きを横取

りした。

「ひっぱたかれたいのか？　え？　そうなのか？」

エヴァンジェリンは「べつに」と答えた。母はドレッシングのかかったサラダの上に身を乗りだし、最後に一枚だけ残っていたきれいな仕事用のシャツを油だらけにしながらエヴァンジェリンを平手打ちした。この瞬間に部屋にはいってきた人にもなにがあったのかわかるくらい、エヴァンジェリンの頬には鮮やかな赤い手形が残った。それだけでなく、驚きと怒りの涙が目にあふれそうになっていた。

そんなことを考えながら歩いていると、アイザックの砂利敷きの私道に着いたことに気づいた。母のことは頭から締めだし、アイザックのことを考えた。彼女が作ったおいしいチキンピカタをひとくち食べたときの、彼のびっくりする顔を思い浮かべた。心のなかに温かさが広がった。肩にコートを掛けてもらったように。それはまるで……正しいことばを探そうとがんばった。それは、愛されている、という感覚？　家族のように？　いちばん近いのは、〝安心〟ということば。彼女は信じられなかった。生まれてきてからの、永遠と思えるほど長い年月のなかで、ほんの少しでも〝安心〟できたのは初めてのことだった。

21

廊下を大股で歩きながら、ピーターの言った最後のことばが頭のなかでループしていた。〝今われわれが直面しているのがどんな問題なのか、まだわかっていないんだから〟。私は戻って彼の部屋のドアを乱暴に開け、怒鳴りたかった。「自分がどんな問題に直面しているのかは、いつだって絶対にわからないんだ！　そんなことも理解できないのか？」と。

一年前、二十年も連れ添った妻から浮気していることを告白された。彼女は自分の荷物をまとめ、州の反対側に行ってしまった。そして、力強く不死身の息子が、小柄で運動もできないやさしい少年に惨殺された。その少年は、信仰心の篤い子だった。

私は頭のなかで叫んでいた。「自分がどんな問題に直面しているのかはわからない！　自分がどんな問題に直面しているのかはわからない！」問題は、わからないことにあるのではない。問題なのは、わかっていて当然だったと信じていることだ。ピーターは正しい。私は、自分がどんな問題に直面しているのかを理解していない。エヴァンジェリンのことも、妻のことも、ダニエルとジョナのことも、ピーターや生徒たちのことも、ルーファスのことも。自分のことさえも。

もう少しで校舎から抜けだせそうだと思ったとき、教室のドアが勢いよく開き、飛びだしてきたサマンサ・アスケルソンとぶつかりそうになった。彼女は、長いあいだダニエルのガールフレンドだった。サマンサはよろよろとあとずさりをし、教室から出ようとしていたほかの生徒たちが彼女のうしろで停滞した。

「バルチ先生」と彼女は言い、体勢を整えて横にずれた。

「やあ、サマンサ」

彼女の白い顔が赤く染まった。「先生の教室に行こうと思ってました」目が泳ぎ、早口だった。「えっと、挨拶をしに行こうと思ってたんです。今日から学校に復帰されると聞いてたので。でも、そしたらネルソン先生が――」

「復帰したばかりは忙しいことがわかっているから、気をつかってくれたんだね」私はめったに人の話をさえぎらないが、そうしたほうがいいときもある。

彼女は少し落ち着きを取り戻し、私の目を見られるようになった。「大丈夫ですか？その、つまり……」ことばが途切れ、彼女は長いブロンドの髪に手を走らせた。

「ああ、大丈夫だ」と私は言った。「この前の大会では、自由形で優勝したそうだね。新聞で読んだよ。州の記録更新も狙えそうじゃないか」

「はい」少しだけ笑顔になって言った。水泳競技における彼女のがんばりは、私たちにとってはいつも楽しい話題だった。「実は、練習時間を倍に増やしてるんです。今もこれからプールに行くとこで。だから……もう……」

「ああ、もちろん行きなさい」と私は言った。「会えてうれしかったよ。教室にはいつでも立ち寄ってくれ。家に来てくれてもいいし。ルーファスも喜ぶよ」

彼女は、行きます、と言った。あまりにも心のこもった言い方に、本当に来てくれるかもしれないと一瞬思ったほどだった。


家まで運転しながら、サマンサのことを考えていた。彼女とダニエルは、二年生の終わりのころから付き合っていた。もし息子が恋愛を経験していたとしたら、その相手はサマンサだったと思う。彼女はダニエルと同じくらい背が高く、同じくらい人気者で、きれいな肌と水泳選手らしい彫刻像のような体型をしていた。ふたりは目を惹くカップルだった。ダニエルにとってもそれが大切だったが、本当はそれ以上のことがあった。サマンサは機知に富んでいた。彼女が話しはじめると、ダニエルはスポットライトから身を引き、魅了されたように自慢げに彼女を見ていた。

息子の行方がわからなくなったとき、サマンサは警察に、彼がいなくなったその日の午後にふたりがきっぱりと別れたことを話した。そのときは、いかにもサマンサらしいと私は思った。彼女はどんな話題であろうが、中心にいたいと思う子だ。私はダニエルから、ふたりがうまくいっていないとはひとことも聞いていなかった。でも今から思うと、本当のところはわからない。最後の一週間、特に最後のあの日は、ダニエルは精神的に不安定だった。もしかしたら、自分の身に起きることを知っていたのかもしれない。

ダニエルが殺されたことが明らかになったあと、新しい噂が広まった——一部の出所はサマンサ本人だった。ジョナが密かにサマンサに恋心を抱いていて、その嫉妬からダニエルの殺害に至った、というものだった。たしかに、ジョナはダニエルに嫉妬していた。むかしからずっとそうだったと私は思う。でも、それはサマンサのことではない。あるとき、クエーカーの集会からの帰り道に、彼女の話をしたことがあった。どうしてそんなことを言いだしたのか、自分でも覚えていない。でも、ジョナは肩をすくめてこう言った。「なんでサマンサがあんなに人気者なのか、ぼくにはわからないんだ。なんでみんな、彼女は素晴らしいって言うのか、さっぱりわからない。たしかにきれいだしいろいろすごいけど、それほど魅力的だとは思えないんだ。ぼくって、変かな？」それは負け惜しみでもなんでもなかった。本当に困惑しているようだった。だから、ジョナはサマンサのことで嫉妬してダニエルを殺したのではない。とはいえ、彼女がなんらかの役割を果たしたのかもしれないとは思った。歯車がまわりはじめるきっかけになったのではないかと感じていた。

落ち着かない気持ちで、私道にはいった。もうなにも理解できない。サマンサがどんな謎を秘めているかわからないが、エヴァンジェリンは嘘のカーテンの裏にその十倍の謎を隠している。

私はいつものようにキッチンに行き、エヴァンジェリンが帰ってきたらすぐに出迎える準備をしていた。しかし、二十分経っても帰ってこなかった。ひょっとして彼女のほうが先に帰宅して、昼寝でもしているのだろうか。妊娠初期はかなり疲れるらしいから。私は彼女の部屋に行き、ノックした。応答がなかったので、私はなかにはいった。

ひと目見ただけで、他人がはいってはいけない空間であることがわかった。キャサリンの古いナイトガウンは床に脱ぎ捨てられ、小さな化粧道具――チークカラーとチューブ型のリップグロス――は小型の手鏡と一緒に乱れたままのベッドの上に散らばっていた。キャサリンの服のはいった箱から掘りだされたものが、箱の横で山になっていた。部屋の隅には、いくつかのコーディネートが広げたままおかれていた。新しく買ったエヴァンジェリンの服に、キャサリンのトップスをウェストで結んだものや、裾をまくったズボンを組み合わせてみたようだった。あれでもないこれでもないと、いろいろな服の組み合わせを試しながら、自分がどう見えるかを想像している彼女の姿が目に浮かんだ。

もう出ていったほうがいい、と自分に言い聞かせた。なかにいるのをエヴァンジェリンに見られる心配はしていなかった。彼女が帰ってきたらルーファスは大騒ぎするだろうし、この散らかりようなら、なかにはいったと気づかれる心配もない。私が気にしたのは、信用を裏切ることだった。

それでも、私は彼女の部屋に留まった。クローゼットのなかを見てみることにした。大きなウォークインクローゼットは、ほぼ空っぽだった。新しく買ったトップスやワンピースが、何枚か吊るされているだけだった。奥のほうに服が少し積まれていた。汚れものだろうと思ったが、よく見ると夏物ばかりで、着古してはあるが洗ったばかりのタンクトップやショートパンツだった。

服の山の下から、なにかひものようなものが飛びでているのが見えた。私は靴の先端で服の山をつついた。足が勝手に悪さをしていると自分に思いこませるように、目をそらしていた。視線を戻すと、ここに来たばかりのころに、どこに行くにも持ち歩いていたガムテープで補修されたバックパックが現われた。かつてのように荷物でぱんぱんになってはいなかったが、かといって空っぽというわけでもなかった。

これ以上プライバシーを侵害しないように部屋を出ようかとも思ったが、どうしても目がバックパックに吸い寄せられた。あの少女はいったい何者なのか。もしもダニエルとジョナのことを知っていて最後の日々を一緒に過ごしたのなら、彼女がついている嘘は、ただ単に身の上話を語る上でのささいな言いまちがいではなく、彼女がこの家に来た本当の目的につながっている嘘だということを意味する。それにしても、帰ってくるのが遅すぎる。考えられるのは、このまま出ていくのを選んだか、それともなにかが起きたということだ。むかしのボーイフレンドにつきまとわれているのかもしれない。私には、彼女の正体とここに来た理由を知る義務があるのではないだろうか。自分を守るためだけでなく、彼女を守るためにも。

私は床にしゃがみこみ、バックパックを膝の上において重さをたしかめた。彼女の持ち物はほとんどはいっていないようだった。もとの場所に戻そうと思ったそのとき、私は決心が鈍らないようにバックパックのファスナーを持って一気に開けた。なかにはいっていたのは、行方不明になっていた瓶入りのピーナッツバターと、存在すらとっくに忘れていた古いクッキーが少し、そして見覚えのないエナジーバー数本だった。いつでも自由に食べられるにもかかわらず、人に踏みつけられるかもしれない暗い隅っこに、ネズミみたいに食べ物を貯めこんでいるのを知って、私は悲しくなった。これ以上は詮索せずに、すべてをもとどおりにして部屋を出ようと思った。ほとんど出るところだった。

この日、私は学んだ。一度でも他人の領分に踏みこんでしまったら最後、次からはどんどん敷居が低くなって自分を止められなくなることを。少女の気分を害するのではないかと恐れて汚れた服の洗濯もできなかった男が、今は彼女のクローゼットの床を這いまわりながら、もっともプライベートな持ち物を漁っている。プライバシーを侵害しているのは彼女のためだと——こういうことをする大半の男たちと同じように——大義名分を振りかざして自分を正当化しようとしている。

22

エヴァンジェリンは薄暗い霧雨のなか、少し前まで住んでいた古いトレーラーハウスの前に立っていた。暮れゆく光のなかで、モミの木が黒い枝を揺らしていた。彼女が何カ月ものあいだ寝ていたソファベッドが、雑草の生い茂った庭におかれたままになっている。上に放置されたゴミ袋の山のせいで、真ん中がたるんでいた。ゴミ袋のひとつを破って開けると、母が捨てていった服が出てきた。ほかの袋のなかには、むかし自分のものだと思っていたものがすべてはいっていた。テーブルは、空中に持ち上げられてからそのまま落とされたかのように、自分の重みに耐えきれずにばらばらに壊れていた。彼女が去ったあとのトレーラーハウス自体は、窓やドアに合板が釘付けされて要塞のようになっていた。狭い間隔で打ちつけられた釘は、彼女のような少女がいかにタチが悪いかを強調しているようで、どこか残酷だった。

実際、わたしはタチが悪いでしょ？　少なくとも、アイザックにはそう思われているんでしょ？　〝チキンピカタ計画〟は失敗に終わった。彼女は、荷物をまとめることもできずにアイザックの家を飛びだした。ここまで逃げてくるのに疲れきり、ゴミ袋をどけてソファベッドに倒れこんだ。頭のなかは真っ白だった。でも、あえてそのままにした。そうすることで、平安が訪れた。空腹でお腹が鳴るのも忘れ、寒さを心配しないですんだ。大人はいつだって「頭を使いなさい」とか「しっかり考えなさい」とか言う。でもときどきは、いや、ほとんどの場合、考えないからこそ前に進むことができる。へとへとになりながら、母の古いジーンズやレギンス、ブラウスやセーターを引っぱりだした。湿ったソファベッドの上に乾いた服を広げてその上で横になり、自分の体の上にもできるだけ服を積んだ。胎児のように丸くなりながら、セーターを鼻に当てた。カビ臭かった。これがいい、と思った。嘘偽りのない、ありのままが好きだ。

暗いなか、彼女は目を覚ました。携帯電話で時間を確認すると、八時少し前だった。このプリペイド式の携帯電話は、昨日アイザックからもらったばかりのものだった。この電話さえ与えておけば、エヴァンジェリンを〝家族〟という餌にほいほいついてくるような家畜に変え、馬鹿みたいな彼のルール――必ず夕食までに帰宅して一緒に食事をする、居場所を逐一報告する――に従わせることもできると思っていたのだろう。麻薬の売人が使うような電話ひとつで、人のことを飼い慣らせると考えていたなんて、ちゃんちゃらおかしい。でも、あやうく彼の嘘や約束を信じるところだった。

だとしても、アイザックのことを〝クソ野郎〟と呼んだのはまちがいだった。後悔している。

数時間前にキッチンにはいったとき、彼はまるで枯れた木にとまっているハゲタカみたいにキッチンテーブルの椅子に座っていた。テーブルの上には、これから食べようとしている死肉のように、彼女がしまっておいた新聞の切り抜きとジョナのブレスレットが広げられていた。エヴァンジェリンが信用した――ああ、信用してしまうとは、なんて愚かだったんだろう――あの男は、彼女の部屋に侵入し、見られたくない秘密を容赦なく漁った。

今、この陰気な場所にいると、あのあとなにが起きたかなんてどうでもいいことに思えた。いつものように、すぐに忘れてしまえばいい。エヴァンジェリンは、かつては自分の家だった場所を見まわした。それほど前でもないある春の晩、母は夕食の料理から顔を上げ、娘とずっと一緒にいたいと思っている母親のような目でエヴァンジェリンを見た。

でも、それは勘違いだった。彼女の母は、そんなふうに娘のことを思う母親ではなかった。そのころ彼女が使っていたフライパンが、半分だけ泥に埋まっているのが見えた。寒い秋の夜に、ここには雨と退廃と、近づいてきている冬の気配しかなかった。

寒さと雨のなか、彼女は震えていた。こんなことをしていて、赤ちゃんにいいわけがない。だから、アイザックとのあいだでなにがあったのか、あらためて思い返してみる必要があった。なんとか彼との関係を修復することはできないか、その手がかりを探らなければならなかった。あのベッドも服も、食べ物もルーファスも、そしてあんなことをしたアイザックさえも、エヴァンジェリンは取り戻したかった。そもそも彼のことは、最初から信用なんてしていなかった。これまでも、大人たちはひとり残らず彼女の持ち物を勝手に見てきたのだから。

まず、お店に行ったことで帰るのが遅くなった。帰ったとき、コートを脱がずにそのまま玄関からキッチンに向かった。いつもならアイザックはその時間には書斎にいるから、こっそりキッチンに行って、ポケットのなかに入れていたものを冷蔵庫の奥のほうに隠すつもりだった。アイザックがキッチンに来たタイミングで冷蔵庫のなかを覗き、初めて見つけたふりをして、「ねえ、いいこと考えた」と言うつもりだった。

でも、アイザックは背中をまっすぐ伸ばしてキッチンテーブルにつき、その顔はまるで……そこで彼女は止まった。ちょっと待って、顔なんて見なかったんじゃない？　彼女が見たのは、新聞記事の切り抜きとブレスレットだ。その一瞬のあいだに、彼女はこれから起こることを想像した。彼は烈火のごとく怒るだろう。嘘をついたこと、息子を殺した子と知り合いだったこと、そして、息子の死になんらかの責任があるかもしれないことを理由に、家から叩きだすだろう。

だから彼女はくるりと向きを変え、出ていった。「エヴァンジェリン、待って」という彼の声がしたにもかかわらず、玄関のドアを勢いよく閉めた。彼女が車庫まで行ったところで、彼は裏口から出てきて大きな声で叫んだ。「エヴァンジェリン、待ってくれ！　話がしたいんだ」

そのとき、彼女はなにをした？　ケッパーの瓶を門のコンクリート床に叩きつけて粉々に割り、「このクソ野郎！　あんたは、ただのクソ野郎だ！」と怒鳴ったのだ。

それからは、ひたすら走った。脚はハサミのように空気を切り、新しいバックパックは拳（こぶし）のように背中を打ちつづけた。木の根を飛び越えツタをよけながら長い道を走った。建ち並ぶ家を、次から次へと通り越していった。すると、これまでのすべてが彼女のうしろで渦を巻きはじめた。何週間も、何カ月も、なんとか生き延びようと懸命だった日々。知らない人の家に侵入したり、お店の裏口から飛びだしたりしたときの、捕まるかもしれないという恐怖。まるで値踏みするように彼女の脚や胸に注がれた、飢えているような、哀れんでいるような、さげすんでいるような男たちの目。そしてあの子たち。死んでしまったふたりの男の子たち。そんなものすべてから、果たして逃げ切れるのだろうか。

エヴァンジェリンは道路を曲がり、行きどまりになっている道にはいった。その先に、森のなかに分け入る小道があるのを知っていた。うっそうと茂る木々や茂みに囲まれて周囲に誰もいないことを確認すると、彼女はようやく走るのをやめ、腰を曲げて嘔吐した。

できれば、あんなふうに走って逃げたくはなかった。でも、もっと悪いことはいっぱい経験してきた。だからくよくよするのはやめた。エヴァンジェリンは、最後にもう一度トレーラーハウスを眺めた。しおれてしまったペチュニアの花に目がとまった。帰宅した母が、入り口前のステップに鉢植えを自慢げにおいている姿が目に浮かんだ。一歩下がって惚れ惚れと見とれながら、「任しといて。わたしに得意なものがあるとすれば、それは家の飾り付けなんだから」と言った。そのときでさえ、エヴァンジェリンは少し悲しかった――しおれかかった花が植えられている安っぽいプラスチックの植木鉢には、「在庫一掃セール」の赤いシールが貼られていた。

彼女は母の思い出に背を向け、バックパックを背負って町の方向に歩きだした。最近、ピザ店が早く閉まるのを知っていた。そういうときは、店の裏にあるゴミ捨て場に残ったピザが捨てられてある。そのあとは、これからのことをじっくり考えるために雨に濡れないですむところに行く。絶好の場所を知っていた。そこなら朝までいられる。少なくとも六時半くらいまでは。

結局、ゴミを漁らないですんだ。残り物を捨てに出てきた店員の男の子が、店のまわりをうろついている彼女に気づき、そのまま手渡してくれた。いとも簡単に夕食にありつくことができた。お腹も満たされ、来たのとは別の暗い道を歩いていった。ドアに鍵がかかっていたらどうしようかと心配だった。そのとき、トラックがすぐそばを猛スピードで通りすぎていった。体が吸い寄せられるくらい近い距離だった。彼女は、トラックが走っていくだろう坂のてっぺんに目をやった。息が止まった。そこには、一歩ずつゆっくりと道路を渡っている一頭の鹿しかいなかった。

一瞬、トラックに乗っているのはジョナだったように思えた。幽霊ではなく、彼本人が。ジョナのはずがないのはわかっていたが、時間がこんがらがって、やっと過去が現在に追いついたような気がした。この一週間、ずっと彼を感じていた。昨日も二階に上がる階段の前を通ったとき、彼のアフターシェーブ・ローションのにおいがして、その場で動けなくなった。

トラックがまた現われるのではないかと思いながら、エヴァンジェリンは雌鹿を見つめた。そして、この道が、ジョナと一緒に池に行ったときに通った道だということに気づいた。

ダニエルとの一夜のあと、エヴァンジェリンは公園には行かないようにしていた。でも次の日の午後には、トレーラーハウスのまわりを歩きながら、大きな音をたててドアを開けたり閉めたりした。どうせ誰にも聞こえないので、こんなふうに怒りをぶつけても意味がないのはわかっていた。そもそも、なにもかも馬鹿げている――どうして彼女が追放されなくてはいけないのか。だからその日の夕方には、公園に向かって歩いていた。空はやわらかな青色に変わっていたが、彼女の気分が和らぐことはなかった。そのころまでには、ダニエルと一戦を交える覚悟はできていた。彼の目をまっすぐに見すえる。相手より先にまばたきは絶対にしない。

ところが、暮れゆく太陽を背景に黒く浮かびあがる公園の木々が見えてくると、とたんに足が重くなり、胃が痛くなってきた。引き返そうと思ったそのとき、駐車場に濃紺のピックアップトラックがはいってきた。運転手がひとりだけ乗っている。きっとジョナだ、と思った。ダニエルから話を聞いて、自分も恩恵にあずかる権利があると思ったのだろう――シャイな男の子のふりも、とんだ嘘っぱちだったということ。トラックが駐車場のなかをぐるりとまわり、もう一度こっちを向いたところで彼女は一歩前に出た。ジョナはすぐ近くまでトラックを寄せてきた。

「わたしを探してるの？」と彼女は言った。

声に怒りがにじんでいたのか、彼は警戒したような顔をした。「ううん。ただ――」まるで走ってきて息があがっているかのように、彼はことばを止めた。

「ただ、なに？」つっけんどんに彼女は言った。怒って聞こえたからってなんだっていうの？　もう、どう思われたって関係ない。

目が合ったとき、彼はすぐに目をそらした。でも、ちらちらと見てきた。唾をのみこんで、彼は言った。「この前はきみと話せて楽しかったな、って思っただけなんだ」思いを吐きだせたことに満足したように、彼は一気に息を吐いた。

彼女はジョナを見つめつづけた。それが彼にとっては拷問なのはわかっていた。視線をあちこちに向けながら、運転席の上でもぞもぞしていた。こんなふうに男の子をのたうちまわらせる力が自分にあると思うと、気分が良かった。彼女は運転席側のドアに寄りかかった。

「そうなの？　だからここに来たの？　わたしと話すために？」これほどジョナに近づくと、ジャコウのようなわざとらしいにおいがした。アフターシェーブ・ローションかもしれないと思った。そのぎこちなさが心に響いた。下品だとは感じなかった。やはり、彼のことは理解できると思った。ダニエルとはまったくちがうと思った。

「きみにあげたいものがあるんだ」と彼は言った。「でも、むかつかせたくない」

「なんで、わたしがむかつくようなものを持ってくるの？」

「そんなつもりはなかったけど、なんだかもう怒ってるみたいだから」

彼女は笑った。「そうかもね。でも、あなたのことじゃないの。ねえ、これ停めてきたら？」

トラックを駐車して運転席から飛んで降りると、彼女の前に立った。「ごめん、ビール持ってこなかった」

エヴァンジェリンは眉をひそめた。「ビールを期待してたみたいに見える？」

彼はすり減った革製のブーツを見つめた。縫い目がほつれているところがあり、底も少しはがれていた。彼女に見られたことに気づいたのか、はがれた部分を隠すように妙な角度に足をおきかえた。でも、エヴァンジェリンはそんなことはまったく気にならなかった。彼女自身のビーチサンダルとショートパンツもかなりくたびれていた。とはいえ、夏だというのにワークブーツを履き、膝丈のバギーパンツに年寄りくさいワークシャツという格好が変だということを彼は理解しているのだろうか。ほかの子が同じような格好をしていたら、それは〝おれの勝手だろ〟的な尖ったイメージになっていたかもしれない。でもジョナの場合、ただ貧相にしか見えなかった。

「こういうの、あんまり得意じゃなくて」と聞こえないくらいの声で彼は言った。

彼女が腕に触れると、体全体がびくっとした。高いところから落下している夢から目覚めたような、激しい痙攣だった。「ごめん」と彼はまた言った。

ジョナがあまりにもみじめに見えたので、エヴァンジェリンは「来て」と言って崖のほうに歩きだそうとした。

「待って」そう言うと彼はトラックのなかに手を伸ばし、なにか重そうなものがはいったビニールの買い物袋を取りだした。そして、中身が傾かないよう大事そうにその袋を抱え、数歩下がって彼女のあとに続いた。彼女の目的地に到着すると、ジョナは袋をテーブルの上においた。心配そうな、でも同時にわくわくしているような表情を浮かべていた。

「まずはここに来てみて」と彼女は言い、崖の端を手ぶりで示した。ふたりは、転落防止用の金属製の手すりに寄りかかった。太陽が沈みかけていた。入り江が反射して、空と一体化しようとしていた。風が海のにおいを運んできた。同時に、夏の盛りを過ぎたブラックベリーと松の木の香りも漂ってきた。この日も、いつものように暖かかった。でも秋が近づきつつある今、夜になると急に冷えてくることに、彼女はまだ心構えができていなかった。エヴァンジェリンがもたれかかっても、ジョナは抵抗しなかった。うれしさのあまり小さなうめき声も聞こえたような気がした。でも、彼は手すりから手を離さなかった。

彼女は姿勢をまっすぐにしてから言った。「ねえ、持ってきたもの見せてくれる？」

夕暮れのピンク色の光のなかでも、彼の顔が真っ赤になるのがわかった。「馬鹿みたいなんだけど」と言いながら、ほとんど走るようにテーブルまで行った。あたかも赤ちゃんを取りだす産婦人科医のように、細心の注意をはらって袋からなにかを出した。ジョナは、大きなガラスの瓶をエヴァンジェリンの前に差しだした。なかになにかがはいっていた。

覗きこみながら彼女は言った。「なにがはいってるの？」

彼は瓶を持ち上げ、最後の太陽の光にかざした。ふたには無数の小さな穴が開けられ、なかに砂利石や苔、水や枝、そして大きな葉っぱが入れられていた。

「カエルだよ」と彼は言った。「小っちゃいカエル。二センチもないくらいの」

「カエル？」

「この前、きみはいろんな鳥のこと区別できてたでしょ？　ここのリスは小っちゃくて黒いとか言ってたし。あと、小道のそばでいっつも鳴いてるカエルも好きで、どこに棲んでるのかな、って言ってたじゃない。この子も、今はおとなしいけど、小さいくせに大きな声で鳴くんだ」彼の手が上にびくっと動いた。手を伸ばして、彼女に触れたがっているようにも見えた。「きみが犬を飼いたがってるのは知ってるけど、この子もペットになるんじゃないかと思って」

本当にそんなことを自分が言ったのかは記憶になかった。ビールのせいで感傷的になってしまうことはたしかに多い。エヴァンジェリンは、この前の夜みたいにジョナの頬にキスをし、彼の腕の下に自分の腕をすべりこませて抱きしめた。「ねえ、懐中電灯を持ってる？　もっとちゃんと見たい」

トラックに戻ると、ジョナはフリースの毛布を引っぱりだしてきて、くるむようにして彼女に掛けた。それからグローブボックスから懐中電灯を取りだし、ガラス瓶を照らした。半透明の緑色の光が葉っぱの下にもぐりこんだ。トラックの窓の外は真っ暗で、カエルの家だけがこの世に実在するもののように思えた。そこは、繊細な緑の巻きひげのような草と急流のなかで丸く削られた小石でできたおとぎの国だった。ちぎれた葉っぱで覆われた極小の池のなかから、小さな鼻の穴と出っぱった目玉だけが覗いていた。突然カエルが飛び跳ね、ジョナはあやうく瓶を落としそうになった。カエルはいちばん大きい枝の上にのり、先端が丸くなっている指で枝をつかんだり放したりしていた。

エヴァンジェリンは、ジョナの子供っぽくて馬鹿みたいな香りを嗅ぎながら、しばらくカエルを観察していた。やがて、彼女は視線を彼に移した。こんなに近くで彼女と目を合せるのが恥ずかしいのか、彼はカエルから視線をそらさなかった。色白でぺたんこの胸をしたジョナの睫毛は濃くて黒く、カミソリ負けで顎にニキビができていた。

「プレゼント、気に入った」と彼女は言った。「まるで魔法みたい。っていうか、あのへんてこな足を見た？」彼女は顔の近くにガラス瓶を持ち上げた。ジョナは懐中電灯の角度を調節して、光が直接エヴァンジェリンの目にはいらないようにした。「本当にうれしい」そう言って彼女は瓶を膝の上においた。「ほんとよ。でも、おうちに帰してあげるのはどう？　この子のうちまで持っていって、逃がしてあげるのは？」

今まで呼吸をがまんしていたのか、彼は大きく息を吐いた。「そう言ってくれてうれしいよ！」ほとんど笑っていた。「このなかに閉じこめてから、ずっとかわいそうだと思ってたんだ」

ふたりはトラックに乗って砂利道を走り、公園から二キロくらい離れた小さな池まで行った。そして、背の高い草をかき分けて池のほとりまで出た。うっそうとした茂みのなかをジョナのあとについて歩いている途中、暗闇が迫ってきて心臓が苦しくなった。走って引き返そうと思ったそのとき、ジョナが急に立ち止まって彼女のほうを向いた。「大丈夫？　引き返そうか？」まるで彼女のなかの恐怖が、ジョナに聞こえたようだった。

エヴァンジェリンはひと息ついてから言った。「大丈夫。ちょっと不気味な感じがしただけ」

「ほんと？　もし――」

「大丈夫だよ。本当に。もう、すぐそこなんだから」

鹿はなんとか無事に道路を渡りきった。あの池はすぐ近くにあるはず。坂のてっぺんまで行くと、「野生動植物生息地」の標識が見えた。あの日、ジョナとエヴァンジェリンはそこから先は歩いていった。足の下で苔とシダがぐしゃっと音をたてた。ふたりは、濡れた池の縁に膝をついた。エヴァンジェリンが瓶のふたを開けると、カエルはじっと動かずに外を見ていた。瓶を逆さにして逃がすべきかどうか相談しているあいだに、気がつくとカエルはいなくなっていた。

寒くて雨が降っているこの夜、エヴァンジェリンはお腹に手を当てて、小道の先を見つめた。夏の終わりのあの夜、知らないうちにいなくなっていたカエル――さっきまでそこにいたものが、次の瞬間には消えていた――は、エヴァンジェリンのもとに訪れた小さな奇跡のうちのひとつだった。

23

ぼくが死ぬ日

　窓の外には寒さが広がっているみたいだけど、部屋のなかは温かい泥と濡れた苔のにおいが充満して、夏の夜の風を予感させている。目を閉じると、あの夜の池のほとりにいるレッドと小さなカエルが見える。

　もっと前の記憶に戻ろうとしても、頭がどうしても言うことをきかない。心も動こうとしない。ぼくは、いつ自分が壊れてしまったのか、いつ自分のなかでなにかが粉々に割れてしまったのかを知ろうとしていた。少なくとも、池に行ったあの夜じゃないことはたしかだ。あの至福の時間のおかげで、ぼくは癒やされたような気がした。それが今につながっているのかもしれない。だから、ぼくは耳を澄ます。やがて、コオロギのコーラスのなかにレッドの息づかいが聞こえてくる。

ぼくたちはカエルを逃がしてやり、トラックに戻った。あのときのぼくは、〝普通に〟気分がよかった。大したことないように聞こえるかもしれないけど、ぼくにとっては大変なことだった。今まで、女の子と一緒にいて平気でいられたことは一度もなかった。父さんが死んでから、誰かと一緒にいて普通でいられたことがあったのかはわからない。たぶん一度もなかったと思う。だから、女の子と一緒にいて普通にしていられること――ものすごく賢いとか、ハンサムだとか、おもしろいとかじゃなく、ただの〝普通〟でも――は、この世でいちばん大きな、とてつもなく開放的な感覚だった。背の高い草のなかを分け入って歩いているとき、彼女の脚がぼくの脚に触れた。でもぼくは、自分の貧弱な上半身を気にしていなかったし、必死に話題を見つけようともしていなかった。自分のことを、気味の悪いやつだと責めてもいなかった。ぼくは、本当に普通にしていられた。

ふたりでトラックに乗って、砂利道から出た。大きな道路に出ると、どこに行けばいいかわからずにトラックを停めた。ぼくの家の近所だった。彼女が少し左のほうを見れば、ぼくの家が見えたはずだ。まわりの家と同じような、狭い敷地の上に建っている平屋の小さな家だ。妹のネルズの自転車が庭に置きっぱなしになっていたけど、近所のほとんどの庭みたいに、プラスチックのおもちゃで散らかってはいなかった。母さんが割った冬用の薪が、ひさしの下に積んであった。どういうわけか、それが誇らしかった。ほかに誇れるものがなかったからかもしれない。貧乏人ばかりが住んでいる地区というわけではなかった。でも、奥のほうにゴミ屋敷があったり、数カ月ごとに住む人が入れ替わる苔だらけの屋根の家があったりもするので、そうじゃないとも言いきれなかった。

バルチさんの家がなければ、どこにでもある住宅地に見えたかもしれない。ヴィクトリア様式の大きな古い家は、まるで農民を見おろしてあざ笑う王族のような堂々とした佇まいで広い敷地のなかにそびえ、周囲のすべてを安っぽく悲しげに見せていた。背の高いモミの木に囲まれているのであまりよく見えなかったが、レッドは興味津々で、なんとか全体を見ようと体をひねっていた。キッチンの明かりが木のあいだから漏れ、枝のあいだから煙突の一部が見えていた。

「どんな人が住んでるの？」

「ダニエル、覚えてる？　この前の夜、ぼくと一緒にいたやつ」

「うん」

「あれはあいつの家」

「うそでしょ」

「でも、金持ちじゃないよ。空き家になってたのを買ったんだって。だから、なかは結構めちゃめちゃだよ」

「充分に金持ちだよ」

彼女は感銘を受けたみたいだった。その瞬間、ぼくは〝普通〟じゃなくなった。ぼくは、馬鹿で貧弱で貧乏になった。家がどこなのか訊かれなくてほっとした。そのときになって初めて、ひどい庭だということに気づいた。芝生は伸び放題で、綿毛になったタンポポだらけだったから。そんな庭の家に住んでる子は、怠け者のろくでなしにきまってるから。

「きみの家まで送っていくよ」とぼくは言った。

「公園で降ろしてくれればいいから」

「親とかに心配されるんじゃない？」

彼女は肩をすくめた。「父親はいないの。ママも、わたしがどこにいようが心配しないし」

「そんなことないよ。心配だよ、きっと。それに、家まで送るのはそんなに手間じゃないよ」

彼女が硬直したのがわかった。「これはわたしの問題だから。あんたには関係ないでしょ。とにかく、公園で降ろして。それくらいいいでしょ？」

ぼくは、もちろんだよ、と言った。公園まで戻るあいだ、大した話はしなかった。こんなに早く暗くなるなんておかしいよね、みたいなどうでもいい話ばかりだった。実際、なにもかもが目まぐるしく変わっていくことが、自分でも信じられなかった。

公園に着いても、予想に反して彼女はトラックから降りなかった。彼女はぼくから体を離すように席にもたれ、助手席の窓の外を眺めていた。見るものなんてなかった。がら空きの駐車場と、公園の入り口を隠している黒い木々だけしかなかった。

何分かして、ぼくは言った。「ぼくも、父親がいないんだ」

彼女が振り向いた。「そうなの？」

「うん。一年前に死んだ」

お気の毒に、と彼女は言った。心からそう思って言ったように聞こえた。「悲しいね。本当に。でも、父親がいただけましだよ。すごいことだよ。そう思わない？」

「それってつまり、きみにはお父さんがいなかったってこと？」

「ママが言うには、わたしが生まれる前に、とんでもない事故にあって死んだんだって。でも、そんなのは嘘っぱちだと思う。たぶん、ママのヒモかお客だったんだと思う」

「きみのお母さんって、売春婦なの？」

彼女が笑いだしたので、ぼくは顔が熱くなった。やっと笑いがおさまったかと思うと、また笑いはじめ、けらけら笑いながら言った。「ごめん、ごめん」ひと息ついて、続けた。「そんなこと考えたことなかったけど、言われてみるとあまりにもおかしくて。だって、ママはとんでもなくイエスさまが好きだから。でも、たしかにママが〝女王様〟の格好で哀れな男たちを鞭で打って、『地獄へお行き！』と言ってるのが想像できる」

「でも、きみが――」

「はい、はい、たしかに言った。ママがわたしを産んだのは十代のころなの。そのころのママの写真を見たことがあるけど、まだ〝イエスさま大好き〟少女じゃなかった。超短いショートパンツに胸元が大きく開いたタンクトップに、馬鹿みたいな十五センチの厚底サンダル。たぶん、本当に売春してたんだと思う。十四歳のときに、おばあちゃんに家を追いだされたから。なんとかして食べていかないとだめでしょ？」少しためらってから、彼女は言った。「ママのことは責められない。もしも……売春してたとしても。そう思わない？」

「信じられない」腹が立ってぼくは言った。でもぼくのことばを聞いて、レッドは頬をひっぱたかれたような顔をした。だから、ぼくは慌てて言った。「きみのお母さんのことじゃないよ。おばあさんのことだ。信じられない。自分の子供をそんなふうに追いだすなんて、そんな母親いる？」

ぼくは墓穴を掘った。それはすぐにわかった。彼女は、傷ついたというより冷めきった表情に変わっていた。もうどうでもいいというような退屈そうな顔をしていた。

「かもね」と彼女は言った。

自分の母親が親に捨てられたことをなんとも思っていないその退屈そうな様子に、ぼくは腹が立った。父さんが死んだあとの妹を思い出した。どんよりとした目で肩をすくめて、どんなことも――いいことも悪いことも――受け付けなかった。レッドも妹も、まるで心のないロボットだ。

「さっき、父親がいただけでもすごいって言ったよね。本当にそう思う？」ぼくは悪意のある言い方をして、彼女は振り向いた。「ぼくの父さんは、キッチンで頭を撃ったんだ。ぼくと母さんと妹の目の前で。でもぼくたちは、それ以上ひどいことにならなくてほっとした。そうだね、たしかにすごいことだよね」

ぼくは彼女の頰をひっぱたいて目を覚まさせたかった。〝わたしは誰にも何事にも傷つけられない〟という馬鹿げた態度を捨てさせて、感情のある世界に連れ戻したかった。だってそこにあるのは、感じたいと思うか思わないかのちがいだけだから。

彼女の目は、みるみる涙でいっぱいになった。砂が目にはいってしまったかのように。もしもただのロボットなら、こんなに涙はあふれないはずだ。

「ああ、もう」と彼女は小声で言った。

「うん」とぼくも言った。「ほんと、ああもう、だよね」自分がいやなやつだとはわかっていたけど、ぼくのなかの痛みを彼女が少しでもわかってくれたのがうれしかった。もうひとりきりで抱えこまなくてもいいかもしれない、と思えた。

父さんについての話はもっといっぱいあるけど、もうすでに〝家族公認の言い方〟の境界は超えていた――うつ病との長い闘いのあと、みずから命を絶った。曖昧でさらっとしていて聞こえがいい。まるで、父さんは甘い味の錠剤を服んで、寝心地のいいベッドに天使が眠っているように横になっているところを家族に発見された、みたいな。本当の死に方は、保安官と検視官しか知らない。しかも彼らが知っているのは話の終わりの部分だけだ。そのあとの掃除や壁のペンキ塗りは、母さんとぼくのふたりだけでした。母さんは、ネルズにも手伝わせなかった。まあ、あんなことが起きたんだからしかたがないと思う。みんなで、これを秘密にすると誓った。「ここで起きたことは、町のひとたちには関係ないことなんだから」と母さんは言った。

レッドは長いことぼくを見つめていた。やがて、「今ならビールが飲みたかったかも」と言った。

本気だと思った。でもぼくがそう思ったのがわかったのか、レッドはぼくの顔をまじまじと見て笑った。そして教会のなかでお祈りしているように、最初は小さな声で始めてだんだん声を大きくしながら言った。「天主さま、救世主さま、イエスさま、あなたの慈愛をたまわり、わたしたちはあなたに心を開きます。あなたがどんなに最悪なクソをわたしたちの上に降り注ごうと、あなたの愛は尊く純粋で、愚かなわたしたちの理解をはるかに超える素晴らしい愛です。わたしたちはよろこんで、卑しい虫けらのようなこの身を、慈悲深いあなたに捧げます。アーメン」

神が降臨したかのように、彼女は両手を広げて助手席の背にもたれた。左手の甲がぼくの胸に触れていた。ぼくはその手をつかみ、彼女を引き寄せてキスした。前にも女の子にキスをしたことはあったけど、こんなキスは初めてだった——なにもかもが消え去り、悲しいことは落ちてなくなり、それ以外のものはどんどん集まって、ぼくたちふたりのあいだでひとつの暗くて温かい生命になった。今まで、こんなふうに自分を見失ったことはなかった。たぶんそれは、彼女がぼくのペニスを握ったとき、トラックの天井をぶち抜いてしまうくらいに飛びあがったからかもしれない。

彼女は手を離した。驚きと苦痛で顔が歪んでいた。ぼくはなんであんな反応をしてしまったのだろう。彼女はきれいで、触ってほしいと夢見ていたのに。もう一度触ってもらおうとしたけど、彼女はもうその気が失せて、すっかり冷めてしまっていた。第一、ぼくの勃起もとっくになくなっていた。

ぼくに触れて手が汚れたとでもいうように、彼女は手をショートパンツで拭いた。「もう行かないと」と彼女は言った。「カエルのこと、ありがとう」ぼくが止めるより先に彼女はドアをすり抜け、木々のあいだを崖の方向に走っていった。

あとを追いかけようとも思った。でも、なんて言えばいい？　ぼくが馬鹿だった、って？　きみは今まで会ったなかでいちばん美人でセクシーだ、って？　たとえひどい事故にあって顔がめちゃくちゃになっても、ぼくの心臓は爆発しそうなくらいドキドキする、って？　もしもう二度と会えなかったり、さっきみたいにすべてが消え去って、ふたりきりになれなければ、うちのめされたぼくの肋骨を榴散弾（りゅうさんだん）みたいに撃ちまくる、って？

ぼくは運転席に倒れこんだ。だめだ。そんなことをすれば、彼女は永遠にいなくなってしまう。そんな愚かでロマンチックなことはできない。レッドは見かけほど強くない。でも、強いと思わせたいのだ。野生生物は、追いかけても捕まえられない。ぼくは十分待った。そして十分、またもう十分待った。このまま静かにじっと辛抱強く待っていれば、彼女が戻ってきてくれるのではないかと思った。枝にとまった小鳥のように、ぼくを照らしてくれるのではないかと思った。

十時半になって、ようやくエンジンをかけて家に帰ることにした。母さんが心配しているだろうし、レッドは別の道を通って公園から出ていったのだろう。彼女にはもう会えないと思った。これから何年も彼女のことを恋しく思うんだろうな、と思った。

24

エヴァンジェリンは走っていった。もうあとを追っても無駄だと思うほど、遠くまで走っていくのを私は見送った。彼女がみずから見つかりたいと思わなければ、見つけるのは不可能だ。自分の意思で戻ってくるのを待つしかない。戻ってこないなら、それを受け入れるしかない。

門のところで、彼女はなにかの瓶を投げて粉々にした。ルーファスが外に走りでて調べにいった。犬を捕まえて家に入れたあと、粉々になったガラスを片付けにいくと、独特な鼻を突くようなにおいがした。私はしゃがみこんでたしかめた。ケッパー?

ガラス片が残っていないことを確認し、ルーファスを外に出してやった。犬はまっすぐその場所まで走り、においを嗅いで前肢で掻くと、門に飛びかかった。高い声で吠えながらうしろ肢で立ち上がると、ペンキや木片が剝がれるほど木の門を引っ掻きはじめた。穴を開けて外に出ようとしているように見えた。

私はルーファスの首輪をつかみ、家のなかに引きずっていった。そして、落ち着かせるために早めの夕食を与えた。ゆったりと寝そべっているルーファスを見ながら、エヴァンジェリンの目にどう映っていたのかをようやく理解した。汚れたバックパックは開けられて中身は床に投げだされ、数少ない個人的なものは、ほとんど知らない男の前のテーブルに並べられていたのだ。

いったいなんの目的で？　叱責するため？　嘲笑するため？　非難するため？　それ以外に、彼女はどう受け取れる？　エヴァンジェリンは正しい。私はクソ野郎だ。彼女の私的な領分を侵してきたであろう数多くの男のうちのひとりでしかない。

しかしそんな後悔の念も、怒りが瞬（また）く間に切り裂いた。少女は嘘つきだ。反論できないような証拠を突きつける以外に、終わりのない言い逃れを止める方法があると言うのか？　彼女はここに現われるはるか前から息子が死んでいることを知っていただけでなく、息子を殺した子のブレスレットを所持しているほど彼と親しかった。ジョナのブレスレットにまちがいない。暗いクローゼットのなかでしゃがみこみながら手のなかでひっくり返したとき、乾いた泥のかたまりが落ち、赤い糸で縫われた〝J〟という歪んだ文字が見えた。

だから、私がクソ野郎だったとしてなんだというのだ？　誰かにその権利があるとすれば、それはこの私以外にはない。

しかし九時をまわったころ、私はわれに返り、エヴァンジェリンがまだ子供だということを思い出した。新聞記事の切り抜きをかき集めてバックパックに戻し、ブレスレットや貯めこんだ食料も一緒に入れて彼女のベッドの上においた。わたしはルーファスを伴って夜の雨のなかに出ていった。最初の夜と同じように、敷地内のどこかに隠れているのではないかと思った。

エヴァンジェリンを探すように命令すると、ルーファスは鼻を地面に近づけてジグザグに進んでいった。懐中電灯で庭を照らすと、雨のしずくが残り火のようにちらちらと輝いた。裏庭のフェンス近くで、目だけが緑色に光っていた。アライグマかボブキャットかコヨーテだろう。瞬いたかと思ったらすぐに消えた。ルーファスがほかのことに気をとられていてほっとした。あの犬は、野生動物を見つけたら追いかけずにはいられない。それより、エヴァンジェリンが今夜のような風の強い夜に、ああいう野生の目に狙われていると思うと心配でならなかった。

ルーファスと私は家の正面に移動した。古いスモモの木のところまで来ると、犬はクンクン鳴きながら木の幹を前肢で掻きはじめた。あのときと同じように、彼女が木の下に逃げこんだのではないかと思った。でも、彼女はいなかった。そこにあったのは、しわだらけの木肌にフジツボのようにしがみついて生えている地衣類と苔だけだった。私はルーファスを家のなかに入れ、車のキーをつかんだ。

車庫のなかで、エンジンが轟音をたてて動きはじめた。私は暗い車の運転席に座り、こだまする自分の息を聞いていた。息子にとって、あの少女はどんな存在だったのだろう。殺人を目撃した唯一の人間は息子を殺した張本人で、その子ももうこの世にいない。ティーンエージャーがふたり。犯罪行為に関係しているかもしれない物証は、数本の缶ビールと、季節はずれの鹿の死骸。これらのことから、事件の中心に少女が存在しているかもしれないことは容易に想像できる。ところが息子が死んで一ヵ月経過しても、なんの手がかりも見つからなかった。

そこに現われたのが彼女だった。飾らない美しさを持った少女。妊娠している十六歳。真夜中、節くれだった木の下から、悪夢のように突然現われた少女。それとも、希望のように？

私はバックして車を車庫から出した。彼女は、あのとき公園を探していたと言っていた。身の上話の大半が嘘なのはたしかなことだろうが、なんらかの意図を反映しているのかもしれないと思って公園に向かった。

風がますます強くなってきた。町のほうに車を向けたとき、大きな枝が飛んできてあやうくぶつかりそうになった。殺人と赤ん坊と野生動物が渦巻いていた私の頭のなかに、さらに人を殺しかねない危険な枝も加わった。そんなことを考えていたからなのか、車のなかに自分以外の息がひそんでいることに気づかなかった。後部座席から影が現われたとき、私の心臓は止まりそうになった。

「もしかして、わたしを探してる？」とエヴァンジェリンが言った。

風にあおられ、桟橋もタラップもヨットも釣り船も、無秩序に激しく揺れていた。コンクリートの土台に埋めこまれた一時停止の標識が根元から直角に折れ、駐車場の少し離れた場所に無造作に捨てられ、街灯に照らされて光っていた。標識の部分が風によって高速に振動し、赤い背景のなかに白い字が溶けこんでいるように見えた。私たちは、マリーナのほうを向いて座っていた。汗とパニックのつんとしたにおいが車のなかに充満し、じめっとしていて狭く感じられた。エヴァンジェリンが後部座席のドアを開けた。

「だめだ。ここにいてくれ」

彼女はドアを閉めた。私のうしろの席で前を向いて座っているのが感じられた。「ねえ、もう行かない？　なんでまだ帰らないの？」彼女の息の温かさが私の耳にかかった。

「まだ心の準備ができていない」

「わたしはただ――」

「静かに！」

エヴァンジェリンは息をのんだ。怖がって当然だ。私は分別を失っていた。水面に落ちた血が波紋となって広がるように、怒りが理性をかき消した。私のなかは真っ赤だった。夜の風が吹きつけるじめじめした車のなかで、私は多くの人間に憎しみを向けていた。ジョナだけでなく、彼の母親のロリーも憎んだ。家を出ていったキャサリンも、エヴァンジェリンを目撃したと話したピーターも憎んだ。死んでしまった息子も、それを防げなかった自分も憎んだ。ジョナのような子を誘惑してしまうエヴァンジェリンの若い美しさを憎んだ。私は彼女を傷つけたかった。息子を見つけだすために、彼女を切り裂きたかった。

こんなことを正直に明かすのは、恥ずかしい自分の本当の姿を隠すことになんの意味もないからだ。不快だと感じるなら感じればいい。でもここで、はたと自分に問いかける。人間として抗（あらが）うべき本能の言いなりになることこそ、軽蔑されるべきことなのではないだろうか、と。邪悪さや凶暴性は、相手が誰であろうとつきまとい、隙さえあればその人間のなかにはいりこもうとする。そのような原初的な本能にどれほど抵抗できるかが、人間を判断する上での基準になるべきなのではないだろうか。

獣（けだもの）は現に存在する。今までも、これからも。それは、神の恐ろしい見せかけのひとつにすぎない。

エヴァンジェリンは、私がなにかを言うのを待っているかのように、前を向いたまま座っていた。私はなんとか自分を取り戻し、怒りを抑えこんだ静かな声で言った。「少しだけ時間がほしい。準備ができたら教える。だからそのまま座っていてくれ。できれば私から見えないようにして」

「でも、バックミラーが」

視線を上げると、腫れぼったい彼女の目が暗いミラー越しに見えた。バックミラーの向きを変えると、エヴァンジェリンは黙った。この一週間のうちに、彼女は私の沈思黙考の習慣——返事をする前に異様に長い時間考えこむこと——にも慣れたようだった。がまんするのは大変だと思うが、無理やり話を促すと余計に時間がかかることを学んだらしい。一分が経過し、また一分が経った。彼女はため息をつき、後部座席に深くもたれた。

私が自分のなかに引きこもることを、誰が責められる？　半分期待しながら、自分ののどが掻き切られるのを思い描いてはいけないのか？　この少女が何者でなにをしでかすか、私にはわからない。これまでの彼女を見るかぎり、真実を知られるのを恐れ、猛烈な想像力を働かせ、人を操ろうとする傾向がある。まるで生き延びようとあがいている動物のようだ——自分だけでなく、お腹の子が生き延びられるように。そんな正体不明の少女を受け入れようという気になるのは、よほど心が平静な人間じゃないかぎり、愚か者しかいない。

私たちは暗い車のなかに座りつづけた。彼女の息づかいだけが聞こえた。少し鼻が詰まっているように聞こえるのは、それまで泣いていたからなのだろうか。私の激しかった怒りは、彼女を慰めたいという思いに突然切り替わった。でもそうしなかったのは、自分の凶暴な心が信用できなかったからだ。波に揺られているボートや大きく波打つ入り江を見つめているうちに、心のなかの嵐はやがて過ぎ去り、静かに打ち寄せるさざ波に変わっていった。

一時間後、ようやく私は話す準備ができた。エヴァンジェリンは、毛布にくるまって横になっていた。その毛布は、私と出かけるときにいつもルーファスが使っているものだった。ひどいにおいがするだろうに、彼女はそれが心地いいのか、毛布を鼻に押し当てていた。呼吸はゆっくりと一定のリズムを刻み、くちびるはなにかをささやいているように動いていた。もうすぐ十一時になろうとしている今、それまでの切迫感は溶けてなくなっていた。目の前で眠っているこの少女が——そして本当のことを話してくれたのであろう友人が——なんで私のなかにあれほどまでの怒りを燃やさせたのか、今はさっぱりわからなかった。

心も体もすっきりして、家に向かって車を走らせた。私のなかに平安が訪れていた。エヴァンジェリンに対してのやさしい愛情を感じていた。なんと、自分自身に対しても。この夜起きたことのなかでいちばん説明しにくいのは、このときの気持ちかもしれない。

25

次の日の朝、エヴァンジェリンは何事もなかったかのように学校の支度をした。過去に起きたいやなことを、なんで人はわざわざ引きずろうとするのかが理解できなかった。そんなものはさっさと忘れてしまえばいいのに——永遠に忘れるのは無理だとしても、少なくともしばらくのあいだは。

アイザックはいつものようにいかめしい顔をして、黙ってキッチンテーブルについているものだとばかり思っていた。いつだって真剣そのものの厳しい顔をしている。ところが今朝は、スラックスにボタンダウンのシャツというくつろいだ服装で、朝刊を読んでいた。しかも笑顔で「おはよう」なんて言って。昨夜のことはただの想像なのかと勘違いしそうになった。中身をひっくり返されたバックパックや、母が残していった服の残骸や、風で揺れる車のなかにふたりでいたことは、ただの妊娠中の副反応で、夢が暴走してしまっただけなのかもしれない、と。

朝食を出してくれようとしたのか、アイザックが立ち上がった。なにも変わっていないようなふりをしている彼が、少しだけ愛おしく感じられた。そのまま座っていて、と彼女は素振りで示した。「トーストとジュースくらい自分でできるから」

「もっと食べないとだめだ」

「学校でバナナでも食べるから大丈夫。もしかしたら卵も。カフェテリアは早い時間から開いてるでしょ？」

「ああ。でも、お金はあるのか？」

エヴァンジェリンはそわそわした。家のなかの現金をチェックしているのだろうか。彼女は、見つけた額の二割以上は取らないのを鉄則にしていた。でも、なかには一ドル単位で所持金を把握している人もいる。アイザックもその手の人なのかもしれない。「カフェテリアで買うくらいは充分あるから」

「お金については、夕食のときに話をしよう。きみにはお小遣いを渡したほうがいいんじゃないかと思っている」さりげなくアイザックは言った。でも目が合ったとき、彼はいくらなくなっているのかを正確に把握している、とエヴァンジェリンは確信した。それでなおさら混乱した。お金を盗んでいることを知っているなら、ますます追いだす理由になるのに。

「それに、ほかにも話さなくちゃならないことがある」と彼は言った。「いくつか書類を書かないといけないんだ」

エヴァンジェリンは持っていたトーストを下におき、じっと立ちつくした。「書類って、どんな？」

「シボドー校長に言われたんだ。州に出す書類の期限が近いと」

彼女は振り向いて言った。「あの、大きな顎の人？」

「ああ、そうだ。身寄りのない未成年者については、州に届け出をしないと――」

「わたしはべつに身寄りがないわけじゃない。話したじゃない、ママが死んだって。だから、捨てられたことにはならないでしょ！」

アイザックは、行方不明のおばのことや、住むところがなかったことを持ちだした。

「ねえ、ここにいてほしくないということ？　もしそうなら、そう言って――」

「いや、ここにいてほしい」エヴァンジェリンの心が癒やされるほど、はっきりと彼は言った。「できればそうしてほしい。ただ、州にも言い分があるかもしれない。もしかしたら、別の場所を見つけるかもしれない」

彼女はアイザックの向かい側に座った。「あなたが黙ってれば、そんなことにはならないんじゃない？」

「うまく話が進むように、シボドー校長と相談してみる。いいね？」

「今日？　今日やってくれるの？」

「今日じゃない。今日は予定が詰まっている。たぶん明日になる。でも大丈夫だ。明日、明後日に追いだすようなことにはならないから」

エヴァンジェリンはしばらくテーブルを見つめていた。そして立ち上がるとバックパックを持ち、玄関に向かった。「もう行かないと」

「まだ時間はある。ちゃんとトーストを食べなさい」

学校でオートミールを食べるからと約束し、夜明け前の霧雨のなかに出ていった。


小走りで道を下っていくと、暗い尾根の向こうで空が明るくなってきた。雨はほとんど感じなかった。頭のなかにはひとつの思いしかなかった——州に引き渡すような真似はさせない。特に、校長室のあの男には。

「州の最大の関心事は子供たちの福祉だ」これまで生きてきて、何度そのくだらないお題目を聞いてきただろうか。そんなことを言うのはきまって、困った顔をしながらフォルダーや事例報告書を手に持った役立たずの大人だった。彼らの言っていることがなにを意味するのか、彼女にはわかっていた。それは、コンクリート壁の施設と、行き場のない子供たち——精神に問題のある子や凶暴な子。あとは、里親に引き取られる可能性？　どこかの〝いい家庭〟？　そんなのクソ食らえ、だ。エヴァンジェリンにはそうとしか思えなかった。

州のお慈悲については、十歳のときの体験でもう充分だった。たしかに、当時の彼女には保護が必要だった。それは認める。母がどこかに行ってしまってから一週間後、夜遅くに女の人がアパートメントのドアを叩いた。最初は無視していたが、その人は叫びつづけた。母のことで確認したいことがある、と。

エヴァンジェリンは躊躇した。母のことはなんとか自力で連れ戻そうと思っていた。母のシャツを着て母のベッドで寝て、そのにおいを嗅ぐことで、魔法の力を使って母を連れ戻そうとした。家にあった牛乳は飲み尽くし、ピーナッツバターもきれいに舐めきり、シリアルも食べ尽くした。どんなにお腹を減らしても、母を連れ戻すことはできなかった。だから州から来たという女の人がドアを叩きながら、食べ物をあげるとか安全な場所に連れていってあげるとか言うのを聞き、彼女は勇気を出してドアを開けたのだった。

母親がヘロイン中毒の治療をしているあいだ、エヴァンジェリンは半年のあいだ里親に引き取られ、与えられた部屋の小さなクローゼットのなかで泣き明かした。母は完全にヘロイン中毒から抜けだすことができた。でもそのかわり、イエスさまの中毒になった。その種の中毒は、州としてはどうでもいいことだった。エヴァンジェリンも最初のうちはイエスさまに夢中になった。愛にあふれた目で見つめられ、永遠の命を約束してくれたから。でも所詮、すべて嘘っぱちだった。ちっぽけなおもちゃが欲しいとか、足の大きさに合った靴が欲しいとか、毎晩家に帰ってくる母親が欲しいとか、いったい何度祈ったことか。結局、それらの祈りに対する返事はなく、そのうちすっかり騙されていたことに気づいた。こういうこと――里子に出されたときのことや母親のこと、イエスさまに裏切られた過去も現在も――を、ジョナに話したかった。彼のトラックの暗闇のなかで、彼の心臓の鼓動に耳を当てながら。それまで無理して隠しとおしてきた秘密を、ジョナになら全部話してしまえる。それをどんなに望んでいたかは、ことばでは言い表わせないほどだった。

でも、もうそのジョナもいない。母もいない。今の自分には、アイザックとルーファスしかいない。だからあの顎の大きい男のせいで、たった数枚のお役所仕事の書類だけで、どこかに追い払われるようなことは絶対にさせない。

教室はまだ暗かったが、学校の正面入り口の鍵は開いていて、事務所から光が漏れていた。副校長室から、スーツを着たとても小柄な女の人が出てきた。エヴァンジェリンは覗きこんでいた首を引っこめ、暗闇のなかに下がった。その人は受付カウンターを見まわしてから、事務所のなかに戻っていった。エヴァンジェリンは校舎にはいり、開け放してある校長室のドアに向かった。

彼は入り口に背を向け、机についてなにか書いていた。ドアが小さく音をたてると、彼は振り向いた。彼女だと気づくまで少しかかったが、わかった瞬間に彼の顔面は蒼白になった。流し台の栓が抜かれたように一気に血の気が引くその様子は、今まで見たこともないものだった。おそらく、エヴァンジェリン自身も同じように真っ青になったのだろう。このときまで、百パーセントの確信はなかった。この二ヵ月というもの、彼と会ったあの日のことは忘れようとしていた。この学校に初めて来た月曜日も、彼の横顔しか見ていなかった。

血液が戻るように、必死に顔を動かす彼を見るのはおもしろかった。次にどんな行動に出るのか、予想しておくべきだった。心臓が痛くなるほどここまで走ってくるあいだに、あらゆるシナリオを考える時間があれば、もっと心の準備ができていただろう。

彼はペンをおき、心からの笑顔に見えるような笑みを浮かべて言った。「きみは、新しく来た子だね。バルチ先生から話は聞いているよ。よく来てくれたね。うまく学校に馴染めそうか？　なにか力になれることはあるか？」

この理不尽な変わり身に、もう少しで騙されるところだった。大きなオフィスのなかで机をはさんでネクタイをしている彼と向かい合うと、まるで別人に見えた。エヴァンジェリンは、ブレマートン市でのあのときのことを思い出そうとした——運転席から身を乗りだして、彼女を招き入れるために助手席側のドアを開けようとしていた男。彼女の背後に沈みつつあった夕陽に照らされ、戦斧（バトルアックス）のようなごっつい顎と濃紺の目が光っていた。あんな顎をした男はめったにいない。それにあの目の色は？

「そうね」と彼女は言った。「うまく馴染めるために力になれることがあるとすれば、馬鹿みたいな書類でアイザックに面倒をかけないで」

彼は視線を落として少し考えたあと、目を上げて言った。「州はきみを守り——」

「そんなのは全部嘘っぱちだよ。知ってるくせに！」

彼は自分の立場を見極めようと、彼女を見つめた。「きみの苛立ちは理解できる」心配しているふりをする大人の声音で言った。「でも、これは私の決めた規則ではない。教育長は厳しい人で——」

「いいから聞いて！」そう言って、いったんことばを切った。唾をのみこみ、気持ちを落ち着かせた。今こうして彼をあらためて見てみると、確信が持てなくなってきた。目の前にいる男の目は茶色かもしれない。この光では、たしかなことは言えない。それに、この人は頬にほくろがある。大きくもないし毛も生えてない、普通のほくろだ。そんなほくろがあったら、覚えているはずだ、そうじゃない？　彼女はさぐりを入れるためにことばを選びながら言った。

「教育長は厳しい人だって？　それは、ただ書類に関して厳しいってこと？　それとも、生徒の幸せとか健康にも関心があるってこと？　だって、ほら、そういうことに関心があるとわたしは思うから」

シボドー校長はそこで立ち上がり、彼女に近寄ろうとするかのように一歩踏みだした。でもエヴァンジェリンがにらみつけると、そこで止まった。「すまない」と彼は言った。「秘書に聞いたはずなんだが、もう一度名前を言ってくれるか？」

「エヴァンジェリン」と彼女は言った。「エヴァンジェリン・マッケンジー」許せなかった。腹が立ってしょうがなかった。まるで、これまで一度も会ったことがないふりの片棒を担がされているような気分になった。自分はただ新しく学校にはいってきた少女で、スタッフに名前を告げただけだと無理やり思いこませようとしているようだった。

「エヴァンジェリン、ポート・ファーロング高校にようこそ。来てくれてうれしいよ。バルチ先生がきみの面倒を見てくれることになって、本当によかった。新学期が始まって少し経つから、慣れるのは大変かもしれないが、なにか力になれることがあったら言ってくれ。勉強については、マーステン副校長がいつでも相談にのってくれる」

そう言いおえると、彼はエヴァンジェリンに背を向け、椅子に座ってパソコンに向かった。彼女はその場を離れず、彼の背中を見つめた。しばらくして、彼は振り向きもせずに言った。

「なにかほかに用があるのか？」

エヴァンジェリンは全身が震えた。泣きだしてしまうのが怖くてなにも言えなかった。彼女はきびすを返し、ドアから出ていちばん近いトイレにはいった。

あとになってその朝見かけた副校長が歩いている姿を思い出したとき、ふと薬の瓶が頭に浮かびあがった——ヒドロキシなんとかという薬。ひょっとして、マーステン副校長にはドロシーという母親がいるだろうか。ある日気がつくと処方された薬が消えてなくなっていて、そのとき心臓に異常が起きたりしなかっただろうかと気になった。

州が関わることに対するエヴァンジェリンの拒否反応は、過剰すぎるように私には思えた。もしかして、親戚とか後見人とかから虐待を受けていて、その人たちから逃げているのだろうか。州の行政機関によって、彼女の居場所が知れてしまうと恐れているのだろうか。あるいは、彼女自身に逮捕令状が発行されているのか。あの子が盗みを働いているのは明らかだ。でも実際は、それ以上に単純なことかもしれない。これまでにも里親に引き取られた経験があり、そういう状況には戻りたくないのだろう。

26

最後の授業が終わったあとでピーターを捕まえて話をしようと思っていたところ、昼休みのベルと同時に彼が私の教室のドアを出たところで待っていた。「一緒に昼を食べないか」とピーターは言った。「昼食がてら、ちょっと散歩でもどうかと思って」

その日は十月にはめずらしく雲ひとつない涼しい晴天で、木の葉が宝石のように輝いていた。ピーターに導かれるまま、私たちは高校のキャンパスの外まで歩いた。途中、彼のいちばん下の子が体操教室で実力を発揮しているといった、たわいもない話しかしなかった。「親のひいき目なのはわかってるんだが、インストラクターが言うには、三歳児であんなにバランス感覚がいい子は見たことがないそうだ」

近くの小さな公園で、芝生に面したベンチに座った。公園の奥のほうで、金属製の彫刻作品が風に吹かれて回転しているのが見えた。まわるたびにちがう形になるその彫刻から、私は目をそらすことができなかった。私たちは無言で食べた。私とピーターにはそれができた。なにも話さずに座っていられる。そんなことができるのは、クエーカーの信徒仲間以外ではピーターだけだった。ところがこの日、私の頭のなかに静寂はなかった。サンドイッチを食べおえるやいなや、私は切りだした。「なにか私に話したいことがあるんじゃないのか?」

「いや、べつに」とピーターは言った。「こうやって、ふたりでゆっくりと時間を過ごせたのは、もう何カ月ぶりだろう。奇跡的に予定が空いていたんだ。それにこの天気じゃないか。きみだって、こんな日に外に出るのが好きだろ?」

私たちは並んでベンチに座り、太陽の光を浴びている公園に向かって語りかけているように話をした。「てっきりエヴァンジェリンの話かと思った」と私は言った。

「きみが気になるなら、話をしようか」

もちろん気になる。まずは妊娠のことをピーターに話そうと思った。彼女がダニエルとジョナのことで嘘をついていたという事実については、彼はすでに知っている。だが、エヴァンジェリンに対するピーターの認識を切り替えておかないといけないと思った。単に殺人事件とつながりがあるかもしれない少女ではなく、もっと家族に近い存在ととらえてほしかった。だから妊娠のことを話しても、彼女のプライバシーを侵害したことにはならないと自分を納得させた。ピーターは校長なのだから、一種の後見人といえるのではないか？

「実は、彼女のことが気になっている」と私は言った。「昨日、彼女を見かけたというきみの話を聞いたとき、冷静に受けとめられなくて――」

「いや、いや」と彼は私の話をさえぎった。「こっちこそ申し訳なかった。なんであんなふうに思ったのか、自分でもわからない。当時の記憶より、つい最近の記憶のほうを信じるなんて、馬鹿な話だ。私が見たのはデレクだ。まちがいない。事件の背景に女の子が絡んでいるんじゃないかという噂があったから、勘違いをしてしまっただけだ。きみにいやな思いをさせてしまって、本当に申し訳なかった」ピーターはオートミール・クッキーを出して私にくれた。「きみの分だ」

私はお礼を言った。ひとくち食べたのは、考える時間が欲しかったからだった。

「正直言って、きみと話したかったのは、これが理由だ。私の勘違いだったと伝えたかった。本当にすまなかった」

ピーターのこの激変ぶりを受けて、エヴァンジェリンのプライバシーに対する考えを改めることにした。彼女がダニエルたちとは無関係だったと、ピーターには引きつづき思っていてもらうことにした。

私は腕時計に目をやった。「そろそろ戻らないといけない」

私たちはゴミを捨て、学校に向かった。道路を渡ったとき、私は言った。「実は、もうひとつ気がかりなことがある」

「ああ」

「社会保健サービス局（DSHS）の書類のことだ」

「それが？」

「エヴァンジェリンは、州に届けを出すのを極端にいやがっているんだ。ひょっとしたら、虐待を受けていたのかもしれない。ひどい目にあってきたんじゃないかと心配だ。危険な人物から身を隠している可能性だってある」

ピーターは歩きながら言った。「きみにとって、この件は重要なんだね？　このDSHSの書類の件は？」

「ああ、そうだ」

彼はうなずいた。くちびるが、自問自答しているかのようにねじれていた。「こんなのはどうだろう」と彼は言った。「むかしからの友人がネバダ州にいる。マギー・ジェンセンというんだが、前に話したときに、娘さんが引っ越して家を出ていったそうなんだ。たまたま昨日、彼女から電話がかかってきて、里子をまた引き取ろうかと思っていると言っていた。彼女以上に適任はいないと思う。もしもエヴァンジェリンがここにいなければ、きみも書類で悩む必要はないだろ？」

「でも、ネバダ州の書類はどうなる？　同じことに直面するんじゃないか？　それに、エヴァンジェリンに住むところは必要ない」

「そうなのか？」

「ああ。私の家にいればいい。それに、なんでネバダなんだ？　遠すぎないか？」

「たまたま友人が住んでいる、というだけのことだ。すべての問題が解決するわけじゃないかもしれないが、ここにいて危険なら、州から出たほうが安全なんじゃないか？」

エヴァンジェリンの妊娠について黙っているかぎり、彼の理屈と争うことはできなかった。「あの子に話してみるよ。ただ、ここにいたいと言うんじゃないかと思うけどね」とだけ言った。

「わかった」ピーターはあっさり言った。「私の提案は、あくまでも選択肢のひとつだ。それに、あの年齢の少女は……女性と暮らしたほうが気が楽なのかなと思っただけだよ」

彼の本音は理解できた。中年の男が、それも教師が、未成年の少女を家に住まわすのはあまりよくは見えない。でも、一般的な意見を使って説得しようとすれば、私が一層かたくなになることをピーターはよく知っていた。

「思慮深い助言だ」と私は言った。「いろいろ考慮に入れないといけない」

ピーターは立ち止まって私を見た。「この件については、彼女に話すつもりもないんだろ?」

「ああ」と私は言った。彼は私のことをよくわかっている。「話さない。他人事(ひとごと)みたいに、彼女を閉めだすようなことはしない。こっちにそのつもりはなくても、彼女はそう受け取ってしまう。それはきみにもわかっているはずだ。もしもネバダ州のマギーの話を始めたら、今まで彼女を捨ててきた大人と同じになってしまう。これまで信じる価値もないような約束を繰り返してきた大人に。今ここにいるありのままの彼女に、おまえは必要ない人間だ、と言うのと同じになってしまう。まだ一緒に住みはじめて間もないかもしれない、彼女は私となんのつながりもないかもしれない。でも、あの子はルーファスとつながっている。彼女のことを愛している犬がいるだけでも……」のどが詰まりそうになって、私は思わずうしろを向いた。

しばらくして、ピーターが静かな声で言った。「わかった。きみの言いたいことは、よくわかった」

私たちは無言のまま、また歩きはじめた。太陽の光がものの輪郭をくっきりと浮かびあがらせ、鳥の翼が空気を切り裂いた。キャンパスまであと一ブロックになったが、書類の問題はまだ解決していなかった。その話題を切りだそうと思っていると、ピーターが口を開いた。「DSHSで、なにか問題があったと最近聞いた」

「どんな問題だ?」

「なんでも、いろんなデータが抜け落ちているそうだ。書類には規則どおりにちゃんと入力しているのに、情報がシステム上に保存されないことがあるらしい。苦情が届いているというのを聞いた。想像以上に多いらしい」

正面入り口までもう少しのところで、私は彼のほうを向いた。「きみはいい人間だ、ピーター」

ピーターは私の目をまっすぐ見て言った。「それを覚えておいてくれ。いつか、私が責められるようなことになったとしても、それを忘れないでいてくれ」

27

その日の午後、州への届け出についてはもう心配はしなくていい、と私はエヴァンジェリンに話した。彼女はくちびるを噛み、それから大声で笑いだした。「うそみたい！」あふれんばかりの喜びをルーファスにぶつけ、激しくハグした。

三十分後、私が冷蔵庫から鶏肉を取りだしていると、お祝いにすごいものを料理するからどいてと追い払われた。「昨日のケッパー、やっぱり全部捨てちゃったよね」

私は声を出して笑った。たった一日で、私は〝クソ野郎〟から、特別な料理を振る舞う価値のある男に昇格したらしい。「残念ながら」と私は言った。「もしかして、私に料理を作るためのものだったのか？」

彼女は頬を赤らめた。「ただのチキンピカタ。そんなにむずかしくないの。ケッパーがなくても、レモンとパルメザンチーズがあれば大丈夫。うちにバターはあるでしょ？」

私はうなずいた。〝うち〟ということばが、胸のなかで花開いた。

どうして私は、物事をそのまま放っておけないのだろう。せめてこのひと晩、せめてこの夕食――彼女が材料を盗んでまで私のために作りたいと思ってくれた夕食――のときだけでも、そのままにしておくことはできないのだろうか。盗みについては話さなければならない。でも、その説教のほうがよほどましだった。私が選んでしまった話題に比べれば。私はチキンのおかわりをし、それも食べきった。そして、本当においしかったと賞賛した。私を満足させることができて、エヴァンジェリンはうれしそうだった。彼女の顔がぱっと明るくなったとき、私は言った。「ジョナのこと、話してくれるか？」

彼女は咳きこんだ。作り話を必死で考えているのがわかった。彼女は唾をのみこみ、ナプキンで口を拭いた。「ジョナ？　あのジョナ？」

わたしはうなずいた。

「あなたの息子の友だちだったんじゃないの？　近所に住んでいたんでしょ？　わたしが知ってると思う？」私に言うというより、フォークでつつきまわしているチキンの残りに言っているようだった。

昨日、テーブルの上においてあったブレスレットを見なかったのだろうか。「あれは、ジョナのブレスレットだね？　それにピーター――シボドー校長のことだが――が、息子が殺される直前に、きみがジョナのトラックから降りてくるのを見かけたそうだ」ピーターが前言を撤回したことには触れなかった。

エヴァンジェリンは一瞬驚きの表情を見せたがすぐに平静を取り戻し、涼しい顔になった。「へえ、そうなの？　彼、最初からそのこと話していた？　みんなが〝関係者〟探しに躍起になってた、って聞いたけど」

「その赤ちゃん。ジョナの子なのか？」

彼女はわざとらしくゆっくりとナプキンで手を拭いてから言った。「わたしが誰とセックスしようが、あなたには関係ないと思うけど」

私はなんとか座ったままその場に留まった。でも、心臓ははち切れそうなほど拍動し、前夜の心の乱れと怒りと悲しみが湧きあがってきていた。今日一日抑えこんでいたぶん、もっと激しく襲ってきていた。なぜ今そんなに怒りがこみ上げてくるのか、肋骨の一本一本がガタガタと鳴るほど打ちつけてくるのか、自分でも理解できなかった。私は跳びあがり、その拍子に椅子がうしろに倒れた。私が危険人物であるかのように、ルーファスが吠えながら突進してきた。「ノー！」犬に向かって私は叫んだ。ルーファスは床に伏せたが、私をにらみつけるその顔と尻の筋肉は緊張して盛りあがったままだった。

怒りが脚のなかに流れ込み、私は部屋を歩きまわった。

「はっきり言えばいいじゃない！」とエヴァンジェリンは怒鳴った。「出ていってほしいなら、すぐに出ていくよ。あんたにはもうなんにも要求しないから。そしたら、わたしの赤ちゃんの父親が誰だろうが、あんたには関係なくなるでしょ？」

私は大きくまわりこんで彼女の真ん前に立った。「もしもダニエルの子じゃなければ、そのとおりだ。私の孫じゃなければ。でも、もしそうなら、私におおいに関係している。そうじゃないか？」

彼女は笑みを浮かべた。顔に、意地悪な冷たさがきらめいた。「あら、そうなの？」と彼女は言った。「ここでは、祖父母に法的な権利があるの？　祖父母は、好き勝手に孫の親に指図できるの？　ちがうんじゃない？　この子の父親が誰だろうが、その人は今ここにいない。でも、母親がわたしなのは誰が見てもわかることなんだから、すべての決定権はわたしにある、って思うんだよね」

私は椅子に腰をおろし、息を整えた。エヴァンジェリンのこの冷静沈着な物腰は、私にとっては初めて目にするものだった。でも、驚きはしなかった。そうでなければ、どうやってたったひとりで生きてこられただろうか。

「それはつまり、その子は私の孫だと言っているのか？」

「そうは言ってない」

「たしかに、言ってはいない」

そのまま家から出ていこうとするように、彼女は椅子をうしろに押して立ち上がった。

「ここに残ってほしい」と私は言った。

エヴァンジェリンは口をきつく結んだ。冷酷な真一文字だった。そのくちびるが一瞬だけゆるんだように見えたが、また緊張が戻った。「ちょっと、ここではっきりさせておきたいんだけど、いい？　あなたは、もしかしたらこの子の父親はあなたの息子を殺した犯人かもしれないと思ってるわけ？　それなのに、わたしをここにいさせたいの？」

「自分がどう思っているのかはわからない。ただ、なにがあったにせよ、赤ん坊のせいじゃない。それだけはたしかだ」

座るように促（うなが）されるのを待っているかのように、彼女はそのまま立っていた。ただ、きつく結んでいたくちびるもゆるみ、目からも厳しさが消えていた。私は言いたいことをすべて言ったにもかかわらず、途方に暮れている人がするように、とりとめもなくしゃべりつづけていた。「赤ん坊には、暖かい家と栄養豊富な食事と定期的な検診が必要だ。きみは、赤ちゃんのためならなんでもしてあげるだろう、エヴァンジェリン。私にもそのくらいはわかる」

彼女はようやく椅子に座り、フォークを持って最後に残っていたチキンのひとくちを食べた。「わかった。そこまで言うなら、この子のためにもここにいようかな」疲れきった声だった。子供に対する愛情のためだけに、しかたなく暖かいベッドと栄養のある食事を受け入れているように見えた。

「きっとなんとかなる」と私は言った。「きみと私が力を合わせれば、きっと大丈夫だ」

私たちは何事もなかったように、おだやかな気持ちで夕食を終えた。エヴァンジェリンは、あと片付けをすると言い張った。

「きみは料理をしてくれた」と私は言った。「決まり事は知っているだろ？　どちらかが料理したら、もう一方があと片付けをする」

「でも、どうしてもしたいの。いいでしょ？」

謝罪のつもりなのかもしれない、と私は思った。「そうか？　じゃあ、そうしてもらおう。ありがとう」

彼女は洗い桶に泡だらけのお湯を溜め、深めのフライパンをこすりだした。私は、テーブルの片付けを始めた。そのときだった。私のなかの獣（けだもの）が、ふたたび頭をもたげはじめたのは。ただ、今回は〝無関心〟という皮をかぶっていた。「父親が誰であろうと関係ない」と私は言った。「そんなことは、赤ん坊にとってはどうでもいいことだ。少なくとも今のうちは。それに、きみ自身も、父親がいないことをなんとも思ってないようだから安心した」

「わたし、そんなこと言ってない！」彼女はきっぱりと言った。まるで戦闘態勢にはいるように、両手をお湯から引き抜いてジーンズで拭いた。

「なにを言ってないって？」

「なんとも思ってない、なんて言ってない」

「そうか？　なんとも思ってないように見えるけど」私は、もはや怒りを隠そうともしなかった。子供を育てるのを手伝ってくれそうな親戚を探そうともしていないじゃないか。「たとえ父親本人がいないとしても、その家族を探そうともしていない」

彼女は恨めしそうに目を細めた。「わたしのこと、知らないくせに。わたしにとってなにが大切なのか、全然わかってないくせに」

彼女の曖昧な言い方には、いい加減に辟易していた。「わかるわけないだろ。本当のことは言わずに、嘘ばかりついているんだから」

「嘘なんかついてない！　わたしは、絶対に嘘は言わない！　事実が本当のこととちがってたとしても、それはわたしのせいじゃない！」

彼女の言っていることはなぞなぞだ。私はその場を立ち去りかけた。

「じゃあ、いいわよ」と彼女は私の背中に向かって言った。「わたしのこと、少しだけ教えてあげましょうか？　本当のことが知りたいの？　この子の父親が誰なのか、わたしも気になる。めちゃくちゃ気になってる」

私は彼女のほうを向き、その反抗的な口元を見つめた。「きみにもわからないんだね？」私の声音は、判断を下しているというよりも、疑問に思っているといったほうが近かった。それが、このあと起きたことを誘発したのだろう。

エヴァンジェリンは深く息を吐き、お腹に手を当てた。ルーファスがすぐそばまで来て、彼女の太ももに頭をなでつけた。彼女の顔にやさしさが広がった。私のほうは見ずに、キャビネットに添って体を沈め、床の上に座った。ルーファスが膝に頭を横たえると、彼女は犬の耳や鼻だけでなく、筋肉質の背中をなでた。ひとなでひとなで、まるでそれがひとつずつことばに変換されているように、心をこめてなでていた。両手でルーファスの顔を包み、鼻と鼻がくっつきそうなほど自分の顔の正面に近づけて、小声で言った。「そのとおり。わたしにもわからない。見当もつかない。そうだよね、ルーファス」

これが、彼女の口から発せられた大事なことばのなかで、私が初めて信じたことばだった。

28

その次の土曜の朝、エヴァンジェリンがキッチンに駆けこむと——梳かしてもいない髪はぼさぼさで、Kと書かれた箱から引っぱりだしたスウェットの上下を着ていた——そこにピーターがいた。彼はキッチンテーブルについているアイザックのすぐうしろに立ち、アイザックが見ているiPadを覗きこんでいた。ピーターが顔を上げたとたん、エヴァンジェリンの両腕が跳ね上がって上半身を抱えた。ブラジャーをつけていない胸を隠そうとする本能的な反射だった。

彼はやさしそうな笑みを浮かべた。「ペストリーを持ってきた」と言いながら、アーモンド・クロワッサンとメープル・ドーナッツの載った皿を押してよこした。「アイザックから、甘いものが好きだと聞いたんでね」

彼女が躊躇していると、アイザックが言った。「ペストリーくらい食べたって——」そこで、はっと気づいた。「太らないから大丈夫だよ」

ピーターは皿を持ち上げ、彼女のほうに差しだした。顎の感じが少しちがって見えた。覚えていたほど大きくはなかった。この人の顔はこうだ、というはっきりとしたイメージが思い描けず、彼女は頭がおかしくなりそうだった。「ありがとう」と彼女は言い、クロワッサンをつかんでかじりついた。

「そこに座ったらどうだ」とアイザックは言った。「ピーターは今、シュラン湖のコテージを自分で改装しているんだ。その写真を見せてもらっていた。うちも家族で、夏休みになると毎年そこに行ってた。今年の七月にも……」声が小さくなって聞こえなくなった。

エヴァンジェリンは、彼らの向かい側の椅子に座った。

「友だちになってから、もう長いよな」とピーターは言った。

彼が話しかけている相手はアイザックだったが、エヴァンジェリンに重要なことを伝えようとしているのは明らかだった――より深い絆は、どっちにあるかということを。

「十年は経つかな」曲がった指で画面をスワイプしながらアイザックは言った。「おっ、これいいじゃないか。ここに出窓がつくと、だいぶちがう」

彼らがこうして、ダニエルと一緒に過ごした場所のことを話しているのが、エヴァンジェリンには信じられなかった。彼が埋葬されてからまだ一ヵ月も経っていないというのに。でも、こういうこと――幸せだった日々を思い出すこと――のおかげで、アイザックは普通でいられるのかもしれない。iPadの画面を見つめる彼は、幸せそうに見えた。彼女には、アイザックも、悲しみも、ピーターのような男も理解できなかった。

「来年の夏には、きみと一緒にそこに座ってビールを飲むんだろうな」とピーターは言った。「窓を大きく開けて、湖に浮かぶボートを眺めながら。水上スキーを続けていればよかったと、きみが文句を言っている姿が目に浮かぶよ」ピーターは鼻を鳴らして笑った。

「まるで、むかしはできていたみたいに」

アイザックも笑った。ピーターは自分を見つめているエヴァンジェリンに気づいて言った。「どう、おいしい？」

「え？」とエヴァンジェリンは言った。

「そのアーモンド・クロワッサン、どう？　私は食べたことがないんだ」

またただ。ことばの奥になにかの意味をこめているのではないかと感じた。でも、そのなにかがわからなかった。

彼女は椅子をうしろに押した。その軋むような音に驚いてアイザックが顔を上げた。

「どうかしたのか？」

エヴァンジェリンはクロワッサンの最後のひとくちを食べ、皿を持ち上げた。「ううん。ルーファスを散歩に連れていこうかと思って。いい？」

アイザックは戸惑っているように見えた。今まで彼女のほうからそんなことを言いだしたことはなかった。「ああ、もちろんいいよ。ルーファスは散歩が大好きだからね。でも、ちゃんと袋は持っていきなさい。糞は持ち帰らないといけないから」

アイザックは彼女の表情を見て言った。「わかる、わかる。動物たちはみんなそこら辺に糞をしている。でも、ちゃんとやってくれるね？」

彼女が出ていこうとしていると、ピーターが言った。「おいおい、それほど悪くはなかっただろ？」

エヴァンジェリンはくるっと向きを変え、彼を見すえて言った。「え？　なに？　なにがそんなに悪くなかった、って？」もしも彼が暗号めいたことを言うつもりなら、はっきりと言わせてやろうと思った。

「きみがたいらげたアーモンド・クロワッサンのことだよ。そんなに悪くはなかったみたいだね」

秋の空気は、松の木と薪ストーブのにおいがした。ウサギは茂みのなかに駆けこんでいき、リスは木の枝から枝に飛び移っていた。削岩機のような音がしたので見上げると、鮮やかな赤い王冠をかぶったエボシクマゲラが木をつついていた。ルーファスも生き生きとして、空気中に漂う秋の香りに頭を上げ、飛び跳ねるように歩いていた。

細い小道にはいると、茂みのなかにいくつものトンネルが通っていることに気がついた。野ネズミや、飛び跳ねているのをよく見かける小鳥たち用の小さなトンネルから、アライグマやオポッサムやキツネ用のもう少し大きなトンネル、そしてコヨーテやボブキャット用のさらに大きなトンネルまであった。ひょっとしたら、このあたりにいるという噂のクーガーも通っているのかもしれない。あらゆるところに鹿の形跡もあった。急な斜面に生えた苔を蹄(ひづめ)が荒らし、草原のなかを突っ切っている新鮮な足跡が残っていた。

多くの動物たちが生きるのに必死で、食べられないように注意しながら自分たちはしっかりと食べているのを思うと、心が癒やされた。ついこの前まで、彼女も同じような立場にいた。でも、彼女は森から出て、食べ物と暖かいベッドのある家にたどり着くことができた。少なくともしばらくのあいだは。誰かが邪魔にはいってきて、今の生活をめちゃくちゃにするまでは。

ピーターはいったいなにを知っているのだろう。いつ、ジョナと一緒にいるところを見たのだろう。自分は透明人間で、誰にも見られていないといつも思っていた。それは寂しいことだったが、安全なことでもあった。自分の知らないところで見られていたと思うと、気持ちが悪かった。眠っているあいだに体を触られていたことに気づくのと同じような感覚だった。そんなふうに考えているうちに、トンネルのなかにひそんでいる目に、ずっと見張られているような気分になった。彼女はきびすを返し、来た道をたどって森から出た。

道路に出ると、衝動的に別の道を通ることにした。数分歩いたあと、体ががくっとして立ち止まった。自分でもその理由がわからず、周囲を見まわした。家からは、数ブロック離れた場所だった。そのとき、黄色いシャッターのある緑色の小さな家が目にはいった。ここだ。この場所だ。ジョナの姿を最後に見たのは。

カエルを逃がした日のあと、エヴァンジェリンはジョナともうひと晩だけ一緒に過ごした。その夜は、あまりにも感情がいっぱいになって、もう二度と会わないと心に誓った。でもその翌日には、自分との約束を破って公園に行った。ジョナに会えるんじゃないかと期待して。その次の夜も、その次の夜も行った。でも、ジョナは現われなかった。

ダニエルが行方不明になっていることを新聞の見出しで読んで、彼女は少し安心した。町の人たちと一緒に、ジョナも捜索に加わっているのだろうと思ったからだった。ダニエルのことは心配していなかった。そのうち帰ってくるだろう。世界じゅうのダニエルには、ひどいことが起きるはずがなかった。ところが六日目になってもジョナの姿を見かけないと、彼女はひとりでジョナを探しはじめた。その日は天気のよい土曜日の朝で、まずはダニエルの家のあたりから探しはじめることにした。彼らは近所に住んでいると言っていた。たぶん、数ブロック以内の近所なのだろうと推測した。もし、あの大きな屋敷の場所がわかれば、その近くにジョナのトラックが停まっているはずだ。

広い敷地のなかに建つヴィクトリア様式の家は、思ったよりも探すのが大変だった。多くの道は変な角度で曲がり、空いている駐車場が全部ジョナのものに見えた。長い砂利敷きの私道と、枝のあいだから覗く煙突を見つけたのは、もうすぐで正午になりそうな時間だった。そこを始点にして、縦横に動きながらブロックのひとつひとつを調べていった。

一時間経っても、ジョナの手がかりは見つけられなかった。ダニエルの家から何ブロックも離れていた。疲れていたし、のども渇いていた。公園に戻ろうと思っていたそのとき、古い紺色のトラックが角を曲がり、彼女に向かって走ってきた。エヴァンジェリンは手を振りながら大声で呼びかけた。でも、トラックは何軒か前の家で停車した。

彼女は走りだした。運転席側の空いている窓のすぐそばまで行ったとき、ふたりの目が合った。もし彼がきつい目でにらみ返していたら、これほどまでに圧倒された気持ちにはならなかっただろう。でも、あんなに悲しみと恐怖と愛で切羽詰まった目は、それまで見たことがなかった。彼はなにかを口走った。ふたつのことばを繰り返した。そして次の瞬間、アクセルを踏みこみ、彼女の横を猛スピードで走りすぎていった。むきだしのふくらはぎに砂利が飛び散った。

ジョナはなにかにびっくりしただけだろうと思い、エヴァンジェリンは振り向いてジョナがなにに驚いたのかを探そうとした。でも、道路にも庭にも家の窓にも、なにもなかった。今でも覚えているのは、真っ昼間だというのに気味が悪いほど静かだったということだ——芝刈り機の音も、遊んでいる子供の声も聞こえなかった。彼女は、ジョナが消えていった方角に早足で歩いていった。あのときの瞬間を頭のなかに刻み、何度も繰り返し映しだして、心の奥深くにしまいこんだ。それは、あの銀色に光っていた七月の夜に目に刻みこんだ、誰もいないワンルームタイプのトレーラーハウスと同じくらい、遠くて澄みきった記憶になっていた。

最後の瞬間に彼女とジョナとのあいだで交わされたものは、何層にも重なっていて複雑なものだった。それまでふたりの人生のなかで起きたすべてのことと、将来起きるかもしれないことにあふれていて、とても分析できるようなものではなかった。エヴァンジェリンは、死ぬまであのときのジョナの目を忘れないだろう。その目のなかにあった孤独さと心の交わりは、どちらも混じりけのないものだった。あたかも彼女とジョナが、本当は会うはずもない場所でめぐりあったということを、お互いに認識しているかのようだった。まるで理解できなかったが、そういうこともあるのだろうと思った。つかの間に垣間見たときにだけ、意味をなすようなこと。一部分だけ取り上げると、この世でいちばん本当のことも嘘になる。あるいは、〝無〟になる。

彼女は今、道路沿いに並んでいる小さな家々を眺めた。このうちのひとつがジョナの家なのだろう。彼の母親と妹は、きっとすぐそばにいる。

29

ピーターが振り向いたとき、エヴァンジェリンが勢いよく閉めていった玄関のドアはまだ振動していた。「勘違いかもしれないが、あの子、怒っていたか?」

「ああ、少し」と私は言った。

「書類のことで?」

「かもしれないが、もう心配しなくていいことは彼女も知ってるはずなんだけど」

「それなら、ホルモンのせいかもしれないな」と彼は言い返した。

私は思わずぎくっとして、コーヒーがテーブルにこぼれた。

ピーターは、謝るかわりににやっと笑った。「いや、わかってる、わかってる。今はそんなことを言っちゃいけないんだよね。でも、男女関係なく、私が同じようなことを言うのは知っているだろ。あの年頃の子たちは馬鹿なことをするもんだ。私たちだってそうだったじゃないか」

私はため息をついた。「もう一杯、コーヒーはどうだ?」

「そうしたいところなんだけど、今日は私がゾーイを体操教室に連れていく番なんだ。こんなにバランス感覚のいい三歳児は見たことがない、とコーチに言われた話はしたっけか?」

そのころ謎だったのは、ピーターとエヴァンジェリンのあの騒動だけではなかった。エヴァンジェリンのお腹の子の父親が誰なのかは、彼女自身にもわからないようだった。バックパックにはいっていたブレスレットのことを考えると、ジョナの子だという可能性は無視できなかった。ロリーには知る権利があると思ったが、ジョナの葬式のあと彼女とは一度も顔を合わせていなかった。そもそも、この話題をどうやって持ちかけたらいいのかもわからなかった。

ガイガー一家を、近しい友人だと考えていた時期もあった。でも、どうしてなのかはわからない。むかしから、私たちのあいだには埋められない距離があった。裏庭のフェンス越しに親しげに話すことはあっても、ロリーとロイは一度も私たちを家に招待しなかった。うちで遊んでいたジョナを送っていったときも、玄関から先にはいったことはなかった。キャサリンと私は、それが家の格差によるものではないかと思い、夕食や行事のときには私たちが彼らを家に招いた。三歳のダニエルとジョナはすぐに仲良くなったが、キャサリンがロリーと親しくなることはなかった。「彼女、どちらかというとあなたに似てるかも」と一度言われたことがあった。おそらくキャサリンは、ロリーが静かすぎると思ったのだろう。ロイはいつも六缶パックのビールを持ってきて、私に勧めた。私たちはそれぞれの缶を開け、しばらく缶をぼんやりと見つめたあと、「試合がどうなっているかチェックしてもいいか？」と彼が言いだすのが常だった。たいていはテレビかラジオでスポーツの試合をやっていて、彼はそれを観戦していた。

私とキャサリンはロイのことが心配だった。ロリーがしっかりとした強い女性だったのに対し、彼は線が細くやさしい男だった。大きな腹の下でぶかぶかのズボンが垂れ下がり、目はいつも充血して涙ぐんでいた。ひょっとして薬物治療を受けているのだろうかと私は思った。

年々、わたしたちの心配は増していった。裏庭にいるとき、彼らの家から大きな罵声が聞こえてくることがあった。ある日、緊張した様子のロリーがうちの玄関にやってきた。目は赤く腫れ、頬には黒っぽい影があった。彼女の家の電話が故障しているので、うちの電話を借りたい――できれば聞こえない場所で――ということだった。私とキャサリンはキッチンから出てドアを閉めた。数分後、彼女はキッチンのドアを開けて礼を言った。なんの説明もなかった。

ロイが自殺したのは、ジョナが十六歳、彼の妹が十二歳のときだった。私たちがスポケーンに住んでいるキャサリンの親戚の家に行っているとき、ロリーから電話がかかってきた。「ロイが死んだ」と彼女は言った。「自殺したの。何年か前に受けた背中の手術のせいで……仕事もできなかったし、あんなにいっぱい薬も服んでいた。あなたには私から話したかった。ほかの人から耳にする前に。これは個人的な問題なの。わかってくれるわよね」

あれは夏も終わりに近い、燃えるような暑い日だった。ダニエルと彼のいとこは、屋根のあるパティオでコカコーラを飲みながら、大音量のラップ・ミュージックをかけていた。キャサリンは息子を呼び、滞在させてもらっていたゲストルームに連れていった。ロイの死を知らせても、ダニエルは表情を変えなかった。ただ内面的には、心の深いところに引きこもってしまったように見えた。「クソ」震える声でダニエルは言った。「ああ……クソ」

ジョナに電話するように私は言った。「ひとりぼっちじゃないことを知らせてあげたほうがいい」ダニエルはそうすることを約束した。その一分後にはパティオに戻っていたし、電話しているところを聞いたわけではないが、必ず電話をかけたと思う。私はそう信じている。

その晩、十時ごろに廊下を歩いていると、うしろからダニエルに呼びとめられた。「父さん」という声に振り向くと、息子は近くまで来て、両腕を私にまわした。まるで怖がっている幼い子供のように、切羽詰まった様子で私にきつくしがみついた。無防備に全身を私に預けていた。永遠と思えるほど長いハグだった。私が持っている以上のものを、息子から要求されているような気がした。やがて息子の体はなにかに刺されたかのように固くなり、私から離れた。

私が息子に触れたのは、あのときが最後だった。


それから数日後に帰宅し、私が郵便受けから郵便を取りだしていると、噂好きの隣人のジャニス・ウィルソンがまっすぐに飛んできた。彼女の話はとにかく誇張が激しく、好色な話題が好きだった。

「ねえねえ、ロイのこと聞いた？　あの奥さんがなんて言おうが、薬を服んで死んだんじゃないわね。銃で自殺したのよ。まちがいないって。だって、わたし聞いたんだもの。二発も。彼が運びだされたとき、シーツが血だらけだったのよ」

それは嘘だ。バートン保安官がそんなふうに彼を運びだしたはずがない。それに、子供たちも家にいた。もしも銃で自殺したなら、子供たちがいっせいに駆け寄っていって、現場を見たはずだ。いいや、ちがう。ロイは静かに薬を過剰に摂取した。そして、寝室かバスルームで倒れている彼をロリーが発見した。子供たちが目撃したはずがない。

ロイの葬式から一週間経った日曜の朝、私は座って新聞を読んでいた。キャサリンは仕事に出ていて、ダニエルはまだ寝ていた。ひさしから落ちる雨音を楽しんでいると、誰かがドアをノックした。開けると、そこにロリーがいた。髪はびっしょりと濡れ、オーバーオールは泥だらけだった。

「お邪魔してごめんなさい」弱々しく震える声で彼女は言った。「助けてもらえないかしら」

私はレインコートをつかむと彼女のあとを追い、お互いの裏庭のフェンスにはさまれた共用の敷地まで行った。ロリーは野イバラをかき分けてから脇にどいた。地面に横たわっていたのは、無残にも引きちぎられてばらばらになった動物の死骸だった。最初は、それがブロディだとは気づかなかった。長いこと、彼らが飼っているチョコレート色の年老いたラブラドール・レトリーバーを見ていなかった。ただ、一カ月ほど前に、今にも倒れそうなくらいよぼよぼの肢で立っている老犬を見かけたことがあった。だから、野生動物に襲われたのだとしても、不思議はなかった。

「ボブキャットに襲われたのか？」

彼女は全身を震わせながら泣いていた。「ちがうの」そう言いながら泥だらけの手袋で濡れた頬を拭いた。頬に泥のあとがついた。「死んだのは一週間前」彼女の顔にはさまざまな感情が渦巻いているように見えた。「埋めたの。わたしとジョナで。ふたりでブロディを埋めたの」

彼女の案内で、三メートルほど離れた墓まで行った。そこは、十年近く前に子鹿の死骸を発見した場所だった。墓の深さは、優に一メートルはあった。それがものすごい勢いで掘りかえされたらしく、土や岩が半径二メートルの範囲に散らばっていた。これは、明らかに腐食動物の仕業だった。夜になると吠え声が聞こえるコヨーテだろうと思った。

ロリーは膝をつき、大きく肩を震わせながら泣き崩れた。自分にはできない、もう無理だ、とあえぎながら言った。「ジョナには頼めない。またジョナに頼むなんてできない」そう言いつづけた。

私は彼女を立ち上がらせ、体を支えた。「大丈夫。私が埋めてあげるから。今度はもっと深く埋めよう。もう二度と掘り返されないように」

しばらくして気持ちを落ち着かせると、彼女は私から体を離し、涙をすすりながら腕で鼻と口を拭った。そのせいで顔がもっと泥だらけになった。彼女はわたしと目を合せなかった。

ロリーは一度だけ小さくうなずいてお礼をつぶやくと、体の向きを変えてその場を去っていった。

それから何日ものあいだ、教室で教えているときも、寝る前にシャワーを浴びているときも、私の腕のなかにいた彼女の感覚を思い出した――彼女の、純粋に動的な濃密さ。小さくて固い存在。

あの日私の腕のなかにいたロリーのことを、私はよく夢で見た。靄(もや)が、彼女の顔の汚れを溶かしていった。そしてそのうち、彼女自身も溶けていった――彼女の指先も手も、足先も脚も、髪も顔も、やさしい光に変わっていき、最後に残されるのは、野イバラのなかにひとり、ずたずたに切り裂かれた犬の上に佇んでいる私だけだった。

ダニエルが殺されたあと、一度だけロリーの夢を見た。その夢の始まりは、かつて見ていた夢と同じだった――ロリーは、固くなった体を私の胸に預けていた。ただ、ふたりのあいだにあったのは靄ではなく、炎だった。炎が、ロリーを焼き尽くしていった。

30

　次の週、エヴァンジェリンは午後になると毎日ルーファスを散歩に連れていった。ルーファスは有頂天だった。老体が痛むのも忘れ、小犬のように水たまりのなかにはいったり、嵐で倒れた木の上を飛び越えたり、見えもしない動物のあとを追いかけたりした。そして、空気中のにおいをずっと嗅いでいた。ときどきめずらしい野生動物のにおいを嗅ぎつけると、全身の筋肉を硬直させて背中の毛を逆立てた。

　ルーファスと一緒にいると、森は生命の神秘にあふれた世界になった。日が陰るなか、彼女は暗い小道に深く分け入り、角を曲がるたびに息をひそめる。歯が抜けたあとを舌で探るように、自分の恐怖の極限を探る。それは野焼きのように、制御された恐怖だった。そのおかげで、温かい明かりのついた家に帰るという喜びがいっそうふくらんだ。

　そのくらい一気に血をめぐらして目を覚まさないと、集中の必要な宿題には備えられなかった。十月最後の木曜日、散歩から帰ったらまっすぐに自分の部屋に向かい、微積分と三角関数に取りかかろうと思っていた。この科目は、正気とは思えないほどむずかしかった。とても太刀打ちできるようなものではなかったが、先生たちが昼休みと放課後に教えてくれていた。昨日もスワンソン先生が、宿題の答合わせができるようにと答案用紙をこっそり渡してくれた。

一週間前、彼女の部屋に突然机が置かれていた。エヴァンジェリンはさっそく使いはじめた。鉛筆が見当たらなかったので、古いバックパックのなかを探してみることにした。汚いポケットを漁ると、何カ月も前の飴の包み紙の切れ端やみすぼらしい靴下、腐食した電池のはいった小さな懐中電灯やインクの漏れたペンがはいっていた。

あともうひとつ、まだなかを見ていないポケットがあった。そこに鉛筆がはいっていないのはわかっていた。ファスナーを開け、汚れたブレスレットを取りだした。生命線に沿って手のひらに載せたブレスレットの、いびつなJの刺繡を指先でなでた。それをバスルームに持っていき、お湯を満たした流し台のなかに入れた。結び目から泥がにじみでるのを、彼女はしばらく見つめていた。

泥と一緒にジョナが洗い流されてしまうことは、まったく心配していなかった。たとえ洗い流してもぼくは消えてなくならない、と彼が約束したから。

カエルを一緒に逃がした夜のあと、ジョナから別の贈り物をもらうとは思っていなかった。あのときは彼を残して突然いなくなってしまったので、また会えるとも思っていなかった。でも次の日の夜に公園に行くと、最後に見たときと同じ場所にトラックが停まっていた。うれしくなって、思わず変なスキップをしてしまった。

一日じゅう、彼のことが頭から離れなかった。あんなふうに父親のことを吐きだして、つらそうで、苦しそうで。まるで、わざとショックを受けさせようとしているみたいだった。でも、エヴァンジェリンにはわかっていた。ジョナが本当は、彼女にそばにいてほしいと思っていたこと、彼女なら自分をこの特殊な孤独から救いだしてくれると信じていたこと。エヴァンジェリンは、ジョナと一緒にその瞬間を体験したような気持ちになっていた――銃の衝撃音が鳴り響いた瞬間、ジョナが顔をそむけた瞬間。とても恐ろしい出来事にはちがいなかったけど、彼を知ることができたと思うと、エヴァンジェリンはうれしかった。もうなんの心配もなく、自分自身のことも彼に話せる。そんなところまでこれほど簡単に到達できて、彼女はうれしかった。

彼女を見た瞬間にうれしすぎて笑いだすジョナを想像しながら、エヴァンジェリンはトラックの助手席のすぐそばまでこっそりと近づいていった。ところが、ドアを勢いよく開けてなかに飛び乗ると、彼は飛び跳ねるようにうしろに下がり、窓ガラスに思いきり頭をぶつけた。いつもびくついている臆病で馬鹿な男の子。配線がまちがってつながっている男の子。

「なに、寝てたの？」彼のパニックに気づかないふりをして彼女は言った。

彼が気持ちを落ち着かせようと大きく息をしているのを見て、エヴァンジェリンは、驚かせてごめんなさい、昨日は帰ってしまってごめんなさい、と謝りたかった。どうすればかわいらしい女の子になれるのか知りたかった。

「ちがう、ちがう」彼は不安そうに早口で言った。「昨日はちゃんと家に帰ったよ。本当に。きみが帰ったすぐあとに。今日は——」

「大丈夫だよ。からかっただけだから」これもよくなかったかもしれない。彼が馬鹿で見当はずれだと言っているような、誤解を招く口調だったかもしれない。

ジョナは無理やり笑った。そうなんだよ、ぼく馬鹿だから、と言っているような笑いだった。

彼は、昨夜とは別人に見えた。特別になにかが変わっているわけでもなかったし、着ている服も昨日とまったく同じだった。九月初旬のこの夜、昨日からの二十四時間のなかで彼女が頭のなかで描いていたジョナより、目の前にいる今のジョナは、もっと普通の人のように見えた——肌もそんなに青白くないし、睫毛も劇的なほど長くも濃くもなかったし、ニキビもそれほど目立っていなかった。でも、ようやくジョナがハシバミ色のその目で彼女を見つめたとき、エヴァンジェリンの体はキスした瞬間の感覚を完璧に思い出した。めらめらと彼のなかで燃えていた炎が、そのまま彼女のなかに流れこんできたあの瞬間を。

「ねえ、あのちっちゃなカエル、自然の世界に戻ってどうしてると思う？」と彼女は言った。

「絶好調だよ、きっと」ジョナはほっとしたような声で言った。「あのあとものすごい大きな声で鳴いてて、近所じゅうに鳴り響いてた。母さんなんて、うるさくて眠れないって文句を言ってたくらい」

「そうなんだ。あのカエルとずいぶん仲良しなんだね。ほかのカエルの鳴き声と区別できるんだから」

「まあね」と彼は笑った。「母親が自分の赤ちゃんを聞き分けられるみたいにね」

前の晩に彼がうしろに飛び退いたときは、てっきりダニエルから話を聞いたのかと思った。だから、そんな女には触られたくなくて体を引っこめたのかと思った。だったら、いっそのこと頬をひっぱたいてくれたほうがましだと思った。でも、あのときトラックから飛びおりた瞬間、それが自分の勘違いだったことに気づいた。彼はただ、びっくりしただけなのだ。今夜もそれと同じことが起きた。神経の回路が、普通とは少しちがっているのかもしれない。昨夜、自分の勘違いに気づいたとき、すぐに彼のそばに戻るべきだった。でも彼女の習性として、相手に厳しい態度を取ってしまうことがよくある。自分のほうに非があるときは特に。明日まで待って、何事もなかったかのように振る舞えばいい、と思った。実際、それがうまくいっている。だって今、こうして一緒にいて、あの過ちがまるでなかったことのように消せているのだから。

「ねえ、これからあのカエルに会いにいかない？」と彼女は言った。すでに頭のなかには、誰も来ない道路の行きどまりにトラックを停める映像が浮かんでいた。彼が口にミントを放りこみ、シナモンの熱が口に広がるのを想像していた。

「それって、今すぐ、っていう意味？」

彼女はうなずいた。

「そうだね、行こうか。ぼくも行きたい」彼がエンジンをかけたとき、前から気づいていたブレスレットが右の手首で揺れているのが見えた。綿のひもを編んで作られたブレスレットには、いびつなJという文字が赤く刺繍されていた。彼女は手を伸ばし、それを指でとんとんと叩いた。

「これ、ガールフレンドからもらったの？」

坂道をのぼるためにギアを踏みこみながら彼は言った。「ガールフレンドなんかいないよ」エヴァンジェリンをちらっと見て続けた。「これは、一年前に妹のネルズが作ってくれたものなんだ」

「ずっとつけてるなんて、いいお兄さんだね」

「ネルズも、しばらくのあいだおそろいのをつけてた。〝最高の相棒〟的な感じで」彼は肩をすくめた。「でも、ずいぶん前に妹ははずしちゃったんだ。ぼくもはずしたほうがいいかもね。妹はもう十三歳だし、ぼくは頼りない兄貴だって思われてるから」

エヴァンジェリンはジョナの肩に頭をもたせかけ、カエルが鳴きはじめるのをじっと待っていた。まだキスはしていなかった。急ぐ必要はないとふたりとも思っていた。やがて、池からカエルの鳴き声が聞こえはじめた。

「あれがあのカエル？」と彼女は訊いた。

ジョナは笑った。「今のは女の子だよ」

「わたしって馬鹿ね」

「ほんとだよ」

今まで、男の子とこんなふうに時間を過ごしたことはなかったような気がした。なにも話さず、ただ耳を澄まして。自分の体がいつもとちがって感じられた。まるで重さがなくなって宙に浮いているかのようだった。やがてジョナが彼女の顔を自分のほうに傾けると、そのときエヴァンジェリンはまた自分の体のなかに戻った。このときほど、くちびると肌を通して熱が全身に駆け抜ける喜びを感じたことはなかった。

彼女が触れても、ジョナがびくっと体を引くことはなかった。彼を驚かせないように、膝からゆっくりと手を上にすべらせていった。もっと待つべきだったのかもしれないが、狂おしいほどの欲望を抑えることはできなかった。それは、彼がこれでもかというほど食べ物の盛られたテーブルだったとして、死ぬほど飢えている彼女にがまんしろというのが無理なのと同じだった。男の子から気づかってもらえたら——まだ心の準備ができていないのではないかとか、傷つけてしまうのではないかと心配されたら——それだけでも欲望で気が狂いそうにならない?

セックスはあっという間に終わった。たぶん、挿入した瞬間に果ててしまったのだろう。でも、気づかないふりをして彼女は動きつづけた。息をのみ、体を震わせ、ドラマ性のある適度なうめき声をあげ、ジョナにもちゃんと伝わったことを確認してから、彼の上からおりて助手席に倒れこんだ。快楽に満たされているように。

彼女はジーンズをはいた。「まあまあね」と言って彼の頬にキスをした。

ジョナは呆けたようにそこに座り、ペニスは白い太ももの上に垂れていた。とんでもない事故から生き残ったかのように、息はあえぐように荒かった。「避妊しなかった」

「大丈夫」と彼女は言った。「安全日だから」

それが本当なのかは彼女にもわからなかった。最後の生理から、何日経っているのかは数えてもいなかった。でも、そんなことを気にする必要なんてある？　今までも避妊しないでセックスしてきたけど、一度も妊娠はしなかった。もしかしたら、どこか悪いのかもしれない。それにずっと前から、妊娠したとしても相手には言わないと心に決めていた。ふたりが結婚とかした場合はべつだけど。そのときはちゃんと言うかもしれない。

「ほんとに大丈夫？」彼女をまっすぐに見すえて彼は言った。本当に心配しているようだった。

エヴァンジェリンは、ジョナの前髪が目にかからないように指で払った。そこまで気づかってくれることは驚きだった。自分に気があるのは知ってはいても、そこまで気づかってくれることは驚きだった。でもすぐに後悔した。やさしすぎるその仕草が、彼の誤解を招きかねないと思ったからだった。「うん。大丈夫」

「なら、よかった」ショートパンツをはくと彼女のほうを向き、まるでまだ昂揚したままのような情熱で彼女にキスをした。彼女に対する思いが、より広く、より強くなったかのようだった。小さな小犬をなでるように、彼女の髪をなでつづけた。普段なら、そうされることに嫌悪感を抱くはずなのに、彼の行為には所有権を主張するようなところがなく、そこには熱い思いしかなかった。それが彼女を混乱させた。ジョナは髪をなでるのをやめ、ブレスレットの結び目をほどきはじめた。ようやくほどくことができると、彼は言った。

「手首を出して」

「いいの？」

「さっき言ったとおり、ネルズはとっくにはずしてるんだ。きみがつけてくれてると思うと、うれしい……」もっとなにか言いたそうだったが、それ以上はことばに詰まった。

「ごめん」と彼はつぶやいた。

彼女は腕を差しだした。「わたしもうれしい。本当だよ」

彼に比べるとエヴァンジェリンの手首は細かったので、ブレスレットの太いところで結ばなければならなかった。「ごめんね、汚くて。洗ってもいいよ」

「あなたが洗い流されてしまうのはいやだから」

「大丈夫だよ。洗い流そうとしたって、ぼくは消えてなくならないから」

あのあと、ずっと頭から離れない残像があった。それは、彼の膝の上にむきだしの太ももでまたがり、そのままゆっくりと体を沈めていったときのジョナの驚きの表情だった。今まで、欲望に駆られた男たちが猛々（たけだけ）しい性的興奮に支配されるのは見てきたが、あれほどまでの驚きと歓喜、あれほどまでの服従は見たことがなかった。その無防備な脆弱性が恐ろしかった。仮に、彼女がどんどんと水かさを増していく洪水だったとしても、彼はよろこんで彼女のなかに体を横たえ、そのまま最期のときを受け入れただろう。

それだけではなく、彼女自身のはかなく危うげな幸福感も恐ろしかった。こんなものを受け入れてはいけない。絶対にだめだ。これまで本当の幸せを味わったことがあるのかはわからなかったが、今ほんの少しだけこの幸せを味わっただけで、それが病みつきになるものだということはわかった。初めて味わったこの完璧な高揚感を、永遠に求めつづけることになってしまう。

だめだ。この感情がなんであるにせよ、それが深く根づいて広がる前にかき消さなければならない。苦しみから逃れたいがために、大きく育ってしまう前に。

あのときそう思ったことは、結局まちがっていなかった。そうでしょ？　あの幸福感は幻影だった。だって今、こうしてお腹のなかに赤ちゃんがいて、ひとりぼっちなのだから。もしもあのときジョナとセックスしていなかったら、あの子たちはふたりともまだ生きていたかもしれない。絶対にそうだ。きっと、ダニエルとの一夜のことをジョナは知ってしまい、その結果彼を憎んでしまったのだろう。

彼女は化学の教科書を開き、科学的表記法の要素に集中しようとした。でも、あのふたりに初めて会ったときのダニエルが、どうしても脳裏に浮かんできてしまった。あのとき彼は、自分の話に夢中になっていた。そしてなんの脈略もなく、ジョナの髪の毛を両手でぼさぼさに乱した。ジョナは地面に視線を落とした。顔を上げたとき、彼はこわばったきまり悪そうな笑みを浮かべていた。

そのときは、ダニエルの行動はジョナへの好意を表わしていて、ジョナの反応もいつもの不安感の表われだと思っていた。でも、今ようやく理解した。ダニエルは、ジョナの髪の毛——それに留まらずジョナが持っているものすべて——は、自分の好きにしていいのだと思いこんでいたのだろう。

ひょっとして、ジョナはダニエルのことをずっと憎んでいたのだろうか。

31

ぼくが死ぬ日

ぼくはダニエルが憎かったのだろうか。いいや、ちがう。大好きだった。三歳のときから、彼はいちばんの親友だった。

ああ、ぼくはもう嘘をついてる。ダニエルのことで嘘をつくのは、ぼくの悪い習慣だ。いったん立ち止まって、質問を繰り返す。全部それにかかっている。ぼくはダニエルを憎んでいたのか。今度こそ本当の答が欲しい。

ぼくはいろんな角度から考えようとするが、うまくいかない。そのとき思い出す。ぼくの頭のなかにはさまざまな意図が隠れていて、真実は知らない。だから、ぼくは心に問いかける。一瞬のうちに、ぼくは一年前の自分を見ている。父さんの埋葬がすんでから、初めて学校に戻った日の帰りだ。

大変な一日だった。誰もがぼくのことを避けていた。少なくとも、ぼくにはそう見えた。でも本当は、ぼくがみんなのほうを見なかっただけだ。それがみんなのためだと思った。もしも誰かと目が合ったら、その子はぼくの目のなかに地獄の炎が燃えているのを見てしまう。その邪悪な炎でその子たちの目玉は焼かれ、頭から溶けだすだろう。

この場面のことはよく覚えている。何度も思い出しては、ダニエルがどんなにぼくのことを愛していて、ぼくも同じように彼を愛しているかを確信した。でも、なにか見落としているような気がして、今度はもっと細かいところまで思い出そうと思った。

ぼくが校舎の正面のドアから出ていくと、ダニエルは友だちのジャクソンとワイアットと一緒に入り口のところにいる。ぼくは忘れ物をしたことに気づいたふりをして、くるりと向きを変えて引き返そうとする。するとダニエルが叫ぶ。「おーい、どアホ。どこに行くんだよ。一日じゅうおまえを探してたんだぞ」

ぼくは肩越しに叫び返す。「ロッカーに忘れ物をしたんだ」

「そんなわけないだろ。早くこっちに来いよ」

ほかのふたりは、あいついったいどういうつもりだ、という顔でダニエルを見ている。彼らはいつも、ぼくを無視するか軽蔑の対象として扱うかしかしない。でも、今回ばかりはそれも通用しないと思っているのだろう。

ダニエルとワイアットは低い擁壁の上に座っている。ぼくが近づくと、ダニエルはワイアットを押して場所を空け、ぼくに座れと言う。ぼくはバックパックを足元に落とし、言われたとおりに座る。もちろんこんなところにはいたくないし話したくもない。でも、いったんダニエルがなにかを決めると、必ずそのとおりになる。だから抵抗したとしても、それはただの骨折り損になる。

ダニエルは、ぼくが何年も着ているフランネルシャツを引っぱりながら言う。「なあ、いったいどこでこんなクソシャツ買ったんだ？　絶対にその店には行きたくないから、念のために訊いておきたいんだ」

ジャクソンとワイアットは、ぼくの頭越しにダニエルに目配せをする。まるでぼくがそれに気づいていないかのように。ダニエルはそれでも続ける。「おまえのファッション、なにを参考にしてるんだ？　〈おっさんず・ウィークリー〉誌か？」

次はジャクソンもそれにのって言う。「よせよ、バルチ。こいつは妹に服を選んでもらってんだよ。最先端のファッションについて中学生の女の子を信頼できなかったら、いったい誰を信頼すればいいんだ？」

しばらくこのやりとりが続いた。こいつらは誰に対してもこんなふうに冗談を言いあう。仲間だということを意味している。一週間前にも、ワイアットはおばあちゃんに服を着せられている、とジャクソンはからかっていた。

最終的に、ワイアットは縁起のいいお守りかなにかみたいにぼくの頭をなでまわした。指の関節が当たって頭皮が痛かった。ユーチューブで散髪のやり方を勉強したのか、と彼は訊いた。そして、ダニエルもジャクソンに目配せをして立ち上がった。ほかのふたりも立ち上がると、ダニエルが言った。「もう行かないと。じゃあな、相棒。またな」

ぼくはひとりきりになって、ワイアットのジープのほうに歩いていく彼らを見送った。何人かが校舎のドアを押し開け、ぼくの横を通りすぎた。まるで、低い土壁の上には誰も座っていないかのように。

そこでそのときの映像は終わり、ぼくの頭はすぐに説明を始める。ダニエルは、ぼくが普段どおりを望んでいることを知っていた——いつもどおりの悪ガキのダニエルのままでいてほしいことを。真面目(まじめ)くさった態度をとらないでほしいのを知っていた。みんなの前でぼくが取り乱して、恥ずかしい思いをさせないようにしてくれた。

第一、ぼくに声をかける必要なんてなかった。ほかのみんなと同じように、無視すればよかっただけだ。そんなことをしたら、ダニエル自身がみんなから変な目で見られるかもしれなかった。そんなリスクがあるのは、誰が見ても明らかだった。でも、彼はいつもどおりにぼくに話しかけ、ほかのやつらにもいつもどおりにさせた。実際にぼくはあのとき、いつもどおりの普通の自分に戻ったような気がした。さっきも言ったとおり、あいつらの仲間のひとりになったような気がした。

でも、ぼくの心は訴えている。そんなのは嘘っぱちだ、と。そして、最後の場面に映像を何度も巻き戻す――ぼくがワイアットに頭をこねくりまわされていて気づいていないだろうと思っていたときに、ダニエルがジャクソンに送ったあの視線。きっとぼくには見えないように気をつけたんだ、ぼくを傷つけないようにしてくれたんだ、とぼくは考えようとする。でも、あのときダニエルはジャクソンと目を合わせて肩をすくめ、苦笑いしながら両方の眉毛を上げた。まるでこんなことを言っているかのように。「わかった、わかった、おまえの言うとおりだよ、ジャクソン。こいつは哀れな負け犬だよ。さあ、これで義務は果たした。こんなとこ、さっさとずらかろうぜ」と。

ぼくは一度だって、あいつらの仲間だったことはない。父さんが死ぬ前も、死んだあとも。そんなことは、自分がいちばんよくわかっていた。

ぼくは、ダニエルを憎んでいたんだろうか。

いいや。ぼくはダニエルが大好きだった。本当だ。あいつが同じようにぼくのことを好きでいてくれるなら、なんだってできたし、なにも惜しいものなんてなかった。でも、そんなに愛して愛されたかった結果、どうなった？　火薬樽だ。いつ爆発するかわからない、そんな火薬の詰まった樽を抱きかかえることになった。

32

　エヴァンジェリンはナタリアのトレーの隣に自分のトレーをおいた。十一月の第二週目のこの日、ランチルームの窓には水玉模様のような大きな雨粒がついていた。ナタリアは自分のトレーからチョコレートチップのクッキーを取ると、エヴァンジェリンのトレーに載せた。「わたしより、これはあんたに必要」

　ナタリアのふくよかな体は、女の子ふたりぶんの迫力があった。でも、その大きさがよかった。いかにもナタリアらしかった。この学校に来た初めての日、ナタリアはひとりぼっちでランチルームにいたエヴァンジェリンを見つけて、テーブルの向かい側に座ってくれた。そのことは今でも感謝している。おまけに、メイシーとジリアンもこっちに来るように呼んでくれた。ふたりにそんな意識はないと思うが、彼女たちの体も、高校のカフェテリアという寒々とした荒野からエヴァンジェリンを守る緩衝材になってくれていた。

あの日以来、ランチはいつも四人で食べた。エヴァンジェリンにとってはありがたいことだった。彼女とアイザックは、家事や門限のこと、それにいつも口を酸っぱくして言われている退屈極まりない礼儀作法――トイレにはいったら必ず流すとか戸棚の扉は開けっ放しにしないとか――についてしょっちゅう喧嘩をしていたが、それももう慣れっこになっていた。授業に関しては、だんだん追いついてきていたし、先生たちは今も大目に見てくれていた。彼女の生活は、おおむね順調に軟着陸できたと言ってもよかった。

「あんたのその食べ方、うちのお母さんそっくり」とナタリアは言った。「そんなに野菜ばっかり」

「だって、好きだから」

「うそばっかり。さっきからつつきまわしてるだけじゃない。口に入れる前に、どっかに消えてしまえ、って感じで」

「え、まあ……」それ以上は話したくなかった。それに、今は食欲も戻ってきていた。

シボドー校長がランチルームの入り口に現われた。ペストリーを持ってきた日以来、家には来ていなかったが、ランチルームの隅にいるところを何度か見かけたことがあった。少なくとも、校長が探しているのが自分だと思うほど、被害妄想があるわけではなかった。

確信はしていなかった。生徒全員をチェックしているようにも見えた。ただ、おかしな点があるとすれば、それは校長がエヴァンジェリンの存在に一度も気づいていないように見えたことだった。でもときどき、別の方向を向いたときに首のうしろの毛が逆立ち、そこに校長の視線が感じられるような気がした。

ナタリアは体をねじって言った。「ねえ、誰のことを見てるの？」

「べつに。校長がまた来てるな、と思っただけ」

「うん」とナタリアは言った。「ときどき来るんだよね。近づきやすい人間だって思われたいんじゃないの？」

「そうなの？」

「そうなの、ってなにが？」

「近づきやすいの？」

「そうなんじゃない？　わたしは相談しようとは思わないけど。校長のところには行かないよ」

「どうして？」

「特に理由はないけど。ただ、気味が悪い」とナタリアは言った。「どうしてなのかはわかんない。いい校長だ、って思ってる子が多いみたいだけど」

そこにメイシーがやってきた。長い茶色の髪が頭に張りついていて、何日も洗っていないようだった。でもよく見ると、ちゃんと洗ってきれいだというのはわかる。ただぺちゃんこで薄いだけだ。彼女はテーブルにトレーをおくと、へらへらした笑みを浮かべながら身を乗りだした。

「ちょっと待った」椅子に座りながらジリアンが言った。「その顔、なんかあるでしょ」

ジリアンのトレーにはチョコチップ・クッキーが二枚載っていた、誰にもあげるつもりはないだろうとエヴァンジェリンは思った。どうしてジリアンの体重には手厳しいのか、自分でもわからなかった。ナタリアの場合にはまったく気にならないのに。

全員がテーブルについたのを見計らい、メイシーが口を開いた。「たった今、ベン・グラスリーがレベッカをデートに誘った」

「うそでしょ。アシュリーはなんて？」とジリアンは言った。

「全然気にしない、って」

エヴァンジェリンはこの手の噂話が嫌いだった。もちろんその理由のひとつは、噂に出てくる人たちのことを知らなかったし、恨みを晴らしたいと思う相手もいなかったということもある。でもその距離感が、噂話に興じる彼女たち——両親やきょうだいが家で待っている少女たち——の意地悪さや楽しさを客観的に見せてくれた。メイシーはよく、両親が離婚したことや、そのせいでふたりの母親やふたりの父親に苦しめられていることについて文句を言っていた。でもエヴァンジェリンからすれば、それは贅沢すぎる悩みだった――ひとりでもいいから、親がいてくれるためならどんなことだってしたのに。彼女たちの取るに足らない文句や嫌みったらしい不平を聞きながら、叫びたい衝動を抑えこまなければならないことがよくあった。「あんたたち、飢え死にしそうなくらい何日もお腹を空かしたことあるの？　たったひとりで、なにも食べるものもなくて？」と。

「自分にもチャンスがあるかも、ってベンは思ったんじゃない？」とジリアンは言った。「だってほら、レベッカはダニエルとジョナの両方と付き合ってたんだから、好きなタイプにはかなり幅があるわけよ」

茹(ゆ)ですぎの豆をフォークでつついていたエヴァンジェリンは、その場で凍りついた。

メイシーがさらに言った。「アシュリーはこんなこと言ってた。あの人殺し女とデートするなら、うしろを気にしたほうがいいって」

「それ、どういう意味？」とエヴァンジェリンは訊いた。

「前に話したことあるじゃない」とメイシーは言った。「学校が始まったばかりのころに起きた殺人と自殺のこと。覚えてるでしょ？　みんな、背後に女の子がいるって噂してたの。で、今ごろになって、誰かが言いだしたのよ。ダニエルが殺される直前に、彼とレベッカが一緒にいるのを見たって」

「一緒って、サマンサじゃなく？」学校に来た最初の一週間に、ナタリアからサマンサのことは聞いていた。みんなが言うほど、サマンサは美人ではないと思った。もしも髪の色がブルネットなら、誰も振り向きもしなかっただろう。でも、彼女の長いブロンドの髪が、男の子たちを魅了して服従させていた。

「そうなの。そこが問題なのよ。ダニエルは別の子と一緒にいたの」

「だったら、レベッカがジョナと一緒にいるところを誰か見たの？」とエヴァンジェリンは言った。「見たんでしょ？　だってそうじゃなかったら――」

少女たちがいっせいに自分を見つめているのに気づき、エヴァンジェリンはことばを止めた。「こういう噂話は嫌いなんじゃなかった？」とジリアンが言った。

きっと切迫した声をだしていたのだろう、とエヴァンジェリンは思った。なるべくゆっくりと話すように心がけた。「ただ、辻褄が合わないなって思っただけだよ。つまり、ダニエルはサマンサに内緒でレベッカと浮気してた、ってことだよね。でも、じゃあなんでそのジョナって子はダニエルを殺したの？」

「そんなことを訊くのは、彼のことを知らないからね」とメイシーは言った。「たぶん、レベッカは彼にも思わせぶりな態度をとったのよ。彼女はそういう思わせぶりな女なの。

それにジョナは……まあ、ダニエルが近くにいたらジョナにはまるでチャンスがない、ってだけ言っておくわ。ダニエルはそんなこと許さないし。もしかしたら、ついに自分も女の子と仲良くなれたとジョナは勘違いして、それをダニエルに台無しにされたと思ったのかも」

　息ができなかった。エヴァンジェリンは、ふたりの死に自分が関わっていると思っていた。メイシーの仮説は、それを裏づけるものだった。

　ずっと黙っていたナタリアがエヴァンジェリンの腕に触れた。「大丈夫？」

「うん」とエヴァンジェリンは言い、のどになにか詰まってでもいるかのように唾をのみこんだ。「でも、どうしてもわからない。もしそれが全部ほんとだったとしても、なんでレベッカが人殺し女になるの？」

「彼女が仕組んだことだからよ」二枚目のクッキーをぺろりと平らげながらジリアンは言った。ふたりの男の子たちの生き死にではなく、映画のあらすじのことを話しているかのようだった。「ダニエルとジョナに、自分の奪い合いをさせたかったの。自分のためにふたりが死ぬのは、すごいことだと思ってるのよ」

「彼女自身がそう言ったの？」

「まあ、はっきり言ったわけじゃないけど、言ったも同然」とメイシーは言った。

「もしかしたら、ショックを受けてるのかもしれない」力のこもった声でエヴァンジェリンは言った。「もしかしたらふたりのことが好きだったのかも。少なくともどっちかのことは――」

「たしかに。だから両方とやったのかも――」

「ちょっと待って」とナタリアは言った。「遺書には、女子のことなんてなにも書いてなかったのよ。そんなことみんな知ってるじゃない。それがなに、レベッカがふたりと寝てたって？　それ、からかわれてるだけだよ。そんなこと、わかってるんでしょ？」

メイシーとジリアンは肩をすくめた。

「べつに言い争いがしたいわけじゃないし」とメイシーは言い、退屈そうにサラダをひとくち食べた。「じゃあ、別の話。カークパトリック先生がトビン先生と寝てるんだって」

誰もその餌には食いつかなかった。四人は黙々とそれぞれのトレーの上の食べ物をつついていた。

「さてと」一、二分してからメイシーが言った。「楽しい時間もおしまい。授業は待ってはくれない」

ジリアンも立ち上がった。大きな胸の上にクッキーのかすが落ちていた。「わたしも、もう行かないと。トイレの行列、並ばないと」彼女たちは互いの顔を見合わせて笑いだした。「わたしたち、意外とラッパーの素質あるんじゃない？」歩いていきながらメイシーが言った。

聞こえないところまでふたりが遠ざかると、ナタリアは言った。「馬鹿だよね、あのふたり」エヴァンジェリンは笑った。でもそんなエヴァンジェリンをナタリアは見つめた。「なにか話したいことがあるなら、わたしにはなんだって言っていいんだからね。わかってるでしょ？」

「話したいことなんて、べつにないよ」もちろん、話したいことはいっぱいあった――ホームレスがどんなものなのかとか、愛のこととか、置き去りにされることとか、親のいない世界でどうすれば生き残れるのか、とか。でもなによりも話したかったのは、赤ちゃんのことだった。この子に必要なもの――食べ物や服や、親としての知恵――を、自分はなにも与えられないという現実について話したかった。

始業のベルが鳴り、ナタリアはトレーを持って立ち上がった。「きっといろいろ大変な経験をしてきたんだろうな、って思っただけ」

「まあ、なんとかやっていけてる」エヴァンジェリンも自分のトレーを持ちながら言った。

「でも、レベッカがかわいそう」

「なんで？」

「みんなからひどいことを言われて」

ナタリアは笑った。「あの子たちをからかってるのはレベッカのほう。だって、ダニエルとの噂を広めた誰かって、彼女自身のことだから。ジリアンの言ったことは当たってる。レベッカは、ダニエルたちが死んだのは自分を奪い合ったからだ、ってみんなに思わせたいの」

「あんたは、女の子が絡んでるとは思わないの？」

「レベッカが？　そんなわけがない」ふたりはトレーを返却用のラックにおいた。「ほかの子なら……」エヴァンジェリンを観察しながらナタリアは言った。「あるかも」

自分たちのロッカーの場所までもう少しというところで、ナタリアが言った。「今度の週末、うちに来る？　土曜日とか。お母さんとわたしと一緒に、タマーレ（肉などの具をトウモロコシ粉の皮に包んで蒸したメキシコ料理）を作らない？　妹もいると思うけど、心配しないで。無視すればいいだけだから」

こんなふうに友だちの家に招かれるのは、とても普通なことのように思えた。エヴァンジェリンが泣きださなかっただけでも、驚くべきことだった。

33

授業の途中で私を呼びだしたのは、ピーターの秘書のジュディスだった。事務所に、私宛ての電話がかかってきているのだと言う。事務所に向かいながら、私は不思議に思った。個人の携帯電話にではなく学校に電話してくるとは、いったい誰なのか。しかも授業を中断するほど緊急の用件なのだろうか。

受話器を持ち上げると、煙草のせいでしゃがれてしまったハリエット・スペンサーの声が聞こえてきた。彼女は、おばのベッキー――父のきょうだいの最後の生き残り――の長年来の友人で、一刻も早くペンシルベニアに来てほしいとのことだった。九十歳近いおばは何度かの軽い脳梗塞のせいで認知症が進み、家が強制立ち退きの危機に瀕しているのだと言う。

ベッキーおばさんと私は、それほど近しい関係にあったわけではない。私がまだ子供のころ、彼女はアメリカ・フレンズ奉仕団（戦争による民間人犠牲者を救済するために設立されたクエーカーの活動団体）の仕事でほとんど海外にいた。でも父はおばが大好きだった。だから今のような状況でなければ、学校に介護休暇を申請して迷わず飛んでいったところだ。私は、どんなことでも電話で対応すると言ったのだが、ハリエットは聞き入れなかった。ベッキーおばさんの物忘れは、住宅ローン以外にも及んでいるようだった。一週間前にもコンロでハンバーガーを料理している最中に昼寝をしてしまい、火災報知器の音で目を覚ましたときには家じゅうに煙が充満していたそうだ。「ベッキーは頑固なのよ」とハリエットは言った。「説得するのはひと苦労だと思うけど、今すぐに介護施設に入れないと、家を失うどころじゃない、もっと大変なことになるんじゃないかと心配なのよ」

その晩、エヴァンジェリンはナタリアの話に夢中になっていた。私の頭をいっぱいにさせている悩み事に、彼女が気を取られていないことにほっとした。

「ナタリアが言うには、お母さんが作るタマーレは世界一なんだって。私にも作り方を教えてくれるって。ねえ、タマーレは好き?」

彼女がこれほど興奮気味に少女っぽく話すのを、これまで聞いたことがなかった。この三週間ほど、エヴァンジェリンはなにかを守るように自分の殻に引きこもっていた。ここを自分の家だと思ってくれているようにリラックスしている彼女を見ると、私のどんよりとした気持ちも少しは軽くなった。

「食べたことないんじゃないかな」と私は言った。でも、もちろん食べたことはあった。エヴァンジェリンは口をあんぐりと開け、大げさに驚いたふりをした。いたずらっぽい顔は頬が紅潮していた。メキシコ料理にはまるで馴染みがないふりを続ける私に、彼女はその素晴らしさをまくしたてた。

「今週末、ナタリアのうちに遊びにいってもいい？　日曜日の夕食にタマーレを作ってあげる」

私はエヴァンジェリンにおばの件を打ち明け、しばらく家を留守にしなければならないことを話した。「なるべく早く帰ってくるつもりだ。でも、介護施設を探すのに一週間かそこらはかかってしまうかもしれない」

彼女はキュウリにフォークを刺して口に入れ、なんとも思っていないふりをして言った。「なんでそんなに長くかかるの？　っていうか、ネットで調べて電話すれば、簡単にすむ話なんじゃないの？　そのおばさん、あなたのこと覚えてなさそうだし」

私がよほど驚いた顔をしたのか、彼女は顔をしかめて言った。「ほとんどなにも覚えてないって言ったのはあなたでしょ、わたしじゃなく？　今まで一度も話に出てこなかったそんなぼけちゃったおばあさんのために、さっさと出ていこうとしてるのはそっちじゃない。いつもみたいに、書斎に引きこもって〝沈思黙考〟もしないで。廊下とかの明かりを夜もつけっぱなしにするかどうか決めるにも、びっくり人間ショーの〝冷凍ミイラ男〟みたいに、じっと動かずに考えこんでたくせに。それなのに、今回はそんなに簡単に飛行機に飛び乗っちゃうわけ？」

私に投げつけてきた辛辣なことばそのものより、その粗暴な言い方のなかに、この家に初めて来たときの彼女の姿が垣間見えた――怯えていて荒々しくて獰猛(どうもう)で。

「戻ってくる」と私は言った。「約束する。必ず戻ってくる」

彼女はテーブルの上の食器を集めはじめた。「もちろん戻ってくるでしょうね。そんなこともわからないと思ってた？　だって、この家もあるし、学校もある。あなたがどれだけ自分の子供たちに熱心な先生なのかは知ってる」

「きみもだ。私が戻ってくるのは、きみのためだ」

彼女はぶつぶつ言いながら流し台に向かった。「そんなこと、どうでもいい」

そして蛇口を叩いてお湯を出し、食器を乱暴にかきまわしはじめた。そんな彼女の挑発にはのらないことにして、私はテーブルについたまま座っていた。

「それに、赤ん坊のこともあるし」と私は言った。

エヴァンジェリンは一瞬凍りついてから振り返った。泡が床に飛び散った。「なんだ、そういうことか。こんなに親切にしてくれるのも、全部そのためだったんだ。あなたが心配なのはわたしのことじゃない。わたしのお腹のなかに、自分の孫がいると思ってるからなんでしょ？　じゃあ、そうじゃない、ってわたしが言ったら？　そうじゃなくて本当によかったって、わたしが毎日神さまに感謝してるとしたら？　わたしの相手はいっぱいいたけど、あなたの息子はそのなかにいなかった、あなたの息子が大嫌いだった、って言ったら？　だとしたら、どうするつもり？　それでも、わたしが心配で、急いで帰ってくる？　そもそも、わたしはまだここにいた？」

彼女は流し台の前に立ったまま目にいっぱい涙をため、意地悪くねじまがった口を震わせていた。

私は反応できなかった。神の恵みを乞い、今朝の電話が呼び覚ましてしまった自分のなかの獣（けだもの）を黙らせなければならなかった——エヴァンジェリンの挑発を利用して自分の障壁を打ち破り、自信をみなぎらせ、彼女の頬をひっぱたきたい衝動を起こさせているこの獣を、なんとか静めなければならない。

彼女はしばらく私の葛藤を見つめていたが、さっきまで震えていたくちびるに自己満足げな奇妙な笑みが浮かんできた。「やっぱり、思ったとおり」と彼女は言い、皿洗いを再開した。

エヴァンジェリンを残して私は書斎に行った。彼女の言っていた〝びっくり人間ショー〟をするために。息子が隠していた人生の一部分について触れられ、私は衝撃を受けた。赤ん坊の父親はダニエルではないと言った彼女のかたくなさが、逆にそうなのではないかという私の疑念をよりいっそう深めた。私を傷つけるためだとは思うが、息子に対して彼女が見せた怒りは感情的で本物だった。それも、私が疑念を深めた原因だった。そこまでの怒りの裏には、なんらかの形の親密さがあるはずだと思った。

私自身、自分の怒りと対峙しなければならない。頭の痛い家族問題が持ち上がった同じ日に、私は少女の嘘とあけすけな敵意に向き合わなければならなかった。

エヴァンジェリンと私は、しばらく経ってから話し合った。彼女の問題発言――当面のあいだは無視することに決めた――についてではなく、私が留守にするあいだのもろもろの事柄についてだった。どこか別の場所に泊まってもらう案は拒否された。もっと過酷な状況でもひとりきりでやってこられたのだから、というのが彼女の言い分だった。それに、誰かがルーファスの面倒を見る必要があると主張した。

近所の責任ある大人の誰かに頼むことができればという条件で、ひとりで家にいることを許すことにした。緊急なときにエヴァンジェリンが助けを求めて行けるように、近くに住んでいる女性でなければならない。噂好きの老婦人ジャニス・ウィルソンも隣人ではあるが、エヴァンジェリンが悪意ある噂の餌食になるのは許せなかった。ほかの隣家の住人たちとはまだ知り合いになっていなかったので、あとはこのブロックの端に住んでいるシャロン・フランクリンとすぐ隣のロリーしか残っていなかった。シャロンは美しい女性で、製紙工場にフルタイムで勤めていた。小さな子供三人の母でありホスピスで緩和ケアを受けている母親のいる彼女に、それ以上の重荷を背負わせるわけにはいかなかった。

次の日の晩、私はまだ頼みにいけずにいた。お願いするのは筋違いのように思えた。ひょっとしたらロリーの孫が生まれる可能性があるということを、まだ彼女には打ち明けていなかった。二週間ほど前、妊娠のことをみんなは知っているのかとエヴァンジェリンに訊いたことがあった。

「そんなわけないじゃない！」と彼女は言った。「絶対に知られたくない。まさか、誰かに話したんじゃないでしょ？」

もちろん話していないと私は言った。「でも、いつかは――」

「そのいつかはまだまだ先の話。もうすぐ冬だし。そしたら、ずっと隠しておける。それに、流産することだって考えられるでしょ？　そういうこともあるのよ」

彼女はそれを望んでいるのか？　私にはわからなかった。

「いつ話すかは、わたしに決めさせて。いいわね？」

私はうなずいた。彼女がにらみつけるので、私は言った。「もちろんだ。私が口をはさむ問題じゃない」

「そのとおり」と彼女は言った。「あなたの問題じゃない」

それに、たとえエヴァンジェリンが妊娠のことを打ち明ける許可をくれたとしても、ロリー自身も私を避けている。私が郵便受けのところにいるのを見ると、彼女は大急ぎで家のなかに逃げこんでしまう――それを見るたび、私は傷つくと同時に彼女の思いやりを感じていた。

その夜の九時ごろ、私はやっとロリーの家に行った。玄関の呼び鈴は壊れていたので裏にまわった。勝手口の窓に現われた私の顔を見て、ロリーは飛びあがった。驚かせてしまったことを私は謝罪した。キッチンテーブルの上には教科書やノートが広がっていた。いつもは黒い目のまわりの隈が、今は濃い紫色だった。

彼女はドアを開けると、振り向いて散らかっているキッチンと食器でいっぱいになっている流し台に目をやった。明らかに落ち着かない様子で「アイザック、どうぞはいって」と言い、テーブルを片付けはじめた。そのままでかまわないと私が言うのも聞かずに。

「散らかっててごめんなさいね。明日、微生物学の試験があるの。あらやだ、におうわよね、このなか」

「いや、全然」とは言ったものの、もちろんにおった。茹ですぎのブロッコリーや数日経った残飯ほど、手に負えない悪臭はない。

彼女は紅茶を勧めてくれたが、私は辞退した。「すぐに失礼するから。実は、ちょっと急用ができて、力を貸してもらえないかと思ったんだ」

「ええ、なんでも言って」

彼女の声は誠実そのものだったが、そのなかに切迫したものが感じられた。このことからも、ロリーが私を避けていたのは、彼女自身のためではなく私のためを思ってのことだとわかった。もしかして彼女の切迫感は、うしろめたさの表われだろうか――今年の九月、木々のあいだに立っている私を見たのだろうか。でも、それはありえない。あのときは暗かったし、わたしたちのあいだには炎が渦を巻いていたのだから。

「エヴァンジェリンのことでお願いがあるんだ」

言ってしまってから、はっと気がついた。ロリーはいったいどこまで知っているのだろう。ネルズはまだ中学生だ。高校とのつながりがなくなったロリーは、今わが家に少女がいることを知らないかもしれない。その子が息子たちと知り合いだったかもしれないという件については、もっと知らないだろう。

「ペンシルベニアに行かないといけなくなったんだ。親族の問題で。たぶん一週間は留守にすると思うが、もっとかかるかもしれない。今、うちで暮らしている女の子がいて……」どう説明すればいいのか、私は戸惑った。

ロリーは不思議そうに私を見た。「エヴァンジェリンのことは知ってるわ、アイザック。噂話は耳にはいってくるから」

ロリーからそう言われて、おかしなことにほっとした。「そうなのか」

彼女は笑みを浮かべた。「そうなのよ」

「なら、よかった」と私は言い、思いがけずはにかんでいる自分を立てなおそうとした。「エヴァンジェリンは問題なく自分のことは自分でできるんだが、体調のことを考えると……」言いすぎてしまったかと心配になり、私はそこでことばを止めた。

「病気なの？」心から心配そうにロリーは訊いた。

「いや、病気というわけじゃなくて」

彼女は続きを待った。でもそこで気がついたようだった。「あ、そういうこと。妊娠しているのね」そこには批判や警戒は一切なかった。私は安堵した。エヴァンジェリンにそんなものは必要ない。

「私が口をはさむ問題じゃない。言うべきじゃなかった」

「あなたはなにも言ってないわ。でも、たとえ言ったとしても、それは正しい判断だったわ。彼女には、なんでも相談できる大人が必要よ。どんな問題が起きるかわからないから」

ロリーとは、二日にいっぺんエヴァンジェリンの様子を見にいってもらうことで合意した。たとえば、私が留守のあいだにちゃんと栄養が摂取できるか心配だったので、緑黄色野菜のサラダを持っていくとか。

私が帰ろうと立ち上がると、ロリーが言った。「ちょっと気になっただけなんだけど……エヴァンジェリンがやってきたのはいつごろの話？」

「一カ月くらい前のことだ。十月の半ばごろかな、たぶん」

「その前は？　彼女はどこにいたの？」

私はことばに詰まった。その戸惑いをロリーは察したようだった。「あ、いいの。気にしないで。彼女に訊いてみるから。それに、もしあの大きな古い家にひとりきりになるのが怖ければ、ここでわたしたちと過ごせばいいし」私からすれば思いやりのある提案だったが、彼女は愕然として口ごもった。「ごめんなさい。わたしったら馬鹿なことを」

空いているのがジョナの部屋しかないことに気づいたのだろう。彼女を安心させようと私は口早に言った。「それか、きみとネルズが私のベッドで寝てくれてもいい。クイーンサイズのベッドだ。あと、洗濯室にベビーベッドもある」

「そうね」と彼女は言い、姿勢を正してまっすぐ私を見た。その目には、いつもの尊厳のある険しさが戻っていた。「もし彼女がそうしてほしいと言えば、ね。様子を見ましょう」

家まで戻るとき、私はロリーの家の裏門を出て共用の敷地を通った。自分としても意外な選択だった。たしかにいちばんの近道ではあるが、うっそうとした林のなかにはっきりとした道はなく、夜になると危険な場所だった。その晩も、私の視界のなかに木々の影が出たりはいったりして踊っていた。半分ほど行ったところで、誰かがそこにいるような気がして私は立ち止まった。一メートル少し離れた陰のなかに、なにかがひそんでいた——動物が伏せているような、男か少年がしゃがみこんでいるような、いずれにしても実体のある生物がいた。恐怖で心臓がはち切れそうだったが、私は息をのみこみ、唸りながら突進した。

なにも感じなかった。尻込みさえしなかった。ただ、そこにはひそんでいる男も少年も、どんな動物もいなかった。あったのは、錆びついた樽だった。ダニエルが行方不明になった週に、夜遅く炎が舞い上がっていたあの樽だった。

この数カ月というもの、私は樽のことを必死で忘れようとしていた。でもこの晩、私は心を決め、携帯電話の照明をつけて樽の暗い縁のすぐ近くまで行った。また恐怖が襲ってきた。陰にひそんでいるのではないかとさっきまで想像していた生き物が樽のなかに隠れていて、いつ飛びだしてくるかわからなかった。樽のなかを覗く勇気が出るまで、一分かかった。そして、なにを見たのか理解するまでも、一分かかった。

もちろん、なかになにがあるかはとっくにわかっていた。

灰。寒い十一月のこの晩、樽のなかには灰しかなかった。

34

ひとりきりで家にいることに、エヴァンジェリンとしてはなんの抵抗もなかった。たしかに、立入禁止の二階の存在や殺された男の子の写真にいつも見張られているのを考えると、少し妙なことかもしれない。でも、彼女にはルーファスがいた。どこに行くにも横を歩いてついてきてくれるし、いつも足元に伏せていてくれる。

彼女はこれまで犬を飼ったことがなかった。だから、これほどまでにまっすぐで献身的な愛がこの世にあるとは、どうしても信じられなかった。やさしい気持ちがこみ上げてきたときは、こう思うようにしていた——この犬は、ボウルいっぱいの餌と暖かいベッドにありつきたい一心で、ペテンを働いているだけなんだ、と。犬は、人間を操る方法を知っているのだ。だから、騙されないようにしないといけない。犬なんか信じたら、次はどうなる？　人間を信じる？　だめ、絶対にだめ。そんなことにはならないようにする。

とはいえ、愛しているふりがこれほど上手な生き物がいるとは思ってもみなかった。数週間前の朝のことを、何度も思い出してしまう。アイザックは朝食もそっちのけで裏口まで足を鳴らして歩いていき、ルーファスに怒鳴った。迷惑なことに、途切れることなく鹿に吠えたり唸ったりしていたからだ。ルーファスがなかにはいってくると、アイザックは朝食に戻ってシリアルをひとくちふたくち食べた。「今も生きていてくれるだけでうれしい」

彼女が驚いているのを見て、彼は付け加えた。「もともと、そんなに元気ではなかったんだ。もう十年も鼻水は垂れたままだ。ダニエルがまだ生きていたころから、かなり弱っていた。だからあのあと……生き延びるとは思っていなかった」

もっと聞きたいという彼女の思いを感じとったのか、彼は話を続けた。それとも、彼にも話したいという彼なりの理由があったのかもしれないが、エヴァンジェリンにはわからなかった。「ダニエルが行方不明になったとき、ルーファスはあちこち探しまわった。二階に行こうとしたり、敷地内のあらゆる隅っこや隙間に鼻を突っこんだり。悲しそうだったが、いつものルーファスのままだった。ダニエルはそのうちひょっこり帰ってくると思っていたんだろう。

ところが、保安官から電話がかかってきたとき、ルーファスは知った。すぐにわかったみたいだ。まるで、わたしたちから嗅ぎとったみたいに。私が受話器をおくより先に、ルーファスは食品庫の奥にはいりこんで、棚の下で丸まってしまった。どんなに出てくるように言っても、出てこなかった。朝一回と夜一回以外は。そのときは外に出て用を足すけど、すぐに戻ってきて棚の下にもぐりこんでしまう。水は口元におかなければ飲まなかったし、餌は手で食べさせないといけなかった。あと数週間のうちに、ルーファスも墓に埋めることになるだろうと覚悟していた」

アイザックは皿を持って突然立ち上がると、くるりと向きを変えて咳払いをした。そのままカウンターまで歩いていき、わざわざぶっきらぼうに聞こえるように――少なくとも、エヴァンジェリンにはそう聞こえた――言った。「そのとき、きみが現われた……」

ルーファスはダニエルの死を悲しんだ。今でも悲しんでいるのが彼女にはわかった。ときどき、ルーファスは廊下に横向きに寝ながら死んだような目で二階へと続く階段のドアを見つめていることがある。もしも犬の愛情がただの見せかけだけなら、なぜそんなことをする？

エヴァンジェリンは、絶対に犬は信用しないと誓ったはずだった。でも、ルーファスが特に元気がよかったり愉快だったりかわいかったりしたとき、食品庫の暗い隅で痩せ細っていく姿を想像した。そして、ときにはルーファスに、ときには自分に、ときには両方に向かってささやいた。「そのとき、わたしが現われた」と。

それはマントラだった。予言だった。新しい物語の始まりだった。

一方、写真のなかの少年はというと、笑っていたりフリスビーで遊んでいたりヨットの操舵輪にしがみついていたりと、エヴァンジェリンを森のなかへと誘い込んだ子とはまるで別人だった。彼女は写真をじっくりと見ては、自分の知っているダニエルを見いだそうとした。そして、憎むとか赦すとか、なにかを感じようとした。無残にも殺されてしまった彼に対して、なんらかの感情を呼び起こそうとした。でもそこに見えたのは、まっさらな平面に描かれた紙人形の型紙のような模様だった――切り抜けば、思いのまま動かすことができる紙人形。

ときどき、彼女自身も寝る前に階段のドアまで行くことがあった。装飾彫りの施された木の扉に頬を当てた。皮膚にその模様が永遠に刻みこまれるくらい、強く押し当てた。頬に刻まれた装飾的な模様が、自分のせいで起きてしまったことを世界に語ってくれると期待しているかのようだった。ルーファスは鳴きながら彼女の脚のうしろをつつき、やめさせようとした。どんなにどんよりとした気持ちでいたとしても、最後は笑いながらドアから頬を離すのだった。

それでも、その場にはしばらく留まった。二階に行けばなにかの手がかりが見つかるかもしれないと思いながら、ドアを見つめていた――なぜ、ジョナのような子が親友を惨殺してしまったのか。たとえジョナが、彼女とダニエルのことを知ってしまったとしても、あれほどの暴力の説明にはならない。

ルーファスは彼女の横に座り、頭を傾けて耳は前に向け、ドアの把手がまわるのを期待しながら目をそらさずに見つめていた。まるで、エヴァンジェリンには自分の知らないことまで見えていると思っているみたいに。でも、ドアが開くことはなかった。装飾飾りからも、なんの答も浮かびあがらなかった。エヴァンジェリンとルーファスはため息をつき――ほとんどの場合、同じタイミングで――ベッドに行くのだった。

金曜の晩、エヴァンジェリンが夕食を準備しようとしていると、ルーファスが玄関で騒ぎはじめた。ドアを開けると、男物のウールのワークシャツを着た小柄な中年女性が立っていた。まくられた袖口が、手首のところでかたまりになっていた。靴底がでこぼこのブーツのまわりで、彼女が引き連れてきたのか、枯れ葉が渦巻いていた。彼女は全体的に、細くて凝縮している印象だった。灰色がかった茶色の髪をポニーテールにきつく束ね、戦いのなかにでもいるかのように顔と手の筋肉を緊張させていた。寒さに耐えているからなのかと一瞬思ったが、これはいつものことなのだろうとエヴァンジェリンは思いなおした。

人生そのものが、彼女にとっては戦いなのかもしれない。その女性は、食べ物らしきものをしっかりと抱えていた。

「ロリーよ」と彼女は言った。

思い出すまで時間がかかった。「アイザックの言ってた、お隣さん？」

「そうだと思うわ。ほかにも誰かいるのかもしれないけど」そう言って、ふたのついたプラスチックのボウルを差しだした。

「グリーンサラダよ。ほかのものもいろいろ入れてあるけど。もし嫌いなものがあれば、気にしないで出してね。ドレッシングはなかの小さな容器に入れてあるから」

余計なことばを足さない直接的な話し方だった。この人もクエーカーなのだろうか、とエヴァンジェリンは思った。容器を受け取ったあと、女性が帰ろうとする寸前で礼儀作法を思い出した。「なかにどうぞ。外は寒いから」

「隣の家だから。それに、娘が待ってるの。だから帰るわ」帰ろうとしたロリーは立ち止まり、エヴァンジェリンと向き合った。「なにかあるならべつだけど。必要なものがある？　具合は大丈夫？」

そういうことか。アイザックはこの見ず知らずの人に赤ちゃんのことを話したのね。話さないと約束したのに。そうでなければ、こんな質問をする理由がわからない。このプライバシー侵害には腹が立ったが、なんとか冷静さを保って言った。「大丈夫です」

「本当に？　もしなにか必要だったら、なんでもかまわないから言ってね。わたしはすぐそこにいるから、裏庭の先にあるあの青い家に」

「大丈夫です」

女性は、すばやく無駄のない動きで一度うなずき、控えめに目をそらした。あたかも、お礼を言われたことに対して、なんでもないのよ、とでも言うように。ただ、そんなやりとりは一切なかった。「じゃあ、これで帰るわね」と言い、うしろを向いた。

「これ、ありがとう」去っていく背中に向かってサラダのはいった容器を掲げ、エヴァンジェリンは大声で言った。まだちゃんとお礼を言っていなかったことに気づいたからだった。

女性はまたうなずいた。今度は、自分自身に向けてのうなずきだったように見えた。

キッチンに戻り、エヴァンジェリンはボウルのふたを開けた。このサラダは食べるつもりだ。ニンジンにキュウリ、セロリにチェリートマトが緑の葉物野菜に混ぜてあった。トマトだってちゃんと食べる。ほかの野菜と一緒に急いでのみこめば、酸っぱい味と歯触りの悪い食感をごまかせる。赤ちゃんのためなら、嫌いなものを食べることぐらいなんでもない。実際、気をつかうというのも悪くはないと思った。そうでなければ、彼女がなにをしようが、なにをしまいが、誰が気にする？　でも、この赤ちゃんには彼女しかいない。その小さな骨や心臓や脳みそがちゃんと育つためには。

サラダにドレッシングをかけてフォークで混ぜ、彼女はテーブルについた。最近つわりがなくなり、もとの元気が戻ってきた。でも、新しいことが起きはじめていて少し不安だった。下着に血がついているときがある。そのことをあの女の人に言うべきだったのだろうか。彼女は看護師かなにかだとアイザックは言っていた。たしか、名前はロリーだったかな？

エヴァンジェリンはサラダを頬ばった。ドレッシングは、柑橘系の酸っぱさとほんの少しの甘みがあっておいしかった。食べながら、学校のことを考えた。三角関数を教えてくれる人を探さないといけない。それも、アイザックには内緒で。彼からはより簡単な代数学か幾何学の履修を勧められたが、そんなのは侮辱だとエヴァンジェリンは突っぱねた。数学は簡単すぎるから、とまるで数学の天才かと思えるようなことを言った。

自分が賢いことをエヴァンジェリンは自覚していた。母のせいで高校に行かなくなるまで、幾何学では結構いい線までいっていた。でも、三角関数だけは別ものだった。ティペット先生がサイン、コサイン、セカント、コセカントだとか言いだしたとたん、脳みそが怒鳴りだして、三角関数の用語だけでも腹が立つのだ。もしも転がりこんだのが科学の教師――意味のないことでも学べば、そのうちいいことがあるかもしれないと思わせてくれる人――の家でなければ、最初から三角関数なんて諦めていたかもしれない。だいたい、大学に行けるわけでもないし。

そう思ってはいても、ひょっとしたら、というひそかな望みが芽生えてくるのを感じていた。もちろん、そんな考えは馬鹿げている。今まで大学に行こうと思わなかったのに、ひとりで赤ちゃんを育てることになった今は行くつもり？

そんなことを考えているうちに胸焼けがしてきて、頭を切り替えるためにラジオをつけた。男の人たちが政治の話をしていた――前例のないあれや前例のないこれを延々と。そのうちのひとりが、〝われわれの民主主義そのもの〟が危機に瀕していると主張した。エヴァンジェリンは、そうでなかったときなんてあるのか、と思った。国を滅ぼす行為だと、一方がもう一方を非難していた。彼らの絶望的な口調は、ある意味心地よかった。彼女はサラダを平らげ、全粒粉のパンを焼いてバターとハチミツをかけ、デザートがわりに食べた。

日曜の夜にロリーがまたやってきた。この前と同じ男物のワークシャツを着ていたが、今回はラップをかけたステンレスのボウルを抱えていた。なかにはいっているのはシチューとかお肉たっぷりなパスタを期待したが、またグリーンサラダだというのはすぐにわかった。

今度は、家に招き入れるのを忘れなかった。ロリーは振り向いて自分の家をちらっと見てから、「ええ、ありがとう。お邪魔するわ」と言ってなかにはいった。彼女は玄関からまっすぐキッチンに向かい、キッチンにはいるとカウンターにボウルをおいた。そして、振り返って言った。「次回からサラダに入れないほうがいいものはある？　それか、入れてほしいものは？」

「本当にありがとう。でも、アイザックからはお金をもらってるから。お店に行けば欲しいものが買えるし」ロリーにはこれ以上手間をかけさせたくなかった。それにお金も。エヴァンジェリン自身、生鮮野菜がどんなに高いかを知って驚いた。でも、彼女の知り合いのほとんどはお皿の上の野菜には目もくれない。それをこんなに持ってきてくれるのは大変だろうと思った。

「あまり好きじゃなかった？　ドレッシングなら別のも作れるのよ。それとも、ちがう野菜のほうがよかった？」

「そうじゃなくて、自分のことは自分でできる、ってだけ」これでは真意が伝わらない、と思った。案の定、ロリーは傷ついたような顔をしたが、それを隠そうとして笑顔になった。エヴァンジェリンはあわてて言った。「でも、わたしが作るよりずっとおいしい。この前もらった大きなサラダなんか、その日のうちに全部食べちゃったくらい」

ロリーは、今度は本当の笑顔を見せた。「ほんとに？　あんなにいっぱいだったのに？」その表情からは、最初に受けたきつい印象はほとんどなくなっていた。それより、ひとりぼっちで寂しい子供が、大きなご褒美をもらったような表情だった。エヴァンジェリンは、彼女を喜ばすことができてうれしかったのと同時に、こんなことで喜ぶ彼女が悲しかった——いったいどんな人生を歩んできたのだろう。そして、こんなふうにありのままの感情をさらけだしている彼女を見て、困惑した。でもなにより、たかがサラダのことでこんなにいろいろなことを感じなければならなかったことに腹が立った。

「うん」とだけ言った。もうたくさんだ、とエヴァンジェリンは思った。

「ならよかった」とロリーは笑顔で言った。「じゃあ、大丈夫ね」うらやましがるように、彼女はきれいに片付いているキッチンを見まわした。「自分ひとりでも、本当にちゃんとできてるのね。見ればわかるわ。でも、アイザックとは長い付き合いなの。その彼から様子を見てほしいって頼まれたから、そうさせてもらえるとわたしも助かるの」

エヴァンジェリンは同意した。自分の好きなようにしていたら、きっとサラダは食べないだろう。それに、人がやってあげたいと言ってくれていることを受け入れるのは、たとえ気持ちを逆なでされることが多少はあったとしても、それ自体はありがたいと思うようになっていた。ロリーはアイザックに似ている。ふたりとも内気だが、それだけではなかった。どちらかというと、他人のことに関してはふたりとも出しゃばりたくない、と言ったほうが当たっているかもしれない。どちらも、他人のためにしたことに対して、気づかれなくても感謝されなくてもかまわないと思っている。エヴァンジェリンは学校のみんなのことを思った。みんながみんな、自分を誇示するのに精一杯で、すでにかわいい女子でさえ、自分たちのかわいさをこれでもかとアピールしていた。でもこの女性は、サラダを渡しただけで、受け取った自分はやさしい人間なんだとエヴァンジェリンに思わせてくれるし、キッチンを見まわしただけで、きれいにしている自分は誇らしいんだと思わせてくれる。

電話の近くにおいてあったプラスチック容器をロリーは手に取った。「これ、返してもらってもいい？」

「うん。もちろん」エヴァンジェリンはもっと言いたかった——ありがとうとか、あなたはやさしいんですねとか。でも、ひと晩のうちに出す感情はもう充分に出し尽くしていた。出血のことを話そうかとも思った。ひどくはなっていないものの、まだ続いていた。でも、その話をすれば妊娠のことも話さないといけなくなる。それに、ふたりはすでに玄関のドアのところまで来ていた。

「明日また来るわね」とロリーは言った。

「明日？」

「一日であんなにいっぱいサラダが食べられるなら、毎日持ってこないと。赤ちゃんのためにも、これ以上いいことはないわ」

あけすけに赤ちゃんの話をされて、エヴァンジェリンは呆気に取られた。驚きが顔に出ていたらしく、ロリーが言った。「ごめんなさい。知っていちゃいけないことだったのよね」

こんなに無防備で素直なロリーの顔を見たら、エヴァンジェリンは戦う気持ちにもなれなかった。「いいの。知っていてくれてよかった。ただ……個人的なことだから」

ロリーは手を伸ばしてエヴァンジェリンの腕に触れた。「そうね。いちばん個人的なこと。でも、そのうち人生のなかでもっとも公（おおやけ）のことになる」

35

ペンシルベニア行きの便に乗るために家を出た朝、バッグを持って車庫まで行きかけたところに、パジャマ姿のエヴァンジェリンが駆け寄ってきた。小雨交じりの灰色の朝だというのに、彼女は裸足だった。「ダニエルについてわたしが言ったこと、あれは本気じゃなかったんだから。それはわかってるよね？」

私はそのとき、うなずいた。でも本当のことを言うと、わかってはいなかった。その日の午後、離陸する飛行機に乗りながら私は思っていた。どうして、エヴァンジェリンが息子への憎しみを言い放ったときのほうが、そのあとでその発言を取り消したときよりも真実に聞こえたのか。ダニエルは、最後の数年間で変わった。思春期なら誰でもそうなのだろうが、息子の場合は特に顕著だったような気がする。ダニエルはハンサムでスポーツ万能で、ユーモアもあって社交的だった。だから友人には事欠かなかった。男の子も女の子も——そういう意味では大人も——みんな彼に魅了された。だから、どんなかたちであれ自分が興味を抱いた相手からは、必ず歓迎されると思いこむようになっていた。

ほかの人には許されないこのような奔放さが、気のゆるみにつながったのかもしれない。何度か、息子に意見しなくてはと思うような場面――かなり荒っぽいふざけ合いや、痛烈すぎることばでのからかいなど――に出くわしたことがあった。でもそのたびに、私の勘違いだと結論づけた。相手の子は、笑ったり自分からも言い返したりしながら取っ組み合いから抜けだし、あたかもダニエルから注目されたことを純粋に喜んでいるようにさえ見えた。

ダニエルにとってはあたりまえのざっくばらんな親しげな態度も、ときには問題を起こすことがあった。息子は男女関係なく同じように接していたが、複数の女の子の誤解を招いてしまった。もしエヴァンジェリンが息子を憎んでいたとすれば、おそらく息子自身にはその自覚がないなんらかの約束をしたと彼女が信じてしまったからだろう。

飛行高度に達して機内の照明が落ちると、私はシートを倒してベッキーおばさんのことを考えた。父が死んで以来、五年間おばとは会っていなかった。父の死を知らせる電話をかけてきたのは、おばだった。わたしが電話に出ると、おばは「あんたのお父さん、心臓が尽きたわ」とだけ言った。

「心臓が尽きた、ってどういう意味？　父さんはまだ七十二歳だよ」

電話の向こうでおばは黙った。雑音の混じった呼吸だけが聞こえていた。やがておばは言った。「強い心臓もあれば、弱い心臓もあるの。どの心臓も、自分の限界がわかるんだと思うわ。そう思わない？」

おばのことばのなかに含まれていた暗示的な意味に、私は衝撃を受けた。それを今でも覚えている。父はうつ病を患っていた。何十年も前に母が亡くなってから、ずっと苦しんでいた。

「つまり、自殺したと言ってるのか？」

「いいえ」とおばは静かに言った。「ちがうわ。そうじゃない。心不全を起こしただけ。でも、人がどこまで自分のことを決められるのか、ときどき不思議に思うことがある」

私が八歳になった夏、母は卵巣がんで亡くなった。母方のおばと一緒にキッチンでピーナッツバターのサンドイッチを食べていたとき、父が病院から帰ってきた。「今日、お母さんが旅立った」戸口に立ったまま、父は私とは目を合わさず、言い捨てるように部屋に向かって言った。父はそのまま、十年以上母と過ごした寝室に行った。そして、一週間そこから出てこなかった。

母がいなくなってからの数日間について私が覚えているのは、父がずっと壁の向こう側にいた、ということだった。でも、父は善人だった。苦しみながらも、私のことはちゃんとしてくれた。毎日欠かさず朝は起き、私に食事を与え、仕事に行き、そして帰宅した。毎晩、それまでと同じように書斎に行き、一、二時間を沈思黙考に費やした。でも、なにかが欠けていた。かつてあった生気や力が失われていた。ときどき私も一緒に書斎に行き、そこなら欠けたものがあるのではないかと期待した。父は机の椅子に座り、私は父のまねをして両手を膝において床に座った。私が体をもぞもぞすると小言を言われることもあったが、私がそこにいるのを気に入ってくれているような気がした。

一度、父の椅子のすぐそばに折りたたみ椅子をおいて座ったことがあった。クエーカーの集会のときに同じベンチに座っているときのように。しばらくして、父の呼吸が不自然なリズムになっていることに気づいた。父のほうをちらっと見ると、涙が頬を伝っていた。そのとき、父は目を閉じたまま手を伸ばして私の手を握った。

私はそれまでずっと、父が母に対して示す愛情と同じように、私に触れてほしいと思っていた。父がそうしなかったのは、宗教上の信条とか振る舞いとは関係がなかった。クエーカーの集会では、父親たちが自分の息子を抱きしめたり頭にキスをしたりすることがよくある。ときどき、私は別の信徒の人に抱き上げられてハグされた。めったに抱きしめられないのを知っていて、それを補おうとしてくれたのだろう。

でも、父に手を握られたこの夜、私は凍りついてしまった。私には与えられないものを、父に求められているような気がした。私の反応の硬さのなかに拒絶を感じとったのか、父は静かに手を離した。数分間はそのままでいたが、やがて父はため息をつき、まだ三十分も経っていないのに言った。「今日のところはこれで充分だろう」

その日以来、父が私の手を握ることは二度となかった。

子供時代を過ごした家に向かう途中、ずっとこんなことを考えていた。飛行機に乗るたびに感じる感覚を、このときも感じていた。それは、人工的な境界線に満ちた惑星から逃れている、という感覚だった——都市や州や国、肌の色や性別、宗教の宗派や政治の派閥、動物、鉱物、植物。高度一万メートルの上空では、こういったすべての境界は消えてしまう。ただ、この高さにいても、疑いようのないたしかさで引ける境界線があると私は思う。それは、少人数の人々のまわりに線を引き、家族というラベルをつけることだ。私の家族。あなたの家族。

でも私の家族には、もはや戻れる過去もなく、枯れきった私の命より先の未来もなかった。あるのは、ひとりきりのおばの崩壊していく精神と、ひと月しか経っていない息子の墓だけだった。

36

月曜の夜、降りしきる雨のなかロリーがやってきた。紫色のレインコートのフードは、顔のまわりできつく締めあげられていた。エヴァンジェリンは彼女を家のなかに招いた。今回は躊躇することなくなかにはいると、ロリーはびしょ濡れのコートを脱ぐために、抱えていた容器をエヴァンジェリンに渡した。

いざキッチンにふたりではいると、エヴァンジェリンはどうしたらいいのかわからなくなった。サラダを一緒に食べないか、とロリーを誘ったほうがいいのだろうか。

「ほかに必要なものはある？」とロリーは訊いた。

「ううん。これだけで充分」とエヴァンジェリンは言った。まるで最悪な初デートのときのように、少しぎこちない口調だった。

ロリーが、この前と同じようにうなずいた。「学校のほうはうまくいってる？」

おそらく友だちはできたのかと気にしているのだろうが、エヴァンジェリンは居心地が悪くなった。ただ、友だちに関してはなんの問題もない。ナタリアの家に遊びにいった土曜日は楽しかった。最後の最後でナタリアのお母さんは仕事に行かなければならなくなった——なにかの弁護士らしい——が、ふたりきりでも、ちゃんとタマーレは作れた。ナタリアの妹のソフィーをからかうのはおもしろかった。ふたりに向かって馬鹿、馬鹿と叫びながらも、そばから離れようとしなかった。

「途中から始めるのって、むずかしいわよね」とやさしい声でロリーは言った。

自分が答えていないことに気づいてエヴァンジェリンは言った。「学校は大丈夫。化学はちょっと退屈だけど、アイザックには内緒にしてね」

ロリーは笑った。「その話、聞かせてくれる？　看護師になるための必修科目だからがんばってるんだけど、むずかしくて」

「あなたはもう看護師だってアイザックから聞いたけど」

「看護師じゃないのよ」椅子に腰をおろしながらロリーは言った。「ただのCNA。認定看護助手。おむつを替えたり、嘔吐したものの片付けをしたり」そう言って彼女はサラダの容器に目をやった。「食事どきに話すようなことじゃなかったわね」

エヴァンジェリンはタッパーウェアのふたを持ち上げ、サラダを覗いた。いつもよりたくさんのチェリートマトがあるのを見てがっかりした。「でも、普通の人よりはよく知ってるんだよね？　医学的なこと？」

「まあ、少しは。でも、どうして？　なにか心配なことがあるの？」

「べつに」そう言ってエヴァンジェリンはサラダに目をやった。「トマト、もう少し減らせる？」

「え？　なに？」

「前に言ってたでしょ？　ほら、好きじゃないものがあったら言って、って」

「ええ、そうね。じゃあ、これからはトマトなしで」

「ううん。トマトもちょっと。赤ちゃんのために、嫌いなものも食べる練習をしてるの。だけど、あんまり多くないほうがいいかな」

ロリーは笑った。長年来の友だちのような、気さくで自然な笑い声だった。「でも、本当はなにか気がかりなことがあるんでしょ？　医学的なこと？」

「たぶん。べつに大したことじゃないんだ。ただ、ちょっと出血があるだけ。わかるでしょ？　下着に血がついてることがある、ってだけ」

ロリーは眉間にしわを寄せた。「今、妊娠何週目？」

「十週か十一週か、そこらへん」

「出血が始まったのはいつごろから？」

「五日くらい前から。ほんのちょっとだけ。でも、今日は少し量が増えた。念のためにタンポンを入れた」

「いつ入れたの？」

「二時間くらい前」

ロリーは姿勢を正して座りなおした。無駄のない筋肉が作動した。「わかった。それでいいわ。でも、生理用のナプキンはある？」

「うん。バスルームに少しある」

「よかった。まずはタンポンを出して、血がついているか見てくれる？　そのあとはタンポンじゃなくてナプキンを使って。出血量を見る必要があるし、タンポンというのはバクテリアを繁殖させちゃうの。そんなものが赤ちゃんの近くにあるのはいやでしょ？　あなたがそうしているあいだに、わたしは産科の時間外受付に電話するわね。番号は電話の近くに書いてあるんでしょ？」

エヴァンジェリンはうなずいた。だんだん不安になってきた。

「そんなに緊急を要するようなことじゃないわ」とロリーは言った。「そうじゃないと思うから安心して。妊娠の第一期に出血するのはよくあることなの。でも、あなたの場合は第一期の終わりごろにいるから、お医者さんに診てもらったほうが安心できる」

数分後にエヴァンジェリンが戻ってくると、ロリーはテーブルについたまま地元新聞を読んでいるふりをしていた。

「医者はなんて？」とエヴァンジェリンは訊いた。

「電話するのは、出血の具合を聞いてからにしようと思ったの。どうだった？」

「あまり変わらない。赤茶色の血が少しだけ」こういうことをロリーに言っても、少しも恥ずかしくなかった。

「よかった。じゃあ、時間外受付にはあなたが電話して、今の状況を説明して。わたしはここにいるから」

「わたしが？　あなたが電話したほうがいいんじゃない？　病院に迷惑をかけたくないし」

「わたしが電話すると言ったのはまちがいだった。心配なことがあったら、いつでも電話していいんだってことを、あなたには知ってもらいたいの。それに、わたしには答えられないようなことを訊かれるかもしれないし。病院にとって、これは迷惑なことなんかじゃないの。病院は、こういうときのためにあるんだから」

エヴァンジェリンは口を曲げて肩をすくめた。電話に出た看護師はどう思うだろう。まだ十六歳なのに妊娠していて、出血しているのにすぐに電話をかけてこないなんて。これまで生きてきたなかで、人から白い目で見られたことが何度もあった。実の母親にさえ、救いようのない娘だと思われていた。

ロリーは確固たる表情で電話を顎で示した。不思議なことに、ロリーは自分の言っていることが正しいというはっきりとした自信を持っていて、エヴァンジェリンは従うしかなかった。電話に出た看護師は、ロリーと同じ質問をした。妊娠について詳しい人が隣に住んでいる、なんて心強いのだろう。明日の朝いちばんで医者に電話するように、看護師から念を押された。

エヴァンジェリンが電話を切ると、ロリーが言った。「明日は休みなの。だから、どこへでも連れていってあげる」

エヴァンジェリンがお礼を言うと、ロリーは立ち上がった。そして玄関まで行ってドアのところで言った。「予約時間がわかったら、すぐに電話して。番号は電話のところにおいてあるから。もしなにか変わったことがあったり、怖くて起きたりとかしたら、電話して。いいわね？」

エヴァンジェリンはそうすると答えたが、声のなかに躊躇を感じたのか、ロリーは訊いた。「ほかに、心配なことがあるの？」

「看護師さんから、出血が始まった日に電話すべきだった、って言われた」彼女は目を上げ、ロリーの表情を読み取ろうとした。「深刻な場合もあるんだって。赤ちゃんを傷つけちゃったと思う？」

ロリーはエヴァンジェリンを引き寄せて抱きしめた。彼女の腕は、針金の束のように密で力強かった。エヴァンジェリンは、肋骨が圧迫されて少し痛かった。ただ、子供を安心させるように抱きしめられて、泣きそうになった。

しばらくしてロリーは体を離し、両腕を伸ばしてエヴァンジェリンを支えると、しっかりとした声で言った。「あなたは、赤ちゃんを傷つけたりなんてしてない。赤ちゃんのために、ちゃんと正しいことをしてる。次回はどうすればいいのか、これでわかったんだし。ただそれだけ」

37

ぼくが死ぬ日

ずっと母さんのことを考えている。どうすることもできない。ぼくがまだ小さかったころから母さんはぼくの頭のなかに住みはじめて、それからはずっとぼくの監視を続けている。そんなふうにいつも評価をくだされていることに、むかしは腹が立った。十二歳のとき、ぼくは怒鳴りながら、母さんがぼくに言ったことについて抗議した。でも本当は、言われたと一方的に思いこんだだけだった。

一度、ジャクソンの家のパーティーに招待されなかったことがあった。ぼくがのけ者にされるのは、母さんのせいだと叫んだ。「母親から、おまえは負け犬だって言われつづけたら、誰だって変なやつになるさ!」本物の母さんからそんなことは言われたことはなかったけど、頭のなかの母さんからはずっと言われていた。本物の母さんは、いつもの辛抱強い顔で聞いていた。そして、手を上げた。ぼくが黙ると、母さんは言った。「どこからそんなことを思いついたのかはわからないけど、ちょっと落ち着いて。どんな母親も、子供のことではいろいろ失敗する。でも、そのままだめな自分でいるかは、あなた次第」

ぼく次第って、どういう意味？　自分を直すかどうか、ってどういうこと？　これだけは本物の母さんが言ったことだったけど、それがいちばんむかついた。だって、そんなに簡単なことじゃないから。ひとつの見方をすれば本当のことも、別の見方をすれば本当じゃなくなる。今も怒っているわけじゃない。そんな時間はもうないから。でも、悲しくなる――ぼくがこうするのを選んだのは、ぼくが今のぼくになったからだと母さんは思ってしまうかもしれないから。

でも、母さんだって同じだ。ひとつの角度から母さんを見たときと、別の角度から見たときではまったくの別人だ。母さんには、ぼくが絶対に理解できないところがいくつかある。たとえば、どうしてそんなに強いのに、同時にどうしてそんなに弱いのか。特に、父さんのことに関しては。

ぼくが十一歳だったときのことをよく思い出す。父さんは、焼けつくように真っ赤なラムトラック１５００に乗って帰ってきた。とうてい買えるような値段の車じゃないのに。父さんが頭金に使ったのは、母さんがぼくとネルズのために貯めこんでいたわずかな大学進学資金だった。母さんは怒っていたけど、ぼくは父さんを責められなかった。古いトラックはギアがすり減って錆びついている濃紺のシボレーで、座席は破れているし荷台のうしろはぼこぼこにへこんでいた。なんの値打ちもないトラックだからそのまま持っていて、ぼくが十五歳になったらくれると言っていた。そのころは、すごいことだと思った。

結局ラムトラックは六カ月で差し押さえられることになったけど、スーパーの駐車場で母さんが殴られて地面に倒れたあの日は、まだそのトラックはあった。あの八月の午後の、熱せられた舗装のにおいと排気ガスのにおいが、今ぼくの部屋に充満している。

こうなったら、抽象的理論とかそんなむずかしいことは関係ない。ぼくはただ、煮えたぎっているようなコールタールの上に、まるで今初めて体験しているように立っている。母さんが地面に倒れると、むかし国語を教えてくれていたグレンジャー先生が母さんに駆け寄る。近くの車に買ったものを載せていた男の人も駆け寄ってくる。スキンヘッドで筋肉隆々な人だ。そのふたりは母さんの腕の下を支えて立ち上がらせる。母さんはその人たちを振り払おうとする。「大丈夫。大丈夫ですから。わたしったら、よろよろしちゃって」

グレンジャー先生は一歩下がって母さんから離れたけど、もうひとりの男の人は下がらない。血管の浮き上がった大きな手で、母さんの二の腕をしっかりとつかんでいる。母さんを父さんから遠ざけて、その人は言う。「でも、殴られたじゃないか。地面に倒されたじゃないか」自由になっている手で携帯電話を出そうとする。「警察を呼ぶ」

おかしなことに、母さんは本当に混乱しているように見える。目がくらんだみたいに腕で顔を拭うと、こう言う。「ちがうの。そうじゃないのよ。ただつまずいて転んだだけなの。夫は、私をつかまえようと腕を振ったの。私が倒れないように押さえようとしただけなの。わかってもらえる？」

男の人は、片手ではうまく番号が押せずにいる。母さんのことばを聞いて、動きを止める。

今度は、混乱しているのは彼のほうだ。そばに立っている先生のほうを見る。

「どうだったかしら」と先生は言う。「最初から見てたわけじゃないから。彼女が倒れて、初めて視線を向けたの」視線を向けたって？　今は、自分の口から出てきていることばをひとつも信用していないかのように、その視線は揺れている。

「でも、あんたのその顔」とその男の人は母さんに言う。「血が出てるじゃないか」

「倒れたときに、うしろのドアにぶつけたのよ」

父さんは両腕をだらりと垂らしたままで、目はいつものように濡れている。父さんが母さんのほうに一歩近寄ると、男の人は母さんをうしろに引っぱる。まるで、ボクサーが母さんを押さえているのに、父さんがもう一発食らわそうとしているかのようだ。

「妻を助けるのを手伝ってくれるか？」と父さんは言う。従順な感じで言うので、そんな人――やさしげで弱そうで訴えかけているような――が、人を殴るなんてとても思えない。

「転んだんだ。倒れないように支えようと思ったが間に合わなかった。妻のことが心配だ。頼む。早く医者に連れていかないと」

男の人は、母さんの腕から手を離す。母さんは父さんに近寄ってもたれかかり、笑いながら言う。「わたしって、本当にどじね」

父さんは、母さんの口の近くにできかけている痣に触れる。「医者に診てもらおう。いいね？」

あまりにも説得力があるから、ぼくですら見まちがいだったのかもしれないと思いはじめる。男の人は、問いかけるような目でぼくを見る。でも、ぼくは目をそらす。グレンジャー先生は母さんのほうに身をかがめて小声で言う。「なにか必要なことがあったら、いつでも電話してね、ロリー。どんなことでもかまわないから」まるでパンチを食らったかのように母さんはたじろぐ。先生は当惑して母さんから遠ざかる。男の人は携帯電話をポケットにしまい、降参したときみたいに両手を上げて言う。「わかった、わかったよ」その人は父さんを見て、次に母さんを見る。ふたりに無視され、その人は自分の車に戻っていく。

ぼくたちは家まで無言で帰る。本当は、友だちの家に行っているネルズを途中で拾っていかないといけないのに、あとで行くからいいと父さんは言う。母さんの顔の出血は止まらない。それを、母さんは自分のセーターの端で拭く。誰もお医者さんのことは言わない。

そのあとにはなにもない。ただの真っ白なスクリーンだけ。ぼくは映像を巻き戻す。今度はもっとゆっくりと再生する。

初めて自分のなかの小さな穴に気づいたのは、そのときだったんじゃないかと思う。父さんが母さんを殴ったその瞬間に、ぼくのなかに邪悪なものがはいりこんでくる、その小さな穴が開いたんじゃないか、と。ぼくはその瞬間で映像の再生を止める。そして、その考えがまちがっていたことに気づく。父さんのことを憎むとか、母さんを守れなかったことをうしろめたく思うとか、そんな単純なものではない。

ぼくは、一秒一秒映像を再生していく。それを見つけたとき、ぼくはわけがわからなくなる。それは、母さんが父さんにもたれかかった瞬間だ。母さんの顔に触れたときの父さんのやさしさだ。その瞬間、心に亀裂がはいり、なにか固いものが芽吹くのをぼくは感じる。

38

朝起きてみると出血は止まっていて、診察の予約はその日の午後に決まった。約束どおり、ロリーは午後二時に学校の乗降場所に車を停めて待っていた。そして病院でも、診察を終えて受付に戻ってくると、またそこにロリーが待っていた。エヴァンジェリンは、心の一部で苛立っていた。大人はいつも自分勝手な目的で、彼女の個人的な問題に勝手に踏みこんでくる。それがいやだった。でも心の大部分では、うれしかった。それは、ロリーは純粋に自分のことを心配してくれている、と感じていたからだった。

「赤ちゃんは大丈夫だって」とエヴァンジェリンは言った。「なにもかも順調だって」

ロリーは大きく息を吐いた。「よかった」

「今はもう出血してないから、二、三日おとなしくしていれば大丈夫だって。でも、また出血したら、今度はすぐに連絡しないといけないって言われた」

「よかった。本当によかったわね」ロリーは時間を確認した。「ちょっと時間が押してるの。帰りに中学校に寄ってもいい？　あらかじめ言っておくと、娘はわたしが少しでも遅れると怒るの。だから、ちょっとぷんぷんしてるかも」

エヴァンジェリンは笑った。「娘さんはいくつ？」

「十三歳――八年生よ」

「十三歳でちょっとぷんぷんしてるくらいなら、あなたは幸せだって。わたしなんて、そのくらいの歳のときは最悪だったんだから。かわいそうなママ！」自分の口から〝かわいそうなママ〟なんて言うのは変な気持ちだった。それ以上に、本当にちょっとかわいそうな気がしたのは、もっと変だった。

ロリーはエヴァンジェリンのことばを聞いて、居心地悪そうにしていた。わざとらしくバッグのなかを漁って車のキーを取りだした。「さ、行きましょうか。気むずかし屋さんを迎えに」

今まで、そこに中学校があることにエヴァンジェリンは気づかなかった。低く広がっているモダンな校舎を校庭が囲み、裏には大きな陸上競技用のトラックがあった。高校とは異なり、一世紀前に建てられたような校舎だった。

誰もいない乗降場所の角に、ぽつんとひとりの少女が立っていた。立ち姿の腰の角度や肩をいからせての腕組み。遠くから見ただけで怒っているのがわかった。古いトヨタのカローラが近づくと、少女は両腕をだらりと体の両側に垂らした。ロリーには全然似ていなかった。平均よりも身長は高く、どちらかというとふくよかな体つきをしていた。黒く豊かな髪の毛は、頭の高い位置で丸められてぼさぼさなお団子になっていた。エヴァンジェリンに気づくと、少女は顔をしかめた。

エヴァンジェリンがシートベルトのバックルをはずすと、ロリーは言った。「そこに座ってて。娘はうしろに座らせるから。家までは一キロちょっとしかないの。その気になれば歩いて帰れたはずなんだから」

少女は後部座席のドアを開けた。娘が口を開くより先にロリーは言った。「ネルズ、こちらはエヴァンジェリンよ」

その名前を聞いて、エヴァンジェリンは凍りついた。どうしてなのか自分でもわからなかった。今まで、ロリーは娘の名前を言ったことがあるだろうか。いいや、ないと思う。それにエヴァンジェリンも、娘のことをこちらから尋ねたこともなかった。

「こんにちは」とネルズは言った。まあまあ礼儀正しい。

その瞬間、エヴァンジェリンは思い出した。ジョナの妹の名前はネルズだ。それに、十三歳だ。ああ、なんてこと！　ロリーはジョナの母親だったの？　そんなことってありうる？　彼らが隣近所だとは聞いていたけど、最後にジョナを見かけたのは、ダニエルの家から数ブロック離れた場所だった。誰も、ジョナとダニエルが隣同士だったとは言っていなかった。彼女はシートベルトをはずした。

「ねえ、こっちに座って」とエヴァンジェリンは言った。「家まで歩いて帰るから。歩きたい気分だし」

「だめ、そんなことはさせない」ロリーはきっぱりと言った。「お医者さんからは、おとなしくしていなさいって言われたんでしょ？　家までずっと上り坂を歩いていくなんて、医者が許すはずもないわ」

「ゆっくり歩くから」

「絶対にだめ」

エヴァンジェリンは、しかたなくまたシートベルトを締めた。うまく言い返すことばが見つからなかった。「ごめんね、席を取っちゃって」肩越しに言った。

「べつに大丈夫」とネルズは言った。

気まずい沈黙のなか、車をしばらく走らせてからロリーは言った。「ネルズのクラスでは今、このあたりの川に鮭を呼び戻す研究について勉強してるんですって」

「おもしろそうだね」とエヴァンジェリンは言った。馬鹿げているほどの明るさを装った彼女の声が、怒り狂った虫のように車のなかで跳ね返っていた。

「べつに」とネルズは言った。

それきり、なんとかしようと努力する者はいなかった。三人とも身動きがとれなかった。今のこういう状況を理解しているのは、自分だけなのではないかとエヴァンジェリンは思った。ロリーは、ジョナとエヴァンジェリンの関係のことをまったく知らないか、あるいは知ったうえで、エヴァンジェリンも自分が彼の母親だとわかっているものと思っているかのどっちかだろう。そうでなければ、アイザックがまともな神経の持ち主なら、赤ちゃんの祖母かもしれない人が訪ねてくるのをあらかじめ忠告しないわけがない。まともな神経の人なら、祖母かもしれない人のことをただの隣人だなどと言うわけがない。もちろん、ジョナとのあいだにあった恋愛感情については、ひとことも話していない。わたしの相手はいっぱいいたけど、そのなかにダニエルはいなかった、としか言ってない。だとしても。

アイザックの私道の入り口でロリーが車を停めると、エヴァンジェリンは飛びおりた。ドアを閉めかけたときにロリーが言った。「じゃあ、また今夜」

エヴァンジェリンは車のなかに身を乗りだして言った。「あ、言うの忘れてた。今日は友だちの家で勉強することになってるんだ」

「じゃあ、ドアのところにおいておくわ」

しかったよ、ネルズ」と言うのも忘れなかった。

「うらん、大丈夫。友だちのお母さんが夕食を作ってくれるって」

なかなからまく言い逃れができたと思った。しかも車のドアを閉める前、「会えてうれしかったよ、ネルズ」と言うのも忘れなかった。

その晩は、八時になるまで自分の部屋にいた。本を読むときも背の低いランプを使い、トイレに行くときも電気をつけなかった。友だちのところで勉強するというのは、嘘ではなかった。前にもしたことがあるし、これからもすると思うが、その晩はたまたまそうじゃなかったというだけだ。本当はこんなに気をつける必要もなかった。ロリーに見えるわけもないのだ。敷地のなかにはいって歩きまわらないかぎりは。でも、実際にエヴァンジェリンはそうしなかった？ 暗闇のなかに隠れて、アイザックに気づかれないように彼を見ていなかった？ そんなことをするからいけないのだ、という結論に達した。自分がそんなことをするから、ほかの人もそうだろうと思うようになってしまう。

次の日の夜、エヴァンジェリンは六時十五分前に電気を消し、自分の部屋に引きこもった。六時ちょうど、ロリーが裏口のドアをノックした。なんの応答もないと、彼女は玄関にまわって呼び鈴を鳴らし、次は家の横にあるドアまで行ってノックしながらエヴァンジェリンの名前を呼んだ。

ルーファスは完全に狂乱状態に陥った。ドアまで走って吠えながら飛びかかり、危険を知らせようとエヴァンジェリンの部屋まで走っては吠え、ロリーが行く先々のドアに襲いかかってはまたエヴァンジェリンの部屋に戻ってくる、というのを繰り返した。あまりにも夢中になりすぎてドアや壁から弾き飛ばされながらも、侵入を試みようとする不審者の神出鬼没な動きをエヴァンジェリンに報告しようと必死だった。

ようやくロリーは諦めたらしく——もしかしたら、ルーファスがドアを破壊するのではないかと心配したのかもしれない——裏口のひさしの下にサラダをおいていった。彼女が去ると、ルーファスは厄介払いをしたとばかりに何回か吠え、自己満足げな気取った足取りでエヴァンジェリンの部屋にはいってきた。そして彼女のベッドの上に飛びのると、激しく息をしながら、まるでおいしいものを味わうように鼻汁を舐めた。

数分後、電話が鳴った。エヴァンジェリンが応答しないでいると、ロリーは留守番電話に伝言を残した——雨が降る前にサラダを取りにいってね、と。とんだ大騒ぎにはなったが、うまくいったとエヴァンジェリンは思った。これで、ふたりのあいだには暗黙の了解が生まれたと半分思いこんだ。エヴァンジェリンが暗闇に隠れているときには、サラダは裏口のドアのところにおかれる——ロリーは、毎日ちがう家に行くほどエヴァンジェリンには友だちが多い、と思いこんでいるふりをする。

そのほうが、ロリーにとっても気が楽なのではないだろうか。もしもロリーが、エヴァンジェリンとジョナたちとの関係を知っているのであれば、息子の死を招いたかもしれない少女はエヴァンジェリンだということになる。もしも関係を知らないのであれば、エヴァンジェリンはただの面倒を見なければならない存在のひとりということになる。なぜアイザックは、今もまだ自分を追いださないのだろう。エヴァンジェリンにはわからなかった。たぶん彼は寂しくて、たとえなにを言われようが、ダニエルが赤ちゃんの父親だと思いたいのだろう。でも、この家族ごっこはいつまで続く？　粉々に壊れるのは時間の問題だとエヴァンジェリンは思った。

39

ペンシルベニアでの最後の夜、町はずれにある主要高速道路沿いのモーテルに泊まった。そこは名前もわからないような安モーテルで、暖房用放熱器はガタガタとうるさく、大型ディスペンサー入りの石けんは松のひどいにおいがした。予定よりもかなり長く、二週間もかかってしまったが、ベッキーおばさんを認知症に対応したいい介護施設に入れることができた。私は疲れきっていた。その疲れは、ひとつのプロジェクトが完了したのち、もっと手強い課題に向き合わないといけないときに感じる、救いようのない疲れだった。

私の部屋と駐車場とのあいだには、細い歩道しかなかった。外で、車がアイドリングしていた。薄いカーテンを透かしてはいりこんでくる車のライトが、ひとつだけぽつんとおかれた椅子を明るく照らし、部屋全体を荒涼とした雰囲気に見せていた。私はベッドのヘッドボードに枕を積んで痛む脚を伸ばし、上着のポケットから一枚の写真を取りだした。

それは、ベッキーおばさんの机の引き出しのなかから見つけた父と七歳のダニエルが写っている写真だった。子供のころ、ダニエルは七月は毎年のように農場で過ごした。写真は、母の古い花壇の前で撮影したものだった。私が小さかったころは花でいっぱいだった花壇も、このときにはトマトやインゲンマメや赤い茎のルバーブに植え替えられていた。父は、しゃがみこむような姿勢で両腕を伸ばしている。ダニエルも両手を広げ、ふたりのあいだにある時間も空間も飛び越えようと、髪をうしろになびかせて懸命に走っている。ふたりのあいだにはまだ距離があったが、今にも腕のなかに飛びこみそうで、父の顔はこの上ない喜びに光り輝いていた。

この写真がもたらす心の痛みに、私は驚いていた――多くの点で、いかに自分がまちがっていたかを思い知らされた。この数週間というもの、私は自分の人生のなかで関わってきた人たちから自分を遠ざけていた――父親、息子、キャサリン、そしてピーター。でも今は、相手も私から遠ざかろうとしていることがわかった。かつて、父に触れられるのを拒んだときに言われた「今日のところはこれで充分だろう」や、学校に復帰した最初の日にピーターが不思議そうに言った「私から逃げようとしたのか?」など。

巨大化したキャサリンが部屋いっぱいに広がり、私を見おろしていた。「わたしはここよ、ここにいるわよ!」と胸を叩きながらきつい口調で言った。彼女の存在そのものが、私の沈黙によって否定されたと思っているかのように、私が武器として沈黙を行使しているかのように。実際、彼女は正しかった。沈黙がときには長く鋭い針になり、愛する者たちのやわらかな場所になんなく突き刺さるということを、私は重々承知していた。そういう沈黙は、言い訳として強みを発揮する。無垢なだけでなく、神との聖なる交わりを主張できる。だから、キャサリンはたまらずに叫んだのだった。彼女が大声で叫べば叫ぶほど、私は黙りこんだ。やがて、彼女は私の沈黙に観念し、ある日から彼女自身も無言になった。

この間、ダニエルはモーテルの部屋の隅に引っこんで、全員が自分たちの言い分を言いおえるまで待っていた。全員が言いたいことを言って消え去ると、息子は堂々とした真面目な顔で部屋の真ん中に進みでた。私が彼にスポットライトを当てるまで、辛抱強く沈黙を保っていた。

高校四年生になって一週間目、ちゃんと座ってきちんとした朝食をとれない時間にダニエルはキッチンに現われた。いつもの朝七時のように、この朝も苛ついていた。私が食卓に並べた果物やシリアルには目もくれず、トーストだけ口に押しこむと、カウンターの上にあった化学の教科書を手に取った。一枚の紙切れが舞い落ちた。息子は急いで拾い上げたが、紙の端に「D」と赤く書かれているのを私は見逃さなかった。

前日の夕方、フットボールの練習のあとはすぐに帰るようにと言ってあったにもかかわらず、彼はそのままジムに行った。落第点に近い成績をもらいながら、筋トレを続けていることに私は落胆していた。いや。そのことばは撤回する。落胆ではない。私は怒っていた。正直に認める。その最後の朝、私は怒っていた。

息子はキャサリンの家系を引き継いでいた。黒い髪と端正な顔立ちだけでなく、立ち居振る舞いという側面でも。モレッティ家の人々は、荒々しく陽気な一族だった。政治的な信条については怒りを露わにした確信的な大声で叫びあい、自分の意見を言わずにその話題を終えるのは無礼なことだと信じていた。「おいおい、アイザック。きみが話しはじめるためには、レッドカーペットを敷いてやらないとだめなのか？」彼らがなにより好きなのは、泥だらけになってタックルするフリスビーの試合だった。ダニエルは中堅大学でフットボール選手になるのを夢見て、大学の願書を集めていた。その日、その週、その年だけでなく、目の前に広がっている人生、将来なりたいと思っている大人像に対する期待と憧れに胸を膨らませていた。そんなことは誰にでも見えていたはずだ。

ところがその朝、私にはまったく見えていなかった。見えていたのは、ただの小テストでの悪い成績だけだった。

ダニエルは私の視線に気づいた。「べつに大したことじゃないよ。ただの小テストだ」

ひょっとしたら、そのとき私は首を振ったのかもしれない。私の目のなかに、不満の色が見えていたのかもしれない。体はときに自分の思いどおりにはならない。

「なんだよ」私の怒りに同調するかのように、息子のなかの怒りが頭をもたげた。

「大学は、おまえの成績をちゃんと見ている」理路整然としているだけに、憎しみに満ちて聞こえたにちがいない。「運動面での努力より、そっちのほうが重要だと思わないのか？」

　息子は教科書を叩きつけた。その目のなかには、今まで見たことのない冷ややかさがあった。「なんで、家に帰らないでジムに行くかわかる？」

「おまえにとって、精神より肉体のほうが大事だと思っているからか？」もはや説得も放棄していた。

「この家が、まるで死体安置所みたいだからだよ。なんで母さんが出ていったと思う？」

「それは夫婦のあいだの――」

「ぼくの母親だぞ！　なにが起きてたかなんてわかってるよ。あんたは、母さんに話しかけもしなかったじゃないか。宗教だかなんかのせいにして、逃げようとしてた。ぼくに対してもまったく同じだ。それどころか、母さんが出ていってから、ますますひどくなってる。いっつも書斎に引きこもってるじゃないか。神さまだかなんだか知らないけど、通いあうことが必要だとか言い訳して。やっとなにか話しはじめても、まるで講義を受けてるみたいだよ」

こんなふうに父親に対して話しているこの子は、いったい誰なのだろうと私は思った。かつて知っていた誰かを思い出そうとした。いつ見失ってしまったのか探ろうとした。しかし、私は自分自身を見失っていた。こんなふうに私のことも私の信条も中傷し、母親が出ていったのを私のせいにしていることに、震えるほどの怒りを感じていた。しかし、私はなにも言わなかった。なにか言おうとすれば、叫ばずにはいられなかったからだ——一年も前からおまえの母親が別の男とファックしていたのは、私のせいだと言うのか、と。でも、息子はキャサリンの不倫についてはなにも知らない。だから、息子から浴びせられた誹謗中傷を、抵抗することなく受けとめた。父親を悪く思うことで、息子の苦しみが少しでも和らぐことを願っていた。

「ほら見ろ！」ダニエルは言った。首の血管が脈打っているのが見えた。「ぼくがこんなに怒鳴ってるのに、父さんは黙って見つめてるだけじゃないか。うんともすんとも言わずに！」

私は、息子のために用意した朝食の皿を持ち上げた。「じゃあ、母親と一緒に住めばいい」と私は言った。「実際、そうしてほしいと泣いて頼まれただろ」

「できればそうしたいさ。ほんとだ。でも、友だちはみんなここにいる。それに、ぼくの

チーム も」

「ああ、そうだったね。おまえがいちばん大事なのはフットボールだ」

息子はバックパックを肩に掛け、憎悪のこもった声で言った。「ぼくはあんたとはちがう。わかってるのか、父さん？」最後のことばは、人を馬鹿にしているように聞こえた。キッチンの明かりがまぶしすぎたのか、息子はまばたきをした。「絶対にあんたみたいにはならない」

私を傷つけたかったのだろう。ずっと前から、傷つけたかったのだと思う。息子が玄関ドアを勢いよく閉めて家を出ていくのを、私は待った。そうなると期待していたのだろう。そうなれば、今のこのいざこざを終わらせたのは息子だと、自分を慰めることができただろう。しかし、息子は出ていかなかった。悪意に満ちた期待を顔いっぱいに浮かべ、私を見つめていた。

結局、動いたのは私のほうだった。私は、息子から顔をそむけた。息子は私を見つめつづけ、過ちを正す時間を与えてくれた。視線の熱を感じた。私は、もう少しで息子に視線を戻すところだった。その瞬間、私は想像した――最後の数カ月のあいだしょっちゅう思っていたように――振り返り、息子を両腕で抱きしめ、愛している、今までもずっと愛してきた、と言っている自分を。でも、私はそうしなかった。私がそのままでいると、息子のため息が聞こえた。少しのあいだ、私はさらに待った。そのうち息子はキッチンのドアを開けた。そこでしばらく立ち止まっていた。

私は頑固に背を向けたまま、待ちつづけた。やがて、キッチンのドアは静かに閉まった。

私は、今もそのまま取り残されている。

父とダニエルが写っている写真を見つめながら、あの最後の朝、息子のほうを振り向いて両手を開いていたら、どうなっていたのだろうと考えていた。

腕時計をちらっと見た。夜の十一時半。ポート・ファーロングは八時半だ。私は携帯電話を持ち上げ、ピーターに電話した。彼の妻のエレインが出た。彼女はいつものやさしい声でおばの様子を訊き、私も娘さんたちのことを訊いた。

「ピーターも話したがってる」と彼女は言った。「でも、今は留守にしてるの」

「携帯電話をおいて？」

「出かけるとき、ちょっと慌ててたから。ほら、教育長との政治的な問題があるみたいで。わたしにはよくわからないんだけど、あの人かなり苛ついていたわ。今夜もまたその会議があったの。もうそろそろ帰ってきてもいい時間なんだけど。戻ってきたら折り返し電話させましょうか？　でも、そっちはもう遅い時間でしょ？」

あと三十分は起きていることを伝えて、私たちは電話を切った。荷造りがすんでいなかったので、荷物をまとめながらピーターのことを考えていた。さしずめ、教育長のニューランドと予算のことでまたもめているのだろう。部屋の明かりを消し、ほとんど寝入ったところで電話が鳴った。

「こんな遅くにすまない」とピーターは言った。「言い訳がましいが、電話しろと言ったのはエレインなんだ。妻の言うことは絶対だからね」

「電話してくれてよかったよ」私は上体を起こして座りながら、眠っていたことを気取られないように気をつけた。「ニューランドともめているのか？」

「こんな夜中に、本当にそんな話がしたいのか？」

「いや、実はそうじゃないんだ」

私が考えをまとめるあいだ、ピーターは待っていてくれた。電話からは低く唸る音が聞こえていた。「ダニエルの最後の日のことで、ちょっと気になっていることがあって」と私は言った。「いくつか訊きたいことがあるんだが、いいか？」

静かなため息が聞こえた。「ああ、もちろんだ」

「最後の日の午後、息子と話したと言ってたよね？」

「すれちがったときにね。授業のあとで鉢合わせした。ダニエルは練習に向かってるところだったから、チームの仕上がり具合はどうか訊いたんだ。ただそれだけだよ」

「気が立っていたとか、そんな感じはなかったか？」この話はこれまでにもしたことがあった。それも、何度も。でも、いつでもピーターは辛抱強く対応してくれた。

「たしかに、なにかに気はとられている様子だった。私の相手はしたくないようで、遅刻しそうだとかなんとか言っていた。いつものダニエルらしくはなかった。ただ、心配になるような様子でもなかった。なにか頭のなかにあるんだろうな、と私が感じただけだ」

私は黙っていた。

「ほかに話せるようなことがなくて申し訳ない」

「エヴァンジェリンのことは？」

「エヴァンジェリン？　彼女がどうした？」

「息子たちと一緒にいるのを見たような気がすると言っていただろ？　自信があるように見えた。でも、すぐに勘違いだったと考えを変えた。今はどう思う？」

「アイザック、この前も言ったが、あれはエヴァンジェリンじゃなかった。私が見かけたのは、もう少し背の高い子だった。デレクでまちがいないと思う」

このときもまた、ピーターに打ち明けたくてしかたなかった――ブレスレットのこと、妊娠のこと、エヴァンジェリンが認めたすべてのこと。そして、彼女がまだ認めていないすべても。しかしこのときもまた、なにかが私を押しとどめた。「つまり、エヴァンジェリンが息子たちとなんらかのつながりがあるとは思っていないんだね？」

「ああ、思っていない」

彼の声のなかに、苛立ちが混じったように感じた。教育長との面倒な会議に出席して疲れているのだろう。そのときふと気がついた。「ニューランドとの会議というのは、エヴァンジェリンの件なのか？」

一瞬、空気が死んだようになった。「なんでだ？」

「例の書類の件だ。システムに反映されないとか言っていたデータのことだよ。気づかれてしまったのか？」

「いや、ちがう。エヴァンジェリンのことじゃない」彼は大きく息を吸い、なにか言いかけようとしてそのまま黙りこんだ。そして咳をした。具合が悪いのではないかと心配になるような咳だった。「彼女は授業に追いついてきているそうじゃないか。なにもかも順調にいっているようだな」

「ああ」と私は言った。

「明日の朝は早いんだろ？　だから……ほかになにもなければ……」

「ああ、ほかにはなにもない」

「そうか」と彼は言った。「とにかく体を休めて、授業のことは心配いらないから。フエンテスがちゃんとやってくれている。じゃあ、こっちに戻ってきたときに」

その夜はなかなか眠れなかった。毎日、新しい謎が生まれる。息子と少女のことだけでなく、バルチ家の代々の男たちのこと。ひとりの謎が、別の者に手を伸ばそうとしている。その手を伸ばして相手に触れるか、それとも触れないかだけで、人の人生は変わってしまうのかという謎。

40

学校から帰って裏口の鍵を開けていると、エヴァンジェリンの背後から声が聞こえた。

「話がある」

彼女は急いで振り向いた。パティオの椅子にロリーが座っていた。生い茂っている低木のせいで陰になっていて、全然気づかなかった。「びっくりした！　そんなことするなんて最低！」

ロリーは立ち上がって言った。「居留守を使うより最低？　食べ物を持ってくる人を無視するより最低？」

「だって、本当にいなかったんだもん！　わたしには友だちがいっぱいいるの」どれほど子供っぽいことを言っているかの自覚はあり、エヴァンジェリンはたまらず顔をそむけた。そのおかげで、なおさらロリーの言ったことを認めたことになってしまった。

ロリーはエヴァンジェリンを見つめた。「もちろん友だちはいるでしょうよ」声がやさしくなっていた。そんなことで嘘をつかないといけないのを悲しんでいるかのようだった。余計にエヴァンジェリンは叫びたくなった——本当に友だちがいるだってば！　土曜日だって、ナタリアの家に行ってたんだから！　でも、ひとつの嘘を弁解しても、別の嘘をつかないといけなくなる。

「なかに入れてくれる？」

エヴァンジェリンは振り向き、一瞬立ち止まってから言った。「ねえ。あなたが外にいるのに、どうしてルーファスは騒がなかったの？」

「家に誰もいないときは、ルーファスは絶対に吠えないの。守らないといけない人がいないからじゃないかしら。だから、昨日の晩はあなたがなかにいるとわかったのよ」

キッチンにはいりながら、エヴァンジェリンは顔が燃えるように熱くなっているのを感じていた。ふたりともキッチンにはいると、ロリーは、紅茶と牛乳のどっちを飲むかと訊いた。まるでここがロリーの家で、エヴァンジェリンが予期せぬ来客かなにかのように。

「紅茶がいい」

ロリーは海の波だ。最後には誰も逆らえない重力だ。だから、エヴァンジェリンは早々に抵抗するのをやめた。自分の力でなんとかしようとするのを放棄したら、気持ちが楽になった。

紅茶を前にふたりともテーブルにつくと、ロリーが切りだした。「これは、ジョナのことのせいなんでしょ？　わたしがあの子の母親だということ、知らなかったからなんでしょ？」

エヴァンジェリンはうなずいた。

ロリーはぽかんと口を開けた。「そうだったのね。ジョナとは知り合いだったの？」「ちょっと待って。どういうこと？　知ってたんでしょ？　まさか、今知ったの？」

ロリーはかすかな笑みを浮かべた。「なんだかそんな気はしてたの。レベッカ・ミラーの噂は聞いていたけど、信じられなかった。どうしてかは自分でもわからないけど。彼女のことはなにも知らないけど、ジョナが好きになるような子じゃないような気がしたの。でも、あなたに初めて会ったとき、きっとジョナは好きになっただろうなと思った。そしたらこの前、ネルズとのことがあったじゃない？」

エヴァンジェリンは大きく息を吐いた。「ジョナとは何度か会っただけ」

ロリーは紅茶を見つめながら言った。「たった一度だけでも、っていうこともあるのよ」

彼女が言っているのが、恋愛のことなのかセックスのことなのか、それともまったく別のことなのか、エヴァンジェリンにはわからなかった。「アイザックからは、私のことでほかに聞いてない？　妊娠していること以外に、っていう意味だけど」

「いいえ。それに、彼は妊娠のことは言ってないわ。少なくとも直接は。わたしが気づいたの。あなたの健康とか栄養とかを心配していたから」

「アイザックはいやなやつ」とエヴァンジェリンは言ったが、本心ではなかった。

「あなたの健康のことを心配するから？」

「そうじゃないけど。よくわからない。こうなるのを仕組んだような気がするだけ」

「彼は、あなたとジョナの関係を知ってるの？」

「ジョナのことは訊かれた」

「そうなの？　どうして？」

エヴァンジェリンは紅茶のカップをいじくりまわした。「どうしてかは知らない」

「それで、あなたはなんて答えたの？」

「ジョナのことを訊かれたとき？」

ロリーはうなずいた。

「怒鳴ってやった。っていうか、〝クソ野郎〟って呼んだ。あとは、ほら、Fワードとかいろいろ」

ロリーは笑いだした。「あまり答にはなってないわね」彼女は紅茶のカップを下においた。「わたしが知っているアイザックについて話すわね。彼は、よほどの確信がないかぎり、他人のことを勝手に決めつけたりすることは絶対にしない。噂話を広めたりもしない。わたしは、噂好きな人より、彼のような慎み深い人を信用するわ」

もしかしたらロリーは正しいのかもしれない。でも、アイザックは無謀なことをしているような気がした。詳しいことは一切知らせずに、自分ひとりでいろいろ画策して、こうやってふたりを会わせるなんて。

波の荒い海のなかで浮きを抱えているかのように、ふたりはカップを持ったまましばらく座っていた。そのときロリーの頭のなかで繰り広げられているだろうことを、エヴァンジェリンは想像していた――お腹の子の父親はジョナなのだろうか、とか、彼の死と彼女にはなんらかの関係があるのだろうか、とか。

やがてロリーは口を開いた。「ジョナからネルズのことを聞いていたの？」

「うん」とエヴァンジェリンは言った。「ジョナが隣に住んでたこと、アイザックは言ってくれてたらよかったのに。そしたら、わたしも気がついたのに。でも、ジョナはあんまりあなたに似てないのね――体つきはちょっと似てるかもしれないけど」

現在形で言ってしまったことに気づいた。ロリーの表情からもわかったが、今さら取り消せなかった。

「あの子は、私の父に似てたの。父も同じような痩せ型だった。あと、アイザックのことだけど、彼なりにベストを尽くしたんだと思う。もしかしたら、途方に暮れていて、きちんと考えられなかったのかもしれない。この一年のあいだに、彼は奥さんと息子さんを失ったの。かわいそうに。お母さんは彼が八歳のときに亡くなって、お父さんも五年くらい前に亡くなった。そして今、そのお父さんの最後のきょうだいも危ない。とてもじゃないけど、ひとりの人間が背負いきれるような重荷じゃないわ」

エヴァンジェリンは、そんなことを考えたこともなかった。これっぽっちも。ああ、もう。なんでわたしはこんなに自分勝手で、自分のことしか考えていなかったんだろう。ロリーはそんな思いをくみ取ったのか、こう言った。「それに、あなたのことも。ひとりぼっちで、お腹には赤ちゃんがいて。まだ十六歳なのに。怖くてしょうがないでしょ。あなたの身の上についてはなにも知らないけど、あなたが強いということだけはわかる」

彼女はそう言うと、エヴァンジェリンを見つめた。「わたしには、その人が強い人間かどうかわかるの。あなたは強い人間よ」

ロリーの言う〝強い〟は、冷たいとか意地が悪いとか乱暴だとかを意味するのだろうか。そうでないことは、エヴァンジェリンにもわかっていた。ロリーが言いたかったのは、文字どおり強いということだ。彼女もお腹の子も、ちゃんとやっていけるということだ。

「あなたさえその気になったら、いつか、ジョナのことを話してほしいわ」とロリーは言った。

「あなたに？」母親の知らないことで話せるようなことなんてあるのだろうか。もちろん、母親には話せないようなこともあるけど――彼の口はシナモンの味がしたとか、セックスをしたのはたったの一度で、しかも挿入したとたんにいってしまったことを彼が恥ずかしがっていたこととか。でもあのときは、そんなことはどうでもよかった。だって、彼と目が合ったとたん、一瞬で彼女のすべてに彼がはいりこんできたように感じたから。

「話す気になったら、でいいの」とロリーは言った。「もちろん、ふたりきりの秘密もあるだろうし。でも、ほら、どうやって出会ったとか、どんな話をしたとか、そんなこと。そしたら……なんて言うか、まだ見たこともない息子の写真を見つけたみたいな気分になれるのかな、と思って」

　考えさせてほしい、とエヴァンジェリンは言った。ロリーはそれ以上なにも求めなかった。そこから三十分ほど、ふたりは学校のことや、妊娠したときに起きる面倒なことについておしゃべりして過ごした。ロリーは四時ごろ帰っていった。帰り際に「じゃあ、六時に来るわね」と言った。エヴァンジェリンはうなずいた。

　その晩、エヴァンジェリンは自分の部屋のクローゼットを開け、奥のほうにある背の高い棚を漁った。手に、ブレスレットが触れた。これからはすぐに見つかるように、上のほうにある釘に掛けた。

ジョナがブレスレットを手首に巻いてくれた日のあと、エヴァンジェリンはなるべく公園に行かないようにしていた。男の子たちが彼女に失恋して悲しんでいるのを見るのは楽しかったが、ジョナのことは傷つけたくなかった。それでなくても彼の神経は発火寸前で、母親や妹に対する愛を傷のように全身にまとっていた。凝縮したようなその真剣さ。エヴァンジェリンはぞわぞわした感覚に襲われた——まるで百万匹もの蜂が全身を覆い、いついっせいに刺してくるかわからないような感覚だった。

でも、六時になって夜の帳(とばり)がおりてくると、居ても立ってもいられなくなった。彼女になにかあったのではないかと、彼が探しているかもしれない。その日、一度はブレスレットをゴミ箱に捨てた。でも、ゴミのなかから探しだし、ケチャップかもしれない汚れを洗い落としてもう一度手首につけた。彼女は公園まで歩いていき、待った。でも、ジョナは現われなかった。八時になり、彼女は帰ることにした。ブレスレットをまわしながら木々の生い茂る森の小道を歩き、彼の気持ちを見誤ったのだろうかと何千回も繰り返し考えていた。

荒い息をしながらトレーラーハウスまでもう少しというところまで行ったとき、森のなかからなにかを叩くような音が聞こえてきた。立ち止まると、音はますます大きくなった。大きな枝が折れる音や、足だか蹄だかが踏みつける音がどんどん近づいてきて、空洞のように思える地面にこだました。そのとき、木々が破裂した。そして枝のあいだから、その恐ろしい怪物が爆発するように飛びだした。

彼女から三メートルと離れていない場所に着地し、まるで壁のように立ちはだかったのは、巨大な雄鹿だった。筋肉で盛りあがった肩と首とお尻、そして先の尖ったいかにも危険そうな枝角。鹿は目を見開き、エヴァンジェリンと見つめ合った。一瞬ためらったあと、鹿は一歩彼女のほうに進んだ。エヴァンジェリンは、一歩うしろに下がった。その状態でどちらも凍りついたように動かなくなった。やがて、雄鹿は実にゆっくりと、エヴァンジェリンを欺いて動いていないと思いこませようとしているように、前肢の蹄を持ち上げて一ミリずつ前方に動かした。彼女は叫びたい衝動を抑えた——わたしが見ていること、わかってるくせに！　わたしはここにいるんだよ！　彼女の心の声が聞こえたのか、鹿の前肢の動きが止まった。バン！　前肢が振りおろされ、そのはずみで怪物は空中に舞い上がった。そして、森のなかに消えた。

トレーラーハウスまでたどりついたとき、心臓はまだばくばくしていた。涼しい夜なのに、セーターは汗でびっしょりだった。引きつづき電気の供給を止めるという赤文字の通知書も、どうでもいいことのように思えてそこらへんに放り投げた。なぜあそこまで雄鹿に動揺したのか、自分でもわからなかった。木のあいだから鹿が突然出てくるのは、初めての経験ではなかった。暗い裏道で車が鹿を撥ねるのは、そうめずらしいことでもなかった。

壊れたソファベッドに寝ころんだとき、ブレスレットがなくなっていることに初めて気づいた。記憶を一所懸命にたどった。驚いて腕を振り上げたとき、飛んでいったような感覚があったのを思い出した。まあ、しかたない。そもそも受け取ったのがまちがいだったのだ。でも、どうしても手首を触ってしまう。ブレスレットに指が触れるのを期待してしまう。

ちょうど寝入ったとき、雄鹿が目の前に現われた。てかてかと光る脂ぎった首、大きく開かれた鼻の穴。その息のなかに、アドレナリンの苦いにおいが隠れていた。そのとき、突然大きな音がした。機械が壊れたときに出すような、激しく打ちつけるような音だった。エヴァンジェリンはあえぎながら飛び起きた。トレーラーハウスの金属屋根を、枝がこすっていた。

翌朝、彼女は前夜の道を逆にたどりなおした。でも、夜と昼とではすべてがちがって見えた。ちらっと振り返ったとき、茂みのなかにぼろきれのようなものが見えたのは、まったくの偶然だった。すぐに斜面をのぼりはじめ、あと少しというところで足がすべった。なんとかバランスを取り戻したときには、ブレスレットは野イバラの茂みのなかに落ちていった。とても手は届きそうになかった。

そのブレスレットは今、棚の釘に掛かっている。野イバラのなかから見つけることができて、本当によかった。ロリーに話そうと思う。ブレスレットにこめられたやさしさ——ネルズに対するジョナの愛、そして、もしかしたらほんのちょっぴりエヴァンジェリンに対する愛も。ロリーなら、きっとわかってくれる。

41

ぼくが死ぬ日

ネルズが隣の部屋でなにか言っている。妹はときどき寝言を言う。前に一度、からからネタが見つかるかもしれないと思って部屋にはいったことがあった。妹は泣きながら体をがくがくさせ、シーツをねじっていた。いやだ、やめてと繰り返し言っていたけど、どうすることもできなかったらしい。あまりにも無防備で、目の見えない動物の赤ちゃんのように見えた。そんな妹をただ黙って見ているのが、たまらなく恥ずかしくなった。妹の裸を見るより恥ずかしかったかもしれない。

ネルズの夢のなかに出てくる悪魔のことは、もうぼくにはどうすることもできない。でも、妹には母さんがいる。それで充分だろう。父さんがどんなことをしようが、ぼくにとっては母さんがいつも〝神さま〟だった。父さんの暴力をそのまま受け入れたかもしれないし、父さんの不始末を隠したかもしれない。だからといって、母さんが自分自身を守れない人間だと思ったら大まちがいだ。母さんは、自分のことも、ぼくたちのことも守れる。

ぼくが十五歳だったある土曜日の朝、目を覚ますと、三月にはめずらしく雲ひとつない青空が広がっていた。その季節にそんな天気のいい朝はめったにないから、うれしくてたまらなかった。ベッドから起きてキッチンに行くまで、ぼくはずっと青空を見ていた。キッチンには、妹と両親がいた。ドアにたどり着く前に、キッチンには青空がひとかけらも残っていないのがわかった。今にもひどい嵐が起きそうだった。でも、ぼくはそのなかに吸いこまれていくしかなかった。

その日の午後に友だちの誕生会に行かせてほしいと、ネルズは一所懸命頼んでいた。父さんに反対されるのが怖くて、妹がなかなか言い出せずにいたのをぼくは知っていた。それで、思い切って頼んでみろよ、と説得したのはぼくだった。でも父さんは、まだ朝の八時半だというのにバドワイザーを飲みながら、絶対にだめだと言っていた。きっとプレゼント代を出すのがいやだったのだろう。ネルズもそう思ったのか、「大丈夫だよ、お父さんはなにもしなくても。ひとりで町まで歩いていって、おばあちゃんが送ってくれた十ドルでプレゼントを買うから」と言った。

それが父さんの怒りを燃えあがらせた。「安物のがらくたなんか持っていくのは許さない。たとえそれが、甘やかされたクソガキに渡すもんでもな」

「マディソンのことを知らないくせに！」とネルズは言った。「すごくいい子なんだから――」

「母親そっくりのわがままな娘だ。これだけは言える。リンゴっていうのはな、木のすぐそばに落ちるんだ」

父さんはいつも同じことを言っていた――リンゴは、木から離れたところには落ちない、と。つまり、子供は親に似る、という意味だ。

「そんなことない。マディソンは――」

「金の問題じゃない。おまえには家の手伝いがあるだろ。裏の小屋に生えたカビを、根こそぎ掃除するんだ」

スクランブルエッグ用にニンジンを薄く切っていた母さんが言った。「ねえ、ネルズにも少しくらい――」

父さんの頭が、母さんのほうに勢いよくまわった。「おまえの意見なんか訊いたか？おい」声には毒が混じり、顔は怒りで赤く膨らんでいた。

普段、父さんは母さんに対してこんな話し方はしない。ただ、二カ月おきに気分が不安定になることがあって、そういうときは別だった。ネルズにも、今がそのときだというのがわかった。だからおとなしくすべきだった。悲しいのはわかるけど、そのままにしておくべきだった。でも、ネルズは飛びあがって怒鳴った。「お父さんなんか、最低だよ！」

父さんは椅子から飛びあがってネルズのそばまでいき、思いきり顔をひっぱたいた。妹は床に転がった。ぼくも父さんに駆け寄り、殴り倒してやろうと思った。でも、母さんのほうが早かった。母さんはうしろから近づいて、父さんの脇腹に包丁の先を当てた。父さんがおとなしくなると、母さんは低い冷淡な声で言った。「今度子供たちを殴ったら、今度私を殴ったら、このナイフがどこに突き刺さるか、覚悟しておきなさい。わかった？」

父さんは哀れな姿でぐったりと肩を落とし、泣きながら座りこんだ。でも、母さんは容赦しなかった。「出ていって。今すぐ」父さんは出ていった。

ネルズとぼくのために、母さんは卵料理を出してくれた。ぼくたちはまったく食欲がなかったけれど。そのうち父さんが帰ってきて、誕生会に行ってもいいとネルズに言った。ちゃんとしたプレゼントを買いに、母さんに連れていってもらいなさい、とも言った。でも、ネルズはどこにも行くつもりはなかった。顔の半分がおたふく風邪かなにかのように腫れていた。

次の日、買ってきた食料品を車からおろしているとき、ぼくは母さんに言った。「昨日、父さんにしたことは当然だよ」

母さんは荷物をおろしながら言った。「はっきりさせないといけないときもあるの」

さっきも言ったとおり、母さんは自分のことを守れる。すごい人だと思う。そのとき以来、父さんは二度とぼくたちを殴らなかった。でももちろん、殴られるよりひどいこともある。

42

飛行機の旅を終えて家に帰ったのは、水曜日の夜十一時を少しまわったころだった。エヴァンジェリンは居間のソファでルーファスと一緒に丸くなり、古い映画を見ていた。私に気づくと、ただの暇つぶしで見ていたのか、すぐにテレビを消した。

「明日は感謝祭」と彼女は言った。旅はどうだった、とか、疲れてるんじゃない、とかいったことばは一切なかった。「今日、ロリーが買い物に連れてってくれて、ターキーを買った。ちっちゃいやつ。あとは、ターキーのなかに詰めるものいろいろと、サラダの材料とジャガイモとカボチャも。ロリーとネルズも呼んで、一緒に食べたらいいと思わない？ロリーはなんにも言ってなかったけど、そうしたほうがいいんじゃないかな、ってわたしが思っただけ」

「きっともう予定があるんじゃないか？」と私はいい、肩に掛けていたダッフルバッグをもう片方の肩に掛けなおした。「それに、感謝祭というのは本来、家族で祝うものだ」感謝祭の歴史や私たちの今の状況からすれば、まったく筋の通らない論理だった。しかし、〝家族〟ということばをとっさに思いついたのは正解だった。エヴァンジェリンの顔に一瞬笑みが浮かんだ。彼女は必死に隠そうとしていたが。

「わかった。でも、きっと食べきれないよ」

「ターキー・サンドイッチほどおいしいものはない」と私は言った。「さて、もう寝るとしよう。東海岸の時間だと、今は午前二時をまわったところだからね」

私が部屋を出かけたところで彼女が言った。「やだもう、わたしったら。旅がどうだったかも訊かなかったなんて、信じられない。で、向こうでは全部うまくいった？」

私は立ち止まって彼女のほうを向いた。驚きがエヴァンジェリンにも伝わったのだろう。「自分勝手な馬鹿にならないように努力してるとこなの」と彼女は言った。「まだ時間はかかりそうだけど」


ペンシルベニアで味わった孤独から思うと、感謝祭の日はまるで別世界のようだった――おいしそうなにおいに満ちた明るく照らされたキッチン、エヴァンジェリンとふたり並んで作る料理、うっかりターキーを床に落としてしまったときにルーファスがすかさずソーセージ入りの詰め物をがつがつと食べて、それを見てふたりで大笑いをしたこと。

ろうそくをともしたダイニングルームのテーブルについて食事をしながら、エヴァンジェリンは私のおばのことや子供時代のこと、そして東海岸への旅のことを訊いてきた。私の返事を聞きながら、彼女がほかのことに気をとられている様子も見てとれたが、同時に、話に集中しようと努力していることにも気がついた。私が留守にしていた二週間のあいだに、この子は変わった。人とのやりとりを通して人間関係を築くという、今までなかった新しい可能性を見いだしたようだった。

そんな彼女の成長とさらなる可能性を目の当たりにして、私は、自分自身をがんじがらめにしている制約について考えざるをえなかった。もしもその制約と正面から向き合うことができれば、私はどんな人間に生まれ変われるのだろうか。

一週間後の土曜日の朝八時、私はキッチンの流し台の前に立っていた。雨が波のように窓ガラスを打ちつけ、古いスモモの木は枝が折れるのではないかと心配になるくらいに激しく揺れていた。こんな日は、お気に入りの椅子でいびきをかいて寝ているルーファスと一緒に家のなかにいられて幸せだった。薪ストーブは暖かい熱を放ち、修理の必要な蛇口からはポタポタと水が漏れている。妊娠している少女と一緒に家にいられるのも幸せだった。彼女は廊下の奥の部屋で、朝寝坊をしてまだ眠っていた。

キッチンテーブルに積まれた生徒たちの微小植物生理学についてのレポートを目の前にしながら、どうしても取りかかる気になれずにいた。そのとき突然ルーファスが椅子から飛びおりて玄関に行き、ドアに向かって跳ねながら吠えはじめた。信徒仲間のジョージ・エリスが、玄関のひさしの下に立っていた。オレンジ色のレインコートを着た丸い体つきのジョージは、まるで水浸しのカボチャのように見えた。彼は、クエーカーにおける私の役目を引き継いでくれていた。

玄関のドアを開けると、ルーファスはうれしそうにジョージに飛びかかった。私は首輪をつかんで引きはがそうとした。

「大丈夫だよ」とジョージは言いながらレインコートを脱ぎ、外で雨を振り払ってからなかにはいった。「ルーファスのことが大好きなのは知ってるだろ?」彼は膝をついて犬をなではじめた。「おまえとはずいぶん前から仲良しだよな、ルーファス。また会えてうれしいよ」大きなお腹のせいで苦労しながら立ち上がると、彼は私に言った。「久しぶりだね」

「来てくれてありがとう」と私は言い、彼をキッチンに案内した。

「電話してくれてうれしかったよ」

私はカップにコーヒーを注ぎながら言った。「私の父の名前もジョージだった」

「そうだったね」

「いい名前だ」

「おれもそう思う」

私が前日のビスケットを出し、テーブルの上の書類を脇にどけるあいだ、私たちは黙ったままだった。ジョージは椅子を引いて座り、ビスケットをひとくち食べると、むかしを懐かしむようにキッチンを見まわした。なぜ急にここに招かれたのか、その理由を聞きたかったのだろうが、私はなかなか話しはじめることができなかった。ダニエルの追悼集会以来、クエーカーの集まりには参加していなかった。それなのに、依頼しようとしていたことは簡単なものではなかった。

長い沈黙のあと、ジョージがようやく口を開いた。「きみが戻ってきやすいように、集会のみんなで——いや、おれに——できることはあるか？」

私は首を振った。「私が戻ってもおもしろくないだろうから」

ジョージはコーヒーをひとくち飲み、カップを下においてから真面目くさった顔で言った。「ああ、そうだよね。集会というのはおもしろくなくちゃいけない。もてなしがいちばん大事だ」

私は大笑いし、すっかり気分がよくなって言った。「この、たわけ者が」

彼も笑顔になった。「やっときみらしくなった。自分に厳しすぎるんだよ、アイザック。集会に来てくれ。きみだけじゃなく、みんなのためにも」

わたしはまた首を振った。次から次へと大切な存在を失って苦しんでいる私に対し、みずからの存在すら否定する神に興味などなかった。とはいえ、ジョージがいる。雨の降りしきるこの土曜日の朝、まるでここには彼の望むものすべてがそろっているとでもいうように、私が淹れたまずいコーヒーを飲み、湿気ったビスケットをもうひとくち食べ、ゆったりと上品な笑みを浮かべていた。

私は深く息を吸いこんでから一瞬そのまま息を止め、最後にもう一秒だけ待ってから言った。「集会には出ない。今の私に集会は無理だ。そのかわり、〝クリアネス委員会〟を考えている」

ビスケットを持ったまま、彼の手がテーブルに落ちた。

「開催をお願いできるだろうか」と私は言った。

「本気なのか？　いきなりそこに持っていって大丈夫なのか？」

私はうなずいた。それ以上はことばが思い浮かばなかった。どう説明すればいいのかわからなかった——私が真実を見極めるためには、私だけに集中している視線と心が必要であり、私の一挙手一投足を見つめていてもらわないといけない、ということを。

「そういうことなら、協力する。もちろんだよ」

「相当な時間がかかってしまうかもしれない」

「なにを言ってるんだ、アイザック。一年かかってもかまわない。必要なら二年でも。それくらいはわかっているはずだ」

私は笑った。「私は、そこまで救いがたいわけじゃないよ。まあ、数カ月といったところかな」

「いずれにせよ、かまわないさ。なにが必要か言ってくれ」

通常、クリアネス委員会は短期的なもので、一週間あいだをはさんで二時間の集まりを数回開催することが多い。転職や結婚など人生における大きな決断をくだす際に、力になってもらうのが主な目的だ。しかし、私の場合はもっと複雑だった。なにを明確にしたいのか、自分でも具体的には言えなかった。

ジョージがあとふたりの信徒を選ぶということで合意した。まずは一週間に一度だけ二時間の集まりを持ち、最低でも二カ月は続ける確約をとって始めることになった。

ジョージが帰ったあと、私はルーファスの椅子に崩れ落ちた。椅子を占領されてしまった犬は、私の足元に座った。ルーファスの頭をなでていると、私のなかに深いやさしさが広がった——この世界に存在する、束の間ではあっても素晴らしい愛だった。人がいかに犬に癒やされるかを感じながら、私はジョナの飼い犬のブロディのことを考えた。墓が掘りおこされた犬の無残な姿を目にして、ロリーはどんなにかつらく苦しかっただろう。ルーファスは前肢を私の太ももにおき、同じように心が痛いと訴えかけるような目で私を見つめた。この世界の苦悩は、かぎりなく広がる海のようだ。嵐に見舞われたときには荒れ狂い、嵐が去ると凪いで静かになる。そして、誰かに狙いをつけると、一瞬のうちに深みへと連れ去ってしまう。

ルーファスがクンクンと鳴きながら、鼻を私の太ももに押しつけはじめた。私が立ち上がると、さっさと椅子に飛びのった。自分の椅子を取り戻せて満足そうだった。そして、まるで話しかけるように、私を見つめてきた。ルーファスがなにを言おうとしているのか、私にはわからなかった。それが私の表情に出ていたらしく、ルーファスはため息をついて顔をそむけた。

次の週の金曜日、明日ヨットに乗りにいかないか、とジョージ・エリスが電話してきた。ダニエルやエリス家の子供たちがまだ小さかったころ、両家族でジョージのヨットに乗りこみ、よく海に出た。全長十メートルのヨットも八人で乗ると混み合い、カラフルなライフジャケットを着た子供たちや犬は互いを踏みつけながら遊んでいた。子供たちがそれぞれ自分のことで忙しくなると、大人四人だけでヨットに乗るようになったが、それも徐々に回数が減っていった。彼のヨットに乗るのは、本当に久しぶりだった。

「気温は十度いくかいかないか、風速は十から二十ノット」と彼は言った。「きっと楽しいぞ。エヴァンジェリンも連れてきたらいい」

翌朝、私とエヴァンジェリンは八時にマリーナに着いた。はるか遠い稜線の向こうの太陽はピンク色に輝き、空気は引き潮の香りに満ちていた。私たちが桟橋の先端へと歩いていくと、杭にとまっていたカモメが羽ばたきながら鳴き声をあげた。エヴァンジェリンはキャサリンがおいていったスキージャケットを着ていた。雨具のパンツはファスナーが上まで閉まらず、歩くと布のこすれる大きな音がした。

〈シンプリシティ号〉と名付けられたヨットまで行くと、エヴァンジェリンは桟橋を行ったり来たりしながら、あらゆる角度からヨットを眺めた。こんなに近くからヨットを見たのは初めてだったのだろう。彼女のその様子を見ただけで、私と同じように、船の持つ優雅さと機能美――そして荒々しく危険な自由さ――を愛でているのがわかった。

乗船すると、彼女は手すりや操舵輪に手をすべらせた。下の船室からジョージが呼んでいる声が聞こえ、おりていくと彼は厨房にいた。ホットチョコレートを振る舞ってくれたが、エヴァンジェリンは寝台に頭を突っこんだりキャビネットを開けてまわったりと忙しくしていた。

「長椅子のクッションの下も見てごらん」とジョージは言い、サロンのほうを身ぶりで示した。

「長椅子？」

私は指を差して教えた。彼女はクッションをひとつ取り、その下にある仕切りのふたを持ち上げた。余っている電気の配線や丸められたホースが格納されているだけだったが、彼女は満面の笑みを浮かべて上体を起こした。「あちこちに、いろんなものが隠されてる！」

ジョージはうなずいた。「この船を設計したとき――もちろん、造っているときも――一センチ単位で、とことんこだわった。船というのは、無駄なスペースなんてどこにもあってはいけないんだ」

それをきっかけに話が弾んだ。どうしてジョージはこんなにも船のすべてを知り尽くしているのか、エヴァンジェリンは知りたがった。ジョージも、自分の大好きな分野に彼女が興味を持ったことが、うれしくてたまらない様子だった。彼は、妻が作ったシナモンロールを出してサロンのテーブルに並べた。レバー操作ひとつで高さを調節できるテーブルに、エヴァンジェリンは感嘆の声をあげた。私が急かしたこともあり、なんとか船は桟橋から出帆した。予定よりも一時間遅れだった。

気まぐれな風のせいで、急激な進路変更が何度か必要になった。帆を張るためのブームを突然まわしたりマストを傾けたりするたびに、下の部屋からはものが転がる音が聞こえてきた。ロープを握っていた私の手が一瞬離れたせいで帆がゆるんではためくと、ジョージは眉を上げて言った。「腕が鈍ったか?」

二十五ノットの強風のなかで、エヴァンジェリンはアトラクションの乗物(ライド)に乗っているように大はしゃぎしていたが、正午近くになって風がやむと、彼女はあからさまに落胆した。私たちはこの凪(なぎ)を利用して昼食――ハムのサンドイッチと市販のクッキー――をとった。ときおりモーターボートが唸りながらそばを通り、そのたびにボートの引き波でヨットは揺れた。波にまかせて流されていくと、近づいてきた赤い水道標識の台の上で寝そべっていたアシカが、迷惑そうに頭をもたげた。エヴァンジェリンの目は、アシカに釘付けになった。のどの奥から出る長い鳴き声を真似しようと懸命だった――音を出すときの口の形や、警告や不満、要求や懇願といったさまざまな声の調子のちがいも真似していた。

「わたしたちのために物語を歌ってるんだよ、きっと」と彼女は言った。「なんか、叙事詩みたいで最高」

昼食のあと、帰りの航路ではエヴァンジェリンが舵をとった。彼女の赤い髪が、午後の太陽の光を浴びて残り火のように燃えていた。ジョージと私は必死で帆の位置を調整したが、たった五ノットの風速と慣れない舵取りでは、帆はゆるんではためいていた。エヴァンジェリンは私たちをにらみつけ、「ちゃんと形を保って」と命令した。ジョージの常套句だ。

私とジョージは笑った。「この風については、できることはほとんどない」と彼は言った。「船の進路がまっすぐすぎるんだ。もう少し風下に流すことができれば、チャンスはあるかもしれない」

エヴァンジェリンは即座に理解した。午前中ずっと私たちの会話に聞き入っていた彼女は、会話のなかの用語についてその都度質問していた。彼女は、きっちり三十度の角度で右舷方向に舵をきった。帆は軋み音をたてながら、満帆に風をはらんだ。

「上出来だ」ジョージはそう言うと、温かい紅茶のはいった魔法瓶を彼女に渡した。「もし興味があるなら、町にはヨットスクールがあるよ。造船技術を教える大きな学校もあるし」エヴァンジェリンはなにも言わず、私の反応をうかがうようにこちらをちらっと見た。

桟橋に戻ると、ジョージと私は帆をたたみ、エヴァンジェリンは文句ひとつ言わずに甲板をこすって洗った。帰る途中、私たちはピザ店に立ち寄った。疲れていたし潮風を浴びていたので、家に持ちかえってゆっくり食べようと思っていた。だがエヴァンジェリンは

「ここで食べていってもいい？　お願い」と言った。

「ただのピザ屋だよ」

「それでも」

どこか思い詰めた様子があり、私は承諾した。

店にはいると、彼女は胸を張って妙に堂々としていた。そして、わざわざ目立つように店内を見まわした。誰かを探しているというより、誰かに見られていないかを確認しているようだった。もしかして、これは〝家族〟を意識しているのだろうか。ひとりぼっちではないことを証明しようとしているのではないか、と私は思った。

熱々の焼きたてピザが運ばれてくると、エヴァンジェリンは夢中で食べはじめた。私は、今日という日を無事に乗り切れたことに、自分でも驚いていた。はためく帆のなかに、小さかったころの息子の亡霊がずっと見えていた。そのたびに心が痛かったが、その痛みはどこか懐かしく、心地よくもあった。もう何年ものあいだ、私は幼かったころの息子を恋しく思っていた。子供たちがそれぞれの用事でヨットに乗らなくなってから、大人たちはがらんとした甲板を眺め、もうあの子たちは過去のものになってしまったのだと感じた。すでにその当時から悲しさはあったが、笑いながら彼らの話をすることで、幼い子供たちが自分たちのなかで生きつづけていることを確認しあった。

「ねえ、クリスティーがいなくなったときのこと覚えてる？　いくら探しても見つからないと思ったら、船首の三角帆のなかでお昼寝してたのよね」

「それと、ルーファスを一等航海士に見立てて、ダニエル船長がヨットを操舵したときのことは？　ダニエルは、ルーファスを何度も海から引っぱりあげないといけなかった」

幼いダニエルのことははっきりと思い出せる――息子が感じていた喜び、落胆、苛立ち、愛情。ところが最後の何年かは、息子の内面が私には見えていなかった。ただ、ところどころ、ほんのちょっとした部分が見え隠れしていたのも事実だった。ダニエルは苦しんでいた。それは、私にもわかった。死ぬ数カ月前、ダニエルはサマンサと喧嘩したあとに自分の部屋の壁を殴って穴を開けた。なにがあったのかは結局話してくれなかった。それでも、ほとんど大人に成長していた息子は怪我をした手を私に預け、傷の手当てをさせてくれた。そのあと、私が壁の穴を埋めるのを無言で手伝った。修繕作業を終えると、息子は言った。「ちょっと気持ちが高ぶってさ。まさか壁に穴が開くとは思わなかったんだ」美しい顔の下に隠された秘密、日々のなかで味わっていた切望と喪失、いつ爆発するかわからない感情。

エヴァンジェリンと私が帰宅すると、ルーファスは私の脚に控えめにもたれかかった。ヨットの上から海に飛びこんでいたあのころと比べると、鼻づらや肢は白髪が交じりずいぶん色が薄くなった。今生きているもののなかで、最後の数年のあいだのダニエルのことをいちばんよく知っているのは、毎晩息子のベッドで寝ていたルーファスだった。

エヴァンジェリンは、今日は楽しかったと礼を言い、疲れたと言って自分の部屋に向かった。ルーファスが彼女のあとを追った。私はルーファスを呼びとめて、今夜くらいは一緒にいてもらおうかと思った。失われてしまったダニエルの日々の夢をルーファスが見てくれれば、私も同じ夢が見られるのではないかと期待したからだ。でもそのとき、エヴァンジェリンがかがみこんで愛おしそうにルーファスの頭をなでているのが見えた。彼女にとって、そんなふうに触れあえるのはルーファスしかいない。

私は笑顔でため息をつき、ルーファスがエヴァンジェリンの部屋に行くのを受け入れた。

43

〈ウォータータウン・ピザ〉の店内で食べられれば、それだけで勝ちだと思っていた。自分の持っているものを見せびらかせると思った。でも、十二月の風の強い夜にアイザックと一緒に店にはいると、なかは半分も埋まっていなくて、小さな子供たちに気をとられた家族が何組かいるだけだった。

居心地のよさそうなテーブル席に座り、トッピングをどうするかアイザックと相談するのは楽しかった——彼の好みはマッシュルームとほうれん草、彼女の好みはサラミとソーセージ。ピザを待つあいだ、どうすれば生徒が飽きない授業ができるか、アイザックは彼女に助言を求めた。エヴァンジェリンの説明に、彼は熱心に耳を傾けていた。騒いでいる子供たちの声が邪魔にならないように身を乗りだし、あれやこれやと質問をした。彼から意見を求められたことに、エヴァンジェリンは驚いた。話を熱心に聞いてもらうのは、ドアのところで存在に気づかれることよりずっとよかった。ピザが運ばれてくると、トッピングも完璧でたまらなくおいしかった。

ただ、計算外のこともあった――こういう普通の幸せを味わったばかりに、今までいかに自分が恵まれていなかったかを思い知らされることになった。今ではあたりまえのように思っていることと、これまで歩んできた人生とのギャップがあまりにも大きすぎて、全身の力が吸い取られたように枯れてしまった。家に着くころには、ほとんど歩くこともできなかった。

それでも、なんとか眠ろうと努力した。影がヘビのように天井を這いまわっていた。あの暖かい九月の夜の、曲がりくねった枝のように。今この瞬間、ダニエルの家のなかにいると頭では理解していても、エヴァンジェリンはあの森のなかにいた。ピザを持ったダニエルが、野良猫かなにかのようにエヴァンジェリンを森のなかへと誘いこんでいった。

森の小道はどんどん細くなっていき、そのうち茂みに行く手を阻まれるのではないかと思ったが、だんだんと森が開け、彼女はやっと息ができるようになった。何本かの木が切り倒され、そのかわりに、不思議な植物のようなラタン製のふたり掛けソファがおかれていた。シダや苔が腐りかけた椅子の脚を覆い、ツタが背もたれに絡みついていた。ゆっくりと少しずつ、ソファは崩壊しつつあった。ただ、縞模様のクッション――汚れてつぶれてはいたが、なんとか原型を保っていた――だけが、奇跡的に残されていた。

ダニエルは大きくて低い切り株の上にランタンとピザをおき、汚いクッションの上に毛布を掛けた。「ときどき、小道に家具が捨ててあるんだ」と彼は言った。「椅子とか、破れたマットレスとか。一度なんか、大きな机も見たことがある。たいていは、古いものが捨ててあるだけなんだけど、ここはちょっとちがう。まるで誰かが造った部屋みたいだ」

ランタンが光の輪を作り、真っ暗な森を照らした。夜の暖かい風が、どこからかミントの香りを運んできた。エヴァンジェリンが見上げると、満天の星空ともうすぐ満月を迎える月が見えた。ふたりはソファに座った。すぐ近くの茂みのなかを、小さな動物が通っていった——鳥かネズミか、もしかしたらコヨーテか。いずれにしろ、その動物の縄張りは闇の世界。ふたりはランタンに照らされた光のなかにいた。

「なんか、いい感じ」とエヴァンジェリンは言った。本当にそう思った。

それ以上はなにも言わず、彼女は脂ぎったピザのひと切れにかぶりついた。大きなピザの半分をひとりで平らげた。最後のひと切れにふたりは同時に手を伸ばし、ダニエルはエヴァンジェリンに譲った。「そんなに細いのに、よく食べるね」と彼は言った。エヴァンジェリンが視線を上げると、彼の目は彼女に向けられていたが、べつのなにかを見ているように思えた。

「まあね」と彼女は言い、わざと大きな音でげっぷをした。弱気になっている自分を立てなおそうと思った。ところが、ダニエルは笑いながら彼女を抱き寄せ、衝動に駆られたかのようにキスした。そのすべてが嘘くさくて、エヴァンジェリンは彼を押しのけた。

それでも彼は詰め寄り、ソファの肘掛けに彼女を押しつけた。ほとんど腐りかけている肘掛けは、今にも壊れそうだった。早く壊れて、とエヴァンジェリンは願った。そうすればふたりとも地面に落ち、ダニエルから逃れられる。彼はエヴァンジェリンの頬を両手で包んだ。偽りの愛情表現なのは明らかだった。きみはきれいだとささやきながら、彼女の手を握って自分の股間に持っていった。

エヴァンジェリンは手を引き抜こうとして必死に抵抗した。ふたりとも、これが何事でもないようなふりをしながら、しばらくそのまま続けた——くだらない社交儀礼として、思わず出てしまったおならを無視するように。ダニエルはいっそう強く彼女の手を引いた。エヴァンジェリンは、手首の皮膚が裂け、細い骨が折れるのではないかと思った。顔を思いきりそむけ、なんとか彼を押しのけることができた。

「そういうことね」と彼女は言った。苦々しさがちゃんと伝わることを期待した。

「きみがきれいだってこと?」この期に及んで、彼はまだ見せかけのやさしさでエヴァンジェリンを翻弄しようとしていた。正体を見透かされてしまったのだろうか、と彼女は思った。たった一度だけのことで、人の一生は決まってしまうの?　しかもその一度というのが、たまたま車のドアを開けた男の人がそんなに危険な人には思えなかったからだとしても？　その日までの一週間、どの家を試しても鍵が閉まっていて、処女を守りとおすほどの贅沢が許されなくて、それまでにもっとひどい目にあっていて、愚かにもそんなのは大したことじゃないと思ったからだとしても？　あまりにもお腹が空いていて、飢え死にしそうだったからだとしても？　たった一度だけのことで、消せない染みができてしまうの？　それが皮膚のなかに染みこんで、体のなかで化膿してにおいを放つから、だからかっこうの餌食になってしまうの？

どうやら、そのとおりのことが起きているようだ。ダニエルがどう思っていたかはわからないが、少なくとも彼女の頭のなかではそうだった。エヴァンジェリンは、交渉ごとというのは事後より事前にするべきだと思っているが、もしダニエルがピザを奢（おご）るかわりに手でいかせてほしいと思っていたなら、それほど悪い取り引きではないと思った。でも、彼がペニスを外に出し、彼女の頭をそこに押しつけようとしている今は、もっと要求していることに気づいた。抵抗すると、ダニエルはものすごい力で彼女の頭を押しつけた。エヴァンジェリンの首のどこかからはじけるような音がして、腕に鋭い痛みが走った。

持論を証明するために、もう一度ピザの値段を計算してみた。そして、思った——ピザの代償に口でいかせてあげるのは、まあしかたがない。でも、それでは終わらなかった。

何分かすると、彼はエヴァンジェリンのショートパンツを引っぱりはじめた。ファスナーも開けずに脱がそうとした。彼に組みついて抵抗し、ようやく声に出して「いや」と言った。少なくとも、自分では言ったつもりだった。実際に口から出てきたことばがなんだったにしろ、もう遅すぎた。その時点では、すでにけっこう長い時間を彼女は無言で通してきていた。それに、ダニエルもすでに、多くの男たちが陥るゾーンにはまりこんでいた――聞きたいことばしか耳にはいってこないというゾーンに。

「ぼくが欲しい。ぼくが欲しいんだろ？」と彼は繰り返した。のどが詰まって息ができないような、妙な音が聞こえていた。

腰に引っかかったショートパンツを、彼女は必死につかんだ。このまま許してくれるのではないかと思った。でも、ダニエルはそれを思いきり引っぱってはぎとった。粗い縫い目でこすれて、むき出しの皮膚が赤くなっていた。エヴァンジェリンにも、選択肢は残されていた。それは否定しない。これまで、ふたりは異なる言語を話してきた。今からでも、彼が理解できる言語に切り換えることはできる――悲鳴をあげたり、股間に膝蹴りを食らわしたり、目玉をえぐり出したり。それなら、さすがに理解できるだろう。その結果どうなるか、試すこともできる――誰もいないこの森のなかで。彼だって、レイプしたいわけではないだろう。たぶん。

なんとか無理やり体を離すと、一瞬だけ彼の顔が見えた。そこには、怒りと悲しさと、なにかに対する切望があった。エヴァンジェリンは怖くなった。彼の表情は、いったいなにを意味しているのだろう。結局、リスクはおかさないことにした。波風を立てないのがいちばん。それは、里親に出されたときにその家の父親から教わったことだった。第一、今の自分をつくりあげたのは自分自身だ。

せめてコンドームを使ってほしい、と彼女は頼んだ。使ったからといってどうなるわけでもなかったが、この状況を少しでも自分がコントロールしているんだと思いたかった。でも、彼は避妊具を持ってはおらず、直前に引き抜くから大丈夫だと言った。そのあとのことは、なるべく無視しようとした。でも、押しこまれるたびに折れたラタンの先が頭に突き刺さり、どんどん深く刺さって頭蓋骨まで届いたのではないかと感じた。彼の太ももとお尻の筋肉が緊張して背中が硬くなった瞬間、彼女は叫んだ。「引き抜いて！」

もしかしたら彼もそうしようとしたのかもしれないが、間に合わなかった。

それからわずか数分後、ふたりは森の小道を歩いていた。ダニエルは先を行き、跳ね返る枝がエヴァンジェリンにぶつかりそうになるのを気にも留めていない様子だった。彼女は恐る恐る頭を触ってみた。指先を見ると、血で真っ赤に染まっていた。

車まで戻ると、彼はエヴァンジェリンのほうを向いた。下を見たりあちこちを見たりして、直接エヴァンジェリンを見ることはなかった。

「どこに住んでるんだっけ。近いの？」と彼は言った。

「一キロもないくらい」

一瞬、ここに置き去りにされるのかと思った。でも、彼はなにか決心したらしく背筋を伸ばし、「乗って」と言った。

短い道のりのあいだ、方向についてのやりとり以外にことばは交わさなかった。トレーラーハウスまで続く茂みに覆われた私道に着くと、ここで降ろして、と彼女は言った。

「ピザ、ごちそうさま」ことばのなかの棘々しさが伝わることを期待した。

彼はちらっと彼女を見ると、すぐに視線を自分の膝に落とした。「なんか、ごめん……ぼくはただ……」

エヴァンジェリンは待っていたが、それ以上彼はなにも言わなかった。

「気にしないで」まるで、どうでもいいことのように彼女は言った。少なくとも、そう聞こえたことを願った。

車から飛びおりた。歩くと脚が震えて、ほとんど体を支えられなかった。

自分自身が恥ずかしくてたまらなかったのは、彼がまだ彼女の上でぐったりとしているときの出来事だった。荒い息づかいで彼は言った。「きみは最高だよ」愚かにも、そんなふうに褒められたことがうれしかった。この何週間、自分がいかに汚れて穢らわしい存在なのか、ずっと感じてきた。人間の女の子ですらなく、そこらへんを這いまわっている齧歯類のように思えていた。

だから、彼からもう一度「ほんとだよ。きみは最高だ」と言われたとき、エヴァンジェリンは「ありがとう」と言った。

今、そのダニエルの家にいて、目を開けて天井を見つめている。彼が立ち上がってズボンのファスナーを閉め、「ずいぶん遅くなっちゃったね」と言っている姿が目に浮かぶ。あのときも、エヴァンジェリンは自分自身を欺きつづけていた。下着を探しても見つからず、諦めてそのままショートパンツをはいた。なかに小枝とか泥とか、なにか小さなものが這いまわっていた。エヴァンジェリンは自分に言い聞かせていた――ハンサムな男の子が、彼女に対する欲望を抑えきれなかっただけ。彼女があまりにもセクシーでがまんできなかっただけ。いろんな合図を送って拒否したのだから、万が一もう一度チャンスをあげるとしたら、もちろんそんなことはしないけど、そのときは彼女の気持ちを理解して、人前でデートしてくれるかもしれない、と。

これまではずっと、自分の人生のいろいろな事実をべつのかたちにねじ曲げて、苦しみを感じなくてすむようにしてきた。真実をずっと否定しつづけてきた。でも、今はもう森のなかにはいない。今は安全な家のなかにいて、彼女の意見を聞いてくれる人と一緒に住んでいる。それが、今の彼女の人生の真実だ。

この新しい安全な世界のなかで、心おだやかにリラックスしようと試みた。でも体というのは、長い時間をかけて覚えこんだ厳しい教えを、そうそう簡単に忘れることはできない。心臓の鼓動が、リズミカルな痛みとなって肋骨に突き刺さった。なかなか眠りにはつけないだろうと覚悟した。

ドアのそばに伏していたルーファスが起き上がり、ゆっくりとエヴァンジェリンのベッドまで歩いてきた。一瞬ためらってから、ベッドに飛びのった。深く息をしながらエヴァンジェリンを見おろすと、冷たい鼻を彼女の温かい首に押しつけ、鼻を鳴らしながら首を舐めつづけた。彼女は「ああ、ルーファス、ルーファス」と言いながら犬を引き寄せ、ルーファスの背中に寄り添って体を丸めた。

44

ぼくが死ぬ日

包丁を持った母さんの記憶は、消えて見えなくなった。今頭に浮かんでいるのは、自分のナイフだ。十七歳の誕生日に、ジムおじさんからハンティングナイフのはいった狩猟用のキットをもらっていなければ、こんなことにはならなかったかもしれない。

あの最後の夜、町から十五キロ離れた場所まで出かけようと言いだしたのはダニエルだった。その日は、フットボールの練習が終わるころに迎えにきてほしいと言われた。予告なしにサマンサの家に行って、彼女を驚かせたかったらしい。あまりいい考えだとは思わなかったけど、ぼくはそんなことをダニエルに言える立場じゃない。

彼がぼくのトラックに飛び乗ってきた瞬間から、なにかおかしいとは感じていた。声が大きすぎたし、ありとあらゆることに悪態をついたり、妙なところで笑いだしたりしていた。ぼくたちがまだ小さかったころ、泣きださないようにするために、ダニエルはよくそうしていた。

なんの前触れもなく、ダニエルが言った。「ちょっと前、おじさんから狩猟用のキットをもらわなかった？」

「うん。だから？」

「使ってみたくない？」

そんなことはしたくなかった。今すぐダニエルを降ろして、レッドを探しにいきたかった。彼女のことで頭がいっぱいだった。「まだ鹿狩りの季節じゃないよ」

「そんなこと知ってるよ」

「それに、サマンサのとこに行くんだろ？」

「ううん。それより、狩りに行こうよ。ほかに用なんてないんだろ？」

「ないわけじゃないけど」とぼくは言った。

それがダニエルの気を引いた。今まで、用なんてあったためしがなかったから。

「なんだよ。女の子か？」

ぼくは答えなかった。レッドとまた会えるとはかぎらなかったし、ことばに出したことで願いがかなわなくなるのはいやだった。

ダニエルはぼくの心を読みとろうとしているかのように、じっと見た。「おまえには、ほかに用なんてないよ」と彼は言った。「誓ってもいい」

ぼくは、ダニエルの家のほうにトラックを向けようとした。すると彼はハンドルを握って引っぱった。ほんの少しだけ。ぼくにちょっと刺激を与えるため。「なあ、いいじゃないか。狩猟用キットがうしろにあるのは知ってるんだから」

「おまえのお父さんはなんて言うかな」

「なんにも言わないよ」

「だって、ライフルを取りにいくんだろ？　きっと聞こえちゃうよ」

「いや、おまえのライフルを使う」とダニエルは言い、トラックのうしろからぼくのライフルを取りだした。

「じゃあ、ぼくは？」

「おまえは鹿をさばくんだよ。キットを使って」

二時間後、ダニエルは背負ってきたランタンをつけて痩せこけた松の木の枝に掛けた。ぼくはビールをがぶ飲みし、狩りの獲物を吟味した。角の先端が三つに枝分かれした筋肉質な雄鹿だった。ダニエルの一発は見事に鹿の首のうしろ、下から三分の一のところに命中していた。

鹿の目がまっすぐぼくたちを見つめていた。作り物の目みたいだったのでほっとした。ぼくはいやな気持ちになっていた。美しいこの鹿の、生きていたときの姿が目に浮かんだ。跳ねながら走りまわり、生きていることを満喫し、たまにはかわいい雌の鹿と交尾していたんだろうと思った。せっかくの命を無駄にしてしまったような気がした。

狩りで動物を殺すたび、ぼくは同じことを考えてしまう。でも、父さんから教えられた。「どっちみち、永遠に生きられるわけじゃないんだから」と。一度、クエーカーの集会のときにダニエルのお父さんがこう言っていた。「死から、命は湧きでる」と。ぼくはこのことばが大好きになった。生き物を殺しても、実質的にはそれほど大きなちがいは生まれないのかもしれないと思えた。ただ、あのことばの意図がそうだったかは疑問だけど。

ぼくはビールの最後のひとくちを飲んで、教科書どおりに作業にとりかかった——ゴム手袋をはめ、怖いくらい鋭いナイフで肛門から注意深く切りはじめる。ダニエルはビールをちびちび飲みながら、わざとらしく静かな声で作業の解説をはじめた。「レディース・エンド・ジェントルメン、お静かに願います。まさに今、この男は鹿を犯そうとしています。しー。見てください、あの形……ケツの穴にまっすぐと……そして……そして……挿入しました！」

この一週間、ダニエルはずっとぼくに絡んできていた。それはいつも以上にひどかった。誰かがまわりにいるときは、ぼくがなにか言うたびに嫌悪感まる出しの息を吐きながら、〝救いようのない哀れなどアホ〟とぼくを呼んだ。そんなダニエルが、今はおとなしくなった。ぼくは鹿の精巣を切り取り、ペニスの周囲を切開して肛門と同じ切り口のなかにすべりこませた。ダニエルはバドワイザーをもう一本開けると、ぼくに渡した。ぼくはひとくち飲んでから、今度はフック状になった内臓用のナイフに持ちかえ、骨盤から胸郭まで腹部を切開した。鮮血から熱い銅のようなにおいが立ちのぼった。内臓には引っ掻き傷もつくらないように注意した。そんなことをすれば、たちまちべつの種類の悪臭と闘わないといけなくなる。

ダニエルは、サマンサの愚痴を言いはじめた。少し前までは彼女のほうが積極的にダニエルに迫っていたのに、最近その立場が逆転した。彼女はアイヴィーリーグの大学への進学を希望し、その申請が受理される可能性は高かった。近いうちにダニエルを振るつもりらしいという噂もあった。ひょっとしたら、もうすでに振られたんじゃないかとぼくは思っていた。

「なんで東海岸の馬鹿どもなんかと一緒にいたいんだ？」とダニエルは言った。

ぼくは頭蓋骨の底にある気管を切断した。硬いはずの軟骨も、ぼくの新しいナイフならやわらかいバターのように簡単に切ることができた。ダニエルの口から流れてくる失恋の歌を、ぼくは半分上の空で聞いていた。自分より頭が良くて、その上美人の女の子と付き合ったら、振られるのは自分のほうにきまっている。そんな簡単なことに気づくのに、なんでダニエルはこんなに時間がかかったのだろう。ぼくには驚きでしかなかった。

そのときだった。ダニエルが横目でぼくをちらっと見たのは。「おい、このアホ」ぼくが手を止めるまで彼は待った。ぼくの注意が百パーセント彼に向くまで。「公園で会った子とやった」

「どの子？」とぼくは言った。ダニエルが言っているのはレッドのことじゃない。そんなはずがない。

「ほら、覚えてるだろ？　二、三日前に会った、あのいけ好かない赤毛だよ。おまえが今晩用があるとか言ってた、あの子だよ」

そのときでさえ、理解するのに時間がかかった。だって、レッドは〝いけ好かない〟とはほど遠いくらい、美しい。緑色の目は狂おしいほど激しく甘く、傷ついてはいるけど地獄のように強い。

〝公園で会った子とやった〟。そのことばが、頭のなかで繰り返し響いていた。でも、頭にきたとか、嫉妬を感じたとかはなかった。本当に。さっきも言ったように、ダニエルが話しているのはべつの誰かのことだとしか思えなかった。自分が動いたことを、ぼくは覚えていない。覚えているのは、彼のくちびるが妙に引きつったことだけ。そのことばを口にするときの快感を味わっているかのように。そして次の瞬間、なぜかぼくは宙を飛んでいた。ナイフの刃が、空を切って歌っていた。

ナイフがダニエルの首に当たった瞬間、ぼくらの目が合った。同じ思いが表情に出ていた――〝なんで？〟。

これまで過ごしてきた年月のなかで、ダニエルにまともなパンチを食らわせたことは一度もなかった。ダニエル・バルチの攻撃をかわすことは誰にもできない。でももしそのときの一撃が、カンフー映画から飛び出たようなそんな奇跡的な一発だったら、ぼくたちは爆笑して、それまでの最悪の一週間をなかったことにできただろう。ふたりとも鼻を鳴らしながら湿った地面の上を転がり、子供のときのように笑いすぎて吐きそうになっていただろう。「一発はいったときのおまえの顔！　見ものだったよ！」

でももちろん、ダニエルの首はほとんど切断されていた。吹き出していたのは、ぼく自身の血だ。誓ってもいい。

どうしてそのあとも切りつけつづけたのか、説明するのはむずかしい。ただ、そうするしかなかった。ダニエルは切り裂かれたのどをまるで溺れている人みたいにゴボゴボさせながら、苦痛に満ちた目でぼくを見つめていた。ぼくはダニエルが大好きだった。彼を苦しみから解放してあげられるのは、ぼくしかいなかった。

すべてが終わると、ぼくは立ち上がった。服に染みこんだダニエルの血がまだ温かかった。ぼくは自分に言い聞かせていた。ナイフを振りまわしてふざけていただけだ、と。たまたまダニエルが前にのめっただけ。突発的な事故だった。ありえないくらい偶然に起きたことだった、と。でも、ぼくはそれほどの馬鹿ではない。ほんの数秒だけだったけど、たしかにダニエルには死んでほしいと思った。頭のなかで実際にそう思ったかはわからないけど、はっきりと彼の死を望んだ。もしかしたら直前とか直後には思っていなかったかもしれないけど、ナイフを振り上げて襲いかかったあの瞬間だけは、たしかに殺したいと思った。

自分のなかにずっと隠しつづけてきたものが、こんなふうに明らかになるのは、なんて不思議なことなのだろう。

今、ぼくは自分のベッドの上にひとりで横になっているけど、すぐ近くにレッドの呼吸が聞こえる。ぼくは彼女にささやく——きみには、これっぽっちの責任もないよ、と。ぼくには、生まれたときから爆発する可能性が隠れていた。それがレッドには見えただけだ。

じゃあ、あのときぼくを宙に飛びあがらせた原動力は？　その燃料は長い年月をかけて、一滴ずつ溜まっていったものだ。

45

夜はどんどん長くなり、しつこい冷気に町はのみこまれた。家のなかにも寒さがはいりこむようになってから一週間ほどして、羽毛布団を抱えたアイザックがエヴァンジェリンの部屋のドアに現われた。暖房設備が古くなり、そろそろ交換が必要だとぶつぶつ言っていた。彼女は礼を言い、さっそく羽毛の掛け布団にくるまった。これで暖まって眠れると思った。ところが、羽毛布団がもたらしたのは心地よい眠りではなく、悪夢だった。彼女は暗い夜の森に逆戻りした。ヘビが木の枝に絡みつき、じっと動かない雄鹿の目が恨めしそうににらみつけていた。ランタンの光に照らされたナイフが閃光のように走り、彼女は息をしようともがいた。まるで、のどに溜まった血のせいで呼吸ができないような感覚だった。

どこまでも追いかけてくる悪夢のせいで、眠るのが怖くなった。それでも毎日、夜になると彼女は眠った。毎日、朝起きて学校に行った。毎日、アイザックはそこにいてくれた。

エヴァンジェリンは、恐怖に慣れていった。そしてクリスマスまであと一週間というある日の早朝、トイレに行きたくて薄暗い廊下に出たとき、それまでのように空想上の影に怯えたり、予想外の寒気にガウンを体に巻きつけたりしなかった。家に変化が起きていた。今まで吐きだされていたむき出しの敵意が、まるでインフルエンザが治まったかのように消え去っていた。

クリスマスの朝、誰もいない部屋の隅にはまだ暗闇が残っているものの、エヴァンジェリンは満たされた気分になっていた。正午少し前にドアがノックされると、彼女はアイザックに「愛想よくしてね」と念を押し、うれしそうに玄関まで走っていった。そこには、ネルズとロリーが立っていた。アイシングで飾りつけられたクッキーの皿をネルズが持ち、あとはオーブンで焼くだけの輪切りにされたポテトの平鍋をロリーが持っている。ふたりはおちゃらけたルドルフ柄のおそろいのセーターを着て、ライトが点滅するプラスチック製の赤い鼻をつけていた。

流しでレタスを洗っていたアイザックは、ふたりがキッチンにはいってくると顔を上げ「メリー・クリスマス」と言った。その無愛想な声からしたら、「とっとと出ていけ」というこのほうがふさわしいかも、とエヴァンジェリンは思った。

ロリーが気づいていたかは不明だが、いずれにしろ顔には出さなかった。彼女はポテトない」

豊かな黒髪を赤いシュシュで結んだネルズが見にいった。「パンプキンパイは好きじゃ

「パイを焼いたの」とエヴァンジェリンは言った。「ほら、見て」

の鍋を下におくと言った。「なんだか、すごくいいにおい」

ロリーは娘をにらみつけた。

「なによ。ただ言っただけじゃない」

アイザックは最後のレタスの水を切り、手を拭きながら振り向いた。「じゃあ、私たちはその分いっぱい食べられるということだね」と彼は言った。そしてネルズが持っている皿を見て続けた。「きみは、持ってきてくれたそのきれいなクッキーで足りるかな？」彼の声色は礼儀正しく親しげで、ちょっぴりからかっているようにも聞こえた。やっと機嫌がなおったのかもしれない。

家に変化が起きたと感じたあの日、クリスマスにはロリーとネルズを招待するとエヴァンジェリンは心に決めた。感謝祭のときは、ふたりを招待しなかったことをずっと後悔した。ロリーにはあんなによくしてもらったのに。サラダだけの問題ではなかった。アイザックがペンシルベニアから戻ってくる前の晩、ネルズは友だちの家に行って留守だったので、ロリーは夕食まで残って一緒に食べてくれた。食事中、おしゃべりをしたのはもっぱ

らエヴァンジェリンだった。話しはじめると止まらなくなり、しまいには自分のことばに酔って、すべてを話してしまった。まあ、ほとんどすべて。でも、ブレマートンでの出来事については触れなかった。予定日から計算しても、思い出したくもないあの出来事は関係ないと思ったから。

エヴァンジェリンは、ダニエルとジョナのどちらが父親であっても不思議はなく、それぞれ一度だけの関係だったことをロリーに話した。でもダニエルとの一夜について詳しくは話さず、本当はしたくなかったけどはっきり断われなかったということだけ言った。それを聞いていたロリーは顔を赤らめ、顎を嚙みしめていた。そして静かな声で言った。

「相手が同意しているかどうかをたしかめるのは男の子の責任なの。それだけはしっかりと覚えていて。女の子が泣き叫んでなければやっていい、なんて時代はもう終わったんだから」

エヴァンジェリンは、「うん、わかった」とだけ答えてそれ以上はなにも言わなかった。ひとつだけ、どうしても理解できないことがあった。ジョナとダニエルの死の原因が、おそらくエヴァンジェリンだろうということをロリーも知っているはずだ。それなのに、彼女はここにこうしている。意味がわからない。

このときのロリーとの会話について、アイザックはもちろん知らなかったし、エヴァンジェリンから話すつもりもなかった。できればロリーからアイザックに伝わればいいと思っていた。自分から話すのは恥ずかしかった。一方、クリスマスのディナーにロリーとネルズを招待したいことをエヴァンジェリンが話すと、アイザックは彼女をにらみつけ、何度か口を開けたり閉じたりしてから言った。「招待するのはいいことだ。ふたりともつらい思いをしたから」ずいぶんもったいぶった言い方だとエヴァンジェリンは思った。

しかし、クリスマスの段取りも飾りつけも、彼にとっては拷問だったようだ。最初のうちは、クエーカーはクリスマスを祝わないとか、毎日が聖なる日だから特別な日なんてないとか言い訳をしていた。地下室に積まれているクリスマスの飾りのことをエヴァンジェリンに指摘されると、それはすべてキャサリンのもので、全部カトリックの領分だと言い張った。

「でも、あなただって一緒に祝ってたんでしょ?」

「たしかに、文化的な行事としては受け入れようとしていた」

それ以降、アイザックは反論してこなかった。ただ、梯子にのぼってクリスマスツリーにイルミネーションを巻きつけていたとき、胃のなかのものが逆流してきたかのように苦しみだした。そして転げ落ちるように梯子をおりると、そのまま自分の部屋に駆けこんでしまった。エヴァンジェリンはドアをノックして彼が大丈夫だということをたしかめると、ひとりでイルミネーションのライトや花飾りを巻きつけ、見つかった装飾類をすべてツリーに飾りつけた。

クリスマスツリーのライトを点灯すると、とてもきれいだった。彼女と同じくらい、アイザックも楽しい気分になってくれるはずだと思った。でも、しばらく経ってからはいってきたアイザックは、目が焼けてしまうとでも思っているように顔をそむけた。そのときエヴァンジェリンは気づいた。明るい光に照らされた枝は黒い翼のようで、光り輝く死の天使に見えたのかもしれない、と。

その晩の夕食のあと、彼女は梯子にのぼってライトや飾りをはずしはじめた。それを見てアイザックは言った。「はずさなくていい。そのままにしてくれ。お願いだから」それ以上ことばが続かないようだった。エヴァンジェリンはどうしたらいいのかわからなかった。「お願いだから」と彼がもう一度言い、彼女ははずすのをやめて梯子をおりた。

そのことがあってから、クリスマスがどうなってしまうのか心配になったが、招待をキャンセルするには遅すぎた。だから今、こうしてアイザックがポテトの鍋を覗きこみながら「輪切りがいちばん好きだ」と言い、ハムを焼くのをロリーに任せようとしているのを見て、エヴァンジェリンはうれしくてたまらなかった。

居心地の悪かったあのときのドライブ以来、ネルズと一緒に過ごしたことはめったになかった。ロリーに連れられて一、二度やってきたことがあったが、ほとんどなにもしゃべらなかった。エヴァンジェリンが十三歳だったのは、はるかむかしのこと。中学生がどんなことを話すのか必死に思い出そうとしていたとき、ダイニングルームのテーブルを見たネルズが言った。「なんか、あんまりクリスマスっぽくない。もっと華やかに飾りつけてもいい？」

クリスマスツリーを見たときのアイザックの反応を考えると、エヴァンジェリンは心配になったが、過去を思い出さないような工夫もできるのではないかという気もした。地下室を捜索した結果、食べ物を並べるテーブルの端には作り物の松の花飾りをおき、金色のライトをつけた。外で松ぼっくりやヒイラギを集めてきて、何本かの使いかけのろうそくのまわりに飾った。ふたりで金と銀の丸まったリボンを短く切り、紙吹雪に見立ててテーブルのうえに散らした。洗練しているとはとても言えなかったが、それでも華やかな雰囲気は醸しだせた。ネルズはろうそくに火をともし、カーテンを引きながら「魔法っぽくなる！」と言った。ただ、カーテンは薄手のレース生地だったため明るさは変わらず、ネルズはがっくりと肩を落とした。

「あとで暗くなったらきれいになるって」とエヴァンジェリンは言い、手を伸ばしてネルズの背中に触れた。

驚いたネルズは急に振り返った。その反動で、ちょうどお腹を触ろうとしていたエヴァンジェリンの手にネルズの手が当たった。

この一週間、エヴァンジェリンはお腹のなかがぴくぴく動くのを感じていた。医者からは、胎動を感じるにはまだ早すぎるから、たぶんガスのせいだろうと言われた。でも、今感じたのはまちがいなく胎動だった。赤ちゃんが動いているのだ！　自分の体のなかで起きていることが不思議でしかたなかった——自分とはまるでべつな新しい命を創りだすなんて。体のなかに住んでいるその生命が、早く出してよと言っているようにお腹をノックしている。

「大丈夫？　痛くなかった？　わざとじゃないよ。ほんとに」ネルズは心配そうに口早にしゃべっていた。今までにも、その手で誰かに怪我をさせたことがあるような口ぶりだった。

「大丈夫だよ」とエヴァンジェリンは言った。「ちょっとお腹の調子が変なだけ」ロリーは妊娠についてネルズには話していなかった。妊娠四カ月ではまだそんなにお腹は出ていないため、冬服で充分に隠すことができた。

ネルズは少し落ち着いたようだった。「ごめんね。ときどき、腕が勝手に動いちゃうの」

「こっちこそ、驚かしてごめん。それに、あなたの手は思ってるほど危険な武器じゃないから」

ネルズは笑った。エヴァンジェリンは、ネルズが好きだった。たしかに、素(す)の部分は怒りっぽくて、ジョナに似た落ち着きのなさがある。でもこれまで経験してきたことを考えると、息をしているだけでも奇跡だと思った。

テーブルのセッティングが完成すると、彼女たちはあちこちラジオ局を試しながら、ふたりとも好きなクリスマスの曲――『ジングル・ベル・ロック』とか『グランマ・ゴット・ラン・オーヴァー・バイ・ア・レインディア』など、教会っぽくない曲――を流しているラジオ局を見つけた。キッチンでは、ロリーとアイザックがおしゃべりをしていて、ときどき笑い声も聞こえた。エヴァンジェリンが覗きこむと、ふたりは横に並んで、アイザックの母親が残したクランベリー・オレンジ・バターのレシピを見ていた。エヴァンジェリンの勘違いかもしれないが、こんなに近くにいながらふたりの体が緊張していないのは、初めて見たような気がした。アイザックがロリーのほうを向いたときには、そこに怒りの感情はまったくなかった。それどころか、彼の年老いた疲れきった顔が、かすかに輝いてさえいるように見えた。

きつね色に焼けたハムとポテトが出来上がり、サラダの準備もすみ、家じゅうに甘い肉とロールパンの香ばしいにおいが満ちた。ふたたびろうそくに火がともり、『ザ・チップマンク・ソング』が流れると、みんなでテーブルを囲んで立った。全員が頭を下げると、アイザックが言った。「私たちは祝福されています」

それだけで終わりだとわかると、ロリーが「アーメン」と言った。

みんなは頭を上げた。アイザックはキッチンにいちばん近い椅子に座り、落ち着かない様子でナプキンをさわっていた。ロリーは、ふたりの少女たちと向かい合うように彼の隣に座った。ロリーが座っている位置に気づくと、アイザックは驚いたようだった。誰が見ても、そこに座ってほしくないと思っているのは明らかだった。おかしな話だ。キッチンではあんなに仲良さそうにしていたのに。

ロリーはあわてて椅子から立ち上がり、テーブルの上座に座ってもいいかとアイザックに尋ねた。「そのほうがキッチンに行きやすいから」

「それが便利なら、私はかまわないよ」まったく板についていない笑みを浮かべて彼は言った。妙な席順だった。少女ふたりがテーブルの片側に並んで座り、その向かいにアイザックがひとり、そしてテーブルの上座にロリー。

　そこからしばらく会話が途切れ、チャーリー・ブラウンの『クリスマス・ソング』と料理を取り分ける食器の音だけが響いていた。やがてロリーが思い切って口を開き、「おいしいバターだわ」と言った。するとネルズが「普通のバターのほうがいい」と言い、アイザックの笑みを誘った。彼はネルズに、社会科の授業は誰に教わっているのか尋ねた。レイノルズ先生だとネルズが答えると、「いい先生だ。新聞を毎日読むように言われているのかい？」と訊いた。

「うん。先週は、ロボットがいつか感情を持つかもしれないっていう記事を読んだ」

「感情を持っているなら、それはもうロボットじゃないんじゃないの？」とロリーは言った。

「じゃあ、なんなの？」とネルズは訊いた。

「わからないけど、定義上ロボットは機械でしょ？　機械というのは、感情がないものなんじゃないの？」

　そこにエヴァンジェリンが割ってはいった。「本当の感情は持ってない。ただ、プログラムされているだけ。偽物の感情、〝疑似感情〟だよ」

「ううん、レイノルズ先生は将来的にはそれ以上になる、って言ってた」とネルズは言った。「自分たちで感じる、本物の感情を持つようになるって」

「ねえ」とロリーは言った。「どの感情が本物で、どれが本物じゃないかなんて、誰にわかるの？」

そこで初めてアイザックが発言した。「私が知りたいのは、ロボットが本当の苦しみを感じられるのか、ということだ」

〝苦しみを感じられる〟。なんとクリスマスにふさわしい考えだろう。それに、苦しむということが、あたかも天性の才能か練習して得られる技能かなにかのような妙な言い方だ。ぎこちない時間が流れ、やがてネルズが言った。「〈ピープル〉誌で読んだんだけど、女優のサラ・デルリンが、二十五歳も年下の男の人と結婚したんだって。彼女は四十八歳かなんかで、相手の人は二十代前半なんだって。ねえ、変だと思わない？　彼の母親って言ってもいいくらいでしょ」

「男の人なんて、いつもずっと年下の女の人と結婚してるじゃない」とエヴァンジェリンは言った。

「それとこれとは話はべつじゃない？」

「なんで？　全然理解できない」

少女たちは、ああじゃない、こうじゃないと議論していたが、突然ふたりそろってロリーとアイザックを見た。

「そのふたりはどちらも大人じゃないか」とアイザックは言った。「肝心なのは愛だ。それ以外のことは重要じゃない。今まで、いろんな形の結婚を見てきた。年齢も性別も関係ない」

少女たちは顔を見合わせた。そして、ネルズはロリーのほうを向いた。「お母さんはどう思う？　変だと思わない？」

「アイザックの言ってることは正しいわ。ふたりが愛し合っていれば、ほかの人から見て変だろうがまちがっていようが、関係ないはずよ」彼女はお皿に向かって話すように、下を向いたまま言った。顔を上げれば、心のなかが見えてしまうのではないかと恐れているかのようだった。

46

ピーター、エレイン、そしてその三人の娘たちが大晦日の日の午後に訪ねてきた。私が玄関のドアを開けると、長女で六歳のハナが真ん中のいちばん前に立っていた。ふかふかのピンクのコートを着てきらびやかなプレゼントの袋を持った少女は、母親そっくりな仕草でブロンドの巻き毛を振り払うと、高飛車な声音で言った。「これ、新年のお祝いに」いっこうに渡す素振りを見せずに付け加えた。「あなたのために、わたしが作ったの。あ！　それから、えっと……」彼女は問いかけるような顔で父親を見た。ピーターは励ますように静かにうなずいた。「えっと、エヴァンジェ……エヴァンジェ……」

「エヴァンジェリン」とピーターは言った。

「そう、そのとおり」とハナは言った。まるで父親が知っているかを試すような、堂々とした口ぶりだった。

三歳のゾーイ――くるくるとカールした黒髪の少女は少し猫背で、驚くほど真ん丸なお腹をしていた――が母親の腕からもぞもぞと抜け出し、プレゼントの袋に飛びついた。

「わたしも手伝った！　キラキラしたのを振りかけたの！」

ハナはゾーイの手を振り払った。「やめてよ！　せっかくのサプライズが台無しじゃない！　ねえ、ママ、そうでしょ？　ゾーイのせいで全部台無しになっちゃった」

「いや、もう充分に驚いてるよ」と私は言った。「さあ、はいって、はいって。外は寒いだろ」

エレインは手をうしろに伸ばして四歳のミアの手を取った。少女は母親の脚の陰に隠れていた。「ミアは、ルーファスに会うのを楽しみにしていたの」とエレインは言った。少女は黒い前髪の奥から覗いていた。

彼らがコートを壁に掛けているあいだ、私はミアに言った。「今ルーファスがどこにいるかはわからないけど、きみが呼べばきっと出てくるよ」

少女はまた母親の脚の陰に隠れてしまった。

ピーターはミアをすくい上げて高く持ち上げると、ケラケラ笑う娘を腰脇に抱えた。「パパと一緒にルーファスを探しにいこうか」と彼は言った。「ルーファスはおまえがいちばん好きだから、名前を呼ぶのは任せたよ」

父親に抱えられたミアは、まるで折り紙の鶴が翼を広げるように腕を広げ、頭をうしろにそらして笑いながら叫んだ。「ルーファス・ブーファス！　早く来て、お馬鹿ちゃん！　早く来なさいってば、ルーファス・ブーファス、お馬鹿なわんこちゃん！」ピーターも一緒になって大声で呼んだ。「お馬鹿なわんこ！」まるでふたりで作詞したコーラスのようだった。

ルーファスがエヴァンジェリンの部屋から駆けだしてきた。犬はピーターに飛びつき、ミアの脚に頭をこすりつけた。少女は喜びの金切り声をあげ、父親の腰からすべりおりてルーファスに飛びついた。犬は体をまわし、ピンク色のお腹をミアになでてもらえるように仰向けになった。ピーターの言ったことは本当だ。ルーファスは、恥ずかしがり屋のミアがいちばん好きだった。

ほかの少女たちもルーファスに群がった。自分の部屋から出てきたエヴァンジェリンも、同じように床に座りこんだ。ゾーイがルーファスをおもちゃのように叩いているのを見て、エヴァンジェリンはゾーイの腕に触れて小声で言った。「ルーファスがいちばん喜ぶこと、教えてあげようか？」

ゾーイは元気よくうなずいた。

「ちょっとむずかしいんだけど、あなたならできると思う。ほら、わたしのしてること、見える？」エヴァンジェリンはルーファスの耳を二本の指先でやさしくなでた。それを見て、ゾーイはやさしく、気をつけながらなではじめた。すぐに暴れだしてしまう手を、一所懸命に制御しているみたいに。

ハナがエヴァンジェリンの腕を引っぱり、ゾーイから離そうとした。「ねえ、プレゼントがあるの。来て」

キッチンにはいると、ハナはプレゼントのはいった袋を持ち上げて私に差し出し、ゾーイと声をそろえて言った。「なかを見て！　早く！」

「せっかくだから、エヴァンジェリンに開けてもらうのはどうだろう」と私は言い、みんなにキッチンテーブルを囲むように促した。

ゾーイが叫んだ。「そうだね！　エヴァンジェ、早く開けて！」いちばんいい観覧席に座ろうと、三人の娘はこぞってピーターの膝にのりたがった。

「ちょっと！」とエレインが言った。「誰もママのとこには来ないの？　ばい菌でも持ってると思ってる？」

「そんなことないよ、ママ」とミアは言い、母親の膝の上にのってすり寄った。父親の膝を勝ち取ったゾーイは彼の太ももの上に得意満面で立ち、膝を曲げて跳ねながら父親の髪の毛をつかんでいた。まるで、ゾーイは波の荒い入り江で水上スキーをしていて、ピーターはその引き綱のように見えた。そのうちゾーイはピーターの頭皮をこすりはじめ、髪の毛を束にして変な角度で立てだした。「パパ、ぼさぼさ！　パパ、ぼさぼさ」と歌いながら。

ゾーイがおとなしくなるのを待って、エヴァンジェリンは丁寧にリボンをほどき、感銘の声をあげながらひとつずつ中身を出した——瓶入りのアップル・サイダー、パーティー用のクラッカー、電子レンジで作るポップコーン。とびきりの賞賛は、最後に手作りのクッキーを取りだすときのためにとっておかれた。クッキーには、色鮮やかなキャンディーで私たちのイニシャルが描かれていた——〝I〟と〝E〟。

ピーターはミアの肩をやさしく叩いた。「アイザックとエヴァンジェリンに、クッキーの飾りが誰のアイディアだったか言ったら？」

少女は母親の胸のなかにもぐりこみながら、小声で言った。「わたしのアイディア」

「ほら、もうちょっと大きい声で。みんなにも聞こえるように」

ピーターに促され、ミアは口がちょうど見える角度まで顔をまわした。「わたしのアイディア」少し怖がっているような声だったが、誇らしげでもあった。少女は父親の顔を見た。ピーターは満面の笑みを娘に向け、ミアも満面の笑みを浮かべて父親を見てから、みんなのほうを向いた。

エヴァンジェリンは、クッキーを持って部屋で遊んでもいいかと訊いた。

エレインは笑いながら言った。「持ち物を壊されてもかまわないならね！」

ハナは妹たちを一瞥し、真面目くさった声で言った。「なにも壊さないように、わたしが見張ってるから大丈夫」

「おお、そうか」とピーターも同じくらい厳粛な声で言った。「だったら、それ以上安心なことはないな」

子供たちがいなくなると、ピーターは鼻を鳴らしながら言った。「なんたって、ハナがいちばんひどいからね！」

それからの一時間、廊下の先にある部屋のなかで遊んでいる四人の少女たちの笑い声がときおり聞こえてきた。暖房装置がようやく稼働したように感じられた。そのあいだ、私たち大人がなにを話していたのかは思い出せないが、たぶんクリスマス休暇のときの出来事や夏休みの計画とかだったのだろう。いずれにしろ、私は気もそぞろだった。ピーターが、妙な表情でエレインのことを見ていたからだ。恋い焦がれているような、尊敬の念を抱いているような眼差しだった。それは、生活費や育児や家事について喧嘩する古女房ではなく、まるで、今にも失ってしまいそうな新しい恋人に対するものだった。彼女の謎めいた秘密や素晴らしさを、今さら発見したのだろうかと思うほどだった。

午後になって一家が帰るころには、少女たちは口紅や頬紅をつけ、髪の毛には銀色のリボンが編みこまれていた。ピーターたちとこんなに楽しい時間を過ごしたのは、本当に久しぶりだったことに私は気がついた。

その晩、私は書斎で古い電子メールを削除したりしながら、ピーターが興味深げにエレインをやさしく見つめていたことに考えをめぐらしていた。キャサリンと結婚してから、はたして私はそんなふうに彼女を見たことがあっただろうか。おそらくはなかっただろう。結婚の誓いを交わした瞬間から、私は妻を完璧に近い明瞭さで見ていたと思う。それこそが、結婚を安全に保つすべだと信じていた。でも実際には、私は彼女を見ようとせず、変わることのない存在として認識し、彼女のなかに新しいなにかを発見するのを拒んだ。彼女のことは、いつも〝私の妻〟と呼んでいた。でもキャサリンのような女性にとって、そのことばほどひどい暴力はなかったのではないだろうか。ひとりの完全で自由な人間を、抑制されていて安全で整然としていて、謎など一切ない誰かの所有物に加工してしまう――〝私の妻〟。私は彼女をそう呼び続けていた。そんな私から逃げだしたいと思って当然だ。

パソコンの電源を切ろうとしていたところに、エヴァンジェリンがおやすみを言いにドアから顔を出した。

「今日は楽しかったね」と私は言った。

「え？」

「ピーターとエレインと娘たちが来たことだよ」

エヴァンジェリンは肩をすくめた。

「来てほしくなかったのか？」

「女の子たちは楽しかった」

「ピーターとエレインは？」

「エレインはいい人みたいだった」

「ピーターはそうじゃないのか？」

「その話はしたくない」

私は椅子を回転させて彼女と向き合った。「いや、聞かせてくれ」

「ただ……」彼女は憤慨したような息を漏らした。「あの人は、あなたが思っているような人じゃないと思う。ただそれだけ」

「どういう意味だ？」

「いかにも〝自分は家族思いの校長だ〟みたいなところ。馬鹿馬鹿しい」

「きみは、そんなことを言える立場じゃ――」

彼女は片手を上げた。「言ったでしょ、話したくないって。もう寝るとこなの。おやすみなさい」

彼女が出ていったあと、私はなにも考えずにパソコンを見つめた。あんなに仲の良い家族を見るのは、彼女にとって苦痛だったのだろう。お互いにやさしく触れあい、笑いあい、子供たちは三人とも大切にされて。彼女のこれまでの人生の不公平さを認めるより、ああいう幸せな家族の存在を否定するほうが簡単なのだろう。私はそう解釈した。

ピーターに関しては、学校での噂がエヴァンジェリンにまちがった印象を植えつけたのかもしれない。この秋、ピーターと美人の新任教師との不倫の噂が広まった。その噂が頂点に達したとき、私は東海岸に行っていて留守だったが、いずれにしても信じるわけがなかった。生徒というのは、ほとんどなんの証拠もないのに教師と職員の情事を想像したがるものだ。ピーターは力も権力もある男だ。そんな彼がたまに性的妄想の標的になったとしても、少しも不思議ではない。

学校が再開すると、ゆったりとした日常の生活が戻ってきた。クリアネス委員会のことが負担に思えてきて、キャンセルしようかと考えた。しかしジョージが苦心して開催までこぎつけ、私に合わせてスケジュールも変更してくれたのは明らかだった。

一月の第二火曜日、午後六時半に集会所に行くと、ジョージが会議室の準備を終えたところだった。緩やかな円弧を描いて配置された三脚の椅子の前に、おそらく私のものと思われる椅子がおかれていた。その椅子の横には、ランプの載った小さなテーブルがおいてあった。ランプのオレンジ色のコードが、リノリウムの床の上に何メートルにもわたって延びていた。ジョージとしては感情のこもった居心地の良さを演出したつもりなのだろうが、どちらかというと異端審問の雰囲気を醸しだしていた。

ただ、それ以外についてはジョージの会場づくりはよかった。天井の蛍光灯が消されているかわりに、壁に沿っておかれた細長いサイドテーブルをふたつのランプが照らしていた。大きなセンターテーブルは折りたたまれて部屋の奥に立てかけられ、私たちのあいだをさえぎるものはなにもなかった。くつろげるとまではいかないまでも、彼の努力のおかげで、少しはましな空間に仕上がっていた。

今回のクリアネス委員会は小規模なものにするということで、ジョージとは同意がとれていた。ただ、彼が誰を選んだのかは知らなかった。彼からも聞かされていなかった。私は、ジョージが誰を選ぼうがそれを受け入れることも精神修養の一部だと思うことにした。

最初に現われたのはラルフ・プラウザーだった。私はジョージをにらみつけた——私とラルフのあいだにある長年の緊張関係を知らないはずはない——が、彼はジョージを迎えるために私に背を向けていた。ラルフはジョージの肩越しに私を見て、いかめしい顔で挨拶がわりにうなずいた。痩せ型で背が低く、手入れのされていない白髪交じりのひげを生やしているラルフは、彼のリサイクルショップでいつも着用しているオーバーオールとキャンバス地の上着を着ていた。知り合ってからの長い年月のあいだ、彼が集会での沈黙を破ったことは一度もなく、それ以外の場所でも無駄口を叩くような男ではなかった。

めったに話したこともない彼が私に話しかけてきたのは、とある祭日の集まりだった。グラス何杯かのワインを飲んだ彼は、チップスにオニオンディップをつけようとしていた私ににじり寄ってきた。「ちょっと訊きたいんだが、アイザック。きみはどうやってそんなに神に近づいたんだ？　私が知るかぎり、きみほど頻繁に神を代弁しようとする者はいない」

私は苦々しく思った。なぜなら、彼は私と同じように、沈黙を破る前に神からの身体的兆候は必要ないと思っていたからだ。ペンシルベニアにいたころの集会では、話しはじめる前に〝胎動（クィックニング）〟が必要とされていた。それは、体の振動や発汗や激しい心臓の鼓動など、神がメッセージを伝えたがっているという明らかな兆候のことを意味する。ところが西海岸のクエーカーは、この〝胎動〟ということばさえ知らない場合が多い。彼らはほとんどなんの抵抗もなく沈黙を破る。ただ、〝内なる促し〟を待つように推奨しているだけだ。

私は一度だけ、〝促し〟というのは神からもたらされるというよりは個々の自我から生じる可能性が高いのではないかと指摘し、より高い規範に従うべきではないかと提案したことがあった。そのとき、ラルフは鼻先で笑った。実際には、大笑いに近かった。そんな彼が、祭日の集まりのテーブルで私の前に立ち、クエーカーの規範を破ったのはこの私だと、嘲笑しながらほのめかしたのだ。

今回のクリアネス委員会のメンバーにラルフは選ばないでほしいと、ジョージには明確に要求すべきだった。なんとかジョージと目を合わせようと苦心していると、アビゲイル・グロフがドアからはいってきた。白髪交じりの長い髪に張りはなく、血色も良くはなかったが、かつての美貌の面影は残っていた。彼女の夫は五十四歳のときにすい臓癌で亡くなり、何十年にもわたって築いてきた厩舎も破産により失った。それ以来、ストレスによって彼女はどんどん痩せていき、フランネルシャツを着てマックブーツを履いて立っている今の姿は驚くほど細かった。それでも私のほうを向いた彼女からは力強さが感じられた。どんな若い女性もかなわないほどの深い知性と美しさを湛えていた。

「会えてうれしいわ」と彼女は言った。

「ありがとう」と私は言った。「よく来てくれたね」ほかのメンバーのことを思い出し、彼らにも同じようにうなずいた。「私のために集まってくれて、本当に感謝している」

アビゲイルは小さなろうそくを私に手渡した。「とても癒やされるわよ」

私がろうそくを小さなテーブルにおくと、彼女は火をつけた。蠟とラベンダーの香りがただよい、煙が螺旋状に天井まで昇った。

全員が席についた。ジョージは私の正面に座り、その左右にアビゲイルとラルフが座った。ジョージは私たちより高くならないように座ったまま、咳払いをして言った。「ここに集まった目的は全員が理解していると思う。まずは、私から簡単に手順を説明する。なかには久しぶりの者もいるだろうし、最良の状況のもとでも簡単にはいかない場合もある」

彼は紙切れに書かれていることを声に出して読んだ。「クリアネス委員会は、私たちのなかにそれぞれ内なる教師――私たちを導く真実の声――を宿していると信じることが前提になっている。私たちは、アイザックを正したり、助言したり、救うためにここにいるのではない。私たちは、アイザックが必要としている答と力を、彼自身が自分のなかから見つけだすのを手助けするためにここにいる」

ジョージのことばは続いたが、私はアビゲイルに目を向けずにはいられなかった。彼女は目を伏せたまま集中していた。目のまわりのほのかな紫色の隈と頰のやわらかなくぼみが、部屋の明かりにやさしく照らされていた。ラルフも彼女のほうを見ていた。好意に似たものが彼の顔に浮かんでいた。そんな感情を彼女に抱く権利が彼にあるのか、と私は思った。彼女の夫が亡くなってからまだ一年も経っておらず、しかもラルフは既婚者だ。といっても、彼の妻は数年前に出ていってしまったが。

「質問はオープンクエスチョンに限る。つまり、イエス・ノーの回答を求める質問ではなく、アイザックがより深く考える助けになるような質問のみが許される」ジョージはさらに続けた。「質問者が望むような回答に導いたり、自分の興味を満足させるための質問をしてはいけない。『……のことは考えたか』とか、『それに対して怒りは湧くか？』などの質問もだめだ。彼の発言の内容に追従するような形で質問をしてほしい。『〝失望した〟と言ったのはどういう意味か？』とか『そのことから思い出すような過去の出来事はあるか』とか」

ジョージは中空を見つめながら、ときおり目を閉じて話していた。自分のおこなっていることに集中するあまり、ラルフがアビゲイルに気をとられていることには気づいていないようだった。

「唯一意味のある答は、アイザック自身の内なる真実から生じたものだ。私たちがここにいるのは、アイザックが光と愛に包まれ、彼自身の英知が開かれるのを手助けするためだ」

そろそろ締めくくろうとしているのをジョージのことばから読みとったのか、ラルフは私に視線を向けた。私が彼をじろじろ見ていたことに気づくと、ばつが悪そうに頭を垂れた。

「アイザック、最後の十五分間をどうしたいかはきみが決めてくれ。私たちに、見聞きした内容についての振り返りを望むのか、きみに対して質問をすることを望むのか、それとも沈黙か、それはきみ次第だ」

ジョージはアビゲイルとラルフのほうを向いた。「これだけは覚えておいてほしい。もしも当事者ではない私たちがほんの少しでも自分たちの見解を差しはさめば、アイザックが自分の魂のささやき声を聞くのをさまたげてしまう」そう言いおえると、彼はみんなに沈黙を呼びかけた。

この委員会を依頼した本人——フォーカス・パーソン——として、私は、自分の準備ができた時点で沈黙を破る立場にある。つまり慣例的には、対処したい問題について話すことを意味する。ところが、ラルフのことで自分を納得させるのに十分以上かかってしまった。あの祭日の集まりでの不意打ちが繰り返し頭のなかで再生されているうえに、アビゲイルに対する彼のあからさまな気持ちに私は困惑していた。

しかし、静かに椅子に座り目を伏せて安らかに沈思黙考をしているラルフの姿を見て、私は感謝の気持ちでいっぱいになった。物質主義で自己中心的で、観念的に不規律なこの世界において、大の大人が〝魂のささやき声〟を口にする場が、ここ以外にあるだろうか。人の知恵に従うのではなく、私が自分自身の英知を発見できると信じてくれる仲間が、ここ以外にいるだろうか。神の名で語られた何百万ものことばより、愛と傾聴こそが人々の魂を救ってきたと信じる人々に囲まれ、私はなんと幸せなのだろう。

私が望めば、彼らはあと二時間でも黙したまま座っていてくれる。彼らが私のことを祈ってくれるのは幸せだったが、私は話をして自分の役目を果たしたかった。でも、どこから始めればいいのかわからなかった。ついに話す決心をして口を開くと、三人の目が同時に私に向いた。

「どこから始めたらいいのかがわからない」

そのまま何分か過ぎたあと、アビゲイルが言った。「なにか、繰り返し頭に浮かんでくることはある？　どうしてなのか自分でもわからない、何度も何度も思い浮かんでくることはない？」

いろんなことが頭のなかでループしていた。特に、ダニエルとの最後の朝のことや、エヴァンジェリンの言った、「あなたの息子が大嫌いだった」などは、理由が明らかだった。

でも、数年前のことで思い出すことがあった。ある面では思い出す理由ははっきりしていた。ダニエルとジョナが衝突した出来事だったからだ。でも、ほかにもなにかあったような気がして、私は詳細を思い出そうとしていた。

たしかにある出来事が繰り返し思い浮かぶ、と私は話した。でも、どんな意味があるのかはわからないと付け加えた。私たちは沈黙したまま、神の導きを待った。なにも得られなかったため、私は話しはじめた。

「数年前、キャサリンと私はダニエルとジョナを連れて、ジョージのヨットで一泊の船旅をした。覚えているか、ジョージ？」

彼は笑みを浮かべたが、目は伏せたままだった。

「九月のことだ。夏の終わりによくあるような、気温二十度くらいでよく晴れた完璧な日だった。私たちは午後遅く、デソレート湾に着いた。ダニエルとジョナはなにか言い争っていた。大したことではなく、いつもの口喧嘩だった。どうせならその体力をカヤックに使おう、と私は提案した」

私は水をひとくち飲み、記憶をたどった。「三十分くらいしてから、ダニエルが湾の外に向かって漕ぎだした。全員カヤックには慣れていたので、特に問題はないと思った。外海に出てみると、海岸線が……変だった。説明するのがむずかしい。なめらかな表面の丸い岩が、幾重にも重なりあっていた。近くまで漕いでいくと、岩が吠えだした。いっせいに動きだし、ばらばらに分かれはじめた」

三人の目が私を見つめていた。「アシカだ」と私は言った。「何百匹ものアシカだった。ジョージはよく知っているが、私はあのあたりの島々にはそれなりに行ったことがある。でも、一カ所にあれほどの数が集まっているのを見たのは初めてだった。アシカがそういうものだとは知らなかった。

そのうちの三匹が水のなかに飛びこみ、見えなくなった。ほかのアシカたちは、私たちに向かって鳴いたり吠えたりしていた。過敏なほど反応していたのは、子連れだったからなのかもしれない。

キャサリンと私はその場から離れようとしたが、ジョナとダニエルはもっと近づいていった。すぐに引き返すように私は怒鳴ったが、聞こえていなかったかもしれない。乱闘が始まったからだ。ジョナがダニエルのカヤックに自分のカヤックをぶつけた。わざとだと思う。今度はダニエルが、ジョナのカヤックをパドルで強く押した。あやうくひっくり返るところだった。

そこに、アシカが水面から顔を出した。ダニエルたちから五、六メートルも離れていなかったと思う」

心臓が激しく鳴っていた。私は話を中断し、鼓動を少し落ち着かせることにした。三人はまだ私を見ていたが、私が目をアビゲイルに向けると、彼女は視線を落とした。

「アシカの目が平たく真っ黒なのは知っているか？」と私は言った。「ぽっかりと空いた穴のようだ。そのときのアシカの目もそうだった。すぐにここから出ていけ、と言っていた。私は息子たちに叫んだ。ふたりは振り返ったが、罵りあいはやめなかった。風が強くなり、ふたりがなんと言っているのかは聞こえなかったが、言い争っているのはわかった。とにかく、アシカは私たちのあとを追ってきた。まるで、自分たちの縄張りから出ていくのをエスコートしているかのようだった。そのとき、背後から水しぶきがあがるのが聞こえた。アシカかと思って見ると、ダニエルだった。馬鹿なことに、息子はカヤックから飛びおり、アシカに向かって泳いでいた。次の瞬間、ジョナも飛びこんだ。アシカたちは、逃げる様子もなかった。

息子たちとアシカと誰も乗っていないカヤックが波に揺れていた。私が怒鳴ると、ダニエルは泳ぐのをやめた。ようやく自分の馬鹿さ加減に気づいたのだろう。ジョナも動きを止めた。アシカの一匹が水にもぐり、気づいたときにはダニエルが悲鳴をあげていた。高く上げた片腕からは、血が流れていた。

ジョナは急いで自分のカヤックに戻った。でもそれより先に、キャサリンは力強くカヤックを走らせた。かん高い声をあげ、水しぶきをあげていた。その音にアシカたちは死ぬほど驚いたようだった。アシカは海のなかにもぐり、次に浮かびあがったときにはかなり遠くまで行っていた」

私はそこで話すのをやめた。長い時間、私たちは黙ったまま座っていた。

最初に口を開いたのはジョージだった。「そのときの話を、今まで私にしなかったのはどうしてだと思う？」

この質問は取り決めに違反していた。私のことというより、彼の問題――興味とか傷ついたプライド――だったためだ。ただ、いずれにしろ的確な質問だったことはまちがいない。

「それは、話の全容を私も理解していないからだ。どっちが喧嘩を始めたのかとか原因がなんだったのか、ふたりがどんなことを言いあっていたのか。ダニエルがどうしてアシカのほうに泳いでいったのかもわからない。たとえアシカがどんなに獰猛かを知らなかったとしても――もちろん知っていたはずだが――なんで海の真ん中であんなふうにカヤックを乗り捨てたのか。息子が私に説明したのは、〝アシカに会いたかったから〟だけだった」私は一、二分黙った。「でもなにより、あのときのことを話さなかった理由は、妻が息子を救助しにいっているあいだ、自分がなにをしていたのか覚えていないからなんだ」

「あなたはきっと、カヤックを取りにいったりジョナがカヤックに乗るのを手伝ったりして、そのあとで、キャサリンとダニエルのほうに——」アビゲイルは一気にしゃべったが、ジョージと私が彼女をちらっと見ると、話すのをやめた。「ごめんなさい」彼女はそう言うと、思慮深い傾聴の姿勢に戻った。

私は何回か深い呼吸をした。「たぶん、そのとおりだ。私たちはカヤックを取りにいき、息子たちを乗せた。たぶん私もその作業に加わっていたのだと思う。でも、あの日のことを考えるとき、キャサリンの姿しか思い浮かばない。彼女は美しく、そして恐ろしかった。女として、というわけじゃないと思うが、その面も多分にあるような気がする。でも、彼女はそれを超越していた。彼女は、愛と凶暴性の爆発だった。純粋で、自発的で……」私はことばを探した。一分が過ぎ、もう一分が過ぎた。「生命（いのち）。そう、生命そのものだった」

そのあと、私たちはしばらく沈黙したまま座っていた。少なくとも二十分はそうしていただろう。さっきの私の話がなにを意味しているのか、いまだにわからなかった。ダニエルとジョナのあいだに小競り合いがあったのはたしかだ。でも、それまでにもしょっちゅうあったことだ。ダニエルは怪我をしたが、すぐに完治した。そんなことを考えていると、アビゲイルが訊いてきた。「その日、あなたは自分が何者だったと思うの、アイザック？」

クリアネス委員会では、質問に答える必要はない。質問というのはあくまで訊かれた者のためであって、その人が使いたいようにすればいい。だからそのときも、私は答えなかった。そのあとの時間は沈黙のなかで過ごした。でも、アビゲイルの質問はずっと私の頭から消えなかった。その答が明らかだったからだ。

ダニエルがアシカに襲われた日、私は何者だったのか。私は、危険な海に浮かんでいるなんの価値もないただの漂流物だった。

47

ぼくが死ぬ日

　十七年間、ぼくはジョナという名前の少年だった。それが、たったひとつの行為で、ドカン！　ぼくは〝人殺し〟になった。どんな名前より大きく鳴り響く。ジョナという名前の少年？　そんなものは最初から存在しなかった。生まれながらの人殺しが、少年の服を着て隠れて待っていただけ。

　そうなるんだよね、きっと。今日の朝、ぼくの遺書が見つかったら。みんなでぼくの人生を振り返って、皮膚に刻まれた邪悪な印を見つけようとする。ぼく自身もそうしていた。もう何日も、頭の皮を触って、角が生えてきそうなところがないかを探していた。でも、今年の春、クエーカーの集会からの帰り道で、バルチさんが言ったことをずっと考えている。

政治のことをぺちゃくちゃしゃべっているなかで、ぼくはある政治家が邪悪だと言った。それまで黙って聞いていたバルチさんが急に立ち止まってぼくのほうを見た。ものすごく差し迫った感じだった。「邪悪というのは、人間のことじゃない」とおじさんは言った。「政治団体のことでもない。世間の人が考えるように、宗教のことでもない。邪悪というのは、力のことだ。重力のように。邪悪な力は私たちみんなに作用する。人間というのは、誰でもみんな無防備なんだ」

ぼくは反論した。歴史上の邪悪な人は、数えきれないくらい思いつく。バルチさんはいつものように熱心に聞いてくれていたが、急に向きを変えて歩きだした。それがほかの人だったら、馬鹿にされただけだと思っただろう。でも、バルチさんはちがう。いろいろなことを考えているのをぼくは知っていた。しばらくして、おじさんが言った。「私の母は癌で亡くなった。最後の手術のとき、患部を切り開いたら腫瘍がいっぱいに広がっていて、そのまま閉じるしかなかった。医者が言うには、見わたすかぎりそこには癌しかなかったそうだ」

もう少し詳しく説明してくれるものだと思って、ぼくは待っていた。数ブロック歩いたあと、がまんできずにぼくは言った。「どういう意味なのかわからなかった」

靴の下で砂利が音をたてているなか、バルチさんは言った。「母は癌だった。癌を患っていた。でも、まさか母が癌そのものだとは、誰も思わなかった」数歩進んでから付け加えた。「あんなに証拠があったのに」

今年の春、集会に行くのをやめなければよかった。だだっ広い部屋にクエーカーの人たちが座っている光景は、頭のなかの苦痛を忘れさせてくれた。その痛みの多くは父さんのことだった――こうだと思っていたのが次の瞬間にはまったくの別人になってしまうような人間のこと。それに学校とか友だちのこともあった――自分がそこに属していないのを知りながら、仲間のふりをしていること。あとは、お金のことも――母さんが苦労しているのは見てるだけでわかったから。明かりとか暖房は、しょっちゅうつかなくなった。小さな子供にとっても、未払いの請求書というのは、窓を叩く怪物のようだった。あまりにもうるさすぎて、ほかのことは考えられなくなる。

でもクエーカーの集会では、怪物もいないし父さんもいなかった。外から叩くものはなにもいなかった。そこには、安らぎしかなかった。ぼくの人生にとって、安らぎというものはどんな形であったとしても、もっとも不思議なものだった。

ダニエルが行かなくなって、ぼくだけが毎週行くようになると、ダニエルが腹を立ててるんじゃないかとか、ぼくのことを馬鹿だと思っているんじゃないかと心配になった。でも彼は、「好きなようにすれば」としか言わなかった。それに、ぼくが参加することをバルチさんが喜んでいるのを知っていた。バルチさんはめったに笑わないけど、ぼくを見ると、いつもがまんできないみたいに、口の両端がほんの少しだけ上がる。集会のあとは、かならずふたりで歩いて帰った。ずっと黙ったままのときでも、静かに一歩ずつ進みながら、ものすごくおしゃべりしているような気分だった。

ぼくが十六歳になった年、集会で奇妙なことが起きた。ひとりの信徒の頭の五十センチくらい上に、まるで小さな太陽のような光の玉が現われた。その光の玉は下におりていって、信徒の女の人が輝きだした。その人はおばあさんで、白髪が薄くてほとんど禿げているように見えた。そのおばあさんが突然歌いだした。おもしろいことに、歌がとても下手くそだった。でも、今までぼくが聞いたなかでいちばんうっとりする歌だった。音程のはずれた純粋な愛。またあるときは、光の玉は部屋の真ん中の空間に現われた。一時間かけてどんどん大きくなり、最後は部屋いっぱいに広がった。まるで『未知との遭遇』に出てきた宇宙船のように光が点滅していた。家まで歩いて帰る途中、バルチさんが言った。

「今日の集会は、カバード・ミーティングだ。きみは感じたか？」

「うん」とぼくは言った。「ぼくにも見えたよ」

バルチさんは、いったいなにを言ってるんだ、みたいな顔をしていた。「カバード・ミーティングというのがどういうものなのか知ってるのか?」

「あの光のこと?」

バルチさんは少し黙っていた。「まあ、そうとも言えるだろう。カバード・ミーティングというのは、神の光に包まれて深みに達した集会のことだ。ギャザード・ミーティングとも呼ばれることもあるが、とても説明するのがむずかしい。そういう集会では時間の概念がなくなる。神が——きみの言う光だ——ひとりの信徒にではなく、部屋全体に現われる。それを全員が感じる」

「うん。ぼくも感じた」ぼくはそれだけ言った。家に帰ってからインターネットで調べてみた。でも、光の玉とクエーカーについてはなにも見つからなかった。それに、集会のあいだもそのあとも、誰も光の玉のことは言ってなかった。もしかしたら、ぼくにしか見えていなかったのかもしれない。ぼくが最後に光の玉を見た集会では、頭の上に光が漂っていた人が沈黙を破って話しだした。そのあと、光の玉がゆっくりと動きだして、話しだしたべつの信徒の頭の上で漂っていた。ただ、沈黙を破って話しはじめた人の上に、光の玉は見えないことのほうが多かった。いちばん多く沈黙を破っていたのはバルチさんだけど、バルチさんの頭の上に光の玉があるのは一度も見たことがなかった。

ぼくは意を決して、バルチさんに正直に打ち明けた。「ときどき、集会のなかで沈黙を破る直前に、その人のまわりに光が見えることがあるんだ」

バルチさんは驚いた様子で、いくつかの例を聞きたがった。たぶん、自分のまわりにも光が見えたのかを死ぬほど知りたかったんだと思うけど、直接は訊いてこなかった。ぼくはほっとした。バルチさんをがっかりさせたくなかったから。

「きみには強い感受性があるようだ」とおじさんは言った。

からかっているのかと思ったけど、バルチさんは首を振った。「いや、本当だ。クエーカーの多くは神秘というものを信じている」

「神秘？」

少し考えてから、バルチさんは言った。「つまり、神と直接出会うという意味だ。神との合一だ」

ぼくはまだ理解できなかった。「それと光は関係があるの？」

「人それぞれちがうんだ。神を聞くという人もいる。なかには、圧倒されて実際に震えだす者もいる。私の祖父がそうだった。とても劇的で、発作が起きたのかと思うくらいだった。クエーカーという名称も、〝震える（クエーク）〟ということばに由来している。もともとはからかうときに使われた——あの愚かな〝震えるやつら（クエーカー）〟——が、私たちはそれを名誉の勲章だと受けとめた。神秘体験の多くに光が関わっていることがある。きみの話を聞くかぎり、それは神の幻影なんじゃないかと思う」

「みんな同じようなものが見えるの？　あなたは？　光じゃないかもしれないけど、なにか似たようなものは見えるの？」

おじさんは口をきつく結んだ。「いや。誰もが見るわけじゃない」

ぼくの望んでいた答ではなかった。ぼくはこんな答を期待していた。「なんだ、その光のことか。そんなことはしょっちゅうあるよ」と。あえて口にするほどのことじゃないと、飽き飽きした声で言われると思っていた。ぼくは、強い感受性なんて欲しくなかった。今のままでも充分に奇人変人なんだから。

ぼくが最後に参加した集会は、途中までとても静かだった。光はなかった。なにもなかった。ときどき誰かが咳をしたり椅子の上でもぞもぞしたりするくらいで、普段とほとんど変わらなかった。特に目立ったことの起きない集会——時間だけが過ぎていき、終わりが来るのをみんながひたすら待っているような、それなりにいい感じの集会——になると思っていた。

そのとき、窓の外は灰色しかないのに、突然ひとすじのまぶしい光がぼくを照らした。まるで雲が分かれて神さまの光が差しこんできたかのようだった。ぼくの両脚が痙攣しはじめて、目玉が震えだした。ぼくの両手が勝手に上がり、部屋じゅうを照らしはじめた。

でも、そんなふうにしているのは、もはやぼくではなかった。ぼくの皮膚は蒸発してなくなり、踊りまわっている原子だけになった。それでも、ぼくの部分はまだ残っていたようだった。どんなに口のなかにことばが押しこまれても、絶対にそれを外には出さないと心に決めた。こんなぼくのことを、誰も見ていないことを祈った。バルチさんが言ったように、なかには震える信徒がいるのかもしれない。でも、ぼくはクエーカーじゃないし、そんなふうに震えている人を見たこともなかった。ぼくは、奇人変人だとは思われたくなかった。もちろん、わざとそのふりをしていると思われるのもいやだった。

その日以来、集会に行くのをやめた。ぼくが参加することをみんないやがっているんだ、と自分に言い聞かせた。今思うと、それはとても悲しいことだ。だって、もしみんながいやがることがあるとすれば——たぶんいやがるなんてことはしないんだろうけど——それは、ぼくが集会に参加しないことだろうから。

48

クリスマス休暇にはいる前は、エヴァンジェリンはダニエルのガールフレンドだったサマンサについて考えることはほとんどなかった。エヴァンジェリンとサマンサはまるで別世界に住んでいた。サマンサがブロンドの髪をなびかせながら廊下を通ると、男子たちはスタンガンで撃たれたように歩いている途中で歩を止めた。ふたりがすれ違っても、エヴァンジェリンがそこに存在していないかのようにサマンサの視線は彼女を素通りしていた。ところが一月に学校が再開すると、エヴァンジェリンが視線を上げるたびに、サマンサは彼女のことをじろじろ見ていた。エヴァンジェリンとしては、膨らんだお腹をうまく隠せていると思っていたが、どうやらそうでもないようだった。なぜなら、サマンサがじろじろ見ていたのはエヴァンジェリンの顔ではなかったからだ。

一月の二週目、エヴァンジェリンがトレーを持ってランチルームを横切っていると、サマンサとその仲間は食べるのを中断し、いかにもいやそうにエヴァンジェリンのお腹をじろじろ見た。エヴァンジェリンがにらみ返すと、彼女たちは素知らぬ顔でまた食べはじめた。でもその次の週になると彼女たちはもっと大胆になり、すれちがうたびに〝デブな牛〟と呼んだり牛の鳴き声を真似たりするようになった。サマンサの新しいボーイフレンドのジェイソン・ブルースターなどは、授業の合間の休み時間にわざとエヴァンジェリンにぶつかり、うしろによろけさせたりした。そして膨らんだお腹を見て笑いながら、「人殺しの赤ん坊にケガさせてないといいけど」と言った。

エヴァンジェリンはナタリアに尋ねた。「あいつ、このわたしが人殺しだって言ってるの？　レベッカのせいにしたときみたいに？　それとも、赤ちゃんの父親のことを言ってる？」

「たぶん、父親のことだと思うけど」とナタリアは言った。「アマンダ・ブライアント——ほら、あの妙なジャンプスーツを着てる子——が、殺人のあった一週間前に、公園であんたのことを見たって言いだした」

「今ごろになって？」

ナタリアはもうひとくちサラダを食べた。「妊娠という要素が加わって、好奇心が一段階上がったんだよ」

「でも、彼らと関係してる誰かを、みんな探してたんじゃなかったの？　もしその子が私ど？」

とジョナが一緒にいるのを見たんだったら――」

ナタリアが急に見上げた。「あんたと一緒だったのがジョナだとは、誰も言ってないけど？」

メイシーとジリアンはべつのテーブルで食べるようになったが、ナタリアは離れていかなかった。彼女は、クリスマスのすぐあとから妊娠のことを知っていた。エヴァンジェリンが彼女の家に泊まりにいったときからだ。その夜はピザの宅配を頼み、妹のソフィーと一緒に映画『プリンセス・ブライド・ストーリー』を見た。ソフィーは映画を見ているあいだ、「おれの名はイニーゴ・モントーヤ。よくも父を殺したな。覚悟しろ！」と「ありえない！」をずっと繰り返していた。

そのあと、ふたりはナタリアの広いベッドに仰向けに寝ながら、いつものように学校や生徒たちについてくだらないおしゃべりをしていた。するとナタリアが転がって横向きになり、腕を伸ばしてエヴァンジェリンのお腹に手をおいた。

「そう。妊娠してる」とエヴァンジェリンは言った。

ナタリアはもっと近くまですり寄り、手があったところに頭をのせた。

「なにか聞こえる？」とエヴァンジェリンは訊いた。

「ゴロゴロ言ってる。もしかして、赤ちゃん？」

「かもね。ときどき、お腹のなかで動いてるのを感じる」

「今も？」

「ううん。今は感じない」

ナタリアはまた仰向けになり、天井を見つめた。「最悪だよね。わかる」と彼女は言った。「でも、なんか、素晴らしいことだよね。そう思わない？」

次はエヴァンジェリンが天井を見つめる番だった。「うん」と彼女は言った。「最悪だし、素晴らしい。ほんとに、そのとおりだと思う」

ナタリアは、自分も妊娠しているみたいに自分のお腹をぽんぽんと叩いた。「その子の父親は？　どう思ってるの？」

エヴァンジェリンはナタリアのほうを向いた。「彼は知らない。知ることもない。だからって、父親がジョナかダニエルだっていう意味じゃないよ。言うつもりはないから」

「どういう意味？」

「わからない。とにかく、訊かないで。わかった？」

「でも――」

「絶対に」

ナタリアは訊きたいのを必死にこらえていた。エヴァンジェリンにもそれがわかった。結局、彼女は訊かなかった。数分間ぐっとがまんしてから、ようやく言った。「いつか話してくれる?」

エヴァンジェリンは笑った。「うん。いつかは」

昼食のトレーをエヴァンジェリンのトレーの隣におくたび、ナタリアは身を乗りだして小声で言った。「馬鹿なやつらのことは気にしないで」彼女の言っているのがジリアンやメイシーや、サマンサのろくでもない取り巻きのことだけでなく、全世界のことだというのはエヴァンジェリンにもわかっていた。ナタリアがついにがまんしきれずに、ジョナとダニエルとの関係について直接訊いてきたとき、エヴァンジェリンはぼそぼそ答えた。「そうかもしれない」

ナタリアはエヴァンジェリンの頬にかかった髪を払いながら言った。「そうだね。そうかもしれないね」

ナタリアはわかってくれた。それ以上は詮索しないでいてくれる彼女が、エヴァンジェリンは大好きだった。

一月の第三火曜日の放課後、化学の試験に向けた勉強のためにエヴァンジェリンはナタリアの家に行った。夜の七時に帰宅したとき、家は真っ暗だった。背骨に悪寒が走った。きっと家はもぬけの殻になっていて、また大人に置き去りにされたんだ、と半分思った。でも、明かりをつけると、アイザックの書き置きがあった。クリアネス委員会に参加すると書いてあった。彼女はそのことをすっかり忘れていた。

それでも、まだなんとなく違和感はあったが、今は自分の家にいる。〝自分の家〟ということばが、奇跡のように思えた。キッチンカウンターの上に、朝食のときに使った食器がそのまま放置されていた。アイザックはボウルを水に浸けるのを忘れ、シリアルが乾いて内側にこびりついていた。でも、エヴァンジェリンは初めてそれが気にならなかった。彼女は流しに水を溜めるために蛇口をひねった。

最後のカップを水切り用のタオルの上においたとき、二階の床板がポンと音をたてた。本当なら怖くなるはずだと思ったが、怖くなかった。この古い家は、関節炎持ちの老婆のようにいつも自分を調整している。たとえ家のなかに幽霊がいたとしても、それはそれでいいような気がしていた。自分はこの家に愛されている、とエヴァンジェリンは思っていた。この家のおかげで、お腹が空くこともないし暖かいし、なにより大切にされている。

アイザックにも愛されているのだろうか。とてもよくしてもらっている。それはたしかだ。それに、よくしてもらっているどころではない。でも、愛は？　そうは思えなかった。彼は愛そうとしていた。神さまに誓って、彼は愛そうとしてくれていた。でも、愛していない。もしかしたら、愛せないのかもしれない。自分のなかにある愛を、すべてダニエルと一緒に葬り去ってしまったのかもしれない。

食器を拭きはじめると、家がまたしゃべりだした。今度はもっと大きな声で。二階から、重くてくぐもったドスンという音が聞こえた。湿った砂の詰まった袋が落とされたような音だった。一瞬ルーファスの仕業かと疑いかけたが、ちょうどそのとき裏庭から犬の吠え声が聞こえた。なるほど、帰ってきたときの違和感はそれだ。ルーファスが出迎えてくれなかったからだ。ひょっとして、一日じゅう外にいたのだろうか。

もう一度、二階からドスンという音がした。アイザックからは二階に行かないように言われていたので、彼女はずっとその約束を守ってきた。二階に続くドアの前までは何度も行ったが、一度も開けたことはなかった。でも、今はこの家が彼女を呼んでいた。それどころか、来いと強要しているように聞こえた。

エヴァンジェリンは忍び足でドアまで行った。学校では何人かの子から、二階は不気味でまだ完成していないと聞かされていた。ダニエルが二階で物音をたてているのを聞いたことがあるのか、とも訊かれた。その子たちは、エヴァンジェリンを怖がらせたかっただけだ。そういうことをする人が彼女は大嫌いだった。それ以上に、その口車にまんまとのせられてしまった自分に腹が立った。彼女がドアを開けなかったのは、興味がなかったからでも、アイザックと約束したからでもなかった。理由はただひとつ、怖かったからだ。そんなふうに生きていくのはおかしい。

ドアの把手に手をかけたまま数秒待ち、一気にドアを開けた。荒削りの薄板が張られた未完成の階段には、スパイクを履いた何者かが駆けあがっていったようなあとが残っていた。

「誰かいるの？　アイザック？」

エヴァンジェリンの注意を引くことに成功したからか、家は静かになった。「おい、家。覚悟しなさい」と彼女は言った。「今から上にあがるから。それを待っているんでしょ？」

家は答えなかった。でも、彼女は静まりかえったなか、板を踏みながら一段ずつのぼっていった。

エヴァンジェリンは、階段のいちばん上に立った。ねじれたコードの先に裸電球が揺れていた。垂木（たるき）の張りめぐらされた屋根のどこかで、空気を鋭く引き裂いてたたみこむように、なにかの翼が羽ばたいてから止まった。彼女の目の前に、バスルームの枠組みだけが立ちはだかっていた。壁のない2×4（ツーバイフォー）工法の小さな部屋で、むき出しのパイプが床から延びていた。プラスチックでできたお粗末なシャワーとカビの染みができたカーテンが、空虚な空間のなかに宇宙人の繭のように浮かんでいた。右手のほうに、石膏ボードを切り開いて作った出入り口があった。彼女はとっさにそこを見た——音はそこから聞こえていた。この未完成な空間のなかで、ダニエルはたしかに生きていた。今にも暗がりから出てきそうだった。

この家に来てから、よくダニエルのことを考えた——考えないわけがない。でも、徐々に考えなくなっていた。ときどき彼の写真を手に取って眺めながら、お腹の子もこんなふうにスポーツ万能で背が高くてきれいな顔になるのだろうかと思いを馳せた。だけど、赤ちゃんが日に日に成長していくのを見るうちに、この命はこの子自身がつくりだしたもののように思えてきた。自分のお腹のなかにある命が、〝無原罪の御宿り（おんやど）（聖母マリア自身、母の胎内に宿ったときから原罪を免れていた純潔な存在だとする教義）〟だと考えるようになった。どんなに笑われようが、それが真実だと思えた。生物学的な事実がなんであろうと、受胎に関わるどんな話でも、無実の人に他者の罪をなすりつけて語られることはない。

エヴァンジェリンは向きなおり、ダニエルのものだと思われる部屋の正面に立った。なにか鋭いものが頭に刺さったような気がして、その場所を手ではたいた。それがなんであろうと、はたき落とすつもりだった。虫に刺された？　それとも、釘が突きでていた？　でも、はたいたところには自分の髪の毛しかなかった。それと、埋もれた痛みだけ。

脚を無理やり動かして一階まで戻ろうとしたが、脚がそれを拒否した。結局、自分から進んでダニエルの部屋に向かった。ほかに選択肢がなければ、恐怖と向き合うしかない。部屋の入り口まで行くと、肌を刺すような寒さに襲われた。彼女はそこに立ちつくし、暗闇のなかに存在するものを見分けようとした。湿った呼吸のような音が聞こえた気がした。

「ねえ、誰かいるの？」

ベッドの上で、重たそうな高密度のなにかが動いた。驚いたことに、それは一瞬で部屋の空気を変え、凝縮して固体になった。エヴァンジェリンは、自分の肌を通してその形が見えるような気がした。

「ねえ」と彼女はまた言った。今度は、一定のリズムで打ちつける音が聞こえた。

「ルーファスなの？」

打ちつけるような音が早くなり、彼女は笑いだした。「ルーファス！　ほんとに怖かったんだから！　おいで。こっちにおいで」

でも、ルーファスは来なかった。エヴァンジェリンは躊躇した。まだこの暗さに目が慣れきってはおらず、疑問がまったくなくなったわけでもなかった。二階に上がってきたとき、なんでルーファスは真っ先に出迎えてくれなかったのだろう。なんで今は言うことを聞いてくれないのだろう。第一、どうやって二階に上がったのだろう。今まで、二階につながるドアが開いているのを見たことがなかった。それに、ここに上がってくる前もドアは閉まっていた。

「ルーファス！　いい加減にしなさい！」と彼女は言った。「ほら、こっちに来て。今すぐ！」

打つような音は止まり、激しい息づかいだけが聞こえた。勇気を振り絞って部屋のなかにはいった。ベッドらしい大きな黒いかたまりに近づくと、低い唸り声が聞こえた。獰猛さはなく、ただ警告しているような唸り声だった。それでも、彼女は急いで腕をうしろに隠した。ルーファスのような犬がその気になれば、簡単に獲物の手足はもぎ取れる。今まで、ルーファスは彼女に唸ったことはなかった。ひょっとしたら、ここにいるのはルーファスではなく、幽霊になった犬が遊びに来ただけなのかもしれない。ナイトテーブルの上にランプがあることに気づき、明かりをつけた。茶色のランプシェード越しに、淡い光が広がった。

ベッドの上に座っていたのは、たしかにルーファスだった。エヴァンジェリンを凝視していた。廊下の天井からぶらさがっている裸電球が、ルーファスの目に反射していた。エヴァンジェリンがあとずさると、ルーファスは急に申し訳なさそうに、伏せの姿勢になった。うしろ肢を伸ばし、体が伸びているのを強調するように、少し前に這った。そしてお腹を見せるように体を反転させ、エヴァンジェリンのほうを見ながら哀れっぽい鳴き声をあげた。あまりの愛らしさに、彼女は駆け寄って犬の胸をなでた。

「なんであんなことしたの、ルーファス？　なんでわたしを怖がらせたの？」

彼女になでられ、ルーファスは目を閉じた。笑っているように口がカールした。エヴァンジェリンはベッドに腰かけた。仮に、ドアが風かなにかで偶然開いたとしよう。そして、ルーファスが二階に上がってから、また偶然に閉まったとしよう。でも、裏庭からルーファスの吠え声が聞こえていなかった？

そのとき、カーテンがはためいているのが見えた。どうりで寒いわけだ。窓が開いている。おそらくルーファスは窓の外に顔を出して、裏の草原にいた鹿に怒って吠えたか、二階に閉じこめられたことを吠えて訴えたのかもしれない。彼女がベッドから立ち上がると、ルーファスも期待に満ちた目で横座りになった。エヴァンジェリンは窓を閉めて言った。

「さ、下に行きましょ、ルーファス」

でも、犬は動かなかった。いつもなら首輪をつかんで無理やり連れていっただろうが、さっきの唸り声を思い出してためらった。彼女はルーファスの隣に座り、部屋のなかを見まわした。多少ルーファスに荒らされてはいたが、きちんとベッドメーキングはされていた。実際、部屋のなかはきれいに整えられていた。整理だんすの上におかれた枯れた花束、机の上に積まれた大学のパンフレット、奥の壁のフックに掛けられたシャツ、部屋の隅に並べられたスパイクシューズやワークブーツ。誰かが、この部屋をきれいに保っていたのだろう。部屋の持ち主が戻ってくるのを祈りながら。

ルーファスはもう鳴いていなかった。鼻をやさしくなでられ、やさしい目でエヴァンジェリンを見つめていた。ルーファスは、その目で人に催眠術をかけることができる。ルーファスに見つめられると、筋肉が弛緩し、まぶたが重くなる。エヴァンジェリンはあくびをした。ルーファスは体をまるめ、その背中を抱くように彼女は横になった。

エヴァンジェリンが意識と夢のはざまを漂っていたとき、べつの存在がどこからともなく部屋にはいってきてベッドの上に座った。それが誰なのかを見ようと、彼女は必死に目を開けようとした。でも、筋肉は言うことをきいてくれなかった。まるで、精神を置き去りにして、体だけが眠りについてしまったようだった。

いつの時点かで、完全に眠ってしまったのだろう。ルーファスがベッドから飛びおりて吠えだしたので、急に目が覚めた。ルーファスには、アイザックの車が私道にはいってきたのが聞こえたのだろう。エヴァンジェリンも飛び起きた。少しふらふらしながらベッドを手でならしてきれいにし、こっそりと一階に戻った。

ルーファスが元気よくアイザックを出迎え、足止めをしてくれていた。彼は膝をついて犬の頭をなでていた。「ルーファス、なにがそんなにうれしいんだ？」そして、そこにやってきたエヴァンジェリンを見ると、心配そうに言った。「疲れてるのか？」

「ちょっとふらふらするだけ」と彼女は言った。「眠っちゃったみたい」

アイザックはキッチンカウンターに目をやった。食事の用意はしていなかった。「ルーファスはもう食べたのか？」

彼女は首を振った。

「きみは？」

彼女はまた首を振った。

「もう九時過ぎだ。ずいぶん寝てしまったようだね。ルーファスに餌をやってくれるか？ 私はターキーチーズサンドイッチを作ろう」

「いいの？　ごめんなさい。本当ならわたしが……」

「ここ二日間はきみが夕食を作ってくれたから」

アイザックも目のまわりが灰色にくすみ、疲れているように見えた。でも、夕食作りに必要なものをさっそく取り出しはじめていた。もしかしたら自分はまちがっていたのかもしれない、とエヴァンジェリンは思った。もしかして、これも愛なの？　疲れきった年配の男が、冷蔵庫のなかから肉やチーズを探しているのも、愛のひとつの形なの？

静かな夕食のあと、食器の片付けもすませ、エヴァンジェリンはベッドに寝ていた。ルーファスはいつものように彼女の足元にうずくまっていた。なにもかもがちがってしまったように思えた。二階の部屋にいた〝存在〟は、彼女が空想したものではない。たしかに、ダニエルはあそこにいた。あのとき、ほんの短い時間だったが、彼女はダニエルその人だった。ぱんぱんに膨れあがった力と約束された運命のようなものを感じた。でも、それは無理やりつくりあげられた特権意識であって、本人ですら信じていないように思えた。奥のほうでは不満がゴロゴロと音をたて、不安と羞恥心と、どうすることもできない寂しさが渦巻いているような気がした。それに、心が崩壊してしまったかのようなダニエルの深い悲しみも感じた。だけど、この世界には思いどおりにならないことなどなにもないように見えたダニエルが、ほかの人と同じように苦しんでいたなんてどうしても信じられなかった。

エヴァンジェリンは、もう一度手がかりを追ってみた。もう何百万回も繰り返してきたことだった。サマンサは、ダニエルが殺される直前に彼を振ったと言った。それに、森のなかのあの夜、ダニエルは涙ぐんだ妙な目で、「ぼくが欲しい。ぼくが欲しいんだろ？」と言った。エヴァンジェリンは、自分がなるべく傷つかないように、あの夜についてべつの解釈をしてみようとした。でも、それは無理だった。たしかに、ダニエルは彼女を傷つけたいと思ってはいなかったのかもしれない。でも、彼の目にはなにも見えておらず、無謀で無関心だったことはまちがいなかった。彼はエヴァンジェリンを、自分の物語に出てくる小道具のひとつでしかないように扱った。

わたしはダニエルにレイプされた。やっと。やっとこのことばが言えた。やめてと叫ばなかったかもしれない。でも、混乱していたわけでも意識が曖昧だったわけでもない。もう、そうだったと自分に思いこませるのはやめた。嘘をついても、ちっとも楽にはならない。彼女はレイプの被害者だったかもしれないが、弱かったわけではない。今はもう被害者ではない。彼女は強くなった。できる限り状況を制御できていると思う。

事実をありのまま受け入れた今、不思議なことに、どうしてもダニエルを赦せないという気持ちは強くならなかった。実際、今まで感じてこなかった糸口のようなものを感じた。ずっと自分と闘ってきた。ダニエルがしたことを認めずに、彼を赦すことを自分に強要してきた。もしも事実を認めてしまったら、赤ちゃんの父親かもしれない人に対する憎しみのなかから永遠に抜け出せなくなると思って怖かった。でも、今わかった。人が犯してしまう罪の明らかな凶暴性を認めたうえで、いつかは、なんとか赦すことができるようになる。その方法しかないと思った。ちゃんと認識していないことを赦したとしても、それは本当の意味の赦しにはならないから。

そうだとわかっているとしても、実際にそうできるとはかぎらない。だから最後にひとつだけ試してみることにした。彼女は、幼い少年だったころのダニエルを思い浮かべた。ひどいにおいのするピットブルに腕をまわして、あのベッドの上で何年も寝ていた少年。そんな少年のことを嫌いにはなれなかった。明日はもう少し大きくなったダニエルを想像してみることにする。そうやって、彼を成長させていく。そうすれば、ある時点で、森のなかにエヴァンジェリンを誘いこんだ男の子になる。彼女にはそれを修正することはできないが、彼のべつの面が見えてくるかもしれない。

そんなにダニエルのことを赦したがっている自分が不思議でたまらなかった。それ以上に不思議だったのは、すでにほとんど赦しているような気になっていたことだ。これは、ダニエルのためではなかった。彼にとっては今さらなんになる？ これは、彼女自身の心を救うためだ。要はそういうことだ。これまで生きてきたなかで、エヴァンジェリンはずっと毒を自分に食べさせてきた――苛立ち、憎しみ、恨み、怒り。以前なら、心が壊れたってどうでもよかった。つんつんと突いてくる厄介事にしかすぎなかった。いつもなにかを要求ばかりしてきて、いつもお腹を空かせていて、いつも居場所のない、そんな厄介者でしかなかった。

でも、今はお腹に赤ちゃんがいる。この子のために、心は大切にしないといけない。赤ちゃんは、彼女の心を必要としている。いずれにしても、母親の心臓というのは、かならず子供のなかで拍動するものなんじゃないの？

だから、ダニエルのことを赦せるように努力しなければならない。そのあとは、自分自身も赦せるようにならないといけない。でも、もうすでに少しは進歩したんじゃない？ ダニエルのしたことで自分を責めるのをやめたんだから。それでも、これまでの人生でおこなってきた無数の小さな罪や身勝手な振る舞いは、まだまだ残っているけれど。

もちろん、ブレマートン市に行った事実はずっと残る。そのことで自分を赦せるなら、そのときこそ本当の安らぎが訪れるかもしれない。だけど、そんなことは可能なのだろうか。車のドアを開け、その向こうになにが待っているのか充分に知りながら、なかに乗りこむ自分の姿がどうしても脳裏から消えない。ほかに選択肢はあったのだろうか。

エヴァンジェリンは目を閉じ、そのときの記憶を消し去ろうとした。ベッドの上にのぼってくるまでルーファスのことはすっかり忘れていた。犬は半分まで来ると、彼女のお腹まで数センチのところに鼻先を近づけて伏せた。そして、赤ちゃんがなかにいる膨らんだお腹を見つめた。

誰かの目をじっと覗きこんでいるみたいに見えた。

49

三十代後半だったころ、一度だけアビゲイル・グロフにキスしたことがあった。そのときはふたりとも結婚していて、それ以上ふたりの関係が発展することはなかった。しかし今、クリアネス委員会が進んでいくなかで、実に思慮深い質問をしてくるアビゲイルを見るにつけ、あのとき、そのままずるずると関係を続けていたらどうなったのだろうと考えずにはいられなかった。クリアネス委員会の集まりを重ねていくうちに、私はありもしなかった人生の幻想に集中力をむしばまれていった。

次の二、三度の集まりでは、ダニエルを彼の幼なじみから守ってあげられなかったことに焦点を当てた。私の最大の過ちはその点にあると確信していた。四度目の集まりのとき、私はジョナが秘めていた危険性について証明する記憶のなかの映像や断片を集め、準備万端で臨んだ。ジョナが五歳のときにボードゲームで負けてヒステリーを起こしたこと、八歳のときに翼が粉々に壊れたダニエルのプラモデルの飛行機を自慢げに掲げていたこと、十歳のときに合唱で前に立つダニエルを思いきり殴って悲鳴をあげさせたことなど、例はいくらでもあった。そのいずれについても、ジョナに対する怒りは感じなかった。私の怒りは、サインを見逃した自分自身に向けられていた。

三人の信徒たちは敬意をもって私の話を聞いていたが、話にこめられた緊急性を見逃していると私は強く感じた。明らかに、少年時代のよくある出来事だと彼らは誤解している。それは、私にぶつけられた辛辣な質問によく表われていた。「それと同じようなことを、ダニエルもしなかったかどうか覚えていないか？」とラルフが訊いた。

彼らにもわかりやすい例を必死に探し、私は答えた。「ルーファスをいじめた」新しい興味を抱いたように、三人の顔がいっせいに上がった。サイコパスが手始めに動物を虐待する傾向があるのを、彼らも耳にしたことがあるのだろう。私はべつの話をした。私自身が実際にあったと信じていた出来事だ。彼らは、それ以上ジョナについての話を必要としていなかった。私にしても同じだ。しかし私は自分なりの論理を組み立て、判断の参考になる証拠を示すことに執着していた。

息子たちが十二か十三歳のころ、ジョナはルーファスをツリーハウスに登らせたがった。犬を持ち上げてなかに入れるのを手伝ってほしいと頼まれたが、私は断わった。そんなことをしてもろくなことにはならないと思ったからだった。しばらくして窓の外を見ると、ルーファスが宙吊りになっていた。タオルで作った吊り下げ用の輪っかに縄で作ったハーネスがくくりつけられ、さらにその縄は枝に掛けたべつの縄に結びつけられていた。ルーファスを上昇させようとダニエルは全体重をかけて縄を引っぱり、ジョナはツリーハウスの上から引っぱり上げようとしていた。私が外に出たときには、ルーファスはかなり上のほうで吠えていた。

「もうその時点では、私にはどうすることもできなかった。だから、また家のなかに戻ることにした。一時間後、ルーファスを下におろせないとダニエルが言いにきた。吊り下げ用の輪っかを装着したが、ツリーハウスのドアのところでパニックを起こしたのだと言う。私はすぐ行くと言い、ダニエルは先に走っていった。

コートを着ていると、ジョナとルーファスがツリーハウスのドアのところにいるのが見えた。次の瞬間、ルーファスが木から落ちた。三メートルか四メートルくらいの高さからだったから、私はあわてて外に駆けだした」

私はそこでことばを止めた。三対の目が上を向き、続きを待っていた。

数分後、ジョージが言った。「本来、こんな質問をすべきじゃないのはわかってるんだが、いったいなにがあったんだ？」

「必要なことはすべて話した」

「でも、無事だったのか？　ダニエルはなんて？」

ジョージの言ったことは正しい。たしかに正当な質問ではない。ただ、私の話が途中で終わっていたのもたしかだ。「ルーファスは大丈夫だった。少しふらついていたようだが、座って尻尾を振っていた。でも、ダニエルのほうは大変だった。泣いたり笑ったりしながら、ルーファスに抱きついていた。いくぶん気持ちが落ち着いてから、ルーファスがどういうわけか空中に転がって落ちたのだと言っていた。死んでしまうか、少なくとも肢を折るかと思っていたらしい。でも、まるでスタントマンのようにうまく転がり、すっくと立ち上がったんだそうだ。

三人の顔は、ハッピーエンドに満足しているように見えたので、私は付け加えた。「でも、問題はそのあとなんだ。まさにその翌日、ダニエルはダイニングテーブルから跳んで、肩を脱臼した。ジョナのために、ルーファスの着地を再現したんだ」

ジョージが、怪訝そうな顔であとのふたりを見まわした。少ししてからラルフが言った。

「その話ときみの苦しみとは、どんな関係があるんだ？」

自分でも相当不満げな口調で言ったという自覚があるが、私は、ルーファスを危険な目にあわせようとダニエルを焚きつけたのはジョナの差し金であって、ツリーハウスのドアから犬を押し出したのも明らかにジョナの仕業だと主張した。それどころか、ジョナ自身の楽しみのために、ダニエルに危ないことをするように仕向けたのだとも言った。そういった証拠があったにもかかわらず、私はジョナの危険性に気づくことができなかったのだ。

「ふうむ」とラルフは言った。

この日、アビゲイルは特に静かだった。それまでひとつも質問をしなかった彼女が、最後に訊いた。「もしもジョナをひとことで言い表わすとしたら、それはどんなことば？」

たぶん彼女は、私が選ぶのは〝人殺し〟ということばだと思ったのだろう。確信がある。でも、それはちがった。選ぶとしたら、それは〝問題を抱えている〟だっただろう。でも、私は答えなかった。あのときは、彼女の質問が賢い罠のように思えたのだ。一見、開かれた質問のように思えたが、アビゲイルにとっては答がわかっている質問だったからだ。それは質問ではなく、あくまでも意見だった――〝あなたは、神の子を一語で限定してしまった。彼の人生そのものをたった一瞬のことだけで切り取り、彼の内なる神を無視した〟と。

私はジョージを見て眉を上げた。いくらなんでも、これほどあからさまな規則違反についてはそろそろ介入すべきだろう、と思った。しかし、彼はおだやかな顔で私を見るだけだった。私はアビゲイルに質問してくれたことを感謝し、考えてみることを約束した。そして、残りの時間は沈黙のうちに過ごし、振り返りについては断わった。

私はアビゲイルに対して、腸が煮えくりかえっていた。いちばん信頼できると思っていたのに、彼女もほかの人たちと同じように偏見に満ちていた。彼女にどんな権利があるというのだ？　子供を失ったことがあるのか？　息子のように思っていた子に、自分の子供を殺されたことがあるのか？　集会が終わるまで、私の怒りは収まらなかった。貴重な時間を割いて委員会に出席してくれたことを礼儀正しく感謝し、さようならも言わずにその場を去った。

九時十五分過ぎに家に帰ると、キッチンでロリーが大きな鍋を拭いていた。クリスマス以来、彼女はより頻繁にうちに来るようになっていた。彼女はさまざまな言い訳を駆使した――クッキーやキャセロールを届けるためだとか、エヴァンジェリンの学校の課題を手伝うためだとか、ただおしゃべりをしにきただけだとか。もしも数分以上長居したいときは、ネルズも連れてきた。何度か、三人がダイニングテーブルを囲んでいるところに出くわしたこともあった。でも、こんなに夜遅くに彼女ひとりがキッチンにいたのは初めてだった。私はコートを着たままキッチンにはいった。

彼女は振り向いて笑顔を見せた。「三人でおいしいシチューを作ったの。お腹が空いていたら、いっぱい残ってるわよ」

「気づかいをありがとう」

やさしく言ったつもりだったが、彼女は鍋を拭く手を止めた。鍋をおくのにうしろを向く必要があるようなふりをして、彼女は私に背を向けた。そして肩越しに、陽気すぎる声で言った。「気づかいだなんて。実は、ほとんどエヴァンジェリンが作ったのよ」鍋をおく言い訳もできなくなったので、しかたなく彼女はこちらを向いたが、視線は下げたままだった。「あとはちゃんと片付けておきたくて」

「その気づかいにも感謝している」

彼女は顔を上げた。「大丈夫？」

「もちろんんだ。あの子たちはどこにいるのかなと思っただけだ」

「エヴァンジェリンは自分の部屋で学校の勉強をしてるわ。ネルズはほんの数分前に帰ったところよ。アイザック、なにか心配事でもあるの？　それともわたしの気のせい？」

私はまだクリアネス委員会でのことで気が立っていて、耳鳴りのような雑音が頭のなかで響いていた。でも、自分の怒りをこの哀れな女性に向けるようなことは絶対にしない。私が以前見せた思いやりを、明らかに誤解してしまったようだった。できるかぎりのやさしい声で私は言った。「もしかしたら誤解させてしまったのではないかと心配している」

彼女は私の目を見つめて言った。「いいえ。誤解なんてしていないから安心して」無理やり言っているように聞こえた。と同時に、非難めいているようにも聞こえた気がした——あなたが寛容じゃないことは、誰が見ても明らかだから、と。

「だったら、混乱しているのは私のほうらしい」わざと少し険しく聞こえるように言った。確実に衝撃が伝わるように、何拍か待ってから言った。「なんできみはここにいるんだ？　幼い娘がひとりで家にいるというのに？」

あのとき、自分がいかに冷酷だったか自覚はあったのか？　もちろん自覚していた。ロリーの顔が青ざめ、自分をコントロールしようと大きく息をしているのを見て、ある種の心地よささえ感じたのを覚えている。彼女は落ち着いているふうを装って食器用の布巾をカウンターにおき、キッチンから出ていこうとした。

でも、ドアを半分出かかったところで彼女は立ち止まり、またなかに戻ってきた。「簡単なことだと思ってた？　ここに来ることが？　あなたがどう思っているか知りながら、この家に来ることが？」声が震えていた。「簡単なんかじゃなかった。毎回、気が重かった。毎回、無理やり自分を説得しないと来られなかった」

私は彼女をにらみつけた。もはや怒りを隠そうともしなかった。「じゃあ訊くが、きみがこの家にいるのを見て、私が平気だったと思うのか？　家に帰ってくると、きみがいる。

そんなことを簡単に受け入れられると思うのか？　きみがなにをしたのか知りながら？」

「わたしがなにをしたって言うの、アイザック？　教えて。あなたにはなるべく親切にするようにしてきたけど、なにか気に入らないことをした？」

彼女の頰は怒りで紅潮していた。その顔は、あの九月の夜、樽の近くで彼女を見たときと同じ顔だった。ダニエルが行方不明になってから二、三日経ったころのことだ。息子が死んでいることはまだ誰も知らなかった。夜の十一時ごろ、その日も長い捜索を終え、私は疲れきって真っ暗なキッチンで座っていた。ロリーの家の裏庭から煙が立ちのぼっているのに気づいたのは、そんなときだった。ワイリーの家の小屋が流れ者に放火されるという事件が数カ月前にあったため、私は急いで上着をはおってロリーの家との境界にある林まで行った。だんだん近づくうちに、突拍子もない考えが浮かんだ。きっと火のそばにダニエルがいる。確信に近かった。重症を負っていて、合図に火をおこしたにちがいない。

ところが、燃えさかる炎の前に立っていたのはロリーだった。わが家の裏門の外にあった古い樽のなかで、なにかを燃やしていた。やわらかそうなかたまり——なにかを詰めこんだ枕カバーのように見えた——を持ち上げ、それを火のなかに投げ入れた。次に投げ入れたのはブーツのように見えた。でも、ブーツはあんな燃え方はしないからべつのものだったのかもしれない。近くの木に引火しそうなくらい炎は高くのぼっていた。一瞬の閃光のような炎に照らされて、ロリーの顔がぞっとするような深紅に染まった。それもつかの間のことで、炎はすぐに小さくなり、彼女の顔は暗闇に隠れてはいなかった。でも今こうしていると、彼女の顔は暗闇に隠れてはいなかった。「ジョナの服を燃やしたのは、親切心からか？　ジョナのブーツを燃やしたのも？　ガソリンかライターオイルをかけて証拠隠滅したのも、私とキャサリンに息子の捜索に加わらせたのも、きみの親切心からなのか？」彼女はなにかを言おうとして口を開いたが、私はそれをさえぎった。「きみが心配だった。「煙が見えたんだよ。きみが心配だったから、見にいった」そこで私は笑った。「きみが心配だった。ネルズのことも、ジョナのことも心配だった。あの日、ダニエルがまだ見つかっていなかったあの日の夜遅く、あんなに疲れていたのに、私はきみが心配だった」

そこで私はことばを止めた。沈黙が、彼女を苦しめるのを見たかった。ロリーは膝に力がはいらない様子で、キッチンテーブルの椅子に沈みこんだ。「鹿肉を持ちかえってきた。鹿の血がどうしても落ちなくて」

「ジョナが鹿を殺したの」と彼女は小声で言った。「鹿肉を持ちかえってきた。鹿の血がどうしても落ちなくて」

「だとしても、なんで服とかブーツを焼く必要があるんだ？　なんでこの話を警察にしなかった？」

彼女は床を見つめていたが、無言のまま立ち上がり、帰ろうと向きを変えた。私は彼女の腕をつかんでこちらを向かせ、怒鳴った。「きみは知っていたはずだ。私の息子はまだどこかで生きていた。大怪我をして出血していたかもしれないが、まだ生きていた！　でも、きみは自分の息子を守るために、私の息子なんか死んでもいいと思っていたんだ！死んでもかまわないと思っていた！」実際にことばを口にするまで、自分がそんなふうに思っていたなんて考えもしなかった。

ロリーの顔は不思議なほど無表情で、運命を受け入れたかのように穏やかだった。「いいえ」と彼女は言った。「ダニエルをそんな危険な目にはあわさない」

「でも、きみはそうした」

「いいえ。危険にさらされてはいなかった」彼女の声には、そのときの眼差しと同じくらい感情がなかった。「もしもあの血がダニエルのものだったとしたら、もうとっくに死んでいたはずだから」

こんなことばを、誰が予期できただろう。今度は私の膝が、体重を支えられなくなった。こうして、ひとりの男とひとりの女は、ほとんど息をすることもできずに、キッチンの椅子に倒れこんでいた。

「ジョナが言ってたのか？」

「いいえ」と彼女は言い、なんとか立ち上がった。

「じゃあ、どうしてそんなことがわかる?」

彼女は歩きはじめた。キッチンを出たところで振り向き、死んだような声で言った。

「だって、あんなにいっぱいの血。それに、におい」

彼女が玄関から出ていくのが聞こえた。私はそれからしばらくのあいだ、呆然としてキッチンのなかで座っていた。そしてようやく立ち上がると、玄関まで行ってドアに鍵をかけた。

50

ぼくが死ぬ日

　ダニエルの目があんなにすぐビー玉みたいになるなんて不思議だった。鹿の目玉と同じだ。それに、ダニエルの死体も、ダニエルじゃなかった。人間でさえなかった。まちがったときに、まちがった場所に存在する森の動物のひとつでしかなかった。どんなシナリオがあったとしても、永遠には生きられない動物。いつかは死ぬ運命にある動物みたいに、ダニエルをそこにおいたままぼくは森から出て、いつもの生活に戻れるような気がしていた。

　三十分はかかったけど、野イバラの茂みの奥深くに死体を隠すことができた。ダニエルの血が流れた場所に解体した鹿を引きずっていって、内臓をばらまいて飛び散った血をごまかした。もし死肉を食べる鳥が上空に群がって人の注意を引いたとしても、鹿の死骸が残っていれば疑問は持たれないだろう。ぼくは雄鹿の腰部（テンダーロイン）のやわらかい肉だけを切り取り、あとはそのまま残した。鹿狩りの季節にもなっていないのに鹿を殺したことを、母さんにはこっぴどく叱られるだろう。でも、どっちみちステーキは食べることになる。死んでると思った鹿が生きていて、ナイフで切ったら血がぼくの全身に飛び散ったと言えば、血だらけの服の言い訳としてこれ以上いい説明はない。

　星も見えない真っ黒な空のもと、ぼくは家までトラックを走らせた。黒いゴミ袋をかぶせた助手席の上に、血のしたたる鹿肉をそのままおいた。ダニエルのにおいがぼくに染みこんでいた。注意深く鹿をさばいたときとちがって、ダニエルのことは内臓ごとナイフで刺した。二回ほど、トラックを道路脇に寄せて吐いた。家まで運転するあいだ、必死に思い出そうとしていた――フットボールの練習のあと、ダニエルがぼくのトラックに乗りこむのを誰かに見られただろうか。たぶん見られてはいないと思った。でも、こんなことになると思ってもいなかったときに、そんな細かいことまで覚えてなんかいない。

　家に着くと、ぼくはキッチンの窓のなかを覗きこんだ。母さんがプラスチック製のキッチンテーブルで背中を丸め、看護師試験の勉強をしていた。父さんが死んでからというもの、母さんは以前より仕事のシフトを増やし、学校にも通いはじめた。何者かになるために死に物狂いで努力している。介護施設で一日じゅうおむつ替えをしてへとへとに疲れ、母親というよりまるで祖母のような母さんを見ていると、ぼくは泣きたくなった。それなのに、ぼくは新たな苦しみを抱えて家に帰ろうとしている。帰るのをやめて向きを変えようとしたとき、母さんはぼくを見つけて微笑んだ。

薄暗いキッチンの明かりと黒っぽい服のせいで、最初は血が見えていないようだったが、一歩なかにはいったとたんににおいに気づかれてしまった。「やだ、もう。ジョナ、いったいなにを撃ったの？　なにか大きいものなんでしょ？」

十一時くらいに、ぼくはおやすみを言いにいった。母さんは流し台の前に立っていた。さっきまでぼくが着ていた上着が流しのなかに濡れたまま丸まっていた。片方の袖が薄い色のカウンターに載っていて、周囲に水が広がっていた。母さんは口を半開きにして、自分の手のひらを見つめていた――赤く染まった流しのなかの水ではなく、床に飛び散った鮮やかな赤でもなく。母さんは両手を顔の近くまで上げ、初めて見たもののようにじっと見ていた。まるで、自分の腕の先端に縫いつけられた他人の手でもあるように。

ぼくがそこにいたのはわかっていたのだろう。母さんの視界にちょうどはいるくらいの、キッチンのドアのところにぼくは立っていた。母さんは身動きひとつせず、ことばをひとことも発することはなかった。ただ、ぼくの足元の床が軋み音をたてると、母さんのなかでなにかがはじけたように息が速くなった。ぼくはそのまま少し待っていたが、特になににも起きなかったので、その場を去ろうとした。

「ネルズ」まるで警告のような鋭い声で母さんは言った。

「部屋にいるよ。寝てる」

「絶対に部屋からは出さないで。わかった?」


翌日、ダニエルが行方不明になっているというニュースはあっという間に広がった。フットボールの練習のあと、彼がぼくのトラックに乗りこんでいるのを二、三人の一年生が目撃していたことがわかった。そんなことは充分に予測できたはずだった。女の子たちは、いつだってダニエルのことに注意を向けていたのだから。ただその結果、ぼくは容疑者としてではなく、セレブとして祭りあげられた。誰もがなんらかの関わりを持ちたがり、痩せっぽちのジョナ・ガイガーがいちばん近づける存在だったからだ。サマンサとその取り巻きたちは昼休みになるとぼくのまわりに座り、なんとかサマンサを筋書きの一部に取りこんで悲劇的なラブストーリーを作りあげようとした。彼女がこんなニュースの見出しを期待しているのは明らかだった――〝失恋した高校生、失意の失踪〟。

ぼくは同じ話を繰り返した。体育館近くの小さなスーパーで彼を降ろしたとき、「ウェイトトレーニングの前にエナジーバーとゲータレードを買う」と言っていた、と。

警察は、ダニエルがスーパーにも体育館にも行ってないことをすぐに突きとめた。でも、彼をトラックに乗せたこと以外、誰もぼくに疑いの目を向けなかった。母さんでさえ、それ以上のことは訊いてこなかった。ただ、ぼくがあの夜に着ていた服については固執していた。予備洗いしたりごしごしこすったりして何度も何度も洗濯したようだった。そして、しまいには新しいジーンズとブーツを買ってきて、古いのはどうしても汚れが取れないから捨てたと言った。

鹿肉については、ワイリーさんのとこの犬の餌になった。母さんはぼくを叱らなかった。ただ、「あんなに血が出るもんだとは知らなかった」とだけ言った。

ダニエルがいなくなってから二日経った日、シボドー校長は生徒も捜索に加われるように学校を休校にした。そのことからも、この町にとってダニエルがどんな存在だったかは一目瞭然だ。ぼくもほかの子たちに混じって、町のあちこちにポスターを貼ってまわった。何事もなかったように振る舞うのは、人が思うほどむずかしくはなかった。ぼくのことを人畜無害としか思っていない人たちと一緒にいると、自分ですらそうとしか思えなかった。でも、ひとりきりになると——特に夜は——ぼくの皮膚からダニエルのにおいが滲みだしてきて、部屋じゅうに充満した。

ダニエルの失踪から三日目、警察から電話があり、ぼくは事情聴取のために呼びだされた。サマンサは失恋の線で話を膨らませていたし、バルチさんも失踪当日の朝にダニエルが精神的に不安定だったと警察に証言していた。警察の話では、ダニエルが自傷行為に及ぶ恐れがあり、参考になるような情報をぼくが持っているのではないかと期待しているようだった。

ぼくが電話を切ると、母さんがぼくのほうを向いた。とんでもないことになるかもしれないから注意しなさい、とでも言っているような妙な感じの声で言った。

「わたしからも話が聞きたいそうよ。あいにくあの晩は図書館で勉強をしてたから、参考になるようなことが話せないのは残念だけど」

そのあと、ぼくが玄関から出ていこうとしたときにも、同じような妙な声色で母さんは言った。「あなたが鹿肉を持ってかえってきたのは久しぶりよね、ジョナ。鹿狩りの季節になったら、またお願いね」

解禁前に鹿を殺したことを心配しているのかと思って、話を合わせた――ダニエルをスーパーで降ろしたあと、町はずれの森のなかで狩りの練習をしていたことを警察に話すよ、と言った。実際、ダニエルを殺す数日前にもやっていたことだった。その晩の夕食後、鹿のことを警察に話さないでいてくれてありがとう、と母さんに言った。母さんは、冬のあいだぼくが着られるように古いウールの上着を補修していた。顔を上げずに母さんは言った。「無駄に森のなかを捜索させる必要もないでしょ」

ぼくは、母さんはなにも知らない、と自分に言い聞かせている。保安官が明日ぼくの遺書を見つけたとき、ショックを受けるだろうと思っている。ぼくにあんなことができるなんて、想像すらできなかったと信じたい。

でも、母さんなら……とても悲しいけど、はっきり言える。たぶん、母さんは知っている。

51

クリアネス委員会での大失敗のあとの月曜日、私はジョージに電話をかけ、体調が悪いためその週の委員会はやめたいと話した。

「では、次の週に」

本当なら、次の週も、その次の週もいやだと言いたかった。そのかわり、「そうだね、様子を見よう」と私は言った。

「アイザック」彼がことばを吟味しているのが手に取るようにわかった。「この委員会は続けるべきだと思う。きみもわかっていると思うが、抵抗を感じているということは、近づいているという証拠だ」

「近づいているって、なにに？　さらなる苦痛に？」

また長い間のあと、彼は続けた。「大きな喪失のあとで、注意が散漫になるのはよくある――」

「よしてくれ！　はっきり言えばいいじゃないか！　私がジョナに焦点を当てるのは……なんだって言うんだ？　嘘の話だとでも言いたいのか？　私の息子を殺した人間は、サイコパスではなかったと言うのか？　私は、人殺しと仲良くするようにダニエルに強要してしまった。そのことに対する私の罪の意識は、取るに足らない注意散漫だと言いたいのか？」

彼はしばらく無言だった。ようやく口を開いたジョージは、いつもの彼らしくなっていた。「取るに足らないなんてことは、けっしてない。でも、きみはもっと深いところにあるなにかのまわりをさまよっているような気がする。訊かれる前に答えるが、私にはそれがなんなのかは皆目見当もつかない。ただ、そこにあるのを感じているのはたしかだ。おそらく、きみも感じているんだと思う」

おまえたちのうぬぼれと偏見にはもうこりごりだ、と叫びたかった。クエーカーの信仰にも神とつながるという嘘の約束にも、ひた隠しにしている傲慢さにも気持ちを抑えこんでいる沈黙にも、もううんざりだった。私から妻と息子を奪う以外に、なにかもたらしてくれたことはあるか？　私をたったひとりにする以外、なにかしてくれたことはあるか？

「きみの思いやりに感謝するよ、ジョージ」と私は言った。「でも、自分の力でたしかめてみようと思う」

クリアネス委員会をとりやめることにしたことで、私は集会という重荷から解き放たれた。ただ、ロリーが突然姿を見せなくなったことに対するエヴァンジェリンの戸惑いと悲しみに向き合わなくてはならなかった。しかたなく、思いつきでこんなことを言うはめになった。「たしか、仕事のシフトを増やすとか言っていたような気がする」とか、「ネルズは今大変な思いをしているだろ？　だから母親にはいつも一緒にいてほしいんじゃないかな」とか。ロリーに見放されたことを、エヴァンジェリンは必死に私に訴えていた。

でも、ロリーのことをエヴァンジェリンに相談できるわけがない。ロリーのことを考えるたび、心臓が締めつけられた。私は、あの夜目にしたことについて、まちがった解釈をしたのだと思いたかった。ただ、それを直接ロリーにぶつけると、彼女はなんの弁解もしなかった。それに彼女が口にしたあのことば――〝もしもあの血がダニエルのものだったとしたら、もうとっくに死んでいたはずだから〟。これほど邪悪なことばがあるだろうか。発言した人間の名前を耳にするだけで、そのことばが蘇(よみがえ)ってきて私を地獄の苦しみに突き落とす。だが、私は警察には届け出なかった。どこか遠くの親戚に預けられたり、どこかの里親に引き取られていくネルズの姿が、どうしても思い浮かんでしまう。この世に、親のいない子がもうひとり増えていいはずがない。

学校のほうも寂しいものだった。休日には会おうとピーターは約束したのに、新年が明けると彼は変わってしまったように思えた。学校を留守にすることが頻繁になり、彼を見かけるといつも大きなストレスを抱えているように見えた。時間を気にするように常に時計に目をやり、地に足が着いていないように落ち着かなかった。学校を不在にする理由を〝経営上の問題〟と言っていたが、それが具体的にどういう問題なのかの説明はなかった。エヴァンジェリンについて質問することもなくなり、私のほうからエレインや娘たちのことを尋ねても、「おかげさまで、みんな元気だ」のひとことですませた。

二月も終わろうとしていたある金曜日、エヴァンジェリンから、ナタリアの家に泊まってもかまわないかというメールが届いた。私は、かまわないよと彼女にメールを返し、ついでに、ダウンタウンで一杯どうかとピーターにメールした。ピーターが私から距離をおいているのは、自分の抱えている問題でわずらわせたくないからなのだろう。ふたりでゆっくり酒でも飲めば、ピーターも気持ちが楽になるのではないかと思った。

ピーターから返事はなく、直接彼の携帯電話にかけると、すぐに留守番電話につながった。彼は、電話を切り換えるのを忘れることがたまにある。そこで、彼の自宅に立ち寄ることを思い立ち、夜の七時ごろに行ってみた。彼の家は、このあたりではめずらしく手入れの行き届いた家々が建ち並ぶ地区にあった。庭木はきれいに整えられ、玄関まで続くこざっぱりとした小道が通っている。家の前にピーターのボルボが駐車してあったが、明かりがついている様子はなく、エレインのスバルも見当たらなかった。家族で出かけているのだろうと思い、立ち去りかけたところで、居間の明かりが点灯した。

私は車を停め、玄関に向かった。窓のブラインドがすべておろされていることに気づいた。長年にわたり、彼の家で食事やゲームや会話を楽しんできたが、ブラインドがおろされていたことは一度もなかった。呼び鈴を鳴らしてドアをノックしたが、応答はなかった。私は大声で呼びかけた。「ピーター！　私だ、アイザックだ！」

しばらくして、家の前面にある窓のなかを影が通りすぎた。私はまた大声で呼びかけた。応答のかわりに、居間の明かりが消えた。妙だと思った。まるで、それまで明かりがついていたことを、私が忘れるとでも思っているようだった。

翌日も、私はピーターに電話をかけた。「やあ」と彼は言った。「留守電のメッセージを聞き逃してすまなかった。電話の調子が悪いようなんだ」

「そうかなと心配していた」

「ビールも飲みたかったんだが、どっちみち行けなかった。〈アップタウン館〉で古い『ヒックとドラゴン』の映画をファミリーナイトでやっていてね。エレインと娘たちを連れていってたんだよ」

「昨夜は家にいなかったのか？」

「ああ」と彼は言った。「なんでだ？」

「きみの家に寄ったんだ」

「そいつは残念だ。いればよかった」

「誰かいたようだったけど」と私は言った。

「ああ」とピーターは言った。「そうか、彼女、起きてたんだ。実は、私たちが出かけたとき、エレインの妹のジョシーが、ひどい偏頭痛で寝込んでいたんだ」

「偏頭痛？　そんなことを知らないから、さんざんドアをノックしたり呼び鈴を鳴らしたり、大声で叫んでしまったよ。悪いことをした」

「気にするな。偏頭痛だろうがなんだろうが、一応は起きていたんだから、応答すべきだったよ」

偏頭痛がどんなにつらいものかを彼に話し、かわりに謝っておいてほしいと頼んだ。

「昨日のビールの埋め合わせ、また近いうちにどうだ？」

「いいね」とピーターは言った。「今週はかなり立てこんでいるんだが、その次の週ならなんとかなるかもしれない。近くなったら連絡をくれ――今はいろんなことが不確定なもんでね」

ピーターの言ったことは正しかった。多くのことが不確定だった。たとえば、小柄なジョシーが家にいたと、彼がなぜ嘘をつかなければならなかったのか。居間の明かりが消える直前にブラインドの向こうを通った人影は、雄牛のような巨大な肩をしていた。

52

産婦人科クリニックのガウンを着たエヴァンジェリンは、枕に頭を載せて仰向けに横たわっていた。三月中旬の灰色の霧雨で、診察室の窓は濡れていた。

学校のほうはおおむね順調だった。ほとんどの教科での成績はBだったし、大きなお腹にもかかわらず、いじめもほぼなくなった。妊娠が公然のことになった今では、それをおぞましい秘密としてからかうのは、さすがに馬鹿らしくなったのだろう。お腹の子の父親はエヴァンジェリンがこの町に来る前のボーイフレンドだというナタリアが流した噂を、みんな信じているようだった。

ところが一週間ほど前、事態は妙な方向に動きだした。サマンサの取り巻きのなかのふたりが、トイレにいたエヴァンジェリンにすり寄ってきて、彼女のことを〝勇敢だ〟と褒めたのだ。その数日後、今度は同じグループのべつのふたりからも同じようなことを言われた。そしてついに昨日、肩を叩かれて振り向くと、なんとサマンサ本人とじきじきに顔を合せることになった。

サマンサがあまりにも近くに顔を寄せてきたため、エヴァンジェリンは彼女の息からブルーチーズ・ドレッシングのにおいを嗅ぎとることさえできた。サマンサは、妙な感じにくちびるを嚙んで口を歪めていた。なにかを恥ずかしがっているのだろうか。それとも、謝罪したがっているのだろうか。でも、そのときエヴァンジェリンは気がついた。すっかりはめられたのだ。トイレで次々にやってきた子たちは、計画のほんのさわりだったわけだ。サマンサは、単に笑いをこらえていただけだった。

サマンサが「わたしが言いたかったのは、あなたが――」

エヴァンジェリンはそれを遮って言った。「わかってる。〝勇敢だ〟って言いたいんでしょ？ で、オチはなんなの？ とどめを刺したくてここに来たんでしょ？ 早く言いなさいよ」

「オ、オチって？」

どうやらサマンサは本当にわかっていないらしい。エヴァンジェリンは自分の考えに沿ってヒントをあげることにした。「ほら、牛みたいな格好で歩きまわるなんて勇敢だ、とか、悪魔の子を身ごもるなんて勇敢だ、とか、――」

サマンサの表情が、理解からショックに変わった。「え？ そんなふうに思ってたの？

わたしがここに来たのは、あなたを馬鹿にするためだって？」

エヴァンジェリンは鼻で笑った。「わたしったら、なんでそんなふうに思ったんだろ」

ふたりはそこに立ったまま見つめ合った。くっつきそうなくらいの近さからでは、お互いの目以外にはほとんどなにも見えなかった。だから、波打つきれいなブロンドの髪にも、巨大なお腹にも惑わされることはなかった。目の前にいるこの子とは、今まで会ったことがない、とエヴァンジェリンは思った。そう気づくのに、一秒もかからなかった。

今、エヴァンジェリンは枕の位置を調整しながら、医者が来るのを待っていた。ランチルームや廊下で見かけたサマンサは、意地悪なことを言おうとしていたのかもしれないし、そうじゃなかったのかもしれない。たしかなことは言えない。でも、ひとつだけ確実なことがある。昨日会ったサマンサは、やさしい目をして、自分が変わってしまうのが怖いのか少し呼吸を速め、心から申し訳なさそうに、「ごめんなさい。本当に」と言った。

彼女の心のこもったことばを聞いて、エヴァンジェリン自身も変わった。その証拠に、これまで受けてきた苦痛に対するとどめを刺すかわりに、「ありがとう」と言ったのだ。謝るとか赦すとかいう昨日の出来事に対して、少し大げさにとらえすぎたのかもしれないと思っていると、主治医のテイラー先生がカルテを見ながらはいってきた。

「二十八週目の検診で来たのよね？」

「そんなところ」

「おしっこは全部出した？」

テイラー先生は、無駄な世間話などしない。カルテも持たずに白衣も着ず、姿勢も堂々としていないテイラー先生を想像してみた。楽しく遊んでいるラフな姿を想像しようとしたが、ただカジュアルな服を着た真剣な顔つきの背筋のまっすぐな女性しか頭に浮かんでこなかった。

「うん。空っぽ」

「よかった。じゃあ、さっそくガウンの前を開けて」

医師は臍孔（アムビリカス）を中心に腹部の触診を始めた。エヴァンジェリンは頭のなかで、そういう医学用語を使うのが好きだ。「基底部（ファンダス）を探しているの」と医師は言った。

子宮上部ね、とエヴァンジェリンは思った。

「ちゃんと食べてる？　適度な運動もしてる？」

「どっちも、イエス。今じゃ野菜も好きだし、いっぱい歩いてる。今日もここまで歩いてきた」

医師は冷やっとするジェルをお腹の上に絞りだし、赤ちゃんの心音が聞こえてくるまでドプラ胎児診断装置をすべらせた。心臓の鼓動はいつも速かった。まるで全力疾走をしているときのようだったが、医師に言わせるとそれが聞きたい音なのだそうだ。

「いいわね」と医師は言い、ジェルを拭き取った。「次は、子宮底長を測りましょう」巻き尺をエヴァンジェリンのお臍から恥骨まで当てて長さを測定した。結果を見て、もう一度測りなおした。「ねえ、教えて。予定日はいつだっけ？」

「六月九日」

医師はカルテをめくって以前の記録を見た。「最初にここに来たとき、最後の生理については、かなりはっきり覚えていたわよね。もう一度話してくれる？　どんな感じだった？」

「どんな感じ、って？」

「そうねぇ。いつもより軽かったとか、量が多かったとか、そんな感じ」

「いつもに比べると軽かったかも」

「どのくらい？　一日とか二日とかしかなかったとか？」

「一日だけだったかも。でも、出血があったのはたしかだよ」

「わかった」と医師は言った。「じゃあ、その前は？　その前の生理はいつだった？」

エヴァンジェリンは落ち着かなくなって体を動かした。根掘り葉掘り訊かれるのはいやだった。「わかんない。もともと不規則だったし。たまたま最後の生理のことだけ覚えて

「わかった。とにかく、ちょっと調べてくるわ」椅子ごとうしろに下がりながら医師は言った。彼女は立ち上がると、エヴァンジェリンに着替えるように言い、すぐに戻ってくるからと言って出ていった。

戻ってくるなりテイラー先生は言った。「赤ちゃんもあなたも、いたって順調よ。ただ、予定日からすると子宮底長が基準値を超えているの。一センチから三センチくらいは前後することがあるけど、あなたの場合は上限すれすれなのよね。心配することはなにもないけど、今の時点で言えるのは、最後の生理だと思っていたのが、実際には〝着床出血〟じゃないかってことなの。受精卵が子宮内膜に着床した一週間くらいあとに起きる少量の出血のことよ。だとすると、診断状況と辻褄が合う」

「ってことは、予定日はどのくらい早くなるの？」

「そうねえ――三週間ってところかしら」

「三週間？ つまり、思ってたより三週間も前に妊娠したってこと？」

「そう。でも、まだはっきり断言できるわけじゃない。次回の診察のときにもう一度確認してみましょう。子宮底長に影響を及ぼす要因はいくつかあるから」

帰宅したとき、エヴァンジェリンは骨の髄から凍えるように震えていた。テイラー先生の言ったことが本当なわけがない。先生自身、断定できないと言っていたし。ダニエルは体が大きかった。だから、彼の子供が大きくたって不思議じゃない。ひょっとしたら、エヴァンジェリンの父親も大柄で、その遺伝子を受け継いだのかもしれない。

今の不安な気持ちを理解してくれて、でも理由をしつこく訊きだそうとしないでくれる、そんな友だちにそばにいてほしかった。話したいときに話し、話したくないときには話さない、そういうのを許してくれるような誰かがほしかった。でも、それはナタリアじゃない。エヴァンジェリンは彼女のことは大好きだ。でも、その年頃の友情というのは、お互いに秘密を持たない親密な関係のなかでしか証明できない信頼の上に成り立っている。エヴァンジェリンに必要なのはロリーだった。すべてのことを黙って受けとめてくれるロリーに、一緒にいてほしかった。

すぐ隣にあるロリーの家に、すぐにでも走っていきたかった。でも、それはできなかった。一緒にシチューを作った夜、ロリーは突然この地球上から消えた。実際にはそんなことはなかったけれど。彼女の古いトヨタ車が行ったり来たりするのを見かけたし、ネルズが自転車に乗っているのも何度か見かけた。ロリーが姿を見せなくなってまだ数週間しか経っていなかった二月末に、一度ロリーの家を訪ねようと向かったことがあった。でも、半分くらい行ったところで、怖くなって引き返した。それからもうずいぶん経つのに、今さらどんなふうに話せばいいのだろう。

昼寝をすれば忘れられるかもしれないと思ったが、寝返りばかりうっていた。お腹の赤ちゃんが癇癪を起こしているみたいだった。新しく知らされた予定日は、なにもかもをぶち壊してしまう。ロリーとの関係だけでなく、アイザックとの関係も。アイザックは、ダニエルが赤ちゃんの父親であることを願っている。それはエヴァンジェリンにもわかっていた。彼女にとっても、その可能性が必要だった。この子のおかげで、なにもかもうまくいっていた――この家も、この家族も。でも今、赤ちゃんがそういうものとはまったくつながりがないことがわかった。

五カ月間を過ごしてきた部屋を、エヴァンジェリンは見まわした。でも、親しみを感じる見慣れたものなど一切なかった。装飾彫りの施されたドアも、精巧なシャンデリアも、床の上に散らばった自分の服でさえも。彼女に見えていたのは、自分の本当の姿――この家の皮膚に突き刺さってまわりを膿だらけにしている、ただの汚らしい棘でしかなかった。家のなかの圧力が増していた。この家に押しつぶされて吐き出されるのも、もう時間の問題だった。

第三部

53

三月下旬のあの朝、校舎に一歩足を踏み入れる前から私にはわかっていたのかもしれない。駐車場での音の響きもどこかくぐもっていて、交わされる朝の挨拶もまるで水のなかのように聞こえにくかった。校舎の建物自体、身をひそめているように密度が高かった。正面入り口に近づくと、私は視線を感じた。どういうわけか、副校長のキャロル・マーステンが待ち構えていた。

彼女は受付カウンターのうしろに血の気のないうつろな顔で立っていた。キャロルは無言のまま私を副校長室に招き入れ、ドアを閉めると座るように身ぶりで示した。彼女自身も近くの椅子を引き寄せて座った。呼吸は速く、かすかに酸っぱいにおいがした。

「ピーターのこと、聞いた?」

死を宣告するような表情をしていた。私は首を振った。自分のなかのものすべてが崩れ落ちていくのを感じた。

「今朝、辞任したの」

充分に衝撃的なニュースだったが、私は胸をなでおろした。彼は生きている。辞任なら、いつでも撤回できる。あとになって気づいたが、なぜすぐに彼が死んだと思ったのかは不思議だ。

「女性たちのことは知ってた？」

私はまた首を振り、今度は小声で「いいや」とつぶやいた。本当に知らなかった。でも、実は心のどこかで知っていたのかもしれない。急に吐き気がこみあげてきた。

「どうやら、ここの生徒の母親ふたりと不倫していたらしいの。そのうちのひとりが怪しく思って彼を尾行して、もうひとりとモーテルにはいっていくところを写真に撮ったんですって。で、その写真を教育長のニュージーランドに持っていったそうよ」

クリスマス休暇にわが家のキッチンで見たピーターの姿が思い浮かんだ——ルーファスに向かって大声で叫んでいるミアを腰脇に抱えていたピーター、ハナに文句を言いながら跳ねるゾーイを膝の上にのせていたピーター。そして、エレインを見つめていたピーター。その眼差しには愛があった。あれは、まちがいなく愛だった。

「まさか、そんなはずはない。ピーターはなんて?」

「彼とは話してないわ。わたしも、一時間前に彼の弁護士からメールをもらって初めて知ったんだから」

「弁護士?」

「そう。ラリー・ハルストレムが彼の代理人だそうよ」

「ラリーは刑事事件専門なのかと思っていたよ」

「わたしにもまだ全容はわからないの。ただ、あなたたちが親しいのは知っていたから、少なくともわたしから知らせたかったの。お昼には噂が広がるでしょうから」

私は自分の教室に行き、ドアに鍵をかけた。いくら電話してもメールしても、ピーターからはなんの反応もなかったが、彼が無実だということは信じていた。不満のある保護者というものは、校長にとってはいつだって悩みの種だ。おそらく今回のクレームも、そんな悪意から出てきたものだろう。いつも他人を思いやるピーターだからこそ、無実が証明されるまでは一時的に辞任して、人々が動揺しないように配慮しているにちがいない。

正午になって教職員用のラウンジに行くと、ほかの教師たちが今回の件について話していた。私はあえて隅のほうにひとり座っていたが、コニー・スワンソンが椅子を引きずってきて、私たちのあいだにあるコーヒーテーブルの上に昼食のはいった袋をおいた。「ピーターの相手、ふたりの母親だけじゃなかったらしいわ」と彼女は言った。

私のゴシップ嫌いは広く知られていたので、そんな話をしにくる者はめったにいない。彼女がこうしてわざわざ話しかけてきたのは、なんらかの形で私に関わることなのではないかと直感した。耳の奥で大きな音が鳴りだした。

「昨日の夜、ブレマートン市で車を止められたそうよ」

「コニー、私はそんなことは――」

「売春の過去のある未成年の少女と一緒にいて、捕まったんですって」

私はコニーのくちびるを見つめた。そこから吐き出されるのは、意味をなさないたわごとばかりだった。彼女がそれを笑い飛ばしたり、意味が通じるようにことばを補ったりするのを待った。でも、それ以上なにも出てこないことがわかると、私は立ち上がって昼食の残りを集めはじめた。「そんな悪意のある噂は流さないほうがいい。今きみの話した内容よりひどくなくても、訴えられる場合がある」

「噂なんかじゃないのよ、アイザック」まるでスタッフミーティングのときに発言を訂正するように、彼女は落ち着きはらった声で言った。「彼は逮捕されたの。だからラリー・ハルストレムが代理人なの。だからピーターはいなくなった、それだけのことなの」

私はまた座った。「不倫のことがあって、彼は辞任した」

「たしかに、母親のひとりが教育長に話しにいったのは事実よ。でも、それは一ヵ月も前の話。その母親だって既婚者だから、表沙汰にはしたがらなかった。彼女の望みは、ニューランドにピーターを追い出してもらいたかったということだけ。教育長は、調査中だと言ってその母親を説得したの。でも、実際には調査なんてしなかった。友人をかばっただけなのよ」

「もしかしたら、ピーターの嫌疑が晴れたのかもしれない」

コニーは首を振った。「いいえ。今回の逮捕がなければ、誰も不倫について知ることにはならなかった。今となっては、未成年の売春婦に比べれば、不倫のほうがよっぽどましに見える」

そんな話をコニーが真に受けるとは、私には驚きだった。「本気で信じているのか？」

「ええ」

「でも、どうして……」私は必死にことばを探した。「どうして、それほど驚いていないように見えるんだ？」

彼女はセロリをひとくち食べた。ただ単に昼食の残りを食べているだけなのに、心を持たないリスのように彼女の歯がせわしなく動いているのを見ていると、その頬を思いきりひっぱたきたいという衝動に駆られた。彼女はセロリをのみこみ、言った。「もちろんショックを受けたわよ。当たり前じゃない。そんなこと意識したこともなかったから。でも、無意識のうちに思っていたのかもしれない。だって、もう何年も前から噂はあったから。彼と女性たちとの」

「ほかのみんなにも同じような噂はあった」

「みんなじゃないわ。少なくとも、あなたのそういう噂は聞いたこともない」

「だとしても、だ。不倫の噂はよくある。でも、未成年の少女というのは？」

「どう言ったらいいかわからないんだけど、わたしがそれほど驚いてないように見える、ってさっきあなたは言ったでしょ？　でも、そのとおりなのよ。驚かなかったの。逆に、驚かなかったこと自体が私にとっては驚きなのよ」彼女はセロリを嚙みながら、その合間に言った。「ここの生徒が無関係なのを祈りましょう」

その日は一日じゅう、ピーターと連絡を取ろうとした。なんとか力になりたかった。これまでの彼の完璧なキャリアから考えると、こういう類い（たぐい）の容疑をかけられるのは私の想像をはるかに超えていた。授業がすべて終わったあと、彼の自宅まで行ってみた。彼の車は見当たらず、呼び鈴に応答する者もいなかった。

その夜の夕食のテーブルで、エヴァンジェリンはロティサリーチキンをフォークでつつきながら、ぼんやりと皿を見つめていた。なにか話題がないか必死で考えていると、彼女が突然口を開いた。「シボドー校長先生のこと、聞いた?」

「ああ、聞いた」

彼女は怪訝そうに目を細めた。「女の子のことも?」

「どの女の子だ?」

「ブレマートンで捕まったときに一緒にいた子」

生徒のあいだでもそこまでニュースが広まっていることがショックだった。

「生徒たちも、それが本当だと思っているのか?」

エヴァンジェリンは顔をぐいっと上げた。「思うもなにも、売春してた未成年の子と一緒にいて逮捕されたんだよ」

「ピーターが辞任したのは、生徒たちの母親ふたりと不倫していたからだ」

「それは表向きの話だよ。だって、逮捕されたんだよ。そうでしょ?」

「わからない。たとえ逮捕されたのが本当だとしても、無実だと証明できるはずだ。そんなはずはないんだ」

エヴァンジェリンは蒸しすぎてやわらかくなったブロッコリーを何口か食べた。無理やり口をつぐんでいるように見えた。

「きみは信じるのか？」と私は訊いた。

心を決めたかのように、彼女はゆっくりとフォークをおいた。「信じる必要なんてないの」と彼女は言った。「だって、本当だっていうことを知っているから」

若者ならではの過ち――これは嫌悪感に基づいたものにほかならない。エヴァンジェリンは、ピーターが社会保健サービス局(DSHS)の書類の話を持ち出して以来、彼のことをとことん憎んでいた。

「その場にいないかぎり、そんなことがわかるはずもない」

彼女は私をにらみつけた。挑戦的な目だった。「本当にそこにいたって言ったら？」

私は一瞬たじろいだが、よくよく思い返してみた。「そんなはずはない。昨日の晩、きみは私と一緒だった。ピーターが逮捕されたと言われている時間だ」

エヴァンジェリンは立ち上がり、まだ半分も食べていない夕食の皿を持ってカウンターの上に音をたてておいた。「もう部屋に行くから。今日の片付けはあなたの番」

私もすっかり食欲をなくしてしまった。流しまで行き、脂だらけの皿を洗った。どうやら私は今、試験を受けさせられたらしい。その試験の目的がなんだったのかはわからないが、不合格だったことだけはたしかなようだ。

54

四月上旬の土曜日、エヴァンジェリンはお腹の赤ちゃんが起こした癇癪のせいで目が覚めた。子宮収縮に抗うように、急に回転したり、ものすごい勢いで蹴ったりパンチしたりしていた。母親の肋骨の一本か二本を押しのければ、自分の縄張りを広げられると思っているようだった。膀胱や肺はかつて収まっていた空間のほんの一部分に押しやられ、今では坂道をのぼっているときのように二倍の速さで呼吸し、十分おきにトイレに駆けこまなければならなくなっていた。今さらながら、それまで過小評価してきていた膀胱や肺のありがたみを実感した。

彼女の心臓もまた、異質な生命体の無茶な命令に無理を強いられていた。体液の循環が不完全になり、足や足首に沼地のように滞留していた。下肢にできたむくみに指を押し当てると、指のあとのへこみはいつまでももとには戻らない。いつも自慢に思っていた細い足首も、当面は諦めなくてはいけないという警告だった。

九時半にキッチンに行くと、アイザックからのメモがおかれていた。「ちょっとジョージと散歩に行ってくる。シルバーデールでは楽しんでおいで」

今日はナタリアが十時に迎えにきて、買い物に行くことになっていた。プロムに着ていくドレスを一緒に選んでほしいのだそうだ。エヴァンジェリンは、スコッティ・ウィルカーソンから誘われたが、断わった。スコッティはいい子で、彼の吃音もまったく気にならなかったが、今の自分でも着られるドレスなど想像もできなかったから断わるしかなかった。でも、彼女が断わったときのスコッティの落胆ぶりは気に入った。なんとなく希望が持てた。

前の晩はあまり眠れなかった。今朝も、たった三十分のあいだに三回もトイレに行ったあと、彼女はナタリアに電話した。赤ちゃんがまるでトランポリンみたいに膀胱の上で飛び跳ねているから、とても行けそうにないと謝った。ナタリアは笑いながら、会えなくて残念だよと言った。エヴァンジェリンは自分の部屋に戻り、布団のなかにもぐりこんだ。ここの居心地の良さに涙が出そうになった。そして、もしかしたら出ていかなくてはならなくなると思うと、また泣きそうになった。

彼女はベッドをぽんぽんと叩き、ルーファスに上がってくるように促した。犬は飛びのろうとしたがうしろ肢が追いつかず、床の上に転がった。「ルーファスったら！」と彼女は笑った。「おいで。もっとましなジャンプができるはずだよ」ルーファスは彼女を見すえ、うしろ肢で弾みをつけた。今回はベッドの端すれすれまで飛びつくことができたので、彼女に引っぱり上げてもらうことができた。

エヴァンジェリンはじっくりとルーファスを観察した。これまでにないくらい鼻水を垂らし、少し警戒するような表情をしていた。たぶん床に落ちてしまったからだろう。よくよく考えてみると、少し痩せたようにも見えた。でも、いつもと同じルーファスだった。彼女はルーファスを抱き寄せた。「なにがどうなろうと、わたしにはおまえがいるもんね。そうでしょ、ルーファス？」

今自分が持っているものを、心に書き留めずにはいられなかった。部屋を見まわすと、与えてもらったものばかりが目にはいった。誰かが自分のことを大事に思ってくれている証拠のひとつずつを、心に深く書きこんだ。この数カ月というもの、それらのものを見て見ないふりをしていた。人をうまく操る新しい技術を身につけて手に入れたものだと思いこむようにしていた。自分に対して注がれた愛を、あえて感じないようにしていた。今では、それを後悔している。

ピーターが辞任した夜、アイザックに選択を迫ろうとした——友人をとるのか、彼女をとるのか。でも、それを口に出そうとしていたとき、彼女はふと気がついた。この世界はすでに選択をして、ピーターの真の姿を白日のもとに晒したのだ。あのとき明言を避け、曖昧で無意味な表現を使ってよかった。そのおかげでアイザックを赦すことができる。まだ彼女は自分に言える――わたしにはアイザックがいる！　わたしにはアイザックがいる！　わたしにはアイザックがいる！

ただ、それが事実ではないことはわかっていた。実際には、そうではなかった。雨が降りつづいた四月上旬の日々、草は腰の高さまで伸び、上着も靴もずっと濡れたままだった。それと同じように、アイザックと彼女のあいだにはどうしようもない困難が沼のように広がっていた。彼に打ち明けなければいけない根本的な真実があった―― 〝お腹の子はダニエルの子でも、ジョナの子でもない〟ということ。先週、主治医のテイラー先生が、予定日を六月九日から五月十九日に変更した。医師の決定を覆すことは不可能だった。

エヴァンジェリンは、ダニエルとジョナと出会う三週間前のことを思い浮かべた。あのとき、彼女はブレマートン市行きのバスにこっそりと乗りこんだ。ここから九十分くらい南に行った海軍基地のある都市だ。そこに向かった理由は、たまには住んでいる町からどこかに遊びにいくのも必要だから、と自分に言い聞かせた。たとえ、午後だけでまとまったお金をつくれる街角があるという噂をたまたま聞いたことがあったとしても……それはそれでなかなか興味深い文化的な側面だ。

窓から吹きこんだ風でカーテンが膨らんだ。まるで妊娠したお腹のようだった。彼女はある男の顔を思い浮かべた。その男はピーターではなかった。たしかにあの八月の午後、ピーターが車を停めたのは事実だ。彼が助手席側に身を乗りだしてドアを開けると、エヴァンジェリンはなかにすべりこんだ。彼はハンドルを握ったが、車は出さなかった。まっすぐ前を見てこちらには一切視線を向けない、その断固とした目には、どこか思い詰めたようなものがあった。やがて彼はエヴァンジェリンのほうを向き、ハンドルから両手をおろした。

「何歳だ？」

「何歳なら満足？」と彼女は言った。

彼は首を振ると、口をきつく結んでまた遠くを見た。「悪かったね」と彼は言った。「人ちがいをしたようだ」彼女が降りると、彼は車を出した。でも一ブロックほど行った先で、年上に見えるように装った少女の前で彼が車を停めるのが見えた。たぶんその子は、彼が満足する年齢を知っていたのだろう。彼女が乗りこむと、ピーターの車は走り去った。

エヴァンジェリンが思い浮かべなければならない男は、十分もしないうちに車を停めた。年齢もなにも訊かれなかった。ただ乗るように言われただけだった。覚えているのは、その男の薄くなりはじめた黒いバーコードのような髪の束から、白っぽいピンク色の頭皮が透けて見えていたことだけだった。その男のくちびるの形や目の色が知りたくなくて、エヴァンジェリンは頭のバーコードばかり見ていた。今から思うと、その男のことをいちばんよく表わしていたのはその頭だった——彼の不安感や虚栄心や、失ってしまったものへの渇望を、エヴァンジェリンは感じずにはいられなかった。

もしゴムなしでさせれば、四十ドルを上乗せすると言われた。自分は家庭を大事にする男で、こういうことはしたことがないからとても安全だと言われた。それだけのお金があれば、どのくらいの食べ物が買えるかを計算した。それから、今は生理のどの時期にいるのかを必死に思い出そうとした。最後の生理からもう何週間も経っていたし、午前中に少し生理痛のような痛みもあった。だから、大丈夫だと判断した。

車に乗りこんだあのとき、彼女には家も家族も友だちも、なにもなかった。彼女の身にどんなことが起ころうと、心配する人間はこの地球にはいなかった。彼女が存在していることを知っている人間など、誰ひとりいないと思っていた。本当に存在しているのだろうか、と自分でもそう思いはじめていた。だから、コンドームがあろうがなかろうが、そんなことはどうでもいいことだった。

すべてが終わったとき——感電死したように男の体が一気に硬直して果てたとき——エヴァンジェリンは車の床に落ちた下着と小さなバッグを拾った。座席の下に、ピンク色のキラキラしたドレスを着たバービー人形がはさまっていた。彼女は人形を引き出した。エヴァンジェリンの手から人形を取った男は、自分を恥じているように体を小さく丸めていた。やさしい手つきで人形のドレスのしわを伸ばし、後部座席においた。マネークリップから二十ドル紙幣をもう二枚抜くと、エヴァンジェリンの膝の上においた。でもその視線は、ピーターと同じように遠くを見つめていた。あたかも、誰もいない座席に紙幣を投げているように思えた。

それがすべてだ。エヴァンジェリンにとって、それが最初で最後の売春だった。とてもじゃないが、それ以上は無理だった。でも、彼女の母親はもっと長く続けることができた。もしかしたら、母親はエヴァンジェリンより強かったのかもしれない。あるいは、弱かったのか。母親が十代の娘を置き去りにできたのは、いや、置き去りにせざるをえなかったのは、男たちやこの世界から抑えこまれ、押し入られ、吐き出されてきたからなのかもしれない。

また赤ちゃんが動いた。エヴァンジェリンがお腹をなでてやさしく語りかけると、赤ちゃんはおとなしくなった。この子の父親がダニエルでもジョナでもないことに、もっと前から気づいていたのだろうか。知っていたような気もする。無理やり自分を騙していたのかもしれない。どちらかが父親でないと困るから。そうでなければ、アイザックからもロリーからも相手にしてもらえるはずがなかった。ひょっとして、あのふたりの男の子たちに出会う前から、妊娠に気づいていたのだろうか。だから、ダニエルとは無鉄砲になって、ジョナとは一所懸命になったのかもしれない。もしかしたら、子供の父親について、べつの可能性をつくっておきたかったのかもしれない。

彼女はまたトイレに行きたくなってベッドから起きた。それに、自分のついてきた嘘やそれがもたらした毒について、これ以上考えたくなかった。部屋に戻る途中、キッチンからアイザックとジョージの話し声が聞こえてきた。靴下を履いた足でそっと歩いていると、会話のなかに自分の名前が出てきた。彼女は思わず立ち止まった。また聞こえた。アイザックは彼女がシルバーデールに出かけていると思っているのだろう。エヴァンジェリンは少しずつキッチンに近づき、ドアのすぐ外の壁に体を押し当てた。

「たしかにそうかもしれない。でも、彼女の母親にはなれない。私はもう老人だ」

「五十歳は老人ではないよ。ダニエルがいたときと同じ歳だ」

「この手を見てくれ。まるで九十歳の手だ。ただ、きみの言うことも当たっているかもしれない。もしかしたら赤ん坊のことを考えるから、自分が年寄りに思えてしまうのかもしれない」

彼らはしばらく無言だった。マグカップを持ち上げたりおろしたりする音だけが聞こえた。「エヴァンジェリンのことなんだが、まちがいだったかもしれない。彼女は——」

そのあとに続いたことばをエヴァンジェリンは聞いていなかった。聞こうと思ったが、できなかった。頭のなかで、彼女をあざ笑う声が響いていた。いったい、いつまで馬鹿にされつづけないといけないのだろう。彼女は廊下を通って自分の部屋に行き、ベッドに倒れこんだ。そして、太ももを拳で思いきり叩きはじめた。どんどん強く、激しく。やめられなかった。自分が本当に存在していることを証明したかった。血と骨と、叩けば痣になる肉でできている存在なのだと。自分のなかで証明できたと思えたところで、ようやく叩くのをやめて腕をだらりと体の横におろした。

心も体も痛いまま、疲れきって天井を見つめた。漏れそうになるぎりぎりまで自分の部屋のなかにいたが、がまんしきれなくなってトイレに駆けこんだ。バスルームから出てくると、アイザックが廊下にいた。

「シルバーデールに行ったんじゃなかったのか？」非難している。

「行くのやめたの。昨日の夜は全然眠れなかったから、朝食のあとまたベッドに行ったの」

アイザックは彼女の顔を覗きこんだ。「大丈夫か？」

「もちろん」と彼女は言った。キッチンに向かいながら、肩越しに続けた。「今度はいつ、またジョージのヨットに乗せてもらえるの？　とっても楽しかったから」

「そうだな」アイザックは明るい声で言った。「ジョージに話したことはなかったが、いいアイディアだ。でも、その体で平気なのか？」

全然平気、と彼女は答えたが、矛盾していた。ナタリアと買い物に行くことさえできなかったのだから。明るい光のもとで彼女の具合をたしかめたかったのか、アイザックも一緒にキッチンにはいった。エヴァンジェリンは無理やり明るい表情を作った。それが功を奏したようで、彼は安心したような息を漏らし、楽しそうに言った。「ジョージに訊いてみるよ。必ず」

彼は去りかけ、振り返って言った。「そういえば、ジョージから今晩の夕食に誘われたんだった。きみも誘いたかったはずだが、買い物の帰りに食べてくると言ってしまった。きみも一緒に行くと電話しようか？」

エヴァンジェリンは、疲れているから早く寝ようと思う、と断わった。

「じゃあ、私も行かないで夕食を作るよ」

「ううん」と彼女は言った。「アイザックは行ってきて」

「いいのか？」

いいから行ってきてと彼女が言うと、彼はようやく納得した。

自分の部屋に戻ると、子供のころのおままごとのように、なにもかもが嘘くさく見えた。シャンデリアも彫刻の施されたベッドのヘッドボードも、ただの小道具のようだった。ここが自分の家だと一瞬でも思ったなんて、なんと馬鹿げたことだったのだろう。アイザックの言ったことは正しかった――どんな形であれ自分が家族の一員だと思いこんだのは、〝まちがい〟の上に成り立っていた。

エヴァンジェリンは深く息を吸い、部屋のなかに吐き出した。そっか、今日があの人と過ごす最後の日なのか。

55

ピーターの辞任に伴い、教職員用のラウンジは情報の断片——相手の少女の年齢やその他の不倫の話——を投げこみ、唾液まみれにしてばらばらに分解するための円形劇場と化した。私はしだいに、学校の人間と距離をおくようになった。昼食も鍵をかけた自分の教室でとり、校舎の出入りも通用口を利用した。

そういうわけで、エヴァンジェリンとルーファスの待つ家に帰ることが、私の唯一の癒やしになっていった。ただ、ジョージに助けられたのも事実だった。クリアネス委員会の中止を決めてから、ここ何年もなかったくらい彼とはよく会うようになった。夜になると、彼はスーパーマーケットで買った大きなアイスクリームのカップやミニケーキを持ってやってきた。ふたりしてキャラメルが渦を巻くアイスクリームやこってりとしたチョコレートが層になったケーキにスプーンやフォークを突っこむたびに、彼の大きなお腹がいやでも目にはいり、健康に悪そうだと心配になった。

ジョージの目的は私をダシにして〝背徳〟を楽しむことだったが、実はそれだけではなかった。クリアネス委員会の再開を私に促したかったのだ。ただ、私がその提案をきっぱりと断わると、彼は二度と話を持ち出さなかった。お互いその緊張が切れたせいか、心から打ち解けた会話が弾み、かつてはこれほどまでに親しかったことを思い出した。

ある晩、エヴァンジェリンが彼女の部屋に引っこんだあと、あともう少し長居を決めたように彼はソファの背もたれに両腕を広げた。彼は、若者がどんどん去っていき老齢化していく一方のクエーカーの集会の現状について話し、これから何十年もどうやって続けていけるだろうかと心配していた。私も、何年も前にダニエルが参加しなくなったことを残念に思うと話した。

ジョージはしばらく黙っていた。「実は」としばらくして彼は言った。「うちの子供たちは、クエーカーを続けていかないような気がしているんだ。少なくとも家を出たあとは。別にクエーカーを支持していないとか反発しているとかじゃない。けっしてそんなことはない。ただ単に、〝沈黙〟からはなにも聞こえていないということだ。

ときどき、彼らの脳みそはどうなってしまったのだろうと心配になることがある。スマートフォンやなにやらのせいでみんなが注意欠如症(ADD)になってしまっているような気がして。まるで、次に餌が足されるのを期待して餌箱をつついている鳥のようだ……」

いつものように、明るく、でも真剣に、ジョージは思いをいつまでも語りつづけた。まるで父みたいだ、と私は気づいた。ごくたまに父が沈黙を破り、心のなかや頭のなかのことを私に話してくれたときを思い出した。その晩、私は存在すら忘れていた部屋のなかにはいりこんでいた。そのときに湧きあがった感覚を表現するのはむずかしい。ジョージという名前の男が私の家のなかにいて、私の子供時代の失われてしまった歌を、歌詞もメロディーも知らないはずの彼が歌っているような、そんな感覚に襲われた。

週末にジョージと会うことはめったにないため、四月上旬の土曜日の朝、彼が玄関に現われたときは驚いた。彼はキッチンのテーブルにつき、私が食べようと思っていたバタートーストをひとくち食べた。私は、ちょっと散歩にでも行かないかと提案した。

その数分後、私たちは森のなかの小道を歩いていた。ハンノキや白樺の若葉がみずみずしく、木バラも芽吹きはじめていた。歩きながら、病院で会計監査職に就いているジョージの妻の仕事のことや彼の子供たちの問題——思春期の未熟な恋愛感情や思わしくない大学進学適性試験(SAT)の成績など——についてあれこれ話をした。個人的な心配事、特に子供たちに関する悩みを人から打ち明けられたのは、本当に久しぶりのことだった。ジョージのやさしさが心に沁みた。

家に戻ってコーヒーを淹れると、ジョージから、赤ん坊が生まれたあとどうするつもりなのかと訊かれた。自分としては困惑していることと、身近に女性がいることがエヴァンジェリンには必要だと思っていることを話した。エヴァンジェリンをこの家に受け入れたのは、まちがいだったのではないかと心配になることもあると正直に打ち明けた。

「私は、神がなんらかの意図を持って彼女を私のもとに送り届けたのだと信じていた。私はダニエルを失ったばかりで、そこに彼女が現われたのだから。ひとりぼっちの妊娠している少女が」

「妊娠についてはわかっていたのか？」

私はうなずいた。「初めから。でも、いまだに誰が父親なのかはわからない」と私は言った。「彼女自身もわかっていないのではないかと思う。ただ、息子たちとは知り合いだったようだ。ダニエルが殺される少し前に出会ったらしい」

「それで、ロリーは？　彼女は三人の関係を知っているのか？」

「ああ、たぶん。私がペンシルベニアに行って留守にしているあいだに、かなり親しくなったようだ」私は思わず吹きだした。「ふたりが話しているのを見るだけでそれはよくわかる」

「それで、なにがあった？」

「ロリーに？」私はわざとわかっていないふりをした。

「そう、ロリーだよ」彼は片方の眉を上げた。「エヴァンジェリンにとって必要な身近な女性だ。自分でそう言ったばかりじゃないか」

私はぎこちない手つきでコーヒーカップを持ち、ひとくち飲んだ。「ロリーは来なくなった」

「来なくなった？　突然？」

私はうなずいた。

「エヴァンジェリンは寂しがっているだろうに」

私はまたうなずいた。

「なんで急に来なくなったかを訊いたんだろ？　ロリーはなんて？」

私は唾をのみこみ、彼女とはその話をしていないと答えた。

ジョージはしばらく私を見ていた。「まあ、きみは説得力のある男だ。きみから頼めば、ロリーも考えなおすだろう。心が導けば、道は開ける」

ジョージは立ち上がった。「エイミーが夕食に巨大なラザニアを作る予定なんだ。でも、あいにく子供たちは忙しいらしい。今晩うちに来て、食べるのを手伝ってくれないか？」

私はありがたく招待を受け入れ、彼を見送った。

ジョージの家から夜の九時半ごろに帰宅したとき、エヴァンジェリンの部屋のドアは閉まっていて明かりも消えていた。ルーファスはキッチンで寝ていたが、特に不思議には思わなかった。私の帰宅が遅いときに彼女がルーファスを部屋に入れないことは、これまでもよくあった。私が帰ってきたとき、ルーファスに起こされたくないかららしい。

翌朝の十時になって、私はようやくエヴァンジェリンの部屋のドアをノックした。正午まで寝ていることはよくあったが、夜のあいだ彼女が部屋を出てくる音が一度も聞こえないのはめずらしかった。応答がなかったので、私はドアを少し開けた。

「大丈夫か？」

また応答はなかった。部屋の電気をつけると、ベッドはきれいに整えてあり、いつも散らかっている床もきれいに片付いていた。枕の上に半分に折られた紙切れがあり、外側に私の名前が書かれていた。私は、震える手で紙を広げた。

［わたしは、誰の〝まちがい〟にもなりたくない。エヴァンジェリン］

続きがあるはずだと思い、紙を裏返した。でも、裏にはなにも書かれていなかった。動くことができず、私はしばらくそこに立ちつくした。数分後、キッチンに駆けこみ、カウンターの上に紙切れを放った。そして引き出しのなかを漁り、いつも百ドルを入れているミトン型の鍋つかみを引っぱりだした。百ドルのかわりに、もう一枚メモがはいっていた。

〔ごめんなさい。いつか必ず返します。約束します〕

キッチンの椅子にぐったりと座りこみ、いまだに理解困難な少女流の言語で書かれたメモを見つめた。私は飛び起きるように椅子から立ち上がると、メモを粉々に破り、椅子を蹴った。それでも気が収まらず、またべつの椅子を蹴り上げた。そして、家じゅうのクローゼットや引き出しを開けてまわった。いろんなものでいっぱいだったエヴァンジェリンの薬品戸棚は、今はもう空っぽだった。思いきり戸棚を閉めると、扉の鏡の中央にひびがはいった。もう一度扉を開け、また閉めた。それを何回も何回も繰り返した。ガラスがはがれ、破片がキラキラと弧を描いて宙を切った。

鏡の最後のかけらが流し台に落ちて砕け散ったとき、ようやく私は扉から手を離した。

56

〈シンプリシティ号〉はすぐに見つかった。ジョージが後部甲板の収納庫にヨットのキーを隠しているのをエヴァンジェリンは知っていた。昨夜、桟橋には誰もいなかった。ジョージの巨大なレインコートを着て何度もマリーナの先端まで往復したときも、人っ子ひとり見かけなかった。

朝になっても、カーテンを閉めたままエヴァンジェリンはヨットの船室でじっとしていた。アイザックはいつ置き手紙に気づくだろう、と思いながら。九時になると、人々が桟橋を行き交い、ラジオを聴きながら甲板に水をかけたり木製の手すりにヤスリをかけたりしていた。そういった活動がひと段落してからでないと、ヨットのトイレを利用できそうにない。トイレのタンクはちゃんと空になっているだろうとエヴァンジェリンは思った。ジョージはそういうところは几帳面そうに見えた。

ナビゲーションステーションには、ヤンマーのエンジンのマニュアルがあった。でも数分後には読むのをやめ、チーク材でできた壁を見つめた。曲面の壁は、板が手作業ではめこまれていた。一枚ずつ板をはめこみながら、その上に指を這わせているジョージの姿が目に浮かんだ。人は誰でも――年老いたクエーカーの男の人たちでさえ――静かな情熱を秘めて生きている。そういうやさしさを想像すると、どういうわけか悲しい気分になった。なんでこんなところに行き着いてしまったのか、思い返してみた。昨夜、玄関のドアを出かかったアイザックは、もう一度顔をなかに突き出して訊いた。「やっぱり、一緒に行かないか？　ラザニアがいっぱいあるとジョージは言ってたし」

一緒に行けばよかった。本当はそうしたかった。聞いてしまったことを忘れたかったし、頭のなかでつくりあげたこの家族の一員でいたかった。でも、問題はそこだった――この家族は、本物ではない。もしかして、どんな家族もそうなのだろうか。今まで自分を置き去りにしていった人たちのことを思い返した――実の母親と父親、ジョナとロリー、そしてアイザック。置き去りにされるのが人生だとしたら、もうたくさんだ。自分のほうから去ってやる。

荷物をまとめていると、これまで与えてもらったものにいやでも触れることで、思いとどまる時間が与えられた。でも、自分にはもはや選択肢はなかった。だって、アイザックは〝まちがい〟を犯したのだから。たぶん彼は、役所に届け出るだろう。そうなったら、ホームレスの未成年者が産んだ子を、役人たちがどうするかは明らかだ。

キッチンとさよならするのがいちばんつらかった。ここにはみんなと一緒に食べた食事の思い出がいっぱい詰まっていたし、ルーファスもいつもの椅子で丸くなっていた。まとめた荷物を持ってなかにはいると、ルーファスがなにげなく彼女に目を向けた。エヴァンジェリンはルーファスのそばに行き、顔を近づけて犬の耳をなでた。「愛してるよ、ルーファス。おまえもわたしのこと、愛してる?」ルーファスは返事を拒んだ。そのかわりに、退屈そうなまばたきで彼女の愛情を受けとめた。

エヴァンジェリンは、もう一度チャンスをあげることにして、顔をさらに近づけた。いつもなら、鼻水とよだれでデロデロになるまで顔を舐めたがる。ルーファスはそうするのが大好きだ。ところが、今日はそれさえ拒み、めんどくさそうにそっぽを向いた。エヴァンジェリンは立ち上がった。ルーファスの馬鹿。最初から、犬の愛情なんか嘘っぱちだって知っていたはずでしょ?

鍋つかみがはいっている引き出しを開け、奥のほうから緑色のミトン型の鍋つかみを取り出した。お金を盗むのはいやだったが、万が一のときのためにそこに隠してあると教えたのはアイザック本人だった。

エヴァンジェリンは午前中いっぱいは〈シンプリシティ号〉のなかで、舷窓から外を覗き見したり、ヨットを栈橋につなぎとめているロープを観察したりしながら過ごした。ヨットの先端と船尾のロープだけを綱止めに巻き、ほかのロープを栈橋からはずしておけば、ひとりでもヨットを出せる。船出のときに綱止めからロープを抜き取ればいいだけだ。

正午になると、彼女はまた缶詰の冷たいシチューを食べた。アイザックはもう置き手紙を見つけたはずだ。彼は自力で探そうとする。そう確信していた。自分の問題をおっぴらにするような人には見えなかった。

ヨットの操作盤を一所懸命に観察した。簡単そうに見えるものもあった。船室の電源スイッチは〝オン〟になっている。だからヒーターとランプが使えている。でも、〝240VAC〟と〝50Hz〟と〝LPGコントロール〟って、いったいなに? なんでこんなにいろいろな動力源の種類があるの? 一時間以上も操作方法について調べたが、なにも見つけられなかった。これらのことを理解せずに、どうすればヨットを操縦できる?

午後の二時には、疲れ果ててサロンで倒れこんだ。〈シンプリシティ〉という名前のくせに、全然シンプルなんかじゃないことに腹を立てていた。でもいちばんの怒りの対象はアイザックだった。ただし、怒っていたのは彼が〝まちがい〟と言ったこと——おそらくは自分の勘違いだろうとエヴァンジェリンも気づいていた——ではなく、まだ見つけてくれていないことに対してだった。

昨夜家を飛び出したあと、シアトル行きのフェリー乗り場まで一時間で連れていってくれるバスに乗ろうと思った。バス停に近づくと、停留所の屋根の下でふたりの女の人がおしゃべりしていた。薄暗い明かりのもと、黄色くなめらかな彼女たちの顔が見えた。エヴァンジェリンは立ち止まって目を凝らし、口のなかで悪態をついた。そのうちのひとりが、化学科のスワンソン先生だったからだ。

エヴァンジェリンは急いで道路の角を曲がった。だから、この町から逃げださないといけないのだ——どこに行ってもみんなが彼女を知っていて、なにをするか見張っている。しかたなく、べつのフェリーに乗ることにした。徒歩十分で行ける。そのまま乗りこめばいい。シアトルよりかなり北に行くことになるが、反対方面に行くフェリーにまた乗ればいい。

フェリー乗り場に着いてバッグを地面におろしたときには、上着のなかは汗だくだった。真っ暗ななかからフェリーが現われ、車用のデッキが獲物をのみこもうと大きく口を開けていた。そのとき、お腹の赤ちゃんが強烈なキックを何回か繰り出し、彼女はあまりの痛みに体を折り曲げた。近くにあったベンチまでよろよろと行って倒れこみ、遠くにある向こう岸を見つめた。明かりがひとつもついていない真っ黒な壁。シアトルまでたどり着けたとしても、時間の無駄だ。母は、一度去った場所には二度と戻ってこない。今この場所にいるのも、その母が理由だ。自分でもわかっていた。アイザックのことでも、学校の馬鹿な子たちのことでも、州政府のことでもなかった。エヴァンジェリンは、見つかることを望んでいない母親を探すためにここにいた。

そういうことを諦めるのは、人が思うほど簡単なことではない。

そのときだった。海岸線にマリーナの明かりが見えたのは。揺れるマストの上に、暖かそうな光がともっていた。

アイザックは現われなかった。午後四時になっても、五時になっても、五時半になっても。六時半になって外が暗くなりはじめると、彼女はサロンのなかを歩きまわった。もしかしたら、あのとき聞いたことばは勘違いなんかじゃなかったのかもしれない。ことばどおりの意味だったのかもしれない。彼女を見捨てた実の母親やロリーのように、家から出ていってくれてせいせいしているのかもしれない。

七時になり、今晩はもう考えるのをやめにすることにした。疲れきっているからすぐに眠れるだろう。朝になったら身の振り方をまた考えないといけないが、とりあえず今は、カビ臭いクッションや帆がおかれている船首部分の寝台の上に丸まった。小さな懐中電灯を使って、『南ピュージェット湾でのクルージング』という本を読みはじめた。手つかずの自然に囲まれた湾に浮かぶ船の写真を見つめていたとき、〈シンプリシティ号〉が桟橋側に傾いた。体重の重い男の人が乗りこんだにちがいない。彼女は懐中電灯を消し、体の上から帆をかぶった。温かい湿った息が、霧のようにたちこめた。

近づいてくるのが聞き覚えのある重さとリズムの足音だということに気づき、彼女の心臓は安堵で狂ったように高鳴った。

アイザックは船室昇降階段をおりながら言った。「エヴァンジェリン？」

彼女は膨らんだお腹に手をやり、赤ちゃんが眠っているのを確認してほっとした。子供っぽく思われるかもしれないが、隠れているこのままの状態で見つけてほしかった。彼は厨房を通ってサロンに行き、疲れたため息をついてクッションに座った。

しばらくして、彼は言った。「船首の寝台にいるのはわかってる。明かりが見えた。それに、ここにあるのはきみの荷物だ」

エヴァンジェリンは動くことができなかった。話すこともできなかった。

「きみがなにを聞いたのかはわからない。でも、きみは〝まちがい〟なんかじゃないよ、エヴァンジェリン。私は、自分自身がきみにとっての〝まちがい〟だったんじゃないかと心配だったんだ」

すぐにでも帆をはねのけて彼のところに飛んでいきたかった。そして、そんなことわかってる、と言いたかった。でも、彼女は怒りと闘っていた。なんで見つけるのにこんなに時間がかかったの？ なんでこんなにわたしを苦しませたの？

まるで彼女の頭のなかが透けて見えているかのように彼は言った。「もっと早くここに来るべきだった。でも、どうしても……」しばらく沈黙が続いた。ようやく彼は言った。「私は今ここにいる」

そのことばは、まるでアイザックそのものだった。無防備で、それでいて鉄のように断固として。短いそのことばのなかには、もっと長い意味が隠されていた――〝私はもう一度きみを見つけだした。でも、今度はきみが最後の一歩を踏み出す番だ。心が傷ついたのは、きみだけじゃない〟。

自分がどこに隠れているかをはっきりさせるため、エヴァンジェリンはもぞもぞと動いた。そして、彼のほうから見つけにくるチャンスを与えた。それでも彼は動こうとはしなかった。しかたなく彼女は言った。「わたしはこのなかにいる」

大型の船が通過したのか、ヨットが大きく揺れた。「どこにいるかはわかっている」彼は少し間をおいてから続けた。「きみも、私がどこにいるかはわかっているんだろ？」

これは単なることば遊びのゲームではない。エヴァンジェリンにもそれはよくわかっていた。アイザックは、今ふたりのあいだにある関係――よくわからないが、この〝新しい家族〟という関係――が、どっちに転ぶかわからないものだということを、彼女にもしっかりと認識させたいのだろう。問題が起きたらそれから逃げるのではなく、問題に向き合う新しい対処方法を学ばせたいのだろう。

遠くのほうで霧笛が鳴った。何艘か隣の船で、帆を上下するための揚げ綱がたるんで音をたてていた。アイザックがはいってくるときに一緒に吹きこんだ新鮮な空気が、寝台のなかにもはいりこんできた。ヨットはとてもやさしく揺れていた。ふたりのあいだの問題が解決するまで、アイザックはこのまま永遠に座りつづけるつもりなのだろう。

突然、寝台が光に包まれた。明かりのスイッチが入れられたのかと思った。帆の下から覗くと、濃い色の壁がきらめき、手を伸ばすと指先から燐光のような火花が尾を引くように散っていた。「おまえにも見せてあげたいよ、赤ちゃん」と彼女はささやいた。「信じられないくらい不思議！」

彼女はもぞもぞと寝台から這いだした。どっちみちいつかは出ていかないといけないんだから、と自分に言い聞かせながら。サロンのなかにはいると、アイザックが立ち上がった。しばらくエヴァンジェリンを見つめていたが、やがて彼女のふたつのバッグを持ち上げた。

その晩、エヴァンジェリンはこの世でいちばんやわらかいと思えるベッドに横たわり、かたわらで丸くなっているルーファスのぬくもりを感じながら、自分がサロンにはいっていったときのアイザックの笑みを思い出していた。彼の口は笑っていなかった。でも、アイザックの顔と体は光り輝いていた。

57

エヴァンジェリンを見つけだした翌日、私はジョージに電話をかけた。なにがあったかを話し、彼女が食べてしまった食料品やそのほかの光熱費を補償したいと申し出た。

「それから、どうやら船の仕組みを調べていたらしい——信じられるか、ジョージ？　エンジンのマニュアルを読んだそうなんだ。だからもし、なんらかの問題が生じていたり、壊したりしていたら——」

彼は私の話に割ってはいった。「いやいや、なにも壊れてなんかいないよ。実は今朝もマリーナに行ったんだが、誰かがヨットに乗ったのはすぐにわかった。どこかの流れ者が押し入ったんだと思って、念入りに調べてみた。でも、なくなっているものも、故障しているものもなにもなかった。いくつかシチューの空き缶があっただけだ」

彼の話を聞き、思った以上に安堵している自分に気がついた。ヨットからなにかを盗んだのではないかと、内心思いこんでいたのだろう。もうしばらく話してからジョージが言った。「心配するな、アイザック。エヴァンジェリンは大丈夫だ。彼女は聡明だしやる気もある。いつも正しい方向に向かってはいないかもしれないけどね」

私たちは大笑いした。ジョージは、私からさようならを言いだすのを待っていたようだ。私が言わないでいると、彼は訊いた。「アイザック、ほかにもなにかあるのか？」

「ああ」と私は言った。「実は、あるんだ。クリアネス委員会を再開できれば、と思っている。ほかのみんなさえよければ」

「もちろんだよ」とジョージは言った。「みんなもその気でいるよ」

その日から一週間後に集会所に行くと、まるで中断などなかったかのようだった——同じ椅子の配置にランプに延長コード。ただ、私の椅子のすぐそばにラベンダーのろうそくが新しくおかれていた。私が到着したときには、ジョージもラルフもアビゲイルもすでに着席しており、挨拶らしい挨拶も交わさなかった。お互いのあいだに妙な恥ずかしさが漂っていた。

ジョージは、中断する前のクリアネス委員会の経過について質問し、私に思い返す機会を与えてくれた。私は偽りの罪悪感で自分自身を欺き、中断前の何回かの集会を無駄にしてしまったのだ。実は、ジョナを危険な人間だと認識したことなど一度もなかった。少年時代の普通の話をわざわざ歪曲して伝えたのは、自分が楽になるためだった。誰にも気づけないような危険を見逃してしまったことの罪悪感のほうが、息子の死に大きく関わっていた自分の役割と向き合うよりも、はるかに楽だからだ。

しばらく沈黙が続いたあと、私は口を開いた。「息子のことを話したい」

何分かして、ジョージが静かな声で言った。「もちろん」

私はことばを見つけられなかった。静まりかえった部屋のなかで私たちが座っているあいだ、集会所の外ではカエルが鳴いていた。ラルフは咳払いをし、背中が痛むのか椅子の上で座りなおした。

張りつめた沈黙を破り、私はようやく言った。「ダニエルには残酷なところがあった」

みんなの顔からは、そんなことは知っているという表情が読みとれ、私は痛みで叫びそうになった。でも、ぐっとこらえた。「ときどき、自分より弱い少年たちを嘲っているのを見た。そんなとき私は、悪気もなくからかっているだけだとか、相手の子のせいだと自分に言い聞かせた。私は、息子のこういういじめっ子気質を、あえて認識しないようにしていた」

しばらく沈黙が続いたが、やがてジョージが質問した。「なぜ認識したくないと思ったのか、その理由に心当たりは？」

どんな親も自分の子を悪く思いたくない、というのがありがちな回答だろう。ただ、ジョージは私のことをよく知っている。ダニエルが道徳的判断をまちがった場合は、それを若いゆえの事実だと受けとめ、解決しようとする。私は人よりも偏見がないぶん、はっきり物事を見ることができる。私たちはいつでも心のなかの獣と闘っているのだ。それは不名誉なことではない。ではなぜ、私は事実を見ようとしなかったのか。

私は自分の父を思い返した。父の受動性を恥ずかしく思っていた。でもそれは、自分自身について感じていた恥の意識でもあった。アシカからダニエルを救っているキャサリンをただ見ていたこと、妻の不倫やピーターの抱えていた問題を知ろうともしなかったこと、優れた見識を装って家族から目をそむけていたこと。キャサリンは私を裏切った。息子は殺された。神でさえ、私を見捨てた。私は人生の犠牲者だ。

「それを認識してしまったら、息子のそういう気質を賞賛している自分がいるのを認めざるをえなくなるから」

今、はっきりと理解できた。ダニエルは、私にはないものをすべて持っていた。息子は、〝アルファ・アニマル〟だった。筋肉隆々で力強く、欲しいものはなんでも手に入れる群れのリーダーだった。自分のすべてを懸けてフットボールにも、レスリングにも、ジム・トレーニングにも打ちこんだ。すべてにおいて一番を獲得するために戦っていた。ダニエルがわずかに残酷な方法で支配力を発揮しているのを目撃したとき、私はその姿をパンサーに重ねていた——自分の獲物を奪っている、美しく力強く獰猛なパンサーに。

私は、ダニエルがうらやましかった。おかしな話だが、感謝さえしていた。自分のなかの暴力性が、ほんの小さなかけらでも息子を通して表出されるのを見たときの、あの解放感！

はたしてどこまで話したのか、それとも声に出してなにも話さなかったのかはわからない。ただ、解き放たれた私の心で、部屋全体が生き生きと感じられたことだけは覚えている。

58

ぼくが死ぬ日

あのナイフがダニエルののどを切り裂いてから、今日でちょうど一週間。今は、ぼくが生きている最後の朝の午前三時十五分だ。

全然怖くない。ぼくはすでに一度死んでいるのだから。父さんを墓に埋めた日から、ぼくはゆらゆらと浮かんでいるだけの幽霊になった。でも、夏も終わろうとしていたときにレッドが公園に現われて、ぼくはこの世に蘇った。彼女のあの目が、ぼくの奥深くまでもぐりこみ、ぼくの目を通して世界を見た。そのとき、ぼくに生命を取り戻してくれた。

でも、ダニエルがその命を奪った。だから、ぼくも彼の命を奪った。どうしても拳銃のことが頭から離れない。父さんが使ったあの銃。シグザウエルP226。

「この銃はネイビーシールズが持つものだ」父さんはいつも自慢げに言っていた。まるで自分もそうだったとでもいうように。

父さんが拳銃自殺したあと、母さんは使い古した青いタオルで銃を包んだ。ブロディが外に行くのに間に合わなくて粗相をしたときに拭いていたのと同じタオルだった。母さんはその銃を、十五発入りの弾倉と一緒にナイトテーブルにしまった。ただ思い出のためだと普通は思うかもしれないけど、たぶん安心のためだったのだと思う。子供のいる家に銃弾をこめた拳銃をおいておくなんて、と非難する人もいるかもしれない。でも、あの銃のおかげでぼくたちは救われた。そう思わせてくれたのはネルズだった。

父さんが自殺してから何カ月か経ったころ、母さんが銃を持ちつづけているのはおかしいと思わないか、と妹に訊いたことがあった。ネルズは軽蔑するような上から目線で言った。まだ十三歳にもなっていないのに、すべてをわかった気でいるようだった。「あきれた。バルチさんが言ってた〝銃が勝手に人を撃つ〟なんて馬鹿みたいなこと、本気で信じてるの?」

「でも実際、父さんが銃を持ってなければ、もしかしたら――」

「お父さんは頭がおかしかったんだよ。ものすごく、めちゃくちゃに、いかれてた」

「たしかにそうだけど。だから、もし――」

「だから、ちがうんだってば！　あの銃がなくたって、なにも変わらなかった。どっちみち、どっかから見つけてきただろうから」いかにも憎々しげに妹は顔を歪めた。「あの銃のせいでお父さんが死んだんなら」とネルズは言った。「わたしはほっとしてるよ」

そんなこと本気で言ってないんだろ、とぼくは言いそうになった。でも、妹が本気なのはわかっていた。ぼくや母さんより、ネルズには父さんを憎む理由があった。ぼくたちがひどい目にあったのは、べつに父さんのせいじゃない。頭がおかしくなったからだ。そうでしょ？　ネルズ本人だってそう言っていたじゃないか。頭がおかしくなければ、あんなことはしない。

「とにかく、お母さんにはあの銃が必要なの」とネルズは言った。わざとらしく、もう飽きたというような無関心な顔をした。妹はいつもそういう態度の練習をしていた。「ほら、うちに電話してくる人たちがいるでしょ？　お金をむしり取ろうとして。先週なんか、夜は必ずドアも窓も鍵をかけとけよ、ってお母さんに留守電メッセージを残してたじゃない。あれはただの脅し。でも、お母さんはそうは思ってないみたい」

ネルズはなかなか強い。もしかしたら、だからレッドのことがあんなに気になったのかもしれない。ふたりの目には、同じような猛々しい輝きがある。ただ、ネルズにはふたつの面しかなかった――いつでも飛びかかっていけるような臨戦態勢の目と、車に轢かれた動物みたいな死んだような目。レッドはそうじゃなかった。どんなつらい経験をしてきたのかはわからないけど、完全に打ちひしがれてはいなかった。もちろん自分の殻に閉じこもって、いろんな防御の壁のうしろに隠れていたけど、ちゃんと自分というものを持っていた。外に目を向けて、ちゃんと人を見ていた。

妹はめちゃくちゃな人生を生きてきた。でも、まだ小さい。いくらでもやりなおすことができる。もしも、これ以上なんの問題も起きなければ。もしも、そんなことにならないようにぼくになにかできれば。

昨日、母さんのナイトテーブルの引き出しを開けてみた。青いタオルはまだそのままはいっていた。ブロディのせいでついた染みは、母さんがどんなに洗ってもきれいにはならなかった。そのタオルを見て、ぼくは動揺した。拳銃そのものよりも、心に刺さった。ブロディは、外に出るのが間に合わずに家のなかで粗相をすると、とても恥ずかしそうにしていた。首をうなだれてお尻のほうをちらちらと見ながら、自分がこんなことをやらかしたなんて信じられないと言っているようだった。混乱し、不安そうだった。

その瞬間、ぼくはこらえきれなくなった。小さな子供みたいに泣きじゃくった。ブロディが恋しくてたまらなかった。ぼくは馬鹿だ。なんて馬鹿なんだ。なにもかもが悲しくて、泣きやむことができなかった。特に、ブロディのことを考えると涙があふれた。母さんがこんなことを言っていたのを思い出した。「ブロディは愛でみんなを幸せにできる」と。もしかしたら、それは本当のことだったのかもしれない。最後に父さんが幸せそうだった——少なくとも悲しそうでも、怒ってもいなかったとき——のは、粗相をしてしまったブロディのすぐ横の床に膝をつき、頭をなでながらやさしい声でささやいていたときだ。「心配するな、ブロディ。誰だっていつかはこうなるもんなんだから」ブロディは、お礼を言うように父さんと目を合わせ、父さんの膝の上に頭を載せた。ブロディはそのグレーの鼻をなでられながら、やがて安心しきったような表情になった。

もし父さんが生きていたら、今ごろ新しい犬を飼っていたかもしれない。父さんは犬が大好きだった。犬と一緒にいるときは、まるで別人のようになった。ひょっとしたら、ブロディが死んでしまったから父さんの心は折れてしまい、あんな悲惨な最期に向かったのではないか。ときどきそんなふうに思うことがある。

母さんがまた看護学校に行くようになったとき、ネルズは小犬を飼うことをお願いしようとした。ぼくも欲しかったけど、妹を説得してやめさせた。犬を飼えば、時間もお金もかかる。母さんにそんな余裕はなかった。ネルズは不満そうにふくれっ面をしたが、悲しそうで大変そうな母さんを見て、ネルズも納得して諦めてくれた。

もうすぐ母さんが帰ってくる。だから、もう泣きやまないといけない。ぼくはタオルを広げて銃を握った。おかげで涙は止まった。銃というものには、その効果がある。この銃は、黒くて角張っていて美しい。その目的のためだけにデザインされたものがすべてそうであるように、心を落ち着かせるなにかがある。こういう銃は、神さまのお恵みのように感じられた。あんなことがあったのにそんなふうに考えられるはずがないと思うかもしれないけど、これは本当のことだ。ものすごい力がこれに凝縮されている。金属が体温と同じになったら、もう自分と一体になる。人は、自分自身の神になる。バン！　ただそれだけ。

キッチンのドアが開き、ネルズがバックパックをテーブルの上におく音が聞こえたとき、ぼくは銃を構えていた——両手で銃を握って腕を前に伸ばし、銃口は鏡台の上の父さんの写真に向けられていた。ぼくは銃をおろしてタオルで包むと、引き出しのなかにしまった。音をたてないように廊下を歩いて自分の部屋にもぐりこむと、ネルズが冷蔵庫のなかを漁りながらぶつぶつ言っているのが聞こえてきた。「なんでこの家には、まともな食べ物がないの？」

これは全部昨日のこと。なにをすべきか、やっとわかった日だ。

59

ヨットにいるところを発見されて以来、エヴァンジェリンはそれ以上逃亡を図ろうともしなかったし、アイザックもその話題を口にしなかった。彼は、話し合いによって問題が解決すると考えるタイプではなかった。そのかわりに、淡い水色やラベンダー色ややさしい黄色の色見本を持ちかえり、どの色がいちばん気に入ったかをエヴァンジェリンに訊いた。リサイクルショップで古い整理だんす──彼は〝アンティーク〟だと主張した──を見つけてきて、広いウォークインクローゼットを赤ちゃんの部屋に改造しようと提案した。エヴァンジェリンはそのとき初めて、子供が生まれてからもこの家に住まわせてくれるつもりなのだということを知った。ふたりで協力して、彼女の部屋の壁をクリーム色に塗った。アイザックは揮発性有機化合物の出ない低VOC塗料を買ったにもかかわらず、彼女にはマスクをするようにとうるさかった。

四月下旬の朝、エヴァンジェリンが起きるとアイザックからのメモが残っていた。早めに学校に出かけることと、化学の試験をがんばるようにと書かれていた。先週はずっと小雨が降りつづき、どんよりとした一週間だった。でも今朝の空は、青や金やピンクに染まって生き生きと輝き、窓の外を見るたびに空の色が変化していた。キッチンのなかも、生き生きと振動しているように感じられた——染みのあるラミネート加工のカウンターも、傷だらけのキャビネットも、流しに放置されている汚れた食器も、小さく鳴っている暖房用の通気口も。それに、なによりもあのメモ。父親が娘のために書いたようなメモ。〔化学の試験、がんばって!〕

それらすべてが、エヴァンジェリンにとっては摩訶不思議な奇跡としか思えなかった。なにもかもが、家族や家や愛情を表わしていた。特に心を鷲づかみにされたのは、メモに書かれていた感嘆符〝!〟だった。熱い思いと親しみが何気なくこめられているような気がした。

彼女はシャワーを浴びた。妙なことに、自分が美しく思えた。胸よりもはるかにお腹のほうが出っぱっているのに。彼女は、黒いマタニティ用のレギンスをはき、コバルトブルーのニットのワンピースを着た。このワンピースは、一月にロリーと一緒にシルバーデールに行ったときにロリーが見つけてくれたものだった。エヴァンジェリンは自分の赤い髪と反発しあうのではないかと心配したのだが、そのときロリーにこう言われた。「この青が決め手なのよ。濃い赤の深みを際立たせてくれる。あなたをよりミステリアスに見せてくれるわ」まるで恋心を打ち明けた少女のように、ロリーは顔を真っ赤にした。ミステリアスな髪というのがどういうものなのかエヴァンジェリンにはわからなかったが、この青いワンピースを着るたびに、鏡を眺めては隠された秘密の自分を探そうとした。

ひょっとして、ロリーがこの家に来なくなったのは、そのせいなのだろうか。エヴァンジェリンの美しさに気おくれしたのだろうか。ロリーが来なくなってからもう何カ月も経つが、いまだにどうしてなのかわからなかった。

でも、もういいの！　だって、わたしにはアイザックのこのメモがあるんだから。今日は少し暖房を強めにしてくれたし。それに、ルーファスもいつもの椅子で寝ていた。少し大きな音をたてて息をしていたけど。かわいそうに、ルーファスはどんどん元気がなくなっていた。ベッドに飛びのるのを手伝わないといけないことが多くなり、餌もあまり食べなくなった。歩くときもアイザックそっくりで、関節が痛そうだった。残念ながら、先週から家のなかで粗相をするようになった。学校に行く前に、ルーファスを一度外に出したほうがいいかもしれないと思った。一日じゅうおしっこにまみれて寝ている姿を想像するのはいやだった。彼女はそばまで近づいて言った。「ルーファス、おいで」

ルーファスは目を開けたが、麻酔から醒めたばかりのようなどんよりとした目をしていた。

「ルーファス、ほら、立って。おまえならできるって」彼女は首輪を引っぱった。犬は頭を上げ、お尻の筋肉に力を入れた。でも肢は言うことをきかず、頭をまた前肢の上においた。

彼女はルーファスの前にひざまずき、頭をなでた。最近はいつもそうなのだが、血の混じった鼻水が開いたままの口のなかに垂れていた。エヴァンジェリンは立ち上がり、濡らした布巾とティッシュを何枚か取った。こんなふうに鼻水が乾いて顎についているのは、どんなに気持ちが悪いだろう。ルーファスが寝ている毛布も鼻水と血が乾いて悲惨な状態だった。学校から帰ったらすぐに洗ってあげるつもりだ。

ルーファスの顔を拭いてあげていると、温かい布巾に鼻を押しつけてきた。乾いたティッシュで拭こうとすると、ルーファスは驚いたように頭をうしろに下げ、今度は頭を前に倒して大きなくしゃみをした。真っ赤な血しぶきが、エヴァンジェリンの顔にも首にも手にも、きれいな青いワンピースにもカーペットにも木の床にも飛び散った。血はルーファスの鼻から流れ出ていた。椅子の肘掛けにどんどん染みこんでいった。ルーファスの目は大きく見開かれ、戦場で戦っている馬の目のように黒目の周囲に白目が広がっていた。

エヴァンジェリンは犬の鼻に布巾を押しつけたが、血は止まらなかった。鼻の穴にティッシュを詰めて、破れてしまった血管に圧力をかけようとした。こんなにくしゃみを繰り返して部屋じゅうに血をまき散らさなければ、うまく止血できるかもしれないのに。

なんとかして動物病院に連れていかなければならない。でも、どうやって？　アイザックは朝早いうちに車で出かけてしまった。ペット用の救急車なんてあるの？　きっとあるはずだ。きっと。でも、本当はないことを彼女も知っていた。

「そこにいて」と彼女は言った。そう言ったところで、ルーファスはどこにも行けそうになかった。

玄関のドアから走り出ると、裏庭を走り抜け、敷地の境界線の林を走り抜けた。でこぼこの地面から守るようにお腹を押さえ、足を取られないように根っこやツタに細心の注意を払いながら走った。これまで、自分の人生にはいろんな出来事があったかもしれない。でもこれだけは言える。いくら急いでいるとしても、絶対に赤ちゃんを危険な目にあわせることはできない。それだけは自分でも許さない。

気がつくと、ロリーの勝手口のドアを必死に叩いていた。奇跡的にそこにロリーがいた。ジーンズにワークシャツを着た彼女はドアを開け、恐怖に引きつった顔をした。ロリーの目に、エヴァンジェリンがどんなふうに映ったことか！

「ちがうの、ルーファスなの！　血が大変なの。ものすごく血が出てるの！」

ロリーはエヴァンジェリンを家のなかに引きこんだ。「落ち着いて。どこから出血してるの？」

「鼻から。ものすごい量なの」

「止血は？　鼻になにか詰めてみた？」

エヴァンジェリンはうなずきながら、空気をのみこんだ。「でも、全然止まらない」

「わかった。まずは深呼吸をして。もう一回。そう、それでいいわ。チマカムに救急の動物病院があるの。そこに連れていきましょう」

「ここからだと二十分もかかる。それまでに死んじゃう！」

「でも、そこしかないの」とロリーは言った。彼女の声には命令するような権威的な響きがあり、それがエヴァンジェリンの心を落ち着かせた。「まずは家に戻って。わたしが行くまでルーファスの鼻をつまんでいて。うちにスプレー式の点鼻薬があるから、それが効くかもしれない。さあ、行って！　すぐに車で行くから」

エヴァンジェリンが家に戻ると、ルーファスは床でうずくまっていた。きっと立ち上がろうとして倒れてしまったのだろう。顔のまわりに血だまりができていた。彼女は、ルーファスの両方の鼻の穴をつまんだ。そこが動物の愚かなところなのか、ルーファスは口を閉じて全力で抵抗してきた。目の玉が飛び出しそうなほどだった。

「口で息をするんだよ、馬鹿！　いつもは口で息してるじゃない！」

一分もしないうちにルーファスは白目をむき、口を開けた。そして息をのみこむと、意識が戻ったのか、また口を閉じて苦しみだした。

犬用のハーネスを手に、ロリーが裏口に現われた。でもルーファスを見るなり、言った。

「なんてこと。とても歩ける状態じゃないのね」

エヴァンジェリンはつまんでいた鼻から手を離し、立たせようと持ち上げたが、まるで肢の骨がなくなってしまったようだった。ロリーは犬の脇にしゃがみこみ、両方の鼻の穴に点鼻薬をスプレーした。さいわいなことに出血が少し収まり、布巾を押し当てることでなんとか血を止めることができた。

「よかった」とロリーは言った。「これでしばらく大丈夫」彼女はエヴァンジェリンに車のキーを渡した。「車のなかにゴミ袋と何枚かタオルがあるの。まずはうしろの座席をゴミ袋で覆って、その上にタオルを広げておいて。なんとかこの子を連れていくから」

エヴァンジェリンはキーをつかむとすぐに出ていった。ちょうど何枚も分厚いタオルを敷きおえたところで振り返ると、体重が四十五キロもないロリーがルーファスを抱えながらよろよろ歩いてくるのが見えた。重さのせいで上体をうしろにそらしながら、頭と肢が力なく垂れているルーファスの胴体に両腕をまわして持っていた。エヴァンジェリンも手伝おうと向かったが、ロリーはそのまま通りすぎ、穀物の詰まった麻袋のように後部座席にルーファスを乗せた。

「あなたも一緒にうしろに座って」とロリーは言った。「鼻を押さえててね」

「でも、そうすると息をしなくなっちゃう」

「大丈夫。そのうちするようになるから」

「スプレーを持っててもいい？」

ロリーはポケットからスプレーを出し、エヴァンジェリンに渡した。「でも、使う前に言ってね。使いすぎもよくないから」

エヴァンジェリンはルーファスの頭側に座った。すでにワンピースは汚れていたが、それでも膝の上にタオルを敷き、そこにルーファスの頭を載せた。口をふさがないように注意しながら、濡れた布巾で鼻を押さえた。

「動物病院にお医者さんはいつもいるの？」

「電話しておいた。わたしたちより先に着いてるはず」

ロリーは私道から道路に出た。エヴァンジェリンはずっとルーファスの頭をなでつづけた。絶対に死なせない。赤ちゃんのためにも、生きていてもらわないと困る。赤ちゃんが新しい世界で生きていくのを、ルーファスに見守ってもらわないといけない。彼女はルーファスのおでこにキスをし、ささやいた。「死ぬなんて許さないからね。わたしは本気なんだから。絶対に、絶対に、死んじゃだめなんだからね」

砂利を敷いた駐車場に車を乗り入れると、すでに獣医師は待っていた。背の低い赤い建物の前で煙草を吸っていた。吸い殻を踏んでもみ消すと、ルーファスを運ぶのを手伝いにゆっくりと歩いてきた。エヴァンジェリンは腸（はらわた）が煮えくりかえった。ちょっと無神経すぎない？ そもそも、診察の前に喫煙するなんて不衛生なんじゃないの？ でも、獣医師が腕を曲げた部分にルーファスの頭がくるように抱きかかえながら、やさしい声で「いい子だね。すぐに診てあげるからね」と言っているのを聞き、喫煙については許してあげることにした。獣医師の声はソフトで、聞く者に安心感を与えてくれる音楽のようだった。犬が出血多量で死なないようにするための、正確なリズムとメロディーを知り尽くしているようだった。

病院にはいると、ロリーと獣医師はルーファスをアルミ製のテーブルの上に寝かせた。エイブラムス先生——白衣にはそう書かれていた——は、エヴァンジェリンに犬の頭を押さえているように頼み、やさしい手つきで大きな血のかたまりを取り除き、鼻の穴のなかを覗いた。それから、はんだごてのような形をした器具で血管を焼く処置を始めた。治療は一分で終わった。鼻からの出血も止まってきれいに拭いてもらったルーファスは、テーブルの上で安心したように横たわっていた。今はもう警戒しているような様子はなく、眠そうだった。

「予想したより出血量はそれほど多くなかったみたいだ」とエイブラムス先生は言った。「でも、念のために今夜はこのまま入院させたい。輸血と点滴をしたほうがいいだろう」

医師はエヴァンジェリンに向かって話していた。それが彼女にとっては驚きだった。たとえ彼女自身に関わることでも、大人が彼女の同意を確認することはこれまでほとんどなかったからだ。「はい、もちろん、お願いします。いくらかかっても」と言いたかった。でも、かわりに心配そうな目をロリーに向けた。

ロリーは医師を見て言った。「治療費がどのくらいになるか、見積もりをいただけますか？　アイザックと連絡をとってみます。彼がルーファスを愛しているのはたしかだけど、かなり高齢な犬だから。もうそんなに長くはないんじゃないかと思うんです」

エヴァンジェリンは目を細め、そんなことを言うロリーを苦しめたかった。でも今は、大人たちは自分を素通りして話していて、少しほっとしていた。

「実は、ほかにもあるんですよ」と獣医師は言った。「鼻の軟骨の両側に腫瘍が広がっている。そのせいで口呼吸が多くなっていたんじゃないかと思うんだけど」

「たしかに、最近ますますひどくなってた」とエヴァンジェリンは言った。

「鼻の穴には、もう空気の通り道がない。もしもっと楽にしてあげたいなら、腫瘍の除去手術が必要になる。そうすればかなり楽に呼吸できるようになるだろう。治療費は安いとは言えないが、この子はかなり苦しいはずだ」

「癌なの？」知るのは怖かったが、エヴァンジェリンは訊いた。

「その可能性は高いだろう。一ヵ月前にも、呼吸のことでアイザックが診察に来た。そのときの傷はまだ小さかったし、それほどひどいものじゃなかった。でも今はかなりひどくなっている。良性の腫瘍というのは、通常はこんなに早く大きくならない」

「先生」とロリーは言った。「あと数時間だけ、ルーファスをここで預かってもらえますか？　今から学校に行ってアイザックと話してみます。午前中に電話をかけるように言うので、出てもらえますか？」

ロリーは、いつもの〝主導権を握っているのはわたし〟的な声で話していたが、かすかに震えているのがエヴァンジェリンにはわかった。獣医師はできるかぎりアイザックからの電話には出るようにすると約束した。ロリーは向きを変えて帰ろうと歩きだした。エヴァンジェリンはまだ血まみれの服のままルーファスのそばにしゃがみこんでいた。でも、なでたり、話しかけたりはしなかった。〝さようなら〟と解釈されてしまうようなことはしたくなかった。ただ、じっと目を見て、心のなかで言っていた。「絶対に死んじゃだめなんだからね！」

彼女は立ち上がってドアまで行き、腕で顔を拭った。

60

授業中、またジュディスから呼びだされた。今度こそベッキーおばさんになにかあったのかと覚悟したが、事務所で女性が待っているのだと言われた。

事務所にはいったとたん、私の足は止まった。事務所の隅の椅子に座っていたのはロリーだった。私を見るなり彼女の顔に恐怖の色が浮かんだが、決心したように顎を嚙みしめ、立ち上がった。私たちはピーターのオフィスだった部屋を借り、ドアを閉めた。私は椅子を勧めなかったし、彼女も座ろうとはしなかった。ふたりは立ったまま向き合った。彼女は視線をそらし、私のほうからも沈黙を破ろうとはしなかった。やがて彼女は私と目を合わせ、口を開いた。「ごめんなさい。去年の秋のことは謝ります。なにも知らせずにあなたを苦しめてしまって」

彼女の目は揺るぎなかった。ここに来るのがどれほど勇気の要ったことかを私に知らせたいようだった。また、必要ならいくらでも傷つけてかまわないと言っているような目だった。彼女はまるで自分を守ろうとはしていなかった。だから少しでも冷酷さを示せば、私はモンスターになる。でも、だからどうだと言うのだ？　二月の時点で私はモンスターになった。今さら取り繕うつもりもなかった。

「そんなことを言いにきたのか？」彼女の上にそそり立つように、私は一歩近づいた。彼女は目に涙を浮かべたが、怯まなかった。「警察に通報しないでくれてありがとう。ネルズから母親を奪わないでくれて――」

「ジュディスから、なにか緊急事態が起きたと聞いた。それとも、また嘘をついたのか？」自分の冷酷さに驚いていた。ダニエルの意地の悪さを私は引き継いだのだろうか。息子が私から引き継いだように。

ロリーは一瞬怯んでから、ルーファスに起きたことを話してくれた――出血したことや、エヴァンジェリンと一緒にチマカムの動物病院まで連れていったこと。私は自分のおこないを恥じた。でもそれ以上に、こんな思いにさせる彼女に怒りを感じた。

「エイブラムス先生がルーファスをひと晩入院させたいと言っているの」と彼女は言った。

「治療についてあなたと話したいそうなの。できるだけ早く電話してくれる？」彼女はきびすを返して帰りはじめた。

「ロリー」と私は言った。

彼女は足を止めたが、私のほうは見なかった。

いったい自分が彼女を非難したいのか感謝したいのかわからなかった。ただ、彼女の名前を口にしたことで、胸のまわりを締めつけていた分厚いベルトのようななにかが、少しゆるんだような気がした。

私がそれ以上なにも言わないでいると、彼女は小さく頭を下げて出ていった。

エイブラムス医師からの提案は〝全切除〟だった。格納庫の観音開きの扉のように、ルーファスの顔を真っぷたつに切って広げるのだそうだ。

「鼻の穴から治療はできないのか？」

医師は憤慨して言った。「犬の鼻がどんなに複雑なのか、わかってるんですか？」

私は言い放ちたかった。「なんでそんな残酷なことができるんだ？　ルーファスはもう充分に苦しんだんだ！」と。でも、エイブラムス医師の世界では、医療的暴力と医療的武勇伝が同じことを意味するのを私は知っていた。ルーファスを延命させるかどうかは、私の判断次第だった。

簡単なことなのかもしれない。でも、私はぐらついていた。ルーファスを見ていると、そこにはダニエルも見えたからだ。死ぬ数日前、息子は犬と追いかけっこをしていた。ルーファスは床に足を取られながら、まるで小犬だったころのように喜々とした表情で肩越しに振り返っていた。ダニエルは床の上で犬と一緒に転げまわりながら、繰り返しつぶやいていた。「よしよし、いい子だ。おまえはいい子だ」ここ数年のダニエルの秘密主義や反抗的な態度を思うと、あんなに楽しそうな子供っぽい姿を見るのはうれしかった。もう一度そんなダニエルの姿が見られるのであれば、ルーファスにはもう少し苦しんでもらいたいとも思った。

でも、息をするのも苦しそうにしている犬を見ているうち、あのときの映像が途中で途切れていたことに気がついた。ひとしきりルーファスとふざけあったあと、息子は犬の頭をなで、二階に上がっていった。ルーファスは年老いた体でしばらく寝転がったまま鳴いていた。もう一度ダニエルが戻ってくるのを期待していたようだった。戻ってこないのがわかると、ルーファスは立ち上がり、お気に入りの椅子までよろよろと歩いていった。

結局、エイブラムス医師は腫瘍組織の生体検査をおこなった。そして数日後に、癌だったことを電話で知らせてきた。「切除すればあと数カ月は生きられるかもしれません」と彼は言った。「うまくすれば半年もつかもしれないが、なんとも言えませんね。ただ、リンパ節にも転移していることや手術の複雑性から言っても、あまり期待はできない」

ほかには、ワシントン州の反対側にある獣医大学での実験的化学療法や放射線治療という選択肢もあったが、いずれも苦痛を伴う副作用があり、長期の延命効果は期待できないとのことだった。医師からの電話を受けたあと、私は自分の部屋で姿勢を正したまま座り、心を静めようとしていた。はるか遠くのほうに見える光でこの身を包もうとしたが、近づこうとするたびにその光は魚のように逃げてしまった。一時間そうしていると、ルーファスの恐ろしい姿が目に浮かんできた。頭の毛は刈られ、真っぷたつに切り開かれた顔は黒く太いステイプラーの針でつなぎ合わされていた。その目は、恨めしそうに涙ぐんでいた。

私はエヴァンジェリンに自分の思いを伝えた。と同時に、彼女とルーファスのあいだに築き上げられた絆を考え、彼女の考えも考慮に入れることも伝えた。エヴァンジェリンはうなずき、ルーファスを連れて自分の部屋に行った。そして一時間後、泣き腫らした目をして出てきた。「ルーファスを傷つけずに、もっと楽に息ができるようにする方法はある？」

「応急的な処置でしかないが、鼻の穴から治療することもできる。そうすれば、しばらくは楽にしてやれると思う」

「そんなことができるの？」

「ああ、もちろんだ」

いった。

「じゃあ、そうしてほしい」彼女は私と目を合わせないようにして、自分の部屋に戻っていった。

私はエイブラムス医師に電話をかけ、こちらの要望を伝えた。「あくまでも一時的な緩和措置だと理解してもらえるのであれば」と獣医師は言った。でもまさにそれこそ――偽りの約束などない慰め――が私の希望だった。同じ思いを味わったことがあった。私が最後に見た母は病院のベッドに寝かされ、注ぎこんだり吸い取ったり、警告を鳴らしたり怒ったりする装置に奴隷のようにつながれていた。外科医は母の癌を追いかけては、あっちを切ったりこっちを切ったりした。その結果、母は灰色の肌をした変わり果てた姿になり、人間というよりも機械と言ったほうがふさわしかった。これだけは言える。母自身はけっしてあんなことは望まなかった。ただ、父と私のために受け入れたのだ。私たちが、理不尽な希望にしがみついていられるように。

最期を迎えるまでの数週間のなかで、母が安らかな表情を浮かべたときが一度だけあった。それは、クエーカーの三人の友人がベッドを囲み、海と神の歌を歌ったときだった。

ルーファスは、おそらくこの癌のせいで死ぬだろう。でも、安楽死させることは一度たりとも考えなかった。ときどき、ルーファスが苦しそうにしているのを見ながら、いつまでこんなつらい目にあわせるつもりなのかと自分に問いかけることもあった。でも、動物というものは死に方を心得ている。いったん運命が決まれば――私と同じくらいルーファスにもわかっていたはずだ――動物は逝くか留まるかを自分で決める。今まで、ペットを安楽死させたことはあるし、これからもあるかもしれない。でも、ルーファスは唯一無二の存在だ。ルーファスにはこの世界に留まる理由があるのだと信じ、手出ししないのが私の務めだと思った。

患部の処置はうまくいき、何日かするとルーファスも楽に呼吸できるようになった。その週の金曜日、エヴァンジェリンはナタリアの家に泊まりにいった。彼女にも思春期らしい生活があると思うとうれしかった。でもその日帰宅したとき、ルーファスがほとんど頭を上げず、エヴァンジェリンも留守だと思うと、少し寂しかった。

ジョージのヨットで彼女を見つけて連れ帰って以来、この家はふたたび家庭らしさを取り戻したように思えた。エヴァンジェリンが留守の今、その思いはいっそう強まっていた。あの日、ヨットのサロンに現われたときのエヴァンジェリンを思い出した。はいってくる前はためらっていたのに、いざ数歩なかに踏みだしたときには、まるで大したことなどないかのような顔をしていた。でもその数歩が、すべてを変えるほど大きな意味を持っていた。私にとってだけでなく、エヴァンジェリンにとっても。自分の意思でその数歩を踏みだしたことで、戻ってくる決断を下したのが彼女自身だということを、骨の髄から認識できたのだから。

私は玄関で薄手の上着を着て外に出て、ロリーの家に向かった。そのあとどうしようとしていたのかは自分にもわからない。彼女の家のドアを叩き、彼女とネルズを夕食に誘おうとでもしていたのだろうか。せっかく修復できた関係性をもう一度自分でぶち壊しておきながら、そんなことなどなかったようなふりをして?

両家の敷地の境界線に茂っている木々のあいだに、私はまた身を隠して立ちつくした。日が暮れはじめた薄暗さのなか、キッチンの明かりがついていた。ロリーはコンロのところにいて、ネルズはカウンターでなにかを切っていた。ロリーはフライパンをコンロから持ち上げて娘のところに行き、しばらく見ていたが、なにかを指示したようだった。ネルズは怒ったような身ぶりをしていたが、ふたりは明らかに笑っていたので、怒っていなかったのかもしれない。ロリーは娘の首筋にキスをし、コンロにまた戻っていった。

彼女たちの親密さと愛情、苛立ちとやさしさが、小さなキッチンを光で満たしていた。キッチンのみならず、家全体、庭まで明るく照らしていた。こんなに離れていても、ふたりのあいだの愛を感じることができた。エヴァンジェリンには、そんな母と娘の愛が一生感じられないのだと思うと、胸が締めつけられた。

61

ぼくが死ぬ日

何日か前、保安官がぼくのトラックを持っていった。でも、ぼくは令状を見せてくださいとは言わなかった。どうやら令状はなかったらしいけど、疑われるようなことはしたくなかった。ぼくは容疑者じゃないと言われた。ただ、ダニエルを見つける手がかりがトラックに残っているかもしれないから、というのが理由だった。ぼくはなんでもないふりをして「どうぞ、調べて」と言った。

トラックからは、ダニエルのDNAと皮膚片と髪の毛が見つかったらしい。しょっちゅうぼくのトラックに乗っていたのだから、なにも見つからなかったら逆に疑われていたかもしれない。血液も見つかったけど、それはぼくがあちこちになすりつけた鹿の血だった。ダニエルの血は見つからなかった。それは驚きだった。バッグや靴やトラックの座席に注意したのはたしかだけど、一滴や二滴はどこかに垂れていたとしても不思議はないからだ。たぶん地元の警察が見逃したのだろう。このあたりで殺人事件なんてめったに起きないから。それに、まだ殺人だとは思われていなかったし。ただ高校生がひとりいなくなっただけだと思われていた。

ぼくが死ぬほどショックを受けたのは、昨日警察から電話を受けたときだった。トラックからは不審な点が見つからなかったと言われ、ぼくは激怒した。そのときのぼくを見ている人がいたら、その場で取り押さえられて逮捕されると思っただろう。トラックを持っていかれてから何日も眠れない日が続き、汗だくだったのに、トラックを取りにいくように言われた。それだけでなく、面倒をかけてすまなかったと謝られた。ぼくは壁を殴って穴を開けそうになった。

いったい能なしの警察は、いつになったらダニエルを見つけるんだろう。なにも知らないバルチさんは、いったいいつまで苦しまなければならないんだろう。ダニエルのお母さんだってそうだ。ふたりともまるでゾンビのように皮膚が灰色になって垂れ下がり、本当の目は流れ落ちて義眼が埋めこまれているようだった。このぼくがあの人たちの心配をしているのが馬鹿げていることなのはわかっている。でも、心配していたのは本当のことだ。馬鹿な警察のせいで、すべてはぼくにかかっている。いったいどうすればいいんだ？

ぼろぼろになっているのは、なにもダニエルの両親だけではなかった。この二、三日、ぼくが捜索に加わっていると、ひどい顔色だと人から心配され、家に帰って休んだほうがいいと言われた。この件でぼくがつらい目にあっていると思われていた。たしかにそうだ。ぼくはダニエルが恋しくてたまらなかった。今いちばん話をしたいのはダニエルだ。この驚くべき物語をきっと楽しんでくれたと思う――ぼくがダニエルを殺したなんて！　誰がそんなことを想像できた？　きっとダニエルはぼくに何度も繰り返ししゃべらせただろう。パーティーでは再現ドラマのように演じたかもしれない。空中に飛びあがり、ナイフを振りおろし、一部始終を飾りたてて話しただろう。ぼくがその場にいたことには触れずに。ぼくは腕組みをしながら、脇のほうでいつものようにむっつりして立っているだけ。ぼくはダニエルをアホ呼ばわりし、人殺しは彼ではなくぼくだと言う。でも、ぼくがそこにいることさえ誰も気づかない。

そうだったらどんなによかったか。そのためならなんでも捧げたのに。

だから、ぼくは死ぬ。前にも言ったように、人をめちゃくちゃにするのは〝愛〟だ。ダニエルについて言えば、めちゃくちゃにやられっぱなしだった。

今朝――実際にはもう昨日の朝だけど――ぼくは現場に行ってきた。あとをつけられているんじゃないかと半分くらい思っていた。ぼくならそうするから。でも、誰も追ってこなかった。べつにどうでもいいことだけど。トラックから降りて、あの夜と同じ森の小道を歩いた。

でも最後の五百メートルは行けなかった。そもそも無理だった。この一週間のうちに、あとで捜索する人たちのために、距離とか曲がる場所とか目印とかをメモした。モミとか背の低い木々が密生していて、おとぎ話に出てくるイバラのように行く手をはばんでいた。これ以上先に進めなくなったとき、森が静まりかえった。まるで、森のなかにいる動物たち全員がぼくを見つめているようだった。そこらじゅう、折れた枝や踏みつぶされた茂みだらけだった。ひょっとしたらダニエルが生き返って、逃げだしたんじゃないかと思ったほどだった。あるいは、神さまが怒りの鉄拳を振りおろし、それが直径一キロの範囲まで広がったのか。でももちろん、そうじゃない。あのとき、血まみれのぼくが狂ったようにあの現場から逃げだしたときの痕跡だ。

死の硫黄臭が、ここまでも漂ってきていた。だからぼくは、目印がわりに折れた枝を積み上げてその場を去った。警察犬なら、簡単にダニエルを捜し当ててくれるだろう。

家に帰ったのはちょうど正午くらいだった。もう、できることはほとんどなかった。ダニエルを生き返らせることもできないし、母さんやネルズやレッドのためにもここにいるわけにはいかない。そんなことができるようなシナリオは、どう考えても思い浮かばなかった。でも、バルチさんたちの疑問を取り除くことはできる。それから、ぼくが逮捕されるのを見なくてはいけない人々の苦しみも防ぐことができる――こんなチビで痩せっぽちで意気地なしの白人のぼくが、手錠をはめられて引きずられていき、長い年月牢屋に閉じこめられるのを見ないですむ。そんなぼくの姿を想像させたくなかった。だって、馬鹿な警察にもそのうちわかるだろうから。骨が見つかり、足跡も見つかる。そして、うちのドアをノックする。そんなこと、誰のためにもならない。

もしも今回の事件でぼくがなんの罪にも問われなかったら、それはそれで最悪だ。だって、自分が誰を殺したいのか、その人の血を浴びるまでわからないような男が、ポート・ファーロングの町を歩きつづけることになるんだから。そんなやつを野放しにはできない。ぼくの愛する人たちを危険にさらすわけにはいかない。

ぼくは今までこんなことはしたことがない。妹に痣をつくったことだってない。でも、これがどこから来てどこに向かうのかは、神秘主義者じゃなくてもわかる。父さんが言っていたように、リンゴは木のすぐそばにしか落ちない。

でも、誤解しないでほしい。ぼくが邪悪な人間だと言ってるわけじゃない。父さんだって邪悪ではなかった。バルチさんが前に言っていたことは正しいような気がする――邪悪さというのは重力のように誰にでもかかる〝力〟だということ。ただ、その力の影響を受けやすい人もいて、たぶん父さんもぼくもそういうタイプなのだろう。

生物の授業のとき、バルチさんは奇妙な病気の話をしてくれた。自分の体の位置とか動きを感じる〝固有受容感覚〟というのを失わせる腫瘍があるそうだ。その病気の患者は、重力のせいで混乱して、いつも落ちつづけているような感覚になるらしい。

ぼくの場合はまさにそれだ。邪悪さに対する固有受容感覚が壊れている。父さんから遺伝した欠陥なんだろう。問題は、ぼくが邪悪さに支配されたとき、べつの誰かが代償を払うということだ。病気なのはぼくなのに、落ちていくのはべつの誰かなんだ。

発作が起きて暴れたあとは必ず、父さんはもう二度としないと誓った。でも、父さんのなかには隠れた断層がいっぱいあって、いくら鍵をかけて閉じこめようとしても、モンスターはもぞもぞと出てきて、ぼくたちを叩きつぶした。固有受容感覚を失わせる腫瘍のある人たちが重力に押しつぶされるのと同じように、父さんは邪悪さが自分に降りかかるのを阻止できなかった。

バルチさんが言うには、研究者たちは固有受容感覚の問題に必死に取り組んでいるらしい。ある科学者は、患者たちが普通に立ったり歩いたり、少しでも普通の生活に近づけるようなヘルメットを開発したそうだ。ぼくもそんなヘルメットが欲しい。邪悪さがどんなに獰猛に襲ってきても、抵抗できるようなヘルメットが欲しい。でも、誰もそんな研究はしていない。なぜなら、多くの人たちはぼく自身が邪悪さそのものだと考えているから。それは、重力で地面に押しつぶされている人のことを〝重力〟と呼んでいるのと同じだ。ぼくはぼろぼろに壊れていて、そこから抜け出すには助けが必要だ。でも、警察も弁護士も裁判官も陪審員も、ダニエルの残骸の写真をひと目見れば、誰もぼくのことをそんなふうには見てくれないだろう。だって、自分が殺したんじゃなければ、ぼくだってそんなふうには思わない。ぼくだって、犯人の手足をもぎ取ってやりたくなるだろう。でも、それこそが邪悪さの感染だ。だからこそ、影響を受けやすい人間が抵抗するのを助けないといけない。バルチさんが言っていたように、〝多くの人が病気にかかれば、誰も免れることはできない〟。

ぼくが生きていても、なんの救いにもならない。きっと成人と同じように裁判にかけられ、刑務所に入れられるだろう。そうすれば、モンスターは四六時中ぼくに取り憑いて、ぼくをもっとぼろぼろに壊すだろう。だからもしぼくの体を切り開いたら、そこにはモンスターしか見えないだろう。そして彼らはきっと悲しそうな顔をしてこう言う。「最初からわかっていた」と。

その光景がはっきりと見える。きっとぼくは本当に神秘主義者なんだろう。

いよいよ実行に移す時間だ。ぼくはペンをとった。まずは、バルチさんたちに謝罪した。「ダニエルを殺してごめんなさい」と。おかしすぎて笑っちゃうよね。そうでしょ？　あなたの息子を殺してごめんなさい、だなんて。どこが問題なのかは誰でもわかる。でも、つくりあげたことばを全部吐き出して、もう一度その意味のないことばを吐きそうになりながらのみこんで、まったく新しい組み合わせで吐き出したとしても、それを何千回、何万回繰り返したって、これ以上うまい組み合わせは見つからない。だから、最初に書いたとおりのものを残した。そして、ダニエルのいる場所の説明を書いた。

謝罪と場所の説明はちゃんときれいに書きあげることができた。ほかに参考になるようなことが思い浮かばなかったから、ぼくは続きを書いた。

もしも、ぼくが鹿を解体していなかったら。もしも、ぼくたちがビールを飲んでいなかったら。もしも、ダニエルがあんなにいつまでもしつこくしなかったら。もしも、ダニエルがまるでなんでもないことのように、彼女とやったなんて言わなかったら。ダニエルはぼくが彼女のことを大切に思っているのを知っていた。今まで生きてきたなかで彼女は、初めてダニエルじゃなくてぼくのことを選んでくれた。もしも、ダニエルの言ったことをぼくが信じなかったら。もしも、彼がなんであんなことをしたのかわかっていたら。そして、なんで彼女も応じたのか。もしも、ぼくがダニエルを愛してなかったら。もしも、彼女のことを愛してなかったら。もしも。もしも。もしも。馬鹿みたいに〝もしも〟ばっかりだ。ただの言い訳にすぎない。そんなこと誰が気にする？　でも、これだけはたしかだ。ぼくは、自分がダニエルを殺したいと思っていたなんて、彼が死んで初めて気がついた。だからこうするしかない。ぼくのなかには、父さんと同じモンスターがいる。いつの間にか体のなかにもぐりこんで、普通ならしないようなことをさせるし、頭をおかしくしてしまう。父さんはぼくたちを傷つけたくはなかった。ぼくたちを愛していた。そして最後に、それを証明した。そうでしょ？　モンスターからぼくたちを守るには、たったひとつの方法しかなかった。そのひとつの方法を、父さんは実行した。父さんはぼくたちのためにすべてを諦めた。父さんは英雄だ。本当に。

母さん、ネルズ、レッド、こうする以外に、どうすればみんなを守れる？

愛してる

ジョナ

でも、これはダニエルにとってフェアだろうか。ぼくにはわからない。ほかの誰にわかるだろう。なぜなら、どこかの時点で、ぼくはモンスターの目を通して見ていたのだから。

何分かして、ぼくは手紙をふたつに切った。最初の一行だけの謝罪の文と、ダニエルの居場所の説明だけを残した。そこでなにが見つかるかは考えないようにした。あとの残り——ダニエルとぼくと父さんについて書いた部分——はびりびりに破いてトイレに流した。誰もぼくの言い訳なんて聞きたくないだろうし、レッドの責任にされることだけは避けたかった。


いつものように、母さんとネルズと一緒に夕食をとった。そのあと、ネルズが廊下を歩いているのを見つけると、ぼくはふざけているふりをして妹をつかんできつく抱きしめた。妹はぼくを押しのけて言った。「最悪！　シャワー浴びてきなさいよ！」

たしかに汗臭かった。最近そういうことにはいっさい気をつかっていなかったから。さっとシャワーを浴びてから、母さんを探しにいった。食器洗いがもうすぐ終わりそうだった。ぼくはうしろから抱きついて、「愛してる」と言った。母さんは振り返ると、心配そうな顔をして、「なにかあったの？　大丈夫？」と訊いた。ぼくは両手をポケットに突っこみ、言った。「うん、もちろんだよ。どうして？　もちろんダニエルのことは心配だけど、ぼくは大丈夫だよ。それより、母さんは大丈夫？」

そのときの母さんの顔と言ったら。息子から愛してるよと言われたときの顔というより、お腹にナイフを刺されてグリッとまわされたような顔をしていた。長い時間、母さんはなにも言わずにぼくを見ていた。まるで無言で会話しているようだった――ぼくのことを愛していて、これからもずっと愛していること。ぼくの人生をめちゃくちゃにしてしまったとしたら、その責任を感じていること。ただ、なにをまちがってしまったのかはわかっていないこと。もしも今からでもなにか変えられることがあるなら、どんなことでもする覚悟があること。

すでにすべてのことが終わり、結果はもう決まっていて、もはや耐える以外はどうすることもできないのがわかるくらい長い時間ぼくを見つめてから、ようやく母さんは言った。

「ええ、大丈夫よ」

「よかったよ、母さん。よかった」

「なんだか疲れてるみたいね。もう休みなさい」と母さんは言い、食器洗いに戻った。

キッチンのドアのところまで行ったとき、ぼくは立ち止まって言った。「おやすみなさい、母さん」

母さんは背中を向けたままうなずいた。おやすみなさい、とは言わなかった。

62

私からの連絡を一ヵ月間避けつづけていたピーターだったが、ようやく彼の自宅に立ち寄るのを許してくれた。未成年者をみずから誘ったことについては無実を主張したが、彼の罪に疑いの余地はなく、校長職への復帰も求めなかった。彼が五年前にも売春の罪で逮捕されていたことを、キャロル・マーステンはうっかり口をすべらせた。ただしそのときは刑事訴追を猶予され、記録として残らなかったらしい。

四月下旬の朝、ピーターの家を訪れた私は啞然とした。家のなかはがらんとして、折りたたみ椅子が二脚と、彼が愛用していた古いリクライニングチェアしか残っていなかった。彼はリクライニングチェアをぽんぽんと叩き、自分は別の椅子を引き寄せて座った。

「ほかのものはすべて、エレインと娘たちが持っていった。私がそう望んだんだ」

「それはいつ？」

思い出すように少し考えこんでから言った。「きみがうちにきた夜を覚えているか？

私は留守で、ジョシーが家にいたと言った夜だ」

私はうなずいた。

「エレインが娘たちを連れて出ていったのは、その夜の二、三日前だった。すでにいくつかの家具は持っていっていた。家のなかが空っぽなのをきみに見られたくなかったんだ。いつかは戻ってきてくれると思っていたし」

「不倫のことが原因か？」

「ああ。ほかのことについて、彼女はなにも知らなかった。教育長のニューランドに話しにいった女が、エレインにも話したんだ」

私たちはしばらくそのまま黙って座っていた。

「ビールでもどうだ？」と彼は訊いた。

「まだ朝の十時だ。コーヒーはあるか？」

「ああ」と彼は言った。「でも、きみのコーヒーほどまずい自信はないけどね」

私は笑った。「がまんするよ」

キッチンに向かう彼を観察した。もう何週間もひげを剃っていないようだったが、それ以外はきちんとした身なりをしていた――髪も梳かしてあり、洗いたてのポロシャツを着てきれいなジーンズをはいていた。彼が戻ってきたとき、私は訊いた。「ひげを伸ばしているのか？」

彼はひときわ目立つ大きな顎をこすった。「実は、伸ばそうかと思ってる。でも、この一大傑作の顎が隠れるのは残念だけどな」

その後も、私たちは無言のまま座っていた。十分。十五分。まるでクリアネス委員会のようだった——私のためのものか、彼のためのものか。二十分が経過したところで、私は訊いた。「エヴァンジェリンとは？」

彼の表情は、不思議なほど変わらなかった。「いいや。彼女とのあいだにはなにもない。ただ、あの道で見かけたことが一度だけあった。車を停めてちょっとだけ話をした。でも、彼女は拾わなかった。明らかに若すぎたから」事務的な指示を出していた校長時代と変わらない冷静な声で言った。彼はまた顎をこすった。「わかっただろ？　みんなが言うほど私はモンスターじゃない」

「エヴァンジェリンは、学校できみに気づいたのか？」

「ああ」

「息子たちのことは？　彼女が一緒にいるところを、きみは見たのか？」

「ああ」

「でも、そのことは保安官に話さなかったんだね。彼女がきみのことを覚えてるかもしれないから」

彼はうなずいた。

前々から、おおよその見当はついていた。でも実際に彼の口から聞かされると、悲しみがどっと押し寄せてきた。まるで彼の内部を覗きこみ、何層にも重なった病変が彼をのみこんでいく様子を目の当たりにしたような気がした。太陽が陰って部屋が暗くなり、カーペットが暗いワインレッドの色味に変わった。私は、ピーターとエレイン、ハナとゾーイと恥ずかしがり屋の小さなミアのために嘆き悲しんだ。友人を失ってしまったこと、彼が病んでいたのを知らなかったこと、どこかの時点であえて知ろうとしない決断をしたことを嘆き悲しんだ。

私たちはその後も三十分ほど、沈黙のなかで座っていた。キッチンからは製氷機の氷が落ちる音が聞こえ、近くの庭からは子供たちの叫ぶ声が聞こえてきた。男の汗の饐(す)えたにおいと、捨てられずに放置されているキッチンのゴミのにおいがこもっていた。私は目の前におかれた証拠を無視し、彼を光のなかに包んだ。彼のなかにまだ存在する内なる神によって、彼が輝きを放っているのを想像した。その数分のうちに、彼は変貌を遂げた。〝神でないもの〟、〝愛でないもの〟、人がつくった覆い、自尊心がつくった偽の防御の層が一枚ずつ剝がれていった。やがて、彼は静かに泣いていた。涙が頬を流れるままに、黙って震えていた。

彼が静まるまで、私たちはそのまま座っていた。それからもしばらく座ったままでいた。私は立ち上がり、また何分か待った。そして、両腕を広げた。

彼は一瞬躊躇し、私のところまで来た。私は、彼のなかにまだ存在する神も、彼を蝕む病変もすべて抱きしめた。また、ここでこうして手を差しのべている自分自身も抱きしめた。ただ、私のなかの〝神でない〟部分は、この男がほかの人々に味わわせたのと同じくらいの耐えがたい苦痛を与えたいという思いで煮えたぎっていた。

自分に与えられるものをすべて出し切ると、私は彼から離れた。私のなかの〝愛でない〟部分が首をもたげて〝神〟を窒息させる前に、私は彼の家を出た。

ジョージたちとの次のクリアネス委員会では、私たちは沈黙したまま座っていた。ダニエルの残酷な面を衝撃的にも見抜いたことによって、自分を蝕んでいる問題の核心までたどり着けたと思ったが、実際の私は野蛮さを増しただけで、ロリーのいちばん傷つきやすいところを深くえぐっただけだった。私の心の奥深くに、まだなにか大きなものが隠されているのは明らかだった。

委員会が始まって無言のまま三十分経ったところで、私は口を開いた。「今夜はなにも言うことがない」

「なにも言わなくてもいいんだ」とやさしい声でジョージは言った。「きみも知っているだろ？」

私たちはもう三十分間、沈黙のなかで座っていた。私は、今夜はこれで解散しようと言うつもりで口を開いた。しかし自分の口から出てきたのはちがうことばだった。「私は神を知らない。今までも、一度も知らなかったと思う」

私のこの発言で驚いたとしても、委員会のメンバーはそれを表情には出さなかった。問題が具現化したかのように、部屋のなかに沈黙が流れた。しばらくして、アビゲイルがやさしい声で軽く訊いた。「〝知る〟ってどういう意味？」

一般的な常識、「もっとも堕落した犯罪者にも聖人にも、すべての人の内には〝神〟が存在する」ならいくらでも言える。でも、そういった外部から得た知識は、鯨がどこに棲息しているか知っているから鯨のことを理解している、と言っているのと変わらない。私は落胆のため息をついた。「わからない。もしかしたら、心臓が高鳴ったり、手足が痙攣したり、輝く光を見たときなのかもしれない。神はずっと私から隠れて姿を見せたことがない。それなのに、神を知っているなどと私に言えるわけがないじゃないか」

ラルフが急にかん高い声で言った。「なんだって？　初恋を経験したら、神を知ったと言えるのか？　なにか隠し芸を見ても、神を知ることができるのか？」

ジョージは咳払いをした。「ラルフ。正しい質問の方法をわきまえてくれ」

「すまない」とラルフは言い、後悔しているように頭を下げたが、彼は薄ら笑いを浮かべていた。

ジョージはさらに指導を続けたそうにしていたので、私は割ってはいった。「そうだ。私はこれまでずっと、神が信徒仲間を通して現われ、彼らの口を借りて話すのを見てきた。私は今までずっと、神が私のなかに現われ、私を通して……」

私はそこで黙りこんだ。自分をより高い基準に保ち、神の求めに応じてのみ話してきたという嘘を自分で暴いただけでなく、神の存在証明が欲しいという子供じみた不条理性も暴露してしまったのだ。ラルフは、いつも正しい目で私を見ていた。

私は、自分が特別な存在であると信じ、そのことを世界に広く示してもらえるまで、神を〝知る〟ことを拒んできた。この世界で起きる奇跡も、草花も動物も、光と色にあふれた空も、深い闇も、クエーカーの大切な仲間たちの心臓の鼓動も――絶えることなく私にもたらされているこれらすべての兆候も、私にとっては不充分だったのだ。

やがて、ジョージが穏やかな声で言った。「きみを通して、どうなることを望んでいるんだ、アイザック？　もう少し詳しく話してくれるか？」

考えなくても答はわかっていた。「自分のエゴを満足させることだ。年長者としてふさわしい立場にあることを証明するためだ。重責を担うクエーカーとして、長年——」私はそこでことばを止めた。ここにいるクエーカーの仲間たちを、ひとり残らず失うことを覚悟した。私は唾をのみこみ、続けた。「長年、私はただのペテン師だった」

残りの時間、私たちは沈黙のなかで過ごした。誰も笑わなかった。あのラルフでさえ。工事現場で使うような延長コードと使われることのないろうそくがおかれ、四脚の硬い椅子に座る疲れきったクエーカーしかいない殺風景な部屋のなかで、私はただ、愛を感じた。

63

土曜日の朝、エヴァンジェリンがナタリアの家から戻ってすぐ、ジョージがべつの信徒仲間を連れて訪れた。ラルフという名前だと紹介された。ふたりは真っ赤な顔で頬を膨らませながら、大きな整理だんすを彼女の部屋に運びいれた。そのあと、アイザックも加わってクローゼットのなかの棚を取りはずしはじめた。お昼ごろにはクローゼットのなかは空っぽになり、今度は外に面した壁に開ける穴の大きさを測りだした。「ここに窓を造る」というのが彼らの言い分だった。今まで考えたこともなかったが、あらためてがらんとしたウォークインクローゼットを見ると、ベビーベッドと椅子をおくには充分な広さだった。毛布やおもちゃを収納するためのトランクも隅における。クローゼットのなかには作り付けの引き出しもあり、これで必要なものはすべてそろった。

その日の午後、工事の進行具合を見にいったとき、部屋のなかにおかれたゴミの缶から棚板の一部がはみ出しているのが見えた。ちょうど本をおくための棚が欲しかったので、彼女は棚板を引き抜いた。すると、なにかが缶のなかに落ちた。なかを覗くと、石膏の粉にまみれたジョナのブレスレットがあった。

「それ、とっておきたいのか?」とジョージが言った。

彼女は顔を上げた。「ごめんなさい、今なんて?」

「なかなかちゃんとした木だ。それなら立派な棚が作れる。ラルフ、手伝ってくれるか? エヴァンジェリンの部屋に棚を作る」

ラルフは低い声で了承した。

エヴァンジェリンはブレスレットを見つめてから視線を彼らに戻した。「ほんと? うれしい。ありがとう」

ちょうどそのとき、外にいたアイザックが手伝ってほしいことがあると言って彼女を呼んだ。ブレスレットはあとで拾いにこようと思いながら、彼女は外に出た。でも、戻ってきたときにはゴミの缶は空になっていた。彼女は、ゴミをどこに捨てたのかジョージに尋ねた。

「おれのピックアップの荷台に捨てた。どうかしたか? ほかに欲しいものでもはいっていたのか?」

彼女は、べつになにもない、と言った。そして用事があるふりをしてその場を離れ、トラックまで行った。ゴミは一メートルの高さまで積まれていた。探すなら、ゴミの山に登って掘り返さなければならない。もし誰かに見られたら、説明しないといけないが、自分自身にすら説明できない。

わたしは、ジョナのことをどう思っているのだろう。そもそも、どう思っていたのだろう。彼のことが理解できたような気がしていた。彼も、わたしのことを理解した。それも愛のひとつの形だったのかもしれない——相手のなかにも、自分のなかに流れているのと同じ川が流れていて、同じ岸にいるのをお互いにわかりあうこと。でも、何百万という魚が流れに逆らって飛び跳ね、その川が煮え立つように荒れていたとしたら？　ジョナがダニエルを切り裂いたときのことを想像すると——おそらく千回以上は想像したと思う——沸騰するように荒れ狂った川の流れが彼の心臓に押し寄せ、腕を通って振り上げられたナイフのなかに流れこむのを感じた。あんな結果をもたらした彼の情熱も、愛と呼べるのだろうか。

エヴァンジェリンは、トラックの荷台に積まれたゴミの山を見つめた。そして、壁に開けた新しい穴を裏庭から眺めている三人に視線を移した。彼女はトラックから、飛び跳ねる魚と血しぶきと答のない質問から離れ、アイザックと彼の友人たちのほうに歩いていった。

二週間後、赤ちゃん用の部屋の壁もエヴァンジェリンの部屋と同じクリーム色に輝き、新しい窓に掛けられたレースのカーテンが暖かい春の風に吹かれて揺れていた。三人のクエーカーたちは、白いベビーベッドを組み立ててくれた。作業中はのんきに文句を言いあっていたが、いつも笑いが部屋じゅうにあふれていた。すべてが終わると、ラルフは壁に一本の釘を打った。そして、自分のバックパックから鮮やかな色で描かれたイラストの犬の額を取りだした。その絵を壁に掛けたとき、心から楽しそうな笑みをほんの少しだけ浮かべた。忘れ去ったなにかやわらかな記憶を、その絵が思い出させてくれているようだった。

チキンサラダで遅めの昼食をすませると、ジョージとラルフははにかむようにさよならを言って帰っていった。その三十分後、今度はロリーとネルズが木製の大きなトランクを抱えて訪れた。トランクには赤紫と青緑と黄色のペンキで、四角い模様が描かれていた。ルーファスの緊急事態のときを除くと、この家でふたりに会うのは二月の第一週以来初めてだった。

キッチンの隅にトランクをおくと、ロリーはエヴァンジェリンをきつく抱きしめた。これまで会えなかった時間を取り戻すかのような、痛いほど長すぎる抱擁だった。痛みよりも安堵感のほうがまさり、エヴァンジェリンは泣きそうになった。でもロリーは体を離すとアイザックのほうに顔を向け、声には出さずに挨拶を言った。

「来てくれてうれしいよ」と彼は小声でつぶやいたが、一ミリもうれしそうには聞こえなかった。まるで誰かべつの人が訪ねてくるのを待っているように、窓の外ばかり見ていた。数分後にナタリアが妹と母親と一緒に訪れると、わかりやすいくらいほっとしていた。彼女たちは鮮やかな色で包まれたプレゼントを抱え、騒がしく笑いながらなだれこんできた。

しばらくして、アイザックはふわふわのメレンゲで包まれた真っ白なケーキを持って現われた。お店で買ったものだったが、とてもおいしかった。初めのうちはロリーとの会話を避けていたアイザックだったが、午後遅くになってほかのみんなが帰ると、少しは冷静さを見せてロリーに話しかけた。多少のぎこちなさはあったものの、彼は看護学校での勉強のことを尋ね、彼女が冗談を言うと声をあげて笑った。

いとまを告げるとき、ロリーはアイザックに言った。「ありがとう。招いてくれて」アイザックのほうが、今度は小さくうなずいた。ふたりのあいだにはまだ緊張もあったが、かつて存在していた好意がそこにはあるようにエヴァンジェリンには思えた。

今日一日が、自分のための〝ベビーシャワー〟（赤ちゃんの誕生前に必要品を贈る祝いの行事）だったことに、エヴァンジェリンはようやく気づいた。さりげなくお膳立てをしてくれたアイザックを見直した。ロリーがこの家に来なくなったのは、自分のせいではなかったことをエヴァンジェリンは知った。大人同士のあいだでなにかつらいことが起き、亀裂が生じたのだろう。ロリーとアイザックが一緒にいるのは、さぞ苦しかったことだろう。でも、自分のために無理してでも顔を合わせてくれた。それが、今日いちばんうれしいプレゼントだった。

その晩、アイザックが自分の部屋に行ったあと、エヴァンジェリンはもう一度子供部屋に戻った。フロアランプの明かりが部屋をやさしく照らしていた。彼女はふかふかのソファに座って泣いた。うれしさからではなかった。幸福ほど、この世で怖いものはない。

ここ二日ほど、幸福がもたらす不安感は、忍び寄るお馴染みの恐怖感のおかげで薄れていた。夜中、お腹のなかで赤ちゃんがすやすや寝てくれているときでさえ、エヴァンジェリンは眠れなかった。赤ちゃん用の部屋が完成したことで胸が締めつけられ、最後の空気まで押し出されそうだった。これから訪れようとしていることの永続性と、すでに失われてしまった過去の自分——どうあがいても二度と戻ることのできない自分——が、もはや無視できなくなっていた。生命の誕生に伴う死について、これまで考えてもみなかったのが不思議だった。

これから赤ちゃんを迎えようとしている今、そばに母がいないという事実が何万倍にも大きく感じられた。母は知っているのだろうか。きっと知っているはずだ、とエヴァンジェリンは思った。そうじゃなければ、本当にこの世界でひとりぼっちになってしまう。そうなれば、自分がまったくこの世界に存在しなかったことになる。でも、もし母が知っているのにここにいないとしたら、それはどういう意味なのだろう。

何週間ものあいだ、夜も眠らずに考えていた——赤ちゃんの父親のことはどうなる？誰もDNA検査の必要性については言いださなかった。赤ちゃんは、アイザックたちに言ってある予定より早く生まれることになる。早産のわりには体重が重いと思われるだろう。でも、生まれてきた子は普通の赤ちゃんと同じようにやわらかで、人間としての形のできあがっていない、泣いてばかりの肉のかたまりでしかない。顔立ちがはっきりしてくるまでは時間がかかる。なにか事実を露わにするような特徴が現われるまでは、何年もかかるかもしれない。もしかしたら、一生現われないかもしれない。もしも生まれてから間もなく赤ちゃんの目が緑色かハシバミ色だとわかったら、アイザックとロリーはどちらかの息子の子供だと思うだろう。茶色い目なら、ダニエルが父親の可能性がある。エヴァンジェリンの母の目も茶色だった。でも、赤ちゃんの目の色は、そのいずれでもないような気がしていた。

赤ちゃんの目が何色にせよ、いつかの時点で真実を打ち明けるつもりだ——父親はダニエルでもジョナでもない、と。そうしようと思っている自分にエヴァンジェリンは驚いていた。おそらくアイザックは彼女にやさしく接し、このまま家にいてほしいと言うだろう。彼の神さまが、あばずれと誰の子かもわからない赤ん坊に住む家を与えよ、と命令するだろうから。もちろん、彼はそんなことばは絶対に使わない。そんなひどいことばは。彼には守らなければならない善人としてのイメージがあるから。でも、表面的なやさしさの内側には、暗くもっと複雑なべつの感情が渦巻いている。エヴァンジェリンはそれが心配だった。ことばにはしないけど感じている思い、考えることさえ許されない思いが、アイザックと彼女のあいだに重くのしかかるだろう。表面からは見えない奥にひそんでいる怒りが、最後には殺意に変わるのかもしれない。

そういう心配や当然の恐怖にさいなまれながらも、もっと偉大で強力ななにかが自分の身に起きているのをエヴァンジェリンは感じていた。この世に生まれて初めて、彼女は自分の胸のなかに他人の——アイザックとロリーの——心臓があるのを感じていた。真実のすさまじい代償を払う覚悟はできていた。その覚悟は、揺るぎなかった。彼らの苦痛、彼らの期待は、今や自分のものだった。

エヴァンジェリンにとっては驚きだった——痛くて最悪で恐ろしい驚き。彼女は、思いがけず愛というものを理解した。

64

エヴァンジェリンのためのベビーシャワーへの招待状を、私は三度ロリーに書いた。そして三度とも、びりびりに破いてゴミ箱の奥に押しこんだ。彼女が来ないのではないかと思うと怖かった。彼女が来るのも怖かった。四通目を彼女の家の郵便受けに入れたとき、ようやく自由になれたような安堵を感じた。荒野の真ん中に鎖でつながれていたのが、解かれたような気分だった。

ベビーシャワーの当日、キッチンの端から彼女を眺めながら——ロリーは目を輝かせながら少女たちを見て一緒に笑っていた——昨年の秋に炎を前にして立っていた彼女の姿を思い出そうとした。白状すると、私は思い出そうと必死だった。それは、ダニエルが私をあの場へと導いたからだ。息子の血が燃やされていた。あの瞬間を忘れるということは、ダニエルそのものを忘れるのと同じだった。

ベビーシャワーの日が近づいてきたころ、ルーファスの目は〝第三のまぶた〟とも呼ばれる白濁した薄い瞬膜（しゅんまく）で覆われるようになっていた。光をさえぎるようにレースのカーテンを閉めているのと似ていた。そのせいで、墓穴から抜け出してきたお化けの犬のような不気味さがあった。さぞかしエヴァンジェリンもいやがるだろうと心配していたが、かえって彼女の新しいやさしさが引きだされているようだった。

次の水曜日、彼女は薬局で目薬を買って帰ってきた。「あの内側の膜のことが気になって――シュンなんとかいうやつ――乾いちゃうんじゃないかって。こびりついたままになったら困るから。薬局の人が、これなら効くかもしれないって」

彼女はルーファスの隣に座りこむと、下まぶたの隙間に目薬をさした。「こういうふうにしろって言われた。まぶたのところに垂らすだけ。誰だって目玉に直接ぽたぽた落とされるのはいやだよね」彼女はルーファスのまぶたを閉じると、やさしくマッサージした。

犬は抵抗しなかった。ほんの少しも。ルーファスがエヴァンジェリンの世話焼きを受け入れていることに、私はほっとしていた。と同時に、物悲しさが霧のように心に垂れこめた。ほんの一カ月前、軽い感染症のために私が目薬をさそうとすると、それはもう大変な暴れようだった。いくら頭を押さえても、首をまわして何度も逃れようとしていた。ルーファスがいちばん元気だったころは、エイブラムス医師と私のふたりがかりでも、あの力強い首を押さえこんで目的を達成するのはむずかしかった。

目薬のおかげで少しは楽になったと思いたかったが、目の内側の膜は引っこまなかった。ルーファスはべつの意味でも閉じこもりはじめていた。どんなになだめすかしても、餌を食べようとはせず、体重は急速に減っていった。それもルーファスの権利だと私は思った。こうやって動物は——一部の人間も含め——死ぬ選択をするのではないだろうか。死というものは確実に訪れる。それなのに、致命的な状況と最期まで勇敢に闘った人々の話をいやというほど聞かされる。変えることのできない運命と闘うのが、もっとも尊いことであるかのように。ルーファスにとっての次の大きな転換は死であり、どのようにそこに到達するかを決められるのはルーファスだけなのだ。

犬としての構造が失われつつあった。餌を食べようとしなくなったころ、私は自分のおやつ用にリンゴを切っていた。いつものようにルーファスは私の隣までやってきて、お裾分けを期待して待っていた。私はリンゴのひと切れを差しだした。ルーファスは鼻を近づけたが、すぐにあとずさりをして不思議そうな顔をした。なにかがおかしいと思った私は、冷蔵庫から残り物のステーキ肉を出し、ひとくち分だけ切り取った。ルーファスはまた鼻を近づけ、鼻の穴をもぞもぞと動かしていたが、先ほどと同じようにあとずさりをした。そして、裏切られたような恨めしそうな目を私に向けた。そのとき、私は初めて気づいた。

腫瘍がルーファスから嗅覚を奪ってしまったのだ。リンゴは、香りがしなければリンゴではない。肉にしても同じだ。私がなんで偽物を食べさせようとしているのか、ルーファスには理解できなかったのだ。

一週間ほど前、ルーファスが私のクローゼットのなかにはいりこみ、汚れた洗濯物を漁っていたときのことを思い出した。私がしゃがみこんでなでると、ルーファスは鼻水を垂らしながら私の腋の下に鼻を突っこみ、なにかを探すように強く押しつけてきた。しばらくして鼻を離すと、とても悲しそうな目で私を見つめた。

嗅覚を失ったルーファスのなかで、私という存在は薄れはじめていた。食欲を失っただけでなく、視力もかなり悪くなり、ほとんど見えなくなった。だから、においだけがルーファスの知りたいことを教えてくれる手段だった――その日、私がどこに行って誰と会い、楽しかったのか、心配だったのか、悲しかったのか。ルーファスは私のすべてを吸いこみ、口蓋の上でころがし、私の心の状態を理解していた。愛でさえ――愛の不在さえ――〝においという目に見えない言語で味わっていた。

この何カ月かのあいだ、玄関まで走って私を出迎えたとき、なにも発散しない私の肌からは空虚さだけを感じていたのだろう。ルーファスは私の孤独を知っていた。そして今、私はルーファスの孤独を知った。

春の雨も樹液の香りのする木も、イバラのなかに隠れている孵化したばかりの幼鳥も、近づいてくる嵐も、ルーファスは嗅覚で認識していた。地面に鼻をこすりつけたり、鼻を上げて風のにおいを嗅ぐとき、ルーファスにとって時間は直線的なものではなく層をなし、過去も現在も未来もひとつになって存在していた。どんな植物もどんな動物も、それぞれの生命の痕跡を――苦闘も平穏も――においのなかに残している。茂みにはさまざまな香りの空気が染みこみ、鹿には朝の霧雨のなかで草を食べたときのにおいや、夜の森のなかをパニックを起こして走ったときのにおいが残っている。さまざまな物語にあふれた世界。そのすべてをルーファスは失った。

このことはエヴァンジェリンには話さなかった。でも、彼女がルーファスに強すぎるほどの愛着を感じていることや、若さゆえに死を絶対的な敵としてとらえていることを考えると、話すべきだったのかもしれない。次の日の夜に帰宅すると、ルーファスはいつもの椅子からおりて床に座り、そのすぐそばにエヴァンジェリンが膝をついていた。彼女は缶入りのドッグフードとチキンのおかゆを混ぜたものを、餌用の注射器でルーファスの口に注入していた。

明らかにルーファスに食べる気はなさそうだったが、めずらしく澄んだ目を大きく開いて彼女と目を合わせていた。茶色がかった灰色の液体が口のなかに注入されると、ルーファスは吐きそうになりながらも懸命にのみこもうとしていた。ほとんどは口の端からあふれ出て顎の下まで垂れていたが、献身的な愛の表情は変わらなかった。エヴァンジェリンが褒めると、ルーファスはうれしそうに尻尾を振った。至福の喜びを感じているような表情をしていた。自分自身の欲求はすべて放棄し、ただひとつのこと――エヴァンジェリンの苦しみを癒やすこと――に集中しているかのようだった。

ルーファスは、なんとか餌をのみこもうとした。なんの味もしないであろう餌を無理やり食べることとで、とっくに旅立つ決心をしているこの世に永らえてしまうのを知りながら。それは、私が長年生きてきたなかで見た、もっとも純真な心のなせる愛の姿だった。

私を見上げたエヴァンジェリンの顔には、悲しみと希望が入り交じっていた。「うまくいってる」とややきつい調子で彼女は言った。反抗的な声だった。自分自身と闘っていたのかもしれない。もう一度、ルーファスの口のなかに餌を注ぎ入れた。一度むせてから、ルーファスは少しだけのみこんだ。「ね？　食べたがってる」

私は彼女のそばまで行って肩に触れた。それだけだった。

エヴァンジェリンは凍りついたように動きを止め、注射器を下においた。彼女はくちびるを歪め、私に背を向けた。体全体が震えていた。私は痛む膝を曲げ、彼女とルーファスのあいだにそっとひざまずいた。そしてそれぞれに腕をまわして抱いた。エヴァンジェリンは一瞬体をこわばらせて抵抗したが、すぐに私に体を預けてきた。ルーファスも私に寄りかかった。少女と犬のあいだに行き交う焼けるような愛が、恐ろしいほどの精気となって私のなかに流れこんできた。その精気のもとでは、犬とか男とか少女とかいうあらゆるレッテルが無意味なものになった。そこに存在する一瞬一瞬は、時間ではなく、時間のない場所——なにもない、と同時にすべてがある場所——になった。

そこには一生涯が存在した。何百万もの生涯が。

それが、一瞬で消えた。祝福された無の空間と、圧倒されるような満たされた空間が、すべて消えた。そして、またいつもの〝一秒〟に戻った。そして、次の一秒に。私たちの存在も復活した——犬と、少女と、男に。みんなが嘆き悲しんでいた。

65

翌週になると、ルーファスはますます動かなくなり、家の外に出る途中でへたりこむようになった。少しでも尊厳が保てるようにと、私は犬を抱きかかえて芝生まで運び、また家まで連れて戻るという作業を繰り返した。もはやエヴァンジェリンのベッドに飛びのることもできなくなったルーファスは、彼女のベッドの隣に敷いた毛布の上で寝るようになった。ときどき、彼女が私の部屋のドアの前でささやいている声で目を覚ますことがあった。「アイザック。ルーファスが外に出たがってるの」そんなときは、私はベッドから起きてジーンズをはき、かわいそうなルーファスのもとへ向かった。

エヴァンジェリンも、自分でルーファスを運べるならそうしただろう。でも、たとえ彼女がロリーと同じくらい気丈だったとしても、今彼女にとっていちばん大事なのは無事に出産することであり、体に負荷はかけられなかった。予定日まではあと数週間というところまできていた。出産までに女性がどこまで巨大化するかはすっかり忘れてしまったが、あと三週間もこのまま大きくなりつづけるのかと思うと脅威でしかなかった。

驚いたことに、出産に立ち会ってくれないかとエヴァンジェリンから言われた。「ほら、寂しくならないように頭のすぐそばのところにいる、あれ」同じくらい驚いたのは、自分でもそうしたいと思ったことだった。彼女が私の実の娘であるかのように、それが正しいことのように思えた。

五月の第三土曜日、この季節ならではの霧雨で夜が明けたが、午前も半ばをすぎると裏庭に生えはじめたみずみずしい草に太陽の光が降りそそいでいた。ルーファスは湿った呼吸をするたびに、あばらを苦しそうに動かしながらあえいでいた。その日の午後、もしかしたら死んでいるのではないかと半分覚悟しながら、私はキッチンにはいった。ところが、ルーファスは久しく見ていないほどの元気さで頭を上げた。目も澄んでいて、瞬膜も引っこんでいた。不思議なことに、頭と首の筋肉も力強かった。

さらに驚いたことに、ルーファスは椅子からおりて裏口のドアまで歩いていった。苦しそうではあったが、なにか説明できないような強い意志で、一歩ずつ進んで家の外に出た。私はあとを追わず、なにかあったときすぐ助けにいけるように窓の内側に立った。

次の一時間、私は唖然としながらルーファスを見守っていた。エヴァンジェリンを呼びにいこうかとも思ったが、彼女は午後の昼寝中で、この数週間、夜はよく眠れないようだったので声はかけないことにした。それに、もしもこの一連の行動——いわゆる〝思い出の儀式〟——にエヴァンジェリンも参加してほしいとルーファスが望んだのなら、おそらくはそのタイミングを選んだのではないだろうか。思うに、ルーファスは愛する人間の代表として、最期の旅路を見守る役目に私を選んだのだろう。

この一週間は自分の体重さえ支えられなかった犬が、広い裏庭の長く伸びた緑の草の上を、今は一定のペースを保って歩いている。裏門まで行き着くと、そこに座りこみ、金網のフェンス越しに鹿たちがよく集まっていた野原を眺めつづけた。ルーファスはこの家に来てから、長い時間をそこで過ごした。自分の縄張りのすぐそばまで近づいてくる野生の動物たちに、いつまでも興味を失わなかった。

十分近く、微動だにせずにそこに座りつづけた。体力を使い果たしたのではないかと心配になって迎えにいこうと思っていると、ルーファスは立ち上がり、古いナラの木まで歩いていった。それは、むかしルーファスが落ちたことのある木で、ダニエルのツリーハウスの残骸が新緑のなかに隠れていた。ルーファスは、今度はまるで番犬をしているように背をまっすぐに立てて座り、ナラの木を見つめた。

裏庭の広い野原を歩きながら、家のほうを向いて同じような行動を繰り返した。その様子を、私は双眼鏡で追っていた。すると驚いたことに、ルーファスと目が合った。その澄んだ目は、まっすぐに私の目を見ていた。遠い距離から、直接私の魂のなかまで覗きこんでいた。私は心の痛みに耐えきれず、目をそらした。すると、ルーファスは家の反対側まで移動し、古いスモモの木の下に座りこんだ。そこは、エヴァンジェリンが初めてこの家に来たときに、一緒に過ごした場所だった。家のなかに戻ってきたルーファスは、今度は這ってキッチンテーブルの下にもぐりこんだ。そこも、長い時間を過ごした場所だった。いつまでも人の足元に寝ころび、ダニエルがチキンやステーキの切れ端をこっそりくれるのを待っていた場所だった。たまにはブロッコリーさえいやがらずに食べたこともあった。

迷路のような椅子の脚のあいだから抜けだせるか心配したが、キッチンテーブルの下から出ると、なにかを訴えかけるような目で私の顔を見上げた。ルーファスは二階へと続く階段のドアまで行くと、前肢で掻きながら吠えた。私たちが帰ってきたときによく聞いていたうれしそうな吠え声だった。私はドアを開け、未完成の階段をルーファスがのぼっていくのを見守った。二度ほどうしろ肢がすべったが、なんとかのぼりきることができた。階段のいちばん上で、ルーファスは立ち止まって私を見おろした。じっと見つめるその眼差しは、〝癒やし〟としか表現できない。それは純粋な愛の眼差しであり、ほかの生き物から受けたことのないものだった。ダニエルが行方不明になった週、帰宅した息子が階段の上から私を見おろしているのを、何度想像したことだろう。

ルーファスは向きを変え、ダニエルの寝室に向かった。私はあとを追わなかった。どうしてなのかは自分でもわからない。なにか、とてもプライベートなことを、ルーファスの動きから感じたのだ。合板の床の上を歩く音と、ダニエルのベッドに体重がかかる音が聞こえてきた。どうやってベッドの上に飛びのれたのか、不思議だった。

十分くらいしてから鳴き声が聞こえ、私はルーファスのもとに行った。息子のベッドになにものかが横たわっているのを見るのはつらかった。振り向いたら息子の姿に変わりそうだった。でも、もちろんベッドにいたのはルーファスだった。ナイトスタンドをつけると、もとのルーファスに戻っていた――顔は垂れ、筋肉は溶け、目も瞬膜に覆われていた。私は愛する犬――まるでダニエルのように感じた――を抱え上げ、一階まで連れていった。

キッチンの床に横たわったルーファスは動こうとせず、曇った目で私の動きを追っていた。私はルーファスの椅子から古い毛布をはぎとり、やわらかできれいなフリースと取り替えた。フリースの端を椅子の隙間に丁寧に押しこみ、いっさいしわがないように伸ばした。それからルーファスの下に両方の腕をすべりこませて胸に抱きかかえ、椅子に座らせた。ルーファスがお気に入りの椅子におさまったところで、私は歌いはじめた。

66

昼寝のときに夢を見ることはめったになかった。でも五月の第三土曜日、エヴァンジェリンは夢を見た。二階への階段を駆けのぼっていく何人もの男たちと四つ足の動物たち。ダニエルの寝室からあふれ出るまばゆいばかりの光。腹を切り開かれ、あばら骨が露わになったルーファス。宙に浮かぶルーファスの心臓。

はっとして目が覚めた。部屋は薄暗く、頭はぼんやりとしていた。目覚まし時計に目を向けると、四時半だった。一時間だけ寝るつもりが、三時間も寝てしまったらしい。ベッドから起き上がり、トイレに行った。よく三時間ももったと自分でも意外に思った。

水で顔を洗い、自分の部屋に戻ろうと廊下を歩いていたとき、彼女はふと立ち止まった。誰かの歌声が聞こえてきた。男の人ひとりの声だった。片腕で大きなお腹を支えながら、歌声のほうに歩いていった。途中でお腹の張りを感じ、思わず壁に手をついて体を支えた。この何週間か、前駆陣痛が頻繁に起きていた。今回の収縮も同じだろう。ブラクストン・

ヒックス収縮とも呼ばれる前駆陣痛は、本当の陣痛ではなく、出産が近いことを知らせる子宮の筋肉の収縮だ。テイラー先生の診断が正しければ、もういつ生まれても不思議はなかった。でも、初産の場合は予定日よりも遅くなる場合が多いらしいという話もよく聞いていた。

子宮の収縮もおさまり、彼女はキッチンにたどり着いた。ルーファスがいつもの椅子の上で丸くなっていた。その前には、ドアに背を向けてひざまずき、ルーファスの頭を両腕で抱いているアイザックがいた。しわがれた歌声のなかの悲しみと悲哀が、音節と音節のあいだに間(ま)をつくっていた。

海は呼吸をしている
海は呼吸とともに私を吸いこむ
海は呼吸をしている
海は呼吸とともにあなたを吸いこむ
海は呼吸をしている
海は呼吸とともに……私たちを吸いこむ

それは喪失の歌ではなく、慰めの歌だった。ルーファスの苦しそうな呼吸音が、悲しいやさしさのなかに織りこまれ、一緒に歌っているようにさえ聞こえた。

エヴァンジェリンの足元の床板が音をたてた。アイザックの歌声に一瞬の戸惑いが生じ、首の横側の筋肉がこわばるのが見えた。でも彼は振り向かず、もう一度歌を繰り返した。その歌が終わると、エヴァンジェリンはキッチンにはいり、彼の背中に手をおいた。ルーファスがもう長くないのを見て、彼女もひざまずいた。でも、泣かなかった。とてつもなく大切なことが今、目の前で起きていた。

アイザックは全神経をルーファスに集中していた。特に、ルーファスの頭を抱えている両手の形に細心の注意をはらっていた。彼が息を吸い、もう一度歌いはじめると、エヴァンジェリンも一緒に歌った。彼の低いテノールの声に、彼女のかすかに揺れるソプラノが加わった。

エヴァンジェリンの声に、ルーファスが目を開けた。無理をさせてしまったことを後悔したが、目の当たりにした光景はまるで奇跡だった。空を覆っていた皮膚が剝がれおち、そこにあるすべてのものが露わになったように思えた。あとになってナタリアに説明したときには、「愛とか、神さまとか、そんなものすごいもの全部の本当の姿が見えたの！」としか表現できなかった。

そんな状態がどのくらい続いたのかはわからない。ルーファスがもう見つめていないとわかってからも彼女は歌いつづけたが、アイザックは歌ってはいなかった。ルーファスは変貌を遂げていた。おだやかな様子で目は開かれ、口はまるで笑っているようだった。最近の数カ月では見たことがなかったくらい、本来の姿をしていた。若く元気だったころに椅子に飛びのったときのように、筋肉はくっきりと盛りあがっていた。死は、そのすべての役割を果たし、ルーファスに安らぎをもたらした。

エヴァンジェリンはルーファスに抱きつき、声を上げて嘆き悲しんだ。その深い悲しみには心地よさがあった。

疲れ果て、抱いていたルーファスの体から床にくずれ落ちたとき、自分の下に腕がすべりこみ、赤ん坊のように抱え上げられるのを感じた。エヴァンジェリンは起き上がろうとした。背中を痛めているアイザックに、こんなことはさせられないと思った。

自力で起き上がって膝立ちになると、急な痛みが襲ってきた。あばらや背骨や骨盤の骨に電気のような痛みが走り、思わず横向きに倒れこんだ。

アイザックの声が耳の近くから聞こえた。「どこが痛いんだ?」

「背中……あと、お腹も」しゃべるのも大変だった。顔も腕も汗ばんで気持ち悪く、脚のまわりに温かさが広がるのを感じた。

「救急車を呼ぶ」

彼が電話をかけているあいだ、エヴァンジェリンは起き上がって椅子の肘掛けをつかもうとした。だが、また床に倒れこんだ。アイザックが住所を復唱しているあいだにも、すでに遠くからサイレンの音が聞こえてきた。エヴァンジェリンは、この小さな町が好きでたまらなかった。なにもかもが大好きだった——お化けが出そうな古い建物も、土曜の夜にバス停にいる教師たちも。必要なものはすべて近くにある。たった数分のうちに、自分も赤ちゃんも救いに救急車が駆けつけてきてくれる。

アイザックは電話を切り、彼女の横に膝をついて手を握った。「もう、そこまで来ている」そのときなにかに気づいたように、椅子の肘掛けに触れた。「ルーファスが出血したのか?」そう言って彼は彼女の手を離した。「大変だ。出血しているのはきみじゃないか。いったいどこから?」

「下のほう。なにかがあったみたい」

アイザックはもう一度彼女の手を握った。「大丈夫だ。ゆっくり呼吸して。あと一分で到着する」

私道にはいってくるサイレンの音が聞こえると、彼は苦労しながら立ち上がった。「すぐに戻ってくる」そう言ってから救急隊を出迎えにいった。待っているあいだ、エヴァンジェリンはルーファスの肢に触れた。でもそれは、もはやルーファスの肢ではなかった。なかをくりぬいてから精製綿を固く詰めこんだような感触だった。それはまるで、子供のころに寝ていたでこぼこの古いマットレスに似ていた。

制服を着た三人の救急隊員がキッチンに駆けこんできたときは、自分と赤ちゃんがもうすぐ死ぬのではないかと心配になった。三人をうまく説明できないが、ひとりが歳をとっていてもうふたりが若い、としか言えない。若いふたりはすぐ横に来て、安心させるように彼女に触れながら血圧を測ったり、母子それぞれの心音を確認したりした。彼らはいろいろな質問を繰り返していたが、エヴァンジェリンの関心は少し離れたところに立っている年上の隊員に向けられていた。命令する口調に力があり、無線機から電子音が聞こえていた。

「こちら、救急車19号だ」と彼は言った。「至急、警察官を手配してくれ」

電子音が聞こえた。「そちらの状況は？」

「警察の支援が必要だ」

警戒してはいないものの毅然とした声だった。エヴァンジェリンは心配になった。死んだ犬と血の海の光景は、救急隊員の目にはいったいどんなふうに映ったのか。救急車を呼んだとき、アイザックは出血についてはなにも言っていなかった。

「気をたしかに」と若い隊員が顔の近くで言った。その息からは、ペパーミントとタコスのキッチンカーのブリトーのにおいがした。「なにがあったのか説明して」

できるだけわかりやすく説明した。彼女からすれば、すべての鍵はルーファスにあったが、彼らのとらえ方はちがった。

「今からレギンスを脱いでもらって調べるよ、いいね？」腰のあたりにいる若い隊員が言った。

年上の隊員がアイザックの腕を取り、部屋の向こう側に連れていった。若い隊員はレギンスを引っぱって脱がせようとしたが、そのたびに猛烈な痛みが彼女を襲った。隊員が引っぱるのをやめたのと同時に、なにかを切るハサミの音が聞こえた。お腹と太ももに、涼しい空気が当たるのを感じた。腰のあたりにいた隊員がアイザックと一緒にいる年上の隊員に言った。「膣からかなり出血してます」

「赤ん坊は？」

「今すぐ移送が必要です」

エヴァンジェリンには、そのあとなにが起きたのかはわからなかったが、〝胎盤早期剥離〟ということばが聞こえてから、部屋のなかは慌ただしく動きだした。一分もしないうちに、むき出しになっていた脚に毛布が掛けられ、ストレッチャーの上に乗せられた。横向きに寝かされ、家の外に運ばれた。

救急車に積みこまれているときにパトロールカーが到着したのが聞こえた。警察官は見えなかったが、ドアが閉まり、砂利道を歩いていく足音がした。

「アイザック」と彼女は呼んだ。「アイザック！」

「彼は一緒に行かない」近寄って顔を見せることもなく、警察官は言った。

その瞬間、その警察官のことが大嫌いになった。

エヴァンジェリンは叫びだした。「彼はなにもしてない！　わたしは、犬のことで動揺しただけ。だから、お願い」でも、まるで声が出ていないかのようだった。若い隊員のひとりに酸素マスクを顔にかぶせられ、もうひとりに点滴の針を腕に刺された。

「今、分娩室であなたのことを待ってますから」

ペパーミントとブリトーのにおいの隊員が言った。酸素の靄と痛みのなかで、彼の顔はかわいいと思った。まだひげ剃りも必要ない。ジョナみたいだ。

「わたし、ちゃんと赤ちゃんを産める？」酸素マスクのなかで言った。

隊員はマスクを少し上げ、彼女はもう一度訊いた。

「ああ、大丈夫だ。たぶん帝王切開になると思うけど」

「赤ちゃんは無事？」

「たぶん」と彼は言ったが、ほんの少しだけ疑問符が含まれているような気がした。「マスクをまたつけるからね。できるだけ楽にして」もう一度酸素マスクを顔にかぶせると、脈を測るために彼は手首を持った。絶対にただ触りたいだけだ、とエヴァンジェリンは思った。

「わたしは犬のことで動揺してただけ」自分自身につぶやいた。

目を閉じ、サイレンの音を頭から閉め出し、想像力を膨らませた――そのくらいのことは許されると思った――今、わたしの心臓の鼓動をたしかめているのはママの指先だ。

67

ぼくが死ぬ日

ぼくは最後の時間を使って、夜の世界を聴く。上空では飛行機が旋回し、遠くからは海を行く貨物船の音が聞こえる。カエルたちが愛と戦いの歌を歌っているのも聞こえる。ぼくがレッドのために捕まえたカエルも、あの大合唱のなかで歌っているのだろうか。コヨーテも、血みどろのメロディーを奏ではじめる。ぼくはベッドから起き上がり、遺書をお菓子のビニール袋に入れて――濡れるといけないから――上着のポケットに押しこむ。バックパックには必要なものがすでに全部はいっている。寝室の窓から抜け出し、トラックに向かう。今日の早いうちに、何ブロックか離れた道路の行き止まりに停めておいた。エンジンの音が聞こえないように。

ゆっくりと時間をかけて歩く。以前から、夜が明けきらない早い時間に外に出るのが好きだった。ぼくは暗さと静けさの一部になり、自然のなかで生きているただの動物になる。ほぼ満月に近い月に薄い雲がかかり、ところどころ明るくなりはじめている空に光を散りばめる。足元のすぐ前を小さな動物が横切る――たぶん、ウサギかな。小動物たちの素早い動きにはいつも驚かされる。もう見られなくなると思うと寂しい。生命。こんなことになったからなおさらなのか、生命がどんなに美しいかと思うと泣きたくなる。

ぼくは立ち止まる。もう少しで家に引き返しそうになる。でも、ぼくの皮膚からはいつまでもダニエルのにおいがするだろう。それに、父さんはどこまでも追ってくる。

ぼくたち――母さんとネルズとぼく――は、一度もその話をしたことはなかったけど、最期のあの朝、いつもとはちがうなにかを感じていた。父さんがしきりに母さんを怒鳴りつけていたとき、ネルズがぼくを肘でつつき、「なに、あれ？」と声に出さずに言った。父さんの目はいつも以上に真っ赤に充血していた。朝食が終わるころには四本目の缶ビールを飲みながら、むやみやたらに値上げをする電気料金に文句を言っていた――こんなんでどうやって家族を養えって言うんだ、と。次はまるっきりちがう話題に切り替わり、医者に対する文句を言いだした。人が痛いと言っているのに嘘だと決めつけて、中毒患者かなにかのように扱いやがって。あの馬鹿たれ医者どもは、丸太の束に背骨をつぶされたことがあるのか？　そのせいで神経がまるで拷問部屋になっちまったことがあるのか？

こういう父さんはそれまでもよく見てきたけど、こんなに朝の早い時間からいつまでも怒っているのはそんなにないことだった。そのとき、よりによってブロディがまた失敗をして、椅子とか床におしっこをまき散らした。おじいさん犬は、いつものように恥ずかしそうにしていた。起き上がろうとしてたけど、おしっこの真ん中に倒れこんでしまった。恥ずかしさと戸惑いで、ブロディはとても哀れな目をしていた。だから、なんで父さんがあんなことをしたか、ぼくには少し理解できるような気がする——なんであのとき父さんは部屋を出ていき、シグザウエルを持って戻ってきて、いきなりブロディの頭を撃ったのか。

ネルズは気がふれたように泣き叫びながら、ブロディに覆いかぶさった。父さんは妹を犬から引きはがし、腕をうしろにひねってねじりあげ、拳銃を妹のこめかみに押し当てた。「そんなにこいつのことが好きなのか？　え、そうなのか？　なら、同じ目にあわせてやろうか？」

母さんとぼくが飛びあがると、拳銃はぼくらに向けられた。「銃弾は十五発はいってる。おれたちみんなを撃っても充分な数だ」父さんの頰を涙がとめどなく流れていた。でも、本人は気づいていないようだった。

母さんが不思議なほど落ち着いた声で話しかけた。「ロイ、あなたがしたことはまちがってないわ。ブロディは苦しんでた。だから、正しいことをしたの。たしかに悲しいことよ。わかるわ。だって、みんなブロディが大好きだったから。だからお願い、ネルズを放して。ブロディを埋めてあげないと」

父さんはさっきよりも激しく泣きながら、ネルズを小突きまわしてキッチンを歩きまわった。そのたびにブロディの血が広がった。

父さんは、ぶつぶつひとりごとを言っていた――家族みんなをこの惨めさから解放すべきなのかもしれない、それがみんなのためだ、と。母さんかぼくが動こうとするたび、父さんはネルズの腕をもっと強くねじりあげ、拳銃をさらに強く押し当てた。しばらくすると、ネルズは泣きやんで、死んだような目になった。

母さんは、高熱を出して幻覚を見ている子供に話しかけるように、安心させるようなやさしい声でずっとしゃべりつづけていた。ぼくたちがまだ小さかったころの話をした。家族でしたキャンプやバーベキュー、ぼくたちの学校での演劇やダンスの発表会の話から、父さんと高校のダンスパーティーで出会ったときの話までさかのぼった。ふたりが十六歳のときの話だ。

「あのころの父さんがどんなだったか、あなたたちには想像もできないでしょうね。あんなに上手に踊れる男の子を見たことがなかった。ねえ、覚えてる、ロイ？　あなた、ダンスに勝手に名前をつけたでしょ？　〝ヘビ〟とか、〝飛び跳ねるクラゲ〟とか？　あなたたちのお父さんの動きは、それはもう見事だったのよ」父さんは少し笑い、リラックスしたように見えた。でも、ぼくたちの顔に希望の表情が浮かぶのを見たとたん、ネルズの腕をねじりあげた。まるで痛みの悲鳴をしぼり出す工具かなにかのように。父さんのなかで、戦いがどんどん大きくなってきているのがわかった。体の小さな痙攣や口から漏れてくる悪態やおでこににじんでくる汗の粒を見て、ぼくたちは窒息しそうになった。

次の瞬間、なにかが変わった。父さんは突然ネルズを放した。母さんはネルズに駆け寄り、抱きかかえた。でも、妹はもうネルズには見えなかった。できそこないのぬいぐるみ人形のようだった。母さんがネルズの髪をなでているのを、父さんは両手を体の横にだらりと垂らし、口をあんぐり開けて見ていた。何分かそうしているうちに、父さんの表情が理解したような顔つきに変わった。ぼくたちが誰なのかようやく思い出したようだった。と同時に、下水が逆流してくるように目の色が興奮状態に変わった。

「まいったな」と父さんは言った。「小便がしたくてたまらないよ。ズボンのなかにお漏らしするなんて、まっぴらごめんだからな」

父さんは、自分のこめかみに銃口を当てて引き金を引いた。

トラックまであと一ブロックのところで、ようやく理解した。あのときぼくは、父さんとモンスターとの最後の戦いを目撃したのだ。生涯にわたる邪悪さとの戦争を終わらせたのだ。邪悪さをなんとか服従させることはできたけど、それが長くはもたないのを父さんは知っていた。ぼくたちを救うには、ほんのわずかな時間しか残っていなかった。

父さんは、ぼくたちのために自分のすべてを犠牲にしてくれた。

じゃあ、ぼくのなかのモンスターは？　もうすでにダニエルを殺してしまった。ぼくも父さんのように勇敢にならないといけない。もうこれでおしまいにしないといけない。

保安官事務所までは、車だとそんなに時間はかからない。事務所のなかに明かりがついていないのを確認するために、周囲をぐるっとまわった。そして、石の壁に隣接した建物の横にトラックを停めた。そこはいつもバートン保安官が車を駐車している場所だ。いくつかの大型のゴミ容器と『終日駐車禁止』の看板しかない狭い通路になっている。だから、そばを車で通っても、保安官がいるのかいないのかは見えない。特定の人が正面玄関からはいってくるときに、横のドアから抜けだせるのが気に入っているらしい。

ぼくのことは、どうしてもバートン保安官に見つけてほしい。保安官はいつも母さんによくしてくれた。父さんが死んだときは特に。面倒をかけてしまうのは申し訳ないと思うけど、後始末は、母さんではなく保安官にお願いしたい。ぼくのことは、保安官から母さんに知らせてほしい。母さんが倒れても、保安官なら支えてくれるだろうから。

今は朝の四時十五分。緊急通報とかがなければ、誰かが来るまでまだ何時間もある。バックパックのなかから黒いゴミ袋とダクトテープを取り出す。十分かけて、トラックの座席や背もたれのクッション、床、それに窓やダッシュボードまでゴミ袋をかぶせる。もしかしたらこんなに古いトラックでも、売りに出せば一ドルか二ドルくらいは母さんにはいるかもしれない。

運転席側のドア以外の部分にカバーをかけおえると、シグザウエルを取りだして座席の上におく。すべてをチェックし、トラックの外に出る。木が風に揺れていても、月の前に雲が流れていても、ぼくは気づかない。跳ねているウサギとか歩いている鹿とかを見たいとも思わない。入り江にも目を向けない。そういうものには、もうすでにさよならを言ったから。

ぼくは最後のトイレをすませるため、ゴミ容器のうしろに行く。

68

長い廊下を、エヴァンジェリンはかなりのスピードで運ばれていった。ストレッチャーが壊れているようなガタガタ音をたてていた。

「たった今、テイラー先生が到着したわ。脊髄麻酔の準備をしましょう」エヴァンジェリンの右肩の後方から女の人の声がした。その声はエヴァンジェリンに向けられたものではなく、彼女からは見えないところを急ぎ足で歩いている人たちに対する指示のようだった。

脊髄麻酔。ということは、手術中も意識があるのか、と彼女は思った。魚のように切り開かれている自分を想像した。でも、全然怖くなかった。今も筋肉や内臓に鋭いかぎ爪を食いこませている痛みに比べれば、手術用のメスなどやさしさそのものだ。でもこの痛み――一週間前までは、今のこの生活をすべて終わりにしてしまうと思っていた痛み――も、もはやどうでもいいことに思えた。彼女はもうエヴァンジェリンではなかった。緊急処置を必要としているただの肉体――ふたつの肉体――でしかなかった。

両開きのドアが勢いよく開き、ストレッチャーは手術室にはいった。衣服を脱がされ、全身を拭かれた。いろいろな人が出たりはいったりしていた。背中の下のほうに針が深く刺された。この痛みも、べつに気にならなかった。どうということはなかった。ただ、看護師が胸のあたりに布を垂らし、それが壁のようになって下半身が見えなくなったとき、初めて不安な気持ちになった。

「少し押されるような圧力を感じるわよ」

たしかに圧力は感じたが、すぐになくなった。彼女はテーブルに寝かされた半分だけの女になり、ひとりぼっちだった。見えないところで、肉を切る音だけが聞こえていた。

頭のなかにとんでもない願いが湧き起こっていた。それは、どうしても抑えることのできない母への懇願だった。ああ、今ここにママがいてくれたら。むかし、わたしを抱きしめて愛情のこもったことば――〝食べちゃいたいくらいかわいい〟――を言ってくれたママ。麻薬やイエスさまや男に溺れる前のママ。もしそんな母がここに現われたら、なにもかもがうまくいく。

でも、いくら懇願してもその願いはかなわず、エヴァンジェリンのもとに母を送り届けてはくれなかった。だから手当たり次第、願いをかなえてくれそうな存在を買収しようと試みた。もう二度と、嘘をついたりものを盗んだり、馬鹿な真似はしません。一所懸命に勉強して、いい仕事に就いて、この世でいちばんいい母親になります。でも、誰も現われなかった——母もアイザックもロリーも。買収のネタも尽きた。今はひたすら自分のなかでつぶやくしかなかった。あなたはただの肉体。ただの肉体。何度も何度も繰り返した。ただの肉体、ただの肉体。

それ以外のもの——苦痛も恐怖も、これから起きるだろうすべての未知のことも、人生を変えてしまうようなすべてのことも——は、今は考えるのをよそう。とにかく今の彼女は、生き延びなければいけない一匹の動物にすぎない。ただ、これだけは忘れないようにした。自分が十六歳だということ、たったひとりで赤ちゃんを産もうとしていること、身近な人が誰もそばにいないこと、このテーブルの上で出血しても心配してくれる人は誰もいないこと。赤ちゃんが死のうが生きようが、気にする人なんか誰もいないこと。

頭のなかでつぶやいているつもりだったが、実際にしゃべっていたのかもしれない。ひょっとしたら、声に出して言っていたのかもしれない。なぜなら、頭の後方から声が聞こえたからだ。

「私はここにいるよ」とアイザックが言った。エヴァンジェリンを安心させるためというより、自分ひとりしかいないことを謝っているような言い方だった。

彼女は声のほうに体をねじった。

「じっとして！」カーテンの向こうで誰かが言った。

エヴァンジェリンは体をまっすぐにすると、アイザックが前に出てきて彼女の手を取った。ガウンを着てマスクをしていたが、まちがいなくアイザックだった。彼の顔が見えなくても、どうやっていつ病院に来たのかがわからなくても、そんなことはどうでもよかった。彼は今ここにいる。それだけで充分だった。

「わたし、怖い」と彼女は小声で言った。

「大丈夫。私がいる」ルーファスを看取ったときと同じような苦痛に満ちた声だった。今にも歌いだすのではないかとさえ思えた。歌詞を思い出しながら、海になった自分を思い描いた。肺が波のように盛りあがり、高くなったり低くなったり、高くなったり低くなったりしていた。傷ついた肉体から抜け出して、どこか遠くへ行きたかった。この世界からも離れたかった。気力を振りしぼって一所懸命にこの地球にしがみついてきた。しがみついてきたその手を離すことができれば、どんなに楽なことだろう。

はっと目覚めたようにエヴァンジェリンは言った。「赤ちゃん」

錆びついた刃のノコギリが筋肉を切り裂くような深い痛み。

「問題なく処置がおこなわれているよ」とアイザックは言った。「安心して任せておけば大丈夫だ」

カーテンの向こうから、「開創器。あと二センチ広げて。よし。そのまま保って」

引き裂いているのか切っているのか刺しているのか、よくわからない鈍い音が聞こえ、突然恐怖が襲ってきた。「赤ちゃんを傷つけないで！」エヴァンジェリンは叫んだ。

そのとき、まるで自動車がお腹のなかに突っこんできて、そしてすぐにバックして出ていったような強い衝撃を感じた。次の瞬間、部屋の様子が一気に変わり、カーテンの向こうから光が洪水のように押し寄せてきた。血だらけの女の赤ちゃんがカーテンの上に掲げられ、すぐに見えなくなった。今にも泣きだしそうに大きな口を開けているのが見えた。でも、泣き声は聞こえなかった。わたしの耳が聞こえなくなったの？　赤ちゃんって、泣くものなんじゃないの？　それに、もうひとつおかしな点もあった。血にまみれてはいたが、赤ちゃんの皮膚は夕暮れのような青色をしていた。

白衣を着た人たちが赤ちゃんを部屋の端のほうに連れていき、カウンターの上にのせた。一分後、赤ちゃんはようやく肺とのどと口を見つけたらしく、泣きだした。その泣き声を聞き、エヴァンジェリンとアイザックは大喜びしたが、看護師や医師はそうでもなかった。なんでうれしくないの？　赤ちゃんにも文句を言う権利くらいあるでしょ？

「抱っこしたい」とエヴァンジェリンは言った。

でも、そこに今まで見たことのない若い女性医師が現われ、エヴァンジェリンにはなにも言わずに泣いている赤ちゃんのところに行った。そしてすぐに赤ちゃんを持ち上げると、部屋から出ていった。

「どこに連れていくの？」みんな、エヴァンジェリンのことなど忘れてしまったかのようだった。アイザックもいなくなっていた。

「なにがどうなってるの？」誰もいない部屋に向かって彼女は言った。

「念のために、診察するのよ」カーテンの向こう側のかなり離れたところから女の人が言った。ひとりきりで部屋に放置されたわけではなかったらしい。

「なんで？」

「念のためよ」同じ声が言った。

「アイザック！」彼女が叫ぶと、彼がすぐ横に現われた。

「赤ちゃんは無事だ」と彼は言った。「最初は真っ青だったけど、今はすっかりピンク色だよ。しばらく看視するそうだ」

カーテンの向こうでは、誰かが切り開かれたエヴァンジェリンのいろんなものを集めてもとどおりに縫合していた。彼女は、フランケンシュタインのような縫い目のお腹を想像した——おぞましくて、美しくて、完璧だった。廊下の先から彼女の赤ちゃんの泣き声が聞こえてきた。もうすでに、赤ちゃんに会いたくてしかたがなかった。まだ触れてもいない、自分の子供に。

これが、〝母親になる〟ということなのだろうか。自分とはべつの命を思うと心が痛み、まだなにも与えないうちに完全に姿を消してしまうかもしれない子供を恋しく思うことが。赤ちゃんの泣き声はもう聞こえなかった。カーテンの向こうから、縫合糸を切る音だけが聞こえていた。でも、エヴァンジェリンは娘を感じていた。空(から)になった自分のなかにいつまでも丸まって存在していた。そしてこのとき理解した。今どこにいるのかもわからない自分の母親も、この痛みからはけっして逃げることなどできなかったはずだと。

69

看護師たちがエヴァンジェリンを回復室に移動させているあいだ、私は集中治療室に運ばれていった赤ん坊の行方を追った。この小さな病院には新生児用ICUがなかった。高齢の患者たちでいっぱいの病室をめぐり、生まれたばかりの赤ん坊を探しまわるのはどこか妙な感じがした。

赤ん坊の部屋に向かっている私に気づいた看護師が、ドアの前に立ち塞がった。なぜ赤ん坊がこの部屋にいるのかと尋ねると、医者に訊いてくれと言われた。私が向きを変えて立ち去ろうとしていると、年配の看護師が近づいてきた。彼女は天気の話をしながら私と一緒に廊下を歩き、いくつかのナースステーションを過ぎたところで立ち止まり、メタルフレームの眼鏡を少し下げた。

「先生は低酸素症を心配されていました。でも、赤ちゃんの数値に問題はないようです。正直言って、なんでここにいるかも不思議なくらいです。わたしが見るかぎり、三九七〇グラムの健康そのものの赤ちゃんです」

「三九七〇グラム？　早産のわりに大きすぎませんか？」

看護師は不思議そうな顔をした。「早産？　二、三日遅いくらいだけど……」気を取りなおして彼女は続けた。「いずれにせよ、大事なのは健康な赤ちゃんだということです」

回復室では、エヴァンジェリンは口を開け、よだれを頬に垂らしながら熟睡していた。目覚めたのは数時間経ってからだった。起きたときは意識が朦朧として、はっきりしゃべることもできなかった。

出産後にモルヒネの投与量を増やしたのだろう。午後八時ごろになってようやく意識もはっきりとしたエヴァンジェリンは、ベッドの上に座り、しっかりとした目で言った。

「エマを迎えにいかないと」

「エマ？」と私は訊いた。

「エマ・ロリー・マッケンジー。今すぐ迎えにいく」

夜勤の看護師が、エヴァンジェリンの横で点滴袋を吊り下げていた。その物静かで手際のいい看護師が言った。「残念なんだけど、それはまだ無理よ。少なくともあと一時間は立ち上がってはだめなの」

「それなら、連れてきてもらうことはできる？　アイザックにお願いしても大丈夫？」

「いいえ、今すぐは無理。あと一時間くらいしたら考えましょう」

夜の十時に、毛布にくるまれて眠っているエマを看護師が連れてきた。エヴァンジェリンはぽかんと口を開け、両腕を差しだした。赤ん坊は毛布のなかで少し暴れながら、不満そうに小さな声をあげていた。エヴァンジェリンは私にうしろを向くように言った。ようやく彼女のほうを向く許しが出たとき、エヴァンジェリンは自分の胸に裸の赤ん坊を抱き、ふたりを覆うように毛布が掛けられていた。彼女は、赤ん坊を見つめていた目を私に向けた。なにかを言おうと口を動かしたが、なにもことばは出てこなかった。そのかわりに、彼女は笑った。

次の一時間、母と子のあいだになにが起きたのか、わたしには説明できない。私の理解の及ばない次元でそれは起きていた。ふたりは秘密の暗号を使い、何千年にも及ぶ物語を語り合っていた。十一時に授乳指導の看護師が来ると、私は部屋から追い出された。

誰もいない受付ロビーで、私は自動販売機からチョコレートバーを買ったが、古くなったナッツとキャラメルをひとくち食べ、残りは捨てた。そのとき、私は自分の性別を呪った。エヴァンジェリンにとって必要な母親という存在にはどう転んでもなれない。

あとどのくらい待てばいいのかわからなかった。病室に戻ったのは夜の十二時近くで、エヴァンジェリンはすでに眠っており、赤ん坊も新生児室に連れていかれたあとだった。私はエヴァンジェリンの髪をなでた。ルーファスにしていたように。ルーファスのことを思うと泣きそうになった。なぜそんなふうに彼女をなでたのかはわからない。ただ、たとえ眠っていたとしても、彼女が愛されていることをどうしても知ってほしかった。それ以外に、愛情を表現する方法を私は知らなかった。静かに病室を出ると、ナースステーションに寄り、七時に戻ってくると彼女に伝えてもらうように頼んだ。

家まで運転するあいだ、私を待ち受けているものについて考えた。疲れきっていて、とてもルーファスの亡骸（なきがら）や血のあとを片付けるのは無理そうだった。悲しむ気力すら残っていなかった。だからといって、そのまま放置してベッドに行くことは考えられなかった。

家に着き、目をそらしながらキッチンの明かりをつけた。ところが目を向けると、ルーファスがいなくなっていた。血のあとも消えていた。自分の正気を疑っていたとき、テーブルの上に書き置きがあるのに気がついた。

アイザックへ

七時に帰宅したとき、ネルズから救急車のことを聞きました。心配になってここに来てみたら、かわいそうにルーファスが死んでいました。最後に、また大量に出血したようですね。だから、できるかぎり掃除をしておきました。ルーファスをお墓に埋めようかとも思いましたが（あのとき、ブロディを埋めてくれて本当に感謝しています）、お別れを言いたいのではないかと思って、埋めませんでした。毛布にくるんで、うちの物置小屋においてあります。あそこは涼しいから。あなたさえよければ、明日、仕事から帰ってから埋めます。差し出がましいことをしてごめんなさい。でも、救急車のこともあったし、生まれたばかりの赤ちゃんを連れて帰ってくるかもしれないと考えると、あの光景を最初に目にしないですむようになんとかしなければと思いました。ルーファスのこと、本当に残念です。あなたとエヴァンジェリンと赤ちゃんのために祈っています。

ロリー

私は彼女に電話をかけた。もうすぐ午前一時だったが、躊躇はなかった。この世でもっとも自然なことのように思えた。まるでしょっちゅう夜中に起こしあう仲のように。彼女が受話器を取ったとたん、私はまくしたてた。「赤ん坊が生まれた。エマだ。健康な女の子だ。ちょっと問題はあったが、もう大丈夫だ」

「ああ、よかった」ロリーは少し間をおいてから言った。「エヴァンジェリンは？」

「無事だ。彼女も元気だ。帝王切開だったけど」

「それを心配してたの。救急車のこともあったし」

少しのあいだ、沈黙が流れた。彼女に話したいこと、一緒に考えたいことがいっぱいあった。私たちはどちらも、誰が赤ん坊の父親なのかを知りたかった。でも、世の中が寝静まった真夜中には、赤ん坊の誕生だけで充分だった。

「ルーファスのことも、血の掃除のことも、本当にありがとう」私はそう表現した――〝血の掃除〟。

「当然のことをしただけ」少しして彼女は付け加えた。「ルーファスを埋葬するわよ、あなたさえかまわなければ」

彼女の声には、どうしても私の役に立ちたいという切実さが感じられた。「私たちが家を出る前にルーファスは死んだんだ。だから、エヴァンジェリンも私も、充分にお別れを言うことができた。だから、そうしてくれると助かるよ」

彼女は驚いたように息を吐いた。そこには安堵も混じっていたように聞こえた。「じゃあ、そうさせてもらうわ」と彼女は言った。「こちらこそ、ありがとう」

どこに埋めたらいいかを訊かれた。それまで考えたこともなかったが、深夜の遅い時間に耳元で彼女の声を聞いているうちに思い当たった。「ルーファスはいつも裏のフェンスの外に出たがっていた。きみも見たことがあるだろ？ 吠えているのも聞こえたと思う。うちとそちらのフェンスの外の共用の敷地はどうだろう」

「ブロディのお墓の隣？」

それでいいか、少し考えてから私は言った。「もし、きみさえよければ」

「ええ、もちろんかまわないわ」

そのあとしばらく沈黙が続いた。精神的に交流しているような感覚があった。気持ちが落ち着いた。

「こんな夜中に申し訳なかった」と私は言った。「起こしてしまってすまない」

電話の向こうで、彼女が笑みを浮かべているような気がした。「まだ熟睡していたわけじゃないし。それに、赤ちゃんのためなら、何時だって起きる価値はあるわ」

翌朝、私が病院に着くと、エヴァンジェリンはエマを抱っこしていた。色とりどりの花がベッド脇のテーブルを飾っていた。彼女は、私が花を見ているのに気づいて言った。

「ロリーの花壇のお花」と彼女は言った。「とってもきれいでしょ？ 出勤する前に、こっそりお花をおいていくつもりだったみたいだけど、もうそのときにわたしは赤ちゃんにおっぱいをあげてたの。このおちびちゃん、食欲がすごいんだから！」

今までのエヴァンジェリンなら、ロリーに赤ちゃんのことを話したときに彼女がなにを言ったかとか、いろいろ質問してきただろう。でも今は、エマが彼女にとって世界のすべてだった。赤ん坊が急に泣きだしたので、てっきり助けを呼ぶのかと思った。私だったら呼んでいただろう。ところがエヴァンジェリンは、授乳をするから部屋を出るようにと私に言った。私が呆然と立ちつくしていると、彼女は言った。「そのうちもっと上手にできるようになるから。ほら、どうやってうまく隠すかとか、いろいろ。そうすれば、いつも出ていってもらわなくても大丈夫になるからね」

病室に戻ったときには、母子とも眠っていた。私は椅子に座り、ふたりをずっと見ていた。頭のなかではさまざまな思いが渦巻いていたが、自分でも整理できなかった。でも、ひとつだけはっきりと言えることがあった。エヴァンジェリンとエマは、今は私の家族だ。ベッド脇に飾られた花——深夜の電話がきっかけになって摘まれた花——が、私の心のなかに咲きはじめた新しい花壇の一部のように思えた。

テイラー医師が病室にはいってきた。彼女はエヴァンジェリンを起こし、痛みの度合いや腸のガスの具合などを尋ねた。「そろそろ起きて動きはじめないとね」と彼女は言った。

「こちらの紳士に」と言って私にウィンクをし、「しばらく赤ちゃんを抱っこしてもらって、少し廊下を歩きましょうか」

エヴァンジェリンの視線は、エマと私のあいだを行ったり来たりした。疑わしそうな表情をしていた。

「大丈夫よ」と医師は言った。「ここは病院なんだから、抱っこの練習をするにはうってつけの場所じゃない」

「まあ、そうだけど」とエヴァンジェリンは言ったが、なかなか赤ん坊を離したがらなかった。

取り急ぎ赤ん坊の頭の支え方の指導を受けたあと、なんとかエヴァンジェリンから赤ん坊を受け取って両腕に抱いた。温かくかわいらしい赤ん坊の重さと、ミルクのような甘いにおいがすることを忘れていた。エマはくちびるを鳴らして泣きそうな口をしたが、すぐにそれもなくなり、また寝てしまった。ダニエルも赤ん坊のときはそうだった――ものすごい勢いで泣いていたかと思うと、次の瞬間には泣いていたのを忘れてしまったようにおとなしくなった。みんなが同じようにできたら、この世界はどんな世界になれるだろう。

エヴァンジェリンは私を座らせ、「絶対に落とさないでよ」と言ってから、ようやく廊下に出ていった。彼女が部屋から出ていったあと、胸のところに抱いていたエマを膝の上におろした。目に見えない波に揺られているかのように、細い赤毛の一本一本が波打っていた。エマは目を開けた——焦点の合っていない深いベビーブルーの目、底なしの深い眼差し。でも窓からの光がまぶしかったようで、目を閉じて顔をそむけると、いやがって泣いた。私が椅子の角度を変えて光をさえぎると、彼女はまた目を開けた。

私を見ているわけではなかった。赤ん坊はなにも見ていなかった。なぜなら、見るものなどなにもなかったからだ。なぜか私にはわかった。彼女はまだあらゆる創造物から切り離されていなかった。彼女は私であり、母親であり、くるまっているやわらかな毛布だった。窓から差しこんできて目を痛くした光であり、安らぎを与えてくれた陰だった。赤ん坊はまぶたを閉じ、眠りについた。

エマがダニエルの子なのかはわからなかった。たぶんちがうだろう。でも、そんなことはどうでもよかった。なぜなら、エマはダニエル自身だったから。エマはルーファスであり、ジョナでもあった。エマは、私の父と母であり、これまで失ってきたすべての友人、すべてのペットだった。私がそれを知っているのは、生まれてここに来る前までエマがいた場所に、ルーファスが私を連れていってくれたからだ。ルーファスは、われわれがどんな存在なのかを思い出させてくれた。

でも、エマはそういうことすべてをすぐに忘れてしまうだろう。私たちみんなと同じように。

私も、次の呼吸で、今のこの瞬間のことを忘れてしまうのだろう。

翌日の朝、正式に校長に任命されたキャロル・マーステンに私は会いにいった。エヴァンジェリンが退院する木曜日までは出勤するが、そのあとは育児休暇を取ることを告げた。しかし彼女は、私がエヴァンジェリンの後見人になったという書類が必要だと言って難色を示した。

私たちの会話が外にも聞こえたのか、ディック・ネルソンがオフィスに首を突っこんで言った。「キャロル、その書類ならそこらへんにあると思うよ。なかったとしても、アイザックは何年も病気休暇を取ってないから、何カ月かは休めるはずだ。第一、彼はだいぶ健康状態が悪そうだしね」

その日の午後、病院に行った私にエヴァンジェリンが言った。「そんなにしょっちゅう来なくても大丈夫だよ。わたしにベビーシッターは必要ないんだから」まるで私が邪魔者のような言い方だった。私自身、だったら帰ろうかと思った。昼寝もしたかったし、レポートの採点もしなければならなかった。でも、親も配偶者もいないエヴァンジェリンに、ひとりきりで子供を抱えて将来に向き合うことはさせたくなかった。

「ここにいてもかまわないか？」と私は訊いた。「きみもルーファスもいないあの家は、結構寂しいもんなんだ」

彼女は驚いたような顔をした。ルーファスのことをたった今思い出したようだった。

「ごめんなさい」と彼女は言った。

「ごめん、ってなにに？」

「ルーファスのこと、忘れてた。もちろん、死んだことは覚えてるよ！　そのことは絶対に忘れない。でも、あの状態の家に帰るのは、やっぱり……」

私は、ロリーがしてくれたことをエヴァンジェリンに話した。「なんていい人なの！そう思わない？」

「ああ、本当にいい人だ」

「ほんと、すごいよ。わたしには絶対できない」

「そうかな。いつかはきみも、そういうことのできる人になると思うよ」

彼女はしばし考えてから言った。「かなぁ。そうかもね」まるで、自分がどういう人間になるのか、今この場で決めているようだった。そして、にやっと笑って言った。「好きな人のためなら、できるかもね」

70

火曜日の午後に病院に行くと、赤ん坊はエヴァンジェリンの腕のなかで寝ていて、ベッドの頭のほうにはロリーが座っていた。話に夢中になっているふたりは、私が病室にはいってても一向に気づく気配がなかった。私が咳払いをすると、ふたりは頭を上げた。「邪魔をするつもりはなかった。すまない」

ロリーはエヴァンジェリンの手をぽんぽんと叩き、立ち上がった。「心配しなくても大丈夫だからね。全部うまくいくから」そう言ってバッグを手に取った。「アイザック、職場の同僚たちからもらったものを今晩届けにいきたいんだけど、何時ごろがいい？」

「もう充分にしてもらっているよ。必要なものは全部そろっている」

「なに勝手なこと言ってるの？」とエヴァンジェリンは言った。「赤ちゃんの服なんて、何枚あっても助かるんだから」

「今日は何時に帰れるかわからない」と私は言った。「それに、ロリーは朝早いから、夜遅いと迷惑だろうし」

エヴァンジェリンは私を無視してロリーに言った。「八時には家に帰すから大丈夫。だから、八時半に寄ってくれる？」

ロリーは私を見ながら、問いかけるように眉を上げた。私はそれでいい、と返事をした。彼女が病室を出たあと、私はエヴァンジェリンのほうを向いた。「大丈夫か？」

「もちろん。なんで？」

「さっきロリーが、心配しなくて大丈夫だ、全部うまくいく、とかなんとか言ってただろ？」

「あれは赤ちゃんのことよ。ほら、母親になるってどういうことだとか、そんなこと。それに、いろいろ不安だし」

たしかにそうなのだろうと自分を納得させ、授業の代行は頼んであるから退院したら家にいるつもりだと話した。

「そんなことしなくて大丈夫」と彼女は言った。「ロリーが助けてくれるから」

すげなく断わられたことに傷ついている自分に驚いた。ロリーがいかに仕事や勉強に忙しく、家にはティーンエージャーの娘もいることを私は力説した。

「まあ、たしかに」とエヴァンジェリンは言った。

自分よりもロリーを頼りにしていることが気にさわって、これまで避けてきた話題に触れようと思ったのかもしれない。あるいは、純粋に知りたかっただけなのか。「実際より、予定日がずれていたみたいだな」

彼女は、赤ん坊を見つめたままうなずいた。

「単純な質問をするよ。ダニエルが父親なのか？　その可能性はあるのか？」

彼女はしゃべりかけた――たぶん、嘘をつこうとする反応だったのだろう。でも、しばらく黙ってから、静かな声で言った。「最初は、そうなのかもしれないと思ってた。でも、ちがってた。ごめんなさい」

それがはっきりして、私は心が折れた。でも、ずっとわかっていたのではないかと思う。だから、真実を知らされてある種の喜びを感じたのかもしれない。エヴァンジェリンは、私には真実が必要だとわかったのだろう。嘘をつくことを拒否して真実を告げることで、すべてを失うかもしれないというリスクを充分に認識していたはずだ。私がクエーカーの仲間たちの前で、自分がペテン師だったと暴露したあのときと同じような気持ちを、今エヴァンジェリンは味わっているはずだ。だから私はひたすら願い、祈った――私があのとき感じたのと同じように、彼女も今、愛だけを感じていますように、と。

約束どおり、ロリーは八時半に大きな段ボール箱を持って現われた。箱を彼女から受け取って家のなかに招いたときには、彼女はまた車に戻りかけていた。そして、ゆりかごを抱えて戻ってきた。「職場の人たちが、いろんな半端物を持ってきてくれたの。自分たちの子供がもう使わなくなったものとか。これはほんの序の口」

箱のなかからは、パステルカラーの毛布やさまざまなぬいぐるみ、十枚以上のベビー服、そしてベビーモニターが出てきた。これらすべてのものが私を苛つかせた。頼んでもいない善意の押しつけ。ただ、私には思いもつかないようなものばかりだった。私はがんばってお礼を言った。「ありがとう。友だちの皆さんにもお礼を言ってくれ。おおいに使わせてもらうよ」

「チャイルドシートはあるのよね？　あれがないと子供を乗せられないから」

私は、すでに後部座席にチャイルドシートが取り付けてあることを話した。

「それならよかったわ」と彼女は言った。しかしその視線は、きつく結んだ私の口元と、防御でもするような腕組みをとらえていた。「アイザック、私たちのあいだに問題があるのはわかっているわ。でも、今は赤ちゃんがいるのよ」

「そんなこともわからないと思っているのか？」私は、もうロリーのことは赦したと自分では思っていた。クリアネス委員会で、自分の心のなかを暴露したことで、これからは愛情深くなれると思っていた。ロリーのやさしさとルーファスの埋葬——どれもこれも愛と贖罪の気持ちに満ちた行為だった——で、ふたりのあいだのわだかまりはなくなったと思っていた。でも、数時間前に知らされた〝ダニエルは赤ん坊の父親ではない〟という事実によって、私のなかでくすぶっていた喪失感と怒りの燃えかすが、また炎をあげはじめてしまった。

それでもロリーは続けた。「あと一カ月くらい、エヴァンジェリンは動くのも大変になるわ。帝王切開は大変な手術なの。だから、できることならなんでもするわ」

「私たちふたりで大丈夫だ」私はきつい口調で言った。その瞬間、自分を憎んだ。この数カ月間の自分が大嫌いだった。その間ずっと、ロリーにやさしくできなかった。そして、今もやさしくできない。「きみは知らないだろうけど」と私は言った。「ダニエルが小さかったときにも、ちゃんと世話を焼いてきたんだ」私は、ある種の毒をこめて息子の名前を呼んだ。彼女の心が蝕まれるのを期待して。

ロリーは私を見つめていた。彼女には見えていたのだろうか。私のなかに閉じこめられている未知の自分、巨大で凶暴で、体を破裂させて外に飛び出し、部屋じゅうにもっと恐ろしいことばを振りまきたがっている存在がいることが。

「ちょっと座ってくれる？　今、少し話せる？」と彼女は言った。

「今日は疲れているんだ」と私は言った。「また今度にしてくれないか」

ついに、彼女の目のなかに怒りの炎が燃えあがった。「疲れてる、ですって？　ええ、私にも疲れがどんなものかは、よくわかるわ。介護施設でフルタイムで働いて、一日じゅう高齢者の下痢の後始末をして、ティーンエージャーの娘の世話を焼いて——あなたにもよくわかると思うけど——娘の抱えているさまざまな問題に対応して、看護学校にはいるための勉強をして、病院にエヴァンジェリンのお見舞いに行って。そうよ、疲れている、っていう意味はよくわかるわ」彼女は椅子を引き出して座ると、前のめりになった。「いったいどうしたの？　私たち、もう乗り越えたものだとばかり思ってた」

カウンターの端が体に当たって痛かったが、私は立ったままでいた。ただ、腕組みをしていた両腕は、体の脇にだらりと垂らした。口を開いたとき、声が震えた。「私は、どこかおかしいんだ。とんでもなく変なんだ」

彼女は立ち上がり、私のほうに近づこうとした。でも私の体がこわばるのを見て、彼女は立ち止まった。やさしい静かな声で彼女は言った。「どこかおかしくなったとしても、そんなのはあたりまえよ。あなたの美しい息子は殺された。二十年も連れ添った奥さんはいなくなった。いちばん心を許していた友だちを失った。そして、もうすぐこの家に生まれたばかりの赤ちゃんが来る。どこかおかしくならなかったら、それこそおかしいわ」

私はくちびるをきつく嚙みしめ、なんとか自分を失わないようにした。彼女にはなにも言わないつもりだった。でも、息子ということばを聞いて、抑えきれなくなった。「私の美しい息子？　そうだったか？　息子は美しかったか？」

「どういうこと？」

「息子の魂だ。きみには内なる光を見ることができたのか？」私は、なんと小さく怯えた存在に聞こえただろう。こんなことを彼女に訊くこと自体、おかしなことだった。

彼女は躊躇し、そこに答があると私は思った。彼女は正直に言った。「ダニエルは思春期の男の子だったのよ、アイザック。ジョナもそうだった。あの子たちの魂は美しかった。でも、思春期には、ある種の暴力性があると思わない？」

ダニエルとジョナを比較したことで、私が怒るのではないかと覚悟していたようだった。でも、私はまったく同意見だった。

「ジョナには、ある種の体の反応があった。いつもびくびくしていた。それは誰の目にもそう見えていたと思う。息子のそういう神経は、なんの前触れもなく爆発するの。遺伝なのか、トラウマなのか、そういう要素を持っていたんだと思う。でも、これだけは信じて、アイザック。誰も――私も、ネルズも、彼の父親も、きっとジョナ自身も――あんなことをするなんて想像もできなかった。ジョナはいつだってやさしい子だった」

「じゃあ、ダニエルは？」と私は言った。

「ダニエルのなかに光は見えたか、って？」彼女は少し考えてから言った。「ええ。彼は寛大な心を持っていた。ロイが死んでから、いつもジョナのそばにいてくれた。ジョナを仲間に入れてくれた。ジョナが浮いた存在だったのは、誰が見てもわかることだったけど。ダニエルの思春期？　そうね、少し残酷だと思うこともときどきあった」

涙がとめどなく流れた。彼女は私のすぐそばまで来て、両腕をだらりと垂らしたままの私を抱きしめた。その感触――ずっと長いあいだひとりぼっちでいたこの体を抱きしめられた感触――に、私は圧倒された。思わず彼女にもたれかかり、体を震わせながらあえぐように大きく息をした。ロリーは私をルーファスのお気に入りだった椅子まで連れていって座らせると、そのかたわらにひざまずいて私の両手を握った。

息を詰まらせずに話せるようになったとき、私は顔を上げた。どんなにみじめな姿だったかは想像にかたくない。「すまない。本当にすまない」

「いいのよ」と彼女は言った。「これでいいの」

おそらく彼女に謝罪していると思ったのだろう。あるいは、力になってくれようとしているのを私が受け入れたと思ったのかもしれない。

「いや」と私は言った。「そうじゃない。できないんだ」

「できない、ってなにが？」

私は彼女に向かって手を振り、そして自分の胸にも手を振った。それは、悶々(もんもん)とした気持ち、感情的に壊れてしまったことに対する恥ずかしさを意味する仕草だった。「こういうことだ。こういうことはできない。すまない。もう帰ってくれないか」

彼女は私の手を離した。「ああ！」彼女は立ち上がった。体が見るからに震えていた。それがばつの悪さからなのか、怒りからなのか、恥ずかしさからなのか、私にはわからなかった。話す前に、必死に心の平静さを取り戻しているように見えた。彼女はゆっくりと、決心したような声で言った。どことなく、怒りが滲んでいるようにも聞こえた。「今はエヴァンジェリンがいる。エマもいる」少し間があいた。「そして、わたしたちもいる。あなたとわたし。わたしたちもいるの」

翌日、彼女はいつものように病院に寄ったようだったが、私が行く前にはいなくなっていた。

71

赤ん坊が家にやってきた最初の週、ロリーは二度だけ顔を見せた。毎回グリーンサラダを持ってきたが、それは彼女とエヴァンジェリンのあいだではジョークの一種のようだった。彼女を完全にこの家から遠ざけてしまったわけではないことに、私は安堵していた。でも、その二回とも、赤ん坊を数分あやしただけでロリーはすぐに帰っていった。エヴァンジェリンでさえ引き留めることができなかった。「アイザックがいっぱいチキン料理を作ったの。ネルズも呼んで、一緒に夕食を食べようよ」ロリーは、自宅のオーブンで料理を焼いているところだとか、試験の勉強をしないといけないだとか言い訳をした。彼女が帰ったあと、エヴァンジェリンは私をにらみつけ、キッチンから出ていった。それがお決まりのパターンになっていた。

ロリーが予言したとおり、その週は大変な一週間になった。金曜日の夜、夕食の食器の片付けをすませてエヴァンジェリンの様子を確認したあと、私は早めにベッドにはいった。

六月の初めの暖かい夜で、空はだんだん深くなる青と濃いピンク色に染まっていた。そんな夕暮れのなかで、エヴァンジェリンが日に日に元気になっていき、これからは楽になっていくのだろうと思いながら、私は眠りについた。

夜中の二時、誰かが寝室のドアをノックする音で私は目覚めた。誰かと言ったのは、深い眠りについていた私にとって、目を覚ますのは真っ暗な深い海底から上昇するのと同じようなものだったからだ。どうにかベッドから起き上がり、ドアまでよろよろとたどり着いた。ところが、一瞬でエヴァンジェリンの異変に気づくことができた。皮膚は灰色で、額には大粒の汗が吹きだしていた。熱が全身から漏れ、息からは腐った肉のようなにおいがした。

「体温計を持ってくる」と私は言った。

「もう測った。三十九度八分」

私は立ちつくしたまま彼女を見つめ、泣きだしたいのを必死にこらえていた。自分でも不思議だった。まだそれほど心配する理由はなかった。

「荷物はもうバッグに入れてある。すぐに病院に行ったほうがいいと思う」

私は彼女に背を向けた。そして、泣きだした。馬鹿みたいに、ただ泣きつづけた。自分でも理解できなかった。少しして、ようやく普通に息ができるようになった。私が泣いているあいだ、エヴァンジェリンがどう思っていたのかはわからない。でも、彼女は静かに待っていた。私はまた彼女のほうを向いた。眠気でぼうっとした頭で、泣いていたのを気づかれていないことを願った。でも、彼女の口から最初に出てきたことばは、「泣いてくれてありがとう」だった。

そんなふうに言うこと自体が妙な話だし、彼女のそのときの口調を説明するのはむずかしい。疲れているような、若干呆れているような真面目な口調だったが、本気でそう思っていたのはたしかなようだった。彼女は、私が嘆いたことをありがたいと思ってくれた。ただ、そのときはそんなことを感謝している時間の余裕がなかった。

「大丈夫、死なないから」と彼女は言った。「でも、なにかに感染したのはまちがいないと思う」

私は背筋を伸ばし、咳払いをした。「じゃあ、赤ん坊を連れていく準備をしてくる」

「もう準備はできてる。必要なのはあなただけ」

病院まで運転するあいだ、心配する必要はないと自分に言い聞かせた。医者に任せておけば大丈夫だ。でも、ハンドルを握る手は震えていた。まるで激怒しているか、あるいはなにかの発作でも起こしたように激しく震えていた。まさかと思われるかもしれないが、あながち大げさすぎる表現ではなかったようだ。後部座席にエマと一緒に座っていたエヴァンジェリンがガタガタ震える音を聞き、外は十五度もあるのになんでそんなに寒がっているのかと尋ねたくらいなのだから。

救急治療室ではワイマンという名の医師が対応した。まずは血液と尿の検査を指示し、そのあと超音波検査をおこなった。真剣な表情の小柄な医師は、話しているあいだじゅうクリップボードにペンを小刻みに叩きつけていた。細菌感染による子宮膿瘍(のうよう)という検査結果が出ると、医師はますます激しくペンを打ちつけた。そして、「子宮膿瘍というのはかなり深刻なものですが、完全に対処可能です」と主張した。あたかも、私たちが医師の診断に異を唱えてでもいるというように。子宮に溜まった膿(うみ)を外科的に排出する処置が必要で、抗生物質の静脈内投与が五日間必要とのことだった。ワイマン医師は去りぎわに、ほとんど泣きどおしだったエマに目をやった。「日中は面会に連れてきてもかまいませんが、夜は帰ってもらうことになります」と医師は言った。

ロリーの警告をまた思い出した。記憶していた以上に、赤ん坊の世話というのははるかに骨の折れる仕事だった。エヴァンジェリンに授乳やおむつ替えを任せっぱなしにしていても、今までは規則的だった睡眠時間の乱れと突発的に泣きだすエマの対応で、私はへとへとに疲れきっていた。

たまにエヴァンジェリン自身が泣きだすこともあった。ルーファスの椅子の上で授乳しながら、鼻をすすり、涙を拭いていた。私が見ていることに気づくと、「馬鹿なホルモンのせい」と言った。たしかにホルモンの影響はあるのかもしれないが、それ以上のことがあるのもわかっていた。要求の激しい赤ん坊に対し、うまく対処できない自分たちの不甲斐なさのせいで、私たちは少しおかしくなっていた。家族になったと感じるべきだと思っていた。新しい生命を迎えて、うれしいと感じるべきだと思っていた。もちろん幸せだった。それはまちがいない。ただ、私たちはふたりとも途方に暮れ、少しだけ孤独を感じていた。うまくできると思っていた理想と、現実にできることとのギャップが、ただでさえ混乱している気持ちをますますひどくしていた。

自分たちのことをどうとらえたらいいのか、わからなかった。どんなに強く願っても、私はエヴァンジェリンの父親にはなれない。エマの祖父でもない。今、私は深夜の病院にいる。そして間もなく、息子の子ではない赤ん坊とふたりだけで家に帰らなければならない。エマが生まれた日曜日の朝、生まれたばかりの赤ん坊のなかにダニエルを——そして私が愛するすべての人たちを——見たことを覚えている。私はそのときのことを、一生心に刻むと誓った。でも、もはやなんの意味もなかった。もうなにも感じることはできず、手の届かないところにいってしまった。エマは特別な赤ん坊だったし、深い慈愛を感じた。

でも、彼女を見ても、そこにはエマしか見えなかった。認めたくなかったが、エマを見ていると、〝彼女にはなりえないもの〟しか見えないことがときどきあった。

テイラー医師がブラックコーヒーをすすりながら病室に顔を出したのは午前四時ごろだった。目の下には隈ができていたが集中力は切れておらず、さっそく事態の収拾に取りかかった。まず私には、エマを連れて家に帰り、少し眠って休息をとるようにと促した。これから検査を実施するので、最低でも三時間はかかるとのことだった。私はエヴァンジェリンのために病院に残りたかったが、赤ん坊は泣きやまず、私の疲労も限界に達していた。病院を出る前、テイラー医師から最後にもう一度授乳しておくことを勧められた。エマに感染症をうつしてしまうのではないかと心配しているエヴァンジェリンに、医師は言った。「エマがあなたからもらうのは抗体だけよ。それも、今はかなり強力な抗体になっているはず。それに、抗生物質の点滴が始まると、母乳は飲ませられなくなるの。これからもちゃんとおっぱいを出したいなら、今のうちにできるだけいっぱい飲んでもらわないと」

エヴァンジェリンは泣きだした。テイラー医師は、毎日エマには会えるし、スキンシップをはかりながらミルクを飲ますことができると言って安心させた。半袖の医療用白衣を着た青年が、エヴァンジェリンをひとつ目の検査に連れていくために車椅子を押して病室にはいってきた。赤ん坊を連れて病室を出ようとしていた私に、エヴァンジェリンは機関銃のようにまくしたてた――いつミルクを飲ませればいいか、いつおむつ替えをすればいいか、上手にゲップをさせるにはどうしたらいいか、エマがくちびるを鳴らしたときはなにを意味しているか、一定の方法で顔を歪めたときはどういうときか、等々。

「大丈夫だよ」と私は言った。

「エマは、ひとりぼっちになるのが嫌いなの」

「わかってる。絶対にひとりっきりにはさせないから」

「じゃなくて、抱っこしてほしがるの」エヴァンジェリンはすでに車椅子で病室から出ていこうとしていた。

「もちろんわかってる。ずっと抱っこしてるから心配するな」

「ロリーに電話して」彼女は肩越しに言った。「約束して」

私は彼女と一緒に廊下に出た。「午前中に電話する」

「約束よ」と彼女は念を押した。「絶対に電話するって約束して」

「ああ、約束する」と私は言い、エヴァンジェリンは病棟のドアの向こうに見えなくなった。

私ひとりにエマを任せるのをエヴァンジェリンが不安がるのは、無理もないことなのかもしれない。前の週、私は家事全般については一所懸命にやったが、赤ん坊の世話の腕前についてはほとんど上達しなかった。私が世話をしているときにエマが少しでも泣きだすと、すかさずエヴァンジェリンに返すというのが常だった。

自宅に着いたのは四時半だった。ロリーに電話をかけるには早朝すぎた。エマをベビーベッドに寝かせ、私も数時間の仮眠をとった。病院に戻ったときには、エヴァンジェリンはまだ手術中だった。手術はうまくいったようで、意識が朦朧とした状態で病室に運ばれてきたエヴァンジェリンは、午後もほとんど眠ったままだった。

その日、私はエマを八時間以上抱きつづけた。そうしているあいだに、私とエマのあいだにはある種の相互理解が生まれた。彼女は不思議そうな眼差しで私を見つめ、心のなかの痛みや空腹や、赤ん坊ならではの喜びを分かち合ってくれた。私を〝親しい者〟として扱い、あらゆる生体活動に対しても少しも恥ずかしがらなかった。そして、安心しきって私の腕のなかで眠ってくれた。これに勝る祝福はなかった。そのお返しに、私はエマを愛した。

その日の午後遅く、すっかり意識も回復したエヴァンジェリンはエマにミルクを飲ませた。そして、エマの小さな手にキスをしながら言った。「まだロリーが来ないなんてめずらしい。今日は仕事が休みの日じゃなかった？」

「たぶん忙しいんだろ」と私は言った。

「電話したとき、なんて言ってた？」

私はことばに詰まった。

「電話してないの？」信じられない、という様子で彼女は言った。「あんなに約束したのに？」

「私ひとりでもエマの面倒を見られるよ」

エヴァンジェリンは怒りを爆発させた。「まるで、子供を亡くしたのは自分ひとりみたいな顔をして。言っとくけど、そうじゃないから！」

「それとこれとどんな——」

「あなたはロリーを責めてる。ダニエルが死んだことで彼女を責めてる」

「いや。そうじゃない。そんなことで責めてるんじゃない」

「じゃあ、なんで？　ちゃんと言ってよ」

「それは言えない」

エヴァンジェリンはしばらく私を見つめていた。彼女は、今口にしたこと以上を知っているのではないかという気がした。「つまり」と彼女は言った。「あなたと彼女のあいだになにがあるのかわからないけど、ロリーを私から遠ざけるつもり？　エマからも？　なんでそんな目にあわないといけないの？」

「じゃあ、私はどうなんだ？」と私は言った。ことばの鋭さに、自分でも驚いたくらいだった。「きみとロリーのあいだになにがあるのかはわからないが、なんで無理やり彼女と会わせようとするんだ？　理由はジョナなんだろ？　ジョナが父親だからなんだろ？」

もしもささやき声が悲鳴になるのなら、彼女の口から出た小声は悲鳴だった。「ちがう！　まさか。赤ちゃんはジョナの子じゃない。ダニエルの子でもない。そんなことわかってたんじゃないの？」

私は、彼女のことばを頭のなかで反芻した。それでも理解できなかった。「ジョナが父親なんじゃないのか？」

「知ってると思ってた。予定日のことを訊かれたとき、わたしは答えたでしょ？」

私は思い返した。「ダニエルが父親じゃないと言われた。だからジョナなのかと思った。ほかには誰も思いつかない。私が知るはずもない」

自分でそう言いながら、先週の自分の行動がいかに卑劣だったかを痛感していた。ロリーには孫ができたのに私にはできなかったことで、私はロリーに怒りをぶつけた。彼女の息子が私の息子を奪った罰として、私は彼女から孫を奪いたかった。

前のめりに体に力を入れていたエヴァンジェリンが、緊張を解いてゆったりと椅子の背にもたれた。「そういうことね。わかった。わたしも、ちゃんと話してなかったから」

「ロリーは、ふたりが父親じゃないのは知っているのか？」

彼女はうなずいた。「この前、あなたが病院に来たときに私たちおしゃべりしてたでしょ？　彼女にはあのとき話した」

「そんなこと、彼女はなにも言ってなかった」

エヴァンジェリンは眉をひそめた。「だって、彼女のほうを見ようともしなかったじゃない。自覚はあるでしょ？　前は、せめて愛想よく振る舞うように努力してたけど、今はそんなことさえしない。ただ単に失礼なだけだから。それに、私から直接話すべきだってロリーから言われた。あなたから予定日について訊かれたとき、ダニエルが父親じゃないことはちゃんと話した。ロリーにとっては、父親が誰であろうと関係ないの。それでも彼女はわたしを愛してくれてる。赤ちゃんのことも」

私は父親のことを訊きたかった。その気持ちを読みとったのか、彼女は言った。「父親はこの近くにいないし、来ることもない。もっと詳しく知りたいなら、ロリーに電話して。話してもかまわないとわたしから言われたと言って。電話するかどうかは任せるけど、とにかくはっきりさせてほしいことがある。これからも、私たちの人生にロリーとネルズが関わりつづけるのを許すかどうか、あなた自身で決めて。関わるといっても、ただ二、三分立ち寄ってサラダを渡すだけじゃないよ。どっちを選ぶかわたしに決めさせる、って言うならそれでもいい。だって、わたしならちゃんと決められるから。どっちを選ぶか」エヴァンジェリンはそこでことばを止め、動きまわる赤ん坊を毛布でくるんだ。「もう帰って」

私は立ち上がったが、部屋を出ようとはしなかった。エヴァンジェリンは、エマの顎のよだれを拭いた。

「なに？」と彼女は言った。

「エマを連れて帰らないといけないだろ？」

エヴァンジェリンは私をにらみつけた。「今日は、ロリーに連れて帰ってもらう」

「なにを言ってるんだ。ロリーは、きみが入院していることも知らないんだ。それに、都合が悪いかもしれないじゃないか」

エヴァンジェリンは少し考えていた。「あなたが帰ったらすぐに電話してみる。彼女が来ないと思う？　もし本当に彼女にとってエマが重荷で迷惑をかけるかもしれないと思ってるなら、あなたが電話してなんとか解決して」

「そんなに簡単なことじゃない」

彼女は首を振り、赤ん坊を見つめた。私は、エヴァンジェリンが折れるのを待った。彼女が折れないのがわかると、パニックに近い動揺が肺に広がり、息が苦しくなった。

「それなら、こんなのはどうだろう」と私は言った。「きみがロリーに電話をかけて、エマを連れて今晩うちに立ち寄ってもらうというのは」

「わたしは電話しない」顔も上げずに彼女は言った。

「そんなのは理不尽だ。これ以上、私になにをしろと言うんだ？」

エヴァンジェリンはエマに鼻歌を歌いはじめた。無視するつもりなのがはっきりとわかり、私はきっぱりと言った。「その子には私が必要だ」

エヴァンジェリンはようやく顔を上げ、私をしげしげと見た。私の言ったことが、彼女に対する侮辱なのかどうかを見極めようとしていたのだと思う。きっと彼女には真実が見えたのだろう——赤ん坊が私を必要としているのと同じくらい、私にもエマが必要だということが。

やがて彼女は言った。「たしかに、そのとおりかもね。だからこそ、あなた自身が問題を解決しないとだめなの」

72

エヴァンジェリンはエマの両脇を持って腕を伸ばし、高く掲げた。母親の姿がぼやけて見えなくなったからか、エマは半分目を閉じた。「わたしの赤ちゃん」とエヴァンジェリンはささやいた。

エマは目を大きく開き、目の焦点を合わせようとしていた。エヴァンジェリンは娘を徐々に近づけ、目と目が合うまで引き寄せた。母親がどこからともなく突然現われたので、エマはびっくりした顔をした。

「エマ、今日はロリーが来るんだよ」と彼女は言った。「呼び方を考えないとね。ナナ？ミミ？　なにがいいと思う？」

エマは目をぱちくりした。エヴァンジェリンは娘を胸に抱き、甘い赤ちゃんのにおいを胸いっぱいに吸いこんだ。天日干しした木綿のように、うっとりするにおいだった。「まあ、そのうちいいのを思いつくでしょ。ロリーの意見も訊かなくちゃね」

病棟担当の看護師がはいってきた。彼女は、患者を苛つかせる仕事を一手に引き受けているのではないかという感じの人だった。抗生物質の点滴の準備をしながら言った。「このおちびちゃん、夜は家に帰るんじゃなかったの？　十分くらい前に、アイザックが帰るのを見たけど」

「今夜はロリーがエマを連れて帰ってくれるの。もう来るはずだけど」

看護師は忙しそうに動かしていた手を止め、エマの背中にやさしく手を当てて言った。

「あなたはいろんな人から愛されてるのね、おちびちゃん」

それ以来、エヴァンジェリンはその看護師のことが気にならなくなった。

エマを残してアイザックひとりで帰らせるつもりはなかった。でも、入院していることをロリーに知らせてくれると信じていたのだ。それだけ大変なことが起きたのだから。ほとんど死ぬところだった。たしかに、アイザックには死なないから大丈夫だとは言ったが、あれは彼があまりにも取り乱していたからで、エマのためにも落ち着いてもらわなければならなかった。

実際、汗でできた海のなかで目覚め、三十九度五分近い熱と灰色に変色した皮膚を見れば、自分の体がすさまじい攻撃にさらされているのはすぐにわかった。手術のあと、医師からはかなり深刻な状態だったことを告げられた。だからアイザックがロリーに電話もかけず、エヴァンジェリンがどこにいるかも知らせなかったと聞いたときには、今まで感じたことのないほどの怒りに体が震えた。その怒りは、自分のためのものではなく、赤ちゃんのためのものだった。

エマに愛情を注ぎ心配してくれる人がどんな人であっても、アイザックの一存で遠ざける権利は彼にはない。そんなことは絶対に許せなかった。親から見捨てられた十六歳の少女を母親に持つだけでなく、父親もいないエマは、最初から恵まれた人生が約束されたわけではない。だから、出所（でどころ）がどこであれエマに対して注がれる愛情を邪魔する人間は、絶対に容赦しない。

もちろん、エヴァンジェリンは怖かった。母親になるというのがどういうことなのか、何も知らないのだから。それだからなおさら、この一年、いちばん母親に近い存在だったたったひとりの女の人を、アイザックが追い返すことだけはさせられなかった。何カ月ものあいだ、ネルズと一緒にいるロリーを見てきた。どういうときに手を差しのべ、どういうときに一歩下がるのか、どういうときには強く出て、どういうときにはやさしく接するのか。母親と娘のあいだの距離を、どうやってうまく手綱（たづな）を取って保っているのかを観察してきた。最初のうちは、自分でも習得できるやり方があるのかと思った。だけどそこにレシピも方程式もないことを理解するまで、それほど時間はかからなかった。親になるということは、一瞬一瞬の決断と直感の川の流れであり、親の要求と、なぜかそれに呼応する子供の要求とのバランスをどうとるかということだ。でもいちばん大事なのは、ただそこにいること。本気で、全感覚を研ぎ澄ましてそこに存在すること。細心の注意をはらって、湧き起こる心からの知識を信用することだ。ロリーにはそれができる。彼女には、心に注意を払う天性の才能がある。

アイザックは、絶対に自分を見捨てないとエヴァンジェリンは確信していた。どんなに彼自身のなかの怒りと闘わなくてはならなくても、けっして見捨てたりはしないと信じていた。ジョナの服を燃やしているところをアイザックに見られたことをロリーから聞かされた。それは、話すことでロリー自身が楽になるためではなかった。何カ月もロリーが顔を見せなかった責任が、エヴァンジェリンにはないことをはっきりさせるためだった。

「もうこれ以上、秘密を抱えて生きてはいけないから」とロリーは言った。

エヴァンジェリンに、ロリーを責めることはできなかった。同じように、アイザックも責められなかった。エマが生まれてからまだ間もないのに、とめどなく自分のなかからあふれ出る愛情に窒息しそうになっていた。自分の子供を守るためなら、どんなことでもできると思った。子供に対するそれほどまでの愛情があれば、自分もロリーと同じことをするかもしれない。そしてもし自分がアイザックの立場だったなら、赦すことなんてとてもできないかもしれない。そんな四人――エヴァンジェリンとアイザック、ロリーとネルズ――が一緒にいるのは不可能だと思った。でも、四人でいるのがエヴァンジェリンの願いだった。それが不可能なことだとは信じたくなかった。赤ちゃんが生まれて、自分のなかに愛という炎がともった。だったら、不可能だって可能に変えられないはずがない。

エマは、小さくプクプクという音をたてて眠っていた。エヴァンジェリンは娘にささやいた。「わたしは、なんにもわかってない。そんなこと知ってるよね？ でも、なるべくうまくいくように、がんばってみるから、見ててね」

自分がなりたいと思うような母親になるとは約束しなかった。そうなれるかどうか、わからなかったから。ただ、そうなれるように努力だけはするつもりだった。

看護師が、温めたミルクのはいった哺乳瓶を持って戻ってきた。エヴァンジェリンはエマをくるんでいた毛布を取り、完璧な手足と足の裏をなでた。赤ちゃんはおっぱいを求めるように頭を動かして泣きだした。エヴァンジェリンは自分の裸のお腹と胸にエマを抱き、哺乳瓶の乳首でエマの鼻をつついた。やがてエマは乳首を咥えた。エマが今飲んでいるのは自分のおっぱいではなく、あと五日間は搾乳したお乳を捨てなければいけなかった。でも、エマが哺乳瓶の乳首をその口に咥えてミルクを吸うたびに、胸が張ってお乳があふれ出すのをエヴァンジェリンは感じていた。たった三十分前に搾乳したばかりだというのに。

　ロリーとネルズが病室に向かって廊下を歩いてくるのが聞こえた。エヴァンジェリンは、産毛の生えたエマの頭をなでた。この子はエヴァンジェリン自身であり、エヴァンジェリンではないひとりの人間であり、そしてすべての人でもあった。すさまじいまでの愛が、稲妻のように体を突き抜けた。

　エマ。突然生まれた光り輝く生命の意味。この生命。今、胸に抱いているこの生命。

73

帰宅したとき、家は私のことを待っていた。片側は沈みかけている太陽の黄金の光を浴びて輝き、もう片側は暗い影をつくっていた。昨年の秋と同じように、私は家の前で立ちつくした。ただ、今はルーファスもなかで待ってはいない。がらんとしたヴィクトリア様式のこの家は、実にグロテスクだ。広い敷地のなかに重々しくそびえ、かつての居住者たちの恐怖や喜びが渦巻いている。それも、人間やペットたちだけでなく、床下や壁のあいだにひそみ、暗い地下室の隅に棲みつく野生の生き物たちもだ。この家は、この土地とともに息をし、通りすぎていく者たちとは関係なく存在している。

私は家のなかにはいり、上着を脱ぐ。流しのなかにおかれたままの哺乳瓶や、ルーファスの椅子の肘掛けに載っているよだれを拭いた布巾を眺める。努力しないと呼吸もできない。この空間に溶けこみ、私のかわりに呼吸してもらう。壁が広がっては収縮し、広がっては収縮する。巨大な心臓のなかに住んでいるように、ゆっくりとした鼓動が一定のリズムを刻む。

むかし聞いたことばがこだまする。〝強い心臓もあれば、弱い心臓もあるの〟。私は選択を迫られている。エヴァンジェリンが私に課した選択よりもはるかに大きなものだ。自分の心がどれほど強いのか、どのくらい強くあってほしいのか、を決断しなければならない。選ぶ権利は私にある。言い訳を言って逃れることはもうできない。私の人生がかかっている。ほかの人の人生も。私が知っている以上の人たちの人生が。

私は立ち上がる。薄板の張られた階段をのぼり、ダニエルの部屋に向かう。二階はカビ臭い。死んでいる。窓まで行き、暗い色の分厚いカーテンが掛かっている棒を持ち上げて床におく。すでに日は暮れているのに、光が部屋じゅうに満ちる。

今は骨組みだけの壁がモルタルで埋められてペンキが塗られ、ドアが造られるイメージが頭のなかに浮かぶ。ダニエルの部屋の外に出ると、薄暗い二階の先に書斎ともうひとつの寝室と、ファミリールームのようなものが見えてくる。真っ暗な壁に、いくつも窓ができていく。屋根の垂木のあいだに夜空が見え、神の恵みのような光が差しこんでいる。暗い隅のほうから女性と少女の歌声が聞こえ、そのすぐそばで赤ん坊が笑っている。

家がふわっと浮き上がり、近づく夏の約束のなかで浮遊する。かつて毎年、何カ月かのあいだ窓もドアも開け放つと、家全体がかすかな風をはらんだ帆船に変貌を遂げ、私たちを輝かしい飛行へと誘ったのを思い出す。

私はダニエルの寝室に戻り、窓を開けてよどんだ空気を浄化する。裏庭は見事なまでの青緑色に輝いている。その先に見えるロリーのキッチンは、星のように光っている。その光景を眺めているあいだにも、ふたつの家の敷地を隔てているフェンスは揺らめきはじめ、やがて消えてなくなる。どこかで犬の吠える声が聞こえ、幼い少女の笑い声がする。少女と犬の影は、境界に生えている木々のあいだを走り抜ける。

今、私は一階にいる。電話を前に、私の手が躊躇している。でも最後の数歩を、私は踏み出す。受話器を取り上げ、番号を押す。呼び出し音が三回鳴るが、誰も出ない。発信元の私の名前を見て、彼女は出ないことにしたのではないかと心配になる。四回目の呼び出し音が途中で止まる。

「アイザック？」彼女は息を切らしている。電話に出ようと走ってきたのかもしれない。

「アイザック、あなたなの？」

私に与えられた選択に対する答を、神が求めているのが聞こえる。私は、今ここにいるのか？　私の前にあるものに対して、本気で受けとめるつもりでいるのか？

私の心は、「はい」と答える。私の肋骨はまるで打楽器のように激しく鳴っている。ローリーの胸にもそのリズムが伝わっているような気がする。私はことばを発しようとするが、くちびるが激しく震え、神のすさまじい力で振動している。神が私の心臓を拍動させているのを感じる。今になってようやく、私は理解する。神は、ずっと私のなかに存在したのだ。一度も私から去ったことはなかったのだ。神はこの長い年月のあいだ辛抱強く待っていた。私が「はい」と言うのを。

「ローリー」と私は言う。思いがけず、私の心は急に穏やかさを取り戻す。息をする。楽に呼吸ができる。エマの小さな泣き声がすぐ近くから聞こえる。ローリーの腕のなかに抱かれているのだろう。

「ローリー」と私はまた言う。可能性を証明する祝福のように、私は彼女の名前を呼ぶ。私は一拍おく。この女性と赤ん坊の活力と重みを感じる。私の口から出てくることばは、祈りそのものだ。

「かなり遅い時間なのはわかっているが、ちょっとそっちに行ってもいいか？」

エピローグ

ぼくは粉々になり、その瞬間、初めて自分自身を見る。ぼくは光の海だ。ジョナとしての心もそこにあるけど、馬鹿みたいに小さく感じられる。ぼくの巨大さをすべて支えられる場所がなくて、新しく生まれてくる赤ちゃんのための海底をずっと転げまわっていたかのようだ。

べつにこれはめずらしいことでもない。予言者や神秘主義者がいつも話しているようなことだ。バルチさんやクエーカーの人たちも、この〝唯一の存在〟に関して全部知ることはできない。みんなが偉大なる神の一部だという話のことだ。でも、文字どおりの意味だとはあのときは思わなかった。それに、ぼくがふたつの存在だとはまったく思わなかった。おむつをはいた人間と、世界中の人を盲目にできるくらいの光を放つ太陽をなかに抱えた人間。そのふたつともぼくには見えていなかった。もっと前にわかっていれば、と思う。

今のぼく――〝唯一の存在〟――は小さなひとりの人間の心を包みこみ、のみこむ。ひと粒の砂を何千キロも続く海岸に紛れこませるように、たったひとつの意識を失うのは簡単なことだ。でも、ぼくは必死にしがみつく――取るに足らないジョナの心で――ちっぽけなやさしさの最後の瞬間を求めて。もしかしたらそれは欲望の習慣か、死にゆく生命体の反射作用なのかもしれない。でも、今感じているのはそれとはちがう。愛のように感じる。真実のように感じる。どちらも同じことをべつのことばで表わしているだけだ。

自分が何者だったのか理解すると、自分の本当の次元がわかる。それまでの人生でなにも見えていなかったことに気づき、見逃してきてしまったものを後悔する。同じような過ちを犯さないように、愛する人に教えたくなる。

ジョナの心で、最後にもう一カ所だけ行こうと決心する。想像していた以上に、死んだあとにできることは多い。ぼくは光の海のなかでレッドを探す。そして、今から八カ月後に彼女が船のなかにいるのを見つける。でも、本当は今この瞬間だ。なぜなら、すべてがここにあり、過去も未来もこの一瞬のなかにとらえられているから。彼女は妊娠後期だけど、ぼくは驚いてもいないし、驚いていないわけでもない。父親が誰なのかと考えることもない。ぼくの子供だ。まちがいない。だって、ぼくは〝唯一の存在〟なのだから、それ以外には考えられない。

ちっぽけな意識から引き離され、真の海に引き戻されるのを感じる。でも、浮遊する点のような意識にしがみつきながら、なんとかヨットのなかにはいりこむ。一年前のクエーカーの集会でぼくのなかに満ちたことばを、ぼくは発する。あのときは意味を理解できなかったから話すのを拒んだことば。神さまがぼくのような小さな存在を選ぶわけがないと思っていたから話せなかったことば。

アイザックはサロンのなかにいて、待っている。レッドも船首の寝台にいて、待っている。ぼくはこの古い意識の最後の力を使って、レッドのそばまで行く。海と同じくらいの濃度のある空気に向かって、発言者としてぼくが神さまから選ばれたことばをささやく。

音節は何千倍にも増幅されて帆や枕や、レッドが読んでいた本や、彼女の美しい髪に降りそそぐ。彼女の睫毛や温かなくちびるにも降りそそぎ、光り輝く。彼女のくちびるは、彼女自身がそのことばを発したかのように、やわらかく生き生きと震える。

わたしは光り輝いている。あなたは光り輝いている。

世界のすべてが輝きに包まれている。

彼女はお腹に手を当て、赤ちゃんにやさしく語りかける。そして立ち上がると、サロンにいるアイザックのもとへ歩いていく。彼も、自分のなかの静かな光で輝いている。

謝辞

これまで、想像できるあらゆる支援を得て恵まれた小説があったとすれば、それが本書だろう。ことの始まりはゴダード・カレッジだった。芸術修士（MFA）の献身的な教授陣——特に、素晴らしいアドバイザーであるミシュリン・アハロニアン・マーコム、ヴィクトリア・ネルソン、エイミー・リュウ——には、ストーリーの謎に耳を傾けるよう励まされ、それを形にする模索を助けていただいた。幸いなことに、本書は〈ライターズ・ハウス〉のマライア・ストーヴァルの受信ボックスにたどりついた。数多くの持ち込み原稿のなかから価値を見いだされ、わたしの素晴らしい代理人となる非凡なスーザン・ゴロムの手に渡ることになった。スーザンと、才気あふれるジェネヴィーヴ・ガーニェ・ホーズの助けのもとで、わたしは本書の再構築と推敲を重ね、このたび世に送りだすことができた。〈ライターズ・ハウス〉のマヤ・ニコリック、ペギー・ブーロス・スミス、ナタリー・メディナ、アナ・エスピノーサ、そしてジェシカ・バーガーにも大変お世話になった。また、メディア関連の権利の代理人として、リッチ・グリーンを迎えられたのは幸運だった。彼の熱い心と洞察力と実力によって、わたしの生み出した登場人物たちは新しい生命を得ることができた。

わたしは作家人生のなかで、多くの方々にお世話になった――〈ジェンテル・アーティスト滞在制作（レジデンシー）プログラム〉、静けさと愛する心で包んでくれた〈ペンドルヒル〉のクエーカーの皆さん、そして〈スコー・バレー作家コミュニティ〉。わたしはこのコミュニティで、ジョードンナ・グレースとキム・ロジャースにめぐりあうことができた。そのふたりの素晴らしい作家たちは、わたしの友人として十年以上も洞察と愛を与えつづけてくれている。また、批評と支援をしてくださった多くの優れた作家の皆さまに感謝したい――ゴダード・カレッジの仲間や同窓生、シアトルとフォート・メイソンの執筆サークル、そしてポート・タウンゼンドの執筆コミュニティ。特に、わたしを作家へと導いてくれたナンシー・ケプナーと、カレン・クレメンズ、マーク・クレメンズ、エリー・マシューズ、カール・ヤングマン、デブラ・ボルシェル、そして今は亡きジョン・ゾーベルに謝意を表したい。

わたしの家族や友人も執筆中の本を読み、貴重なフィードバックや応援をしてくれた。アレクサ・カリー、スーザン・スミス、ベッキー・フルフス、レイ・トンプキンス、ジェン・ショア、クリス・ハウザー、ラリー・チーク、アル・バーグスタイン、リズ・リードム、ジョージ・フィンクル、そして今は亡きロゼル・ペケリス——彼女はわたしが作家を目指していたころからのもっとも信頼できる味方で、今も会いたくてたまらない——に、感謝申し上げる。ジョン・ショアは、何十年にもわたって心の支えになり、ほんの小さな成功でも喜んでくれた。

ここでようやく〈リバーヘッド・ブックス〉と〈ペンギン・ランダムハウス〉のチームの皆さまへのお礼を述べることができる。わたしは、新人作家としてこれ以上ないほど素晴らしい経験ができたと思っている。編集、出版、販売促進のいずれにおいても、最高レベルで対応していただいた。いつも大変なやさしさと敬意と迅速性を持って接していただいた。ジェフリー・クロスク、ジン・ディリング・マーティン、ケイト・スタークには、この作品に対する信頼と、世に送りだすために尽くしてくれた努力に感謝申し上げる。また、深い見識に基づいた編集をしてくれたアリソン・フェアブラザー、何事も見逃さないでくれたランディー・マルロ、すてきなデザインをしてくれたヘレン・イェントゥスとローレン・ピータース＝コレア、読者のもとへ届けてくれたシェイリン・タヴェラ、そしてすべての過程で私がやりやすくなるように支えてくれたデリア・テイラーにお礼を言いたい。

そして最後に、〈リバーヘッド〉におけるわたしの無比の編集者であるサラ・マクグラスに、最大の感謝を申し上げる。心のこもった思いやりと深い洞察力と並外れた才能でわたしを支え、最初の一歩から最後の一歩まで、わたしの意欲を引き出し、導き、元気づけてくれた。本書は、わたしの本であると同時に、サラの本だと言っても過言ではない。

解説

ミステリ・コラムニスト
三橋曉

デビュー作には、その作家のすべてがあるとよくいわれる。また、作家は第一作に向けて成熟を重ねていく、とも。ここにご紹介するジョアン・トンプキンスの『内なる罪と光』も、一人の女性が人生半ばで小説を志したきっかけと、作家として第一歩を踏み出すまでの道筋を彷彿とさせる印象的な一冊である。

ホームページのバイオグラフィーによれば、本作を上梓する以前、作者は司法の世界に身を置いていたようだ。裁判の弁護人や調停委員の経験から、さまざまな係争を通して社会の不条理や矛盾を見てきたのだろう。その中で、虐待やハラスメントの被害者たちが辛い経験を乗り越え、前向きに生きていく力を取り戻す精神的回復力（レジリエンス）に、しばしば感銘を受けたという。そんな経験の数々が、本作執筆の動機を培っていったと思しい。

『内なる罪と光』の舞台であるポート・ファーロングは、西に太平洋を望み、北はカナダと国境を接するアメリカはワシントン州の、おそらくは架空の町だ。人口は一万人ほどで、十九世紀後半に入植者たちが切り拓いた土地には、長い歴史が刻まれていると紹介される。また避暑地としても知られ、町の向こうには美しい入江が広がる港町でもある。

一方、自らもワシントン州出身の作者は、州南部の都市ワラワラで育ち、アイダホとの州境に近い大学町のプルマンで州立大学に通った。その後、シアトルのワシントン大学ロースクールで法律を学んだが、クリエイティヴ・ライティングの修士号を取得したゴダード大学は、ピュージェット湾を跨いで大都会シアトルとは直線距離わずか四十マイルのポート・タウンゼンドにある。

自然の宝庫と多彩な生態系を誇る国立公園が有名なオリンピック半島の北東端に位置し、映画「愛と青春の旅立ち」のロケ地としても知られるこの港町は、現在のトンプキンスの居住地でもある。本作のポート・ファーロングは、そんな作者のホームタウンがモデルのようだ。

その秋、ポート・ファーロングの町は、降ってわいたような殺人事件の衝撃に揺れていた。一人息子を事件で失ったアイザック・バルチは、町外れのヴィクトリア様式の屋敷に、世間の目を避けるようにして暮らしていた。そんな彼の前に忽然と現れた少女は、エヴァンジェリンと名乗った。身元を尋ねると、帰る家もなければ、行くあてもないという。かくして、五十歳の男と十六歳の少女の不釣り合いで奇妙な共同生活が始まった。

高台にあるアイザックの住まいには、彼の幸せな記憶が染みついていた。妻のキャサリンと長男のダニエル、そしてピットブルの雑種ルーファスとの生活は、絵に描いたように幸せだった。ダニエルは学校の人気者で、隣家のジョナとも兄弟同然の仲だったが、少年たちに起きた悲劇が彼を打ちのめす。少女の存在は鬱々とした日々に光を投げかけるが、彼女には秘密があった。アイザックの前に現れたのも、偶然のことではなかったのだ。

この『内なる罪と光』の原著は、二〇二一年四月、ニューヨークの出版社リバーヘッド・ブックスから刊行された。その後、アメリカ探偵作家クラブ（ＭＷＡ）が主催するエドガー賞の最優秀新人賞部門にノミネートされ、ジョアン・トンプキンスはアメリカのミステリ界におけるもっとも有望な新人作家たちの仲間入りをした。

惜しくも受賞を逃したものの、同部門賞は受賞者のみならず、候補にあがった作家たちも成功を収める例が少なくない。主催者の見識の高さは審査基準の多様性にも顕れており、紹介の順序こそエリン・フラナガンの『鹿狩りの季節』（受賞作）やフェビアン・ニシーザの『郊外の探偵たち』（ともにハヤカワ・ミステリ刊）に少し遅れをとったが、この『内なる罪と光』も慧眼なる読者諸氏の期待を裏切らない筈だ。

物語はまず主人公のひとり、アイザック・バルチの一人称で始まる。ハイスクールに通う最終学年の息子が、アメフトの練習に出たまま行方不明となり、その八日後、野イバラの茂みで切り刻まれた死体となって見つかった経緯が語られる。犯人はわが子同然に接してきた隣家の長男だったが、その少年もまた罪を告白する遺書を残し、自ら命を絶ってしまう。

三部構成、七〇〇頁にも及ばんとする本作だが、わずか冒頭の数ページで、作者はこの作品の中心を占め、物語の根底に横たわる殺人事件の顛末を簡潔に語り、これがありのままの事実だと明かしてみせる（傍点は本文からの引用箇所。以下同）。そして、シルクハットには種も仕掛けもないことを観客に確認させるマジシャンを思わせるそのくだりは、こう締めくくられる。信じて疑わない事実のなかにこそ、最大の謎が隠されているのだと。

序章に相当するこの一節は、従来のミステリの尺度では測れない物語をここから始めるという作者の宣言であり、決意と取るのは決して深読みではないだろう。そしてそこには、読者に対する挑発も含まれている。そう解釈すると、エピグラフにその一節が引用された

『ペドロ・パラモ』（一九五五年）の意味するところが、薄らと浮かび上がってくる。『ペドロ・パラモ』の作者ファン・ルルフォ（1917-1986）はメキシコの作家で、時にボルヘスとも並び称され、マルケスやバルガス＝リョサに影響を与えたともいわれる。代表作である同作は生者と死者の語りが混在し、自在な時系列の入れ替えで読者をマジック・リアリズムが支配する物語の深淵へと導いていく。

　そんなルルフォの前衛的な手法とは正反対のリアリズムの小説でありながら、この『内なる罪と光』の中でもまた語り手の生と死が対比され、過去と現在が交錯する。しかし『ペドロ・パラモ』が父親探しをテーマとしていたのに対し、三種類の一人称を使い分けてトンプキンスが描くのは、家族の再生の物語である。

　離婚で妻が去り、息子が殺人の被害者となった高校教師のアイザックは、話し相手は愛犬だけという侘しい生活を送っており、唯一の友といえる校長のピーターも、彼の境遇を慮（おもんぱか）り、気にかけている。エヴァンジェリンは、シングルマザーの母親から無一文で放り出され、不安定な路上生活を余儀なくされていた。そして殺人に手を染めたジョナは、心を病んだ父親を最悪の形で失いながらも、母のロリーや妹のネルズと互いを支え合いながら、健気に生きてきた少年だ。

　この三人の主人公たちが陥った三者三様の逆境は、トルストイの『アンナ・カレーニナ』（一八七七年）の有名な書き出しをいやでも思い出させる。すなわち「幸せな家族はどれもみな同じようにみえるが、不幸な家族にはそれぞれの不幸の形がある」（望月哲男訳）である。選ぶことも、逃れることもできない家族の関係性に、カプセルトイの自販機が語源の流行語を連想する向きもあるだろう。

アイザックとエヴァンジェリンの視点が交互し、そこに「ぼくが死ぬ日」と題する、すでにこの世にはいないジョナの一人称が差し挟まれていく。これら三つのパートから詳(つまび)らかにされていくのは、彼らが立たされた厳しい現実である。登場人物間の信頼関係は、築かれては崩される一進一退を繰り返すが、作者はそこにストレスやトラウマが人を無力化するのとは別のベクトルが存在することを提示してみせる。それが、先に触れた精神的回復力(レジリエンス)である。

同時に、ページをめくる読者の心の中に澱のように積もっていた些細な違和感の正体が次々腑に落ちていく展開は、伏線の回収という手法に通じるものがある。しかし本作のそれはミステリや犯罪小説のものではなく、人生の謎が解かれていくカタルシスと呼ぶ方が正しいだろう。メインストリーム文学の読み応えに加え、ミステリというジャンル小説の面白さが織り成す本作の面目躍如たるところだ。

本作の原題 *What Comes After*（のちに来るもの）は、殺人事件の後に登場人物らの身に起きたことと、彼らの精神的回復力（レジリエンス）を指しているものと思われる。一方、邦題の『内なる罪と光』は、キリスト教プロテスタントの宗派クエーカーの教えに基づくもので、作中では「内なる神の光」（原文は Divine light inside oneself）という言葉で語られる信者を導くキリストの光と、それが照らし出すジョナの罪を意味する。

クエーカーの教義に則れば、この神の光は信徒たちの魂の内に存在する霊的なもので、各人を正しい道へと導くとされる。スピリチュアルな描写で綴られる終章は、最後にはジョナの罪が神によって浄化されることを暗示しているのだろう。

作者の宗教との関わり方は不明だが、出身地であるワラワラには、十九世紀にキリスト教布教で訪れた伝道師とその一行が先住民族に虐殺された悲劇の歴史がある。またファン・ルルフォの小説とともにエピグラフに引用されている『アジア日記』（一九七三年）の著者トマス・マートン（1915-1968）は、宗教家として波瀾の生涯を送った人物だ。

作者がこれらに自覚的だとすれば、本作を支配する強い宗教色も、なるほど納得がいく。

最後に蛇足だが、本作ではバルチ家の飼い犬ルーファスが家族の一員として印象的な役回りを演じ、愛犬家ならずとも胸が熱くなる場面もある。その一挙手一投足を細やかに捉え、愛情深く描いていることに大いに興味をそそられたが、著者の地元紙〈ペニンシュラ・デイリー・ニュース〉の記事をネットで見つけて、なるほどと思った。そこにはオスカーという名のシュナウザー犬と著者との仲睦まじいツーショット写真が載ってたのだ。犬は最古で最高の人類の友といわれるが、家族について考えるきっかけとして、彼らほどふさわしい存在もない。『内なる罪と光』は、そんなことを改めて教えられる一作でもある。

二〇二三年十二月